HEYNE <

Ein Verzeichnis aller im
Wilhelm Heyne Verlag erschienenen
Shadowrun-Bände finden Sie
am Schluss des Bandes.

MARKUS HEITZ

05:58

Dreiundfünfzigster Band
des
SHADOWRUN-ZYKLUS

Originalausgabe

WILHELM HEYNE VERLAG
MÜNCHEN

HEYNE SCIENCE FICTION
06/6153

Umwelthinweis:
Dieses Buch wurde auf chlor- und
säurefreiem Papier gedruckt.

Redaktion: Ralf Oliver Dürr

www.heyne.de
Printed in Germany 9/04
Umschlagbild: Stephane Martinière
Umschlaggestaltung: Nele Schütz Design, München
Satz: Schaber Satz- und Datentechnik, Wels
Druck und Bindung: GGP Media GmbH, Pößneck

ISBN 3-453-52007-6

Prolog

… Es ist kalt heute Abend, feucht und kalt. Es wird nicht leicht sein, eine von ihnen zu finden. Die meisten warten sicher am Kom auf einen Anruf oder haben ihre Stammkneipen, in die sie sich bei dem Wetter zurückziehen.

Andererseits, auf einen Versuch kann ich es ankommen lassen.

Hmm, ich kenne mich nicht besonders gut aus hier, das ist natürlich ein Nachteil. Ich sollte jemanden fragen, der … Da, Sternschutz! Der müsste es wissen. Fenster runter, lächeln.

»Entschuldigung, können Sie mir sagen, wo ich mich richtig gut amüsieren kann?«

Vorsicht, nicht zu übertrieben heiter.

»Was genau meinen Sie denn mit amüsieren?« *Der Kerl grinst mich an, seine wasserdichte schwarze Jacke riecht widerlich aufdringlich nach Imprägnierspray, die Wassertropfen perlen an der Oberfläche ab wie von einem Lotusblatt.*

»Das, was wir beide meinen«, *antworte ich und grinse kumpelhaft zurück, als würden wir die gleiche Frau vögeln. Ich lasse eine grüne 50-Ecu-Plastikmünze zwischen meinen Fingern wandern, die verheißene Belohnung, wenn er artig ist.*

Er richtet sich auf, deutet die Straße runter. »Fahren Sie bis ans Ende, biegen Sie nach links, und orientieren Sie sich an den Hinweisschildern Wolkenstadt. Da in der Nähe, am Boden, dürften Sie so etwas finden, wonach Sie suchen.«

»Danke«, *sage ich zu dem korrupten Typen. Ich werfe die Münze hinaus in die Pfütze, auf der Hundekotbröckchen schwimmen.*

Knöpfchen drücken, Scheibe hoch. Erstaunlich, welch eine Vielzahl von unterschiedlichen gequälten Lauten ein elektrischer Fensterheber machen kann – als würde das Ding gleich seinen Geist aufgeben.

Okay, ich halte mich an seine Anweisungen. Über mir sind die Zeppeline, und ich fange an, Ausschau zu halten. Zu Fuß geht es besser, ich bin beweglicher als mit dem Auto. Rein in die Parklücke und raus mit mir, den Mantel ziehe ich gleich an.

Aha, so riecht Ludwigsburg nachts. Eine Mischung aus nassem Fell, stinkenden Abgasen und Industriedämpfen, nicht gerade etwas, um Menschen glücklich zu machen oder sie von Lungenkrankheiten zu heilen.

Es hat aufgehört zu regnen. Ich gehe die Straße runter und schaue mir die roten Lampen genauer an. Sieht so aus, als hätte mich der Sternschutz richtig eingewiesen. Der Privatbulle kam sich unglaublich cool vor, selbst im Regen. Merkwürdig, was so ein lächerlicher Stern auf der Brust und eine schwarze Uniform bewirken. Hier markiert er den Herrscher der Straßen, und zu Hause wird er nichts zu melden haben. Arme Kreatur.

Da ist ja auch schon eine, sie tippelt den nassen Bordstein entlang und lehnt sich an die Hauswand. Eine Elfin, ganz alleine. Sie scheint die Exoten, die Perversen unter den Württembergern bedienen zu wollen. Ich werde sie fragen, vielleicht mache ich sie zu meiner Auserwählten. Zu Polly.

»Hallo, meine Schöne.«

Sie hebt ihren Blick, bis eben hatte sie noch versucht, sich eine Zigarette anzustecken. »Hallo, Fremder.« *Ihr Lächeln verheißt nichts und alles.* »Möchtest du von einer Elfenkönigin verführt werden?«

Sie lässt die Kippe im Mund, öffnet ihren Mantel etwas, darunter sehe ich knappe Wäsche, ein nicht zu üppiges De-

kolleté und eine gute Figur. Ich habe schon öfter gehört, dass man ihnen ihre Jahre nicht anmerken soll, aber bei ihr bin ich mir sicher, dass sie länger im Geschäft ist, oder die vielen Freier haben sie schneller alt gemacht. Sind das wirklich Falten in ihren Augenwinkeln? »Wie viel?«

Sie betrachtet mich, steckt die Zigarette an. »Dreihundert Ecu, dafür bekommst du das volle Programm einer echten Nobilia, keine Gewöhnliche mit Kosmetikohren.« *Sie legt den Kopf in den Nacken, bläst den Rauch nach oben und zeigt mir ihre ungeschützte Kehle. Weiß, makellos, warm, ich sehe, wie sich ihre Adern unter der Haut abheben.* »Drink gratis.« *Sie schaut mich an, lächelt ihr Verkäuferinnenlächeln, doch ihre schönen, wachen Augen sind kühl, abgeklärt, keine Spur von Freude. Sie hasst ihren Job, denke ich.* »Für hundert Ecu mehr darfst du mich küssen. Der Kuss einer Nobilia kann dein Leben verlängern.«

»Einverstanden«, *willige ich in den Handel ein und deute auf eine Nebengasse.* »Los, zieh den Rock hoch. Ich will die erste Nummer gleich hier.«

Sie geht vor, drückt sich in den Schatten und stellt ein Bein auf eine leere Obstkiste, lacht, ein harter Ton. »Hey, erst die Kohle, mein Schöner.« *Ich schiebe ihr die Chips in die Tasche, presse sie mit meinem ganzen Gewicht gegen die Wand, sie atmet schneller.* »Du bist scharf, habe ich Recht?« *Ihr Atem enthält Nuancen irgendeines Mundwassers, sehr angenehm, frisch, rein. Es passt so gar nicht zu dem dreckigen Job.*

»Ja«, *raune ich ihr ins Ohr, ich rieche sie, das Shampoo, das sie benutzt, kenne ich, ich habe es früher selbst benutzt.* »Ja, ich habe es schon lange nicht mehr getan.« *Meine Hand wandert über ihr anmutiges Gesicht, streichelt die weiche Wange, fährt am Kinn entlang.* »Viel zu lange.«

Etwas in meinen Augen verunsichert sie. Ihr Lächeln ist wie weggewischt, sie ahnt, dass sie meine Auserwählte ist. »Nein, warte. Ich habe es mir anders überlegt.« *Sie versucht, sich aus meinem Griff zu befreien.*

»Ich nicht.« *Meine Finger packen ihre Kehle und drücken zu, ihr Versuch eines Schreis wird nur zu einem heiseren Krächzen. Sie ist so dünn, ich komme mit einer Hand fast vollständig um den Hals herum, das erleichtert mir die Arbeit.*

Schade, sie ist schon ohnmächtig geworden, oder simuliert sie nur? Ihr Puls ist jedenfalls weg.

Ich lasse sie zu Boden gleiten und greife in die linke Manteltasche, wo ich meine Messer aufbewahre. Es sind sehr schöne Stücke und nicht leicht zu beschaffen gewesen, höllisch scharf, speziell angefertigt. Kein Wunder, dass sie 520 Ecu kosten. Pro Stück.

Ich nehme das erste Messer in die Hand, es hat einen ergonomisch geformten Griff, was mir sehr wichtig war, weil die Kraftübertragung auf die Schneide auf diese Weise besser funktioniert. Hier setze ich den ersten Schnitt entlang der Kehle.

Konzentration, Jack, Konzentration …

I.

ADL, Württemberg, Stuttgart-Echterdingen, 29.04.2059, 09:04 Uhr

»Habt ihr eigentlich gewusst, woher der Begriff ›Walpurgisnacht‹ kommt?« Ultra scrollte auf dem für Trolls gemachten Organizer nach unten. Dickere Tasten, stärkerer Rahmen, unkaputtbar. »Das is' echt int'ressant. Kommt von 'ner alten Nonne.« Er grinste seine Nachbarin an, das goldene Mickymaus-Plättchen auf seinem Hauer blinkte im Schein der Flughafenlampen. »Dabei geht's doch um Hexen. Lustig, was? Du musst das doch wissen.« Er wackelte mit den Augenbrauen, die Piercings hüpften und schlugen klingelnd aneinander, die Warze auf der Stirn machte den Tanz mit.

Cauldron, wie immer in Schwarz und dieses Mal in ein für ihre Verhältnisse unauffälliges Kleid gehüllt, warf Xavier einen kurzen, dennoch vielsagenden Blick zu, ehe sie sich Ultra zuwandte. »Du solltest inzwischen wissen, dass ich keine Hexe bin«, seufzte sie. »Du und deine Quiz-Anfälle.«

Jetzt war Ultra ein bisschen beleidigt. Er zupfte an seinem grün-blau gemusterten Hawaiihemd herum, dann fuhr er sich über die langen, gerstengelben Haare, die er anscheinend mit Salatöl nach hinten gelegt hatte. »Ja, und? Ich lern' eben gern. Ich bin vielleicht nicht schlau, aber ich kann mir prima Sachen merken. Und außerdem hat's mir ordentlich Kohle gebracht. Erinner' dich an Quizz It.«

»Wie könnte ich diese Show vergessen?«, lachte sie auf. »Du warst der Abräumer mit dem Millionengewinn.«

»Ich müsst' noch mal bei so was mitmachen«, sagte er nachdenklich. »Ich hab fast nix mehr davon.« Seine Muskelberge wuchsen, er ärgerte sich sichtlich, auf den Abzocker hereingefallen zu sein. Ein paar hunderttausend Nuyen – futsch, einfach so. Ultras Blick wurde hart. »Die Sau! Von wegen bolivianische Troll-Waisenkinder!«

»Hey, du bist eben zu gutmütig gewesen«, versuchte sie ihn zu beruhigen. »Wir finden ihn und holen uns dein Geld wieder.«

»Apropos holen. Ich hole uns was zu trinken.« Xavier stemmte sich ungelenk aus der harten Sitzschale, in denen die Passagiere normalerweise ihre Hintern platt drückten, ehe sie in ihren Flieger stiegen.

Trotz seiner langen Rehabilitationsaufenthalte erlangte er seine alte Beweglichkeit nicht zurück. Die davongetragenen Hirnverletzungen hatten dazu geführt, dass sich sein rechter Arm und seine rechte Schulter kaum bewegen ließen, das rechte Bein zog er nach.

Mein Held. Cauldron fuhr sich durch die feuerroten Haare mit den orangefarbenen Strähnen und betrachtete ihn, wie er sich durch die gläserne Halle zum Erfrischungsautomaten kämpfte.

Sie empfand unbändigen Stolz, weil er sich nach seiner schweren Schussverletzung nicht aufgegeben hatte.

Dass er dafür seine antimagischen Fertigkeiten verlor, empfanden beide als Erleichterung. Nur auf diesem Weg stand ihrer Liebe nichts im Weg, und diesen Preis zahlte Xavier wirklich gerne. Schon bald würde sie ihm sagen, dass es noch einen Grund mehr gab, sich auf die Zukunft zu freuen.

»Cola«, brüllte ihm Ultra hinterher, »und 'ne Apfelsaftschorle für Cau… Carmen.« Er zwinkerte ihr zu. »Haste gemerkt? Beinah hätt' ich mich versprochen.«

Sie hob ihre schneeweiße Hand, an der fünf Silberringe aufblitzten, und klopfte ihm auf den breiten Rücken. »Nur beinahe, Chummer.« Im Gegensatz zu sonst hatte sie sich dezent geschminkt. Schwarzer Kajal betonte ihre braunen Augen, die langen Haare wirkten durch die gewählte Farbe wie erstarrtes Feuer. »Was war jetzt mit der Nonne?«

Der Troll griente. Er war wieder versöhnt, weil sie sein Wissen in Anspruch nahm. Er schloss die Augen und rezitierte druckreif: »Walburga, angelsächsische Missionarin, geboren in Wessex. Sie war die Tochter des heiligen Richard von England und die Schwester des heiligen Willibald, der wie sie selbst Missionar war. Um 748 wurde sie vom heiligen Bonifatius nach Deutschland berufen und im Jahr 761 zur Äbtissin des Benediktinerklosters in Heidenheim ernannt. Ihr Namenstag wird am 25. Februar oder auch am 1. Mai gefeiert.«

Sie nickte anerkennend. »Gut, ich bin beeindruckt. Wie oft hast du den Artikel gelesen?«

»Viermal.« Er öffnete die Lider und schaute zur Decke. »'s geht aber noch weiter. Walburga wurde als Beschützerin vor Zauberei und Hexerei angerufen. Die als Walpurgisnacht bekannte Nacht vor dem 1. Mai war früher das heidnische Fest des Sommeranfangs. Das Fest wurde …«

»Danke«, unterbrach sie ihn sanft und beobachtete Xavier, der sich die Dosen aus dem Automat nahm, sich einen Chip mit den neuesten *Stuttgarter Nachrichten* zog und zu ihnen zurückkehrte. Der schlichte dunkelgrüne Anzug schien ihm etwas zu groß geworden zu sein, er hatte an Masse verloren. *Wie anfällig er aussieht. Ein kleines Kind könnte ihn umwerfen.*

In Gedanken sah sie ihn im Bett liegen, damals, vor knapp einem Jahr, in der sächsischen Klinik in Nebra, mit all den Schläuchen. Sie verband wenig Gutes mit der ADL. Nur weil es sein Wunsch gewesen war, kehrten sie in das verfluchte Land zurück.

»... mit Hexerei in Verbindung gebracht. Dem Volksglauben nach versammelten sich die Hexen während der Walpurgisnacht und feierten ihre Zusammenkunft mit dem Teufel ...«

Er hatte sie aus ihren Erinnerungen gerissen. »Ultra, ich habe ›danke‹ gesagt.«

»... Ein tatsächlicher Zusammenhang zwischen der heiligen Walburga und der Walpurgisnacht ist nicht bezeugt«, endete er absichtlich pointiert. »Du hattest gefragt.«

Lag ihr zuerst eine böse Entgegnung auf ihrer gefürchtet spitzen Zunge, schluckte sie die Worte runter. Sie hatte ihr Gift von einst größtenteils verloren, war durch die Ereignisse ruhiger geworden. Nur manchmal glänzte ihr Sarkasmus tiefschwarz auf. »Entschuldige, du hast Recht.«

»Einmal Schorle«, Xavier reichte ihr die Dose mit dem grünen lachenden Apfel drauf, der aussah, als platzte er gleich, »und einmal Cola, die große Trollportion.« Die Wangenknochen standen deutlicher als sonst aus seinem schmalen Gesicht hervor, die schwarzen Haare betonten seine ungesunde Blässe. Er wirkte wie ein echter Grufti oder eher wie ein kranker Junkie.

Sie streckte die Hand aus und zog ihn behutsam auf den Sitz zurück, eine mütterliche Geste. »Danke, Xavier.«

Ultra nickte und öffnete den Verschluss. Er zog den Inhalt fast auf ex weg und rülpste so laut, dass zwei vorbeilaufende Polizisten, auf deren schwarzen Uniformen »Sternschutz« und der goldene Stern prangten, zu ihnen hinüberschauten. Er winkte ihnen entschuldigend zu.

»Sorry, Kohlensäure.« Er tippte gegen die Metallwand der Dose. Leise machte es *Ping*. »Na, eigentlich isses keine Kohlensäure, sondern gelöstes Kohlendioxid, das man dann umgangssprachlich nur als Kohlensäure bezeichnet. In vielen Erfrischungsgetränken …«

Cauldron schenkte ihm einen bösen Blick, der so viel bedeutete wie *nicht jetzt und schon gar nicht bei denen*. Der Troll verstummte abrupt. Die Privatpolizisten drehten sich wieder um und unterhielten sich leise.

Xavier richtete sich ein wenig auf und blickte sich um. Die Wartehalle strotzte vor Leere, niemand wollte anscheinend nach Stuttgart. »Wo bleibt Poolitzer nur? Er ist zu spät.« Mit einer vorwurfsvollen Geste zückte er seinen Organizer, steckte den Chip in den Slot und rief die Daten ab, um sich einen Überblick vom württembergischen Tagesgeschehen zu verschaffen.

»Der Snoop wird wieder 'ner Story hinterherschnüffeln«, sagte Ultra und grinste. »Wetten, dass er irgendwo in einem Hinterhof tierisch Dresche kriegt?«

Die hermetische Magierin schaute ihrem Geliebten über die Schulter, ihr linker Zeigefinger deutete auf eine fett gedruckte Schlagzeile. »Bestialischer Mord in Ludwigsburg!« Der lange Fingernagel traf die interaktive Padoberfläche, der Artikel öffnete sich. »Da wird er stecken, wenn ihr mich fragt.«

Gemeinsam lasen sie die Zeilen, ein Bild wurde dazu eingeblendet. Weil der Troll ungünstig saß, betätigte Xavier die Sprachausgabe, die Computerstimme gab die Nachricht laut, unpersönlich, ohne jede Betonung wieder.

»Ludwigsburg. In der Nacht vom 29. auf den 30. April kam es im Süden von Ludwigsburg zu einem beispiellosen Gewaltverbrechen. Eine junge Elfin, deren Identität bislang noch nicht geklärt ist, wurde Opfer eines Mordes. Was selbst abgebrühte Ermittler erschütterte, war die Grausamkeit und Brutalität, mit der der oder die Täter vorgingen. Erste Obduktionsberichte sprechen von tiefen Stich- und Schnittwunden am Bauch und im Vaginalbereich, und zwar so stark, dass an einigen Stellen die Eingeweide hervortraten. Ihre Kehle war von links nach rechts aufgeschlitzt, Luft- und Speiseröhre sowie Wirbelsäule wurden fast vollständig durchtrennt, darüber hinaus wies sie Quetschungen an Kinn und linker Wange auf. Keiner der unmittelbaren Anwohner hat etwas gehört, die Tat scheint rasch und lautlos vonstatten gegangen zu sein.«

Das Bild, das automatisch nach oben ruckte, drückte Cauldron rasch wieder weg. Trotz der Retuschierung und Verpixelung reichte ihre Fantasie aus, die verstümmelte Tote vor sich zu sehen.

»Willkommen im aufgeschlossenen Württemberg«, sagte eine Stimme hinter ihnen, und, ob sie wollten oder nicht, sie zuckten zusammen. »Metas leben hier eher gefährlich, wie ihr gesehen habt.«

Sie wandten sich um und sahen einen reichlich heruntergekommenen Poolitzer vor sich stehen. Er musste sich seit vier Tagen nicht mehr rasiert haben. Auch das Sportsakko wirkte, als sei es frisch aus der Wäschetonne gezogen worden, und roch auch so. Kneipendunst umwehte ihn.

»Hey, der Snoop!«, rief Ultra freudig, sprang auf und drückte ihn vorsichtig an sich, nur um ihn gleich wieder von sich zu schieben. »Boah, du müffelst, Chummer.«

»Ich habe mich nur meiner Umgebung angepasst, in der ich ermittle«, erwiderte er schwach grinsend. Die verfetteten Haare hatten ausnahmsweise ihre Originalfarbe: Schwarz.

Cauldron reichte ihm lächelnd ihre Rechte. »Und wo ist das? Unter der Brücke?«

»Oder vielleicht in der Kanalisation?« Xavier kämpfte sich auf die Beine und gab dem Reporter die Hand. »Schön, dich zu sehen. Nett, dass du uns ein Hotel besorgt hast.«

Severin Timur Gospini, besser bekannt als Poolitzer, Reporter ohne Rücksicht für InfoNetworks, bleckte die

Zähne und schaute ihnen der Reihe nach ins Gesicht. »Ich will doch, dass meine Freunde in einem Etablissement absteigen, in dem sie vor neugierigen Blicken sicher sind.« Seine Augen wanderten zu dem Mann. »Und du? Was macht die Nega-Magie in dir?«

»Nichts.« Xavier zuckte mit den Achseln. »Das bleibt hoffentlich so.«

Poolitzer betrachtete den Berg von Koffern, der sich um die Wartebank stapelte. »Wow. Das sind bestimmt Cauldrons Sachen, richtig? Zweihundert Ringe, Wechselschnallen für die Schuhe, Bindis, weiße Schminke und so ein Zeug.« Er machte sich daran, einen Koffer nach dem anderen auf den bereitstehenden Karren zu laden. »Mal im Ernst, wie lange wollt ihr denn bleiben?«

»Zwei Wochen«, erwiderte Xavier. »Ich bin ja der Hauptgrund, weshalb wir in die ADL gereist sind«, gestand er.

»Heimweh«, diagnostizierte Cauldron aus dem Hintergrund und achtete darauf, dass gewisse Koffer obenauf lagen und nicht zu sehr belastet wurden. Der Troll schleppte seine beiden gigantischen Gepäckstücke selbst, weil sie außer ihm wahrscheinlich niemand bewegt hätte.

Poolitzer musterte sie. »Sie ist nicht besonders begeistert von der Idee, hab ich Recht?«

»Sie ist der Meinung, dass es nicht gut sei, alte Bekannte zu treffen«, bestätigte Xavier. »Aber ich hab's nicht mehr ausgehalten, UCAS hin oder her.« Er lächelte. »Von hier aus werde ich ein paar Kollegen anrufen und einen geheimen Treffpunkt vereinbaren, wo wir uns mal richtig besaufen.«

»'ne Art Klassentreffen«, kam es von Ultra, der sich an die Spitze der Gruppe gesetzt hatte und zielstrebig zum Ausgang steuerte. »Und während die beiden alles organisieren«, er schaute über die Schulter zu dem Reporter, »gehe ich mit dir auf Tour, hab ich mir gedacht.«

»Wie meinst du das, auf Tour?«, erkundigte sich Poolitzer vorsichtig und alarmiert zugleich. In einem Schaufenster entdeckte er sein Spiegelbild und dachte an einen Obdachlosen. Die langen Stoppeln ließen das Kinnbärtchen fast verschwinden, das nur als Schemen zu erahnen war. *Ich sehe echt mies aus.*

Er hob den linken Koffer ein bisschen an. »Eine Fuchi VX2200E.«

»Da drin? Für mich? Das ist aber …«

»Nein, Chummer, für mich.« Ultra strahlte. »Ich geh mit dir auf Story-Jagd.« Er trat ins Freie, die anderen folgten ihm.

Warme Frühlingsluft umschmeichelte sie, die Sonne gab ihr Bestes, um Wärme zu spenden, und verdrängte die grauen Wolken vom schwäbischen Himmel. Der Troll winkte ein Großraumtaxi heran, in das auch er passte. Der Fahrer des Citroën Aventurier war alles andere als begeistert, als er die Kofferstapel sah.

Cauldron lächelte hinreißend schadenfroh, Xavier hob entschuldigend die Schultern. »Es kam ziemlich überraschend. Er ist auf der Suche nach einer neuen Profession«, raunte er. »Er hofft, dass er ein guter Reporter werden kann und dich sozusagen in den Schatten von Seattle vertritt, bis du vielleicht in den UCAS wieder auf Sendung gehst.«

Poolitzer blieb stehen. »Äh, wie stellt er sich das vor? Wie soll ich denn unauffällig an einer Story recherchieren, wenn mir das drei Meter große Riesenbaby folgt?« Er deutete anklagend auf Ultras Outfit. »Noch dazu in einem grellbunten Hawaiihemd, das jede Leuchtreklame in den Schatten stellt.«

»Sei doch nicht so. Er hat auch dunkelblaue dabei«, gluckste die Magierin.

Der Troll begann damit, das Gepäck einzuladen. Der Fahrer half ihm dabei. »Ich hab noch 'ne Fuchi dabei, gleiches Modell«, sagte er beiläufig. »Die bekommste, wenn ich mit dir auf Tour gehn darf.« Er schaute den Reporter an, und der bettelnd-bittende Blick konnte dem eines kleinen Kindes oder einem jungen Hund verdammt gut Konkurrenz machen. »Bitte, Snoop, ich will auch so ein großer Reporter werden wie du.«

»Ich weiß nicht …«

»Och, büdde, büdde, büdde!«

Poolitzer schnaubte und legte den Kopf in den Nacken. »Von mir aus«, ergab er sich, die Aussicht auf eine 2200E hatte den Ausschlag gegeben. *So schlimm wird es schon nicht werden. Außerdem ist Rückendeckung nicht verkehrt.* Er schwang sich auf den Beifahrersitz und ließ seine Gäste in den Fond einsteigen.

»Und? In welcher Angelegenheit ermittelst du gerade?«, wollte Ultra neugierig wissen. Er brannte darauf, die Fuchi auszupacken und sofort loszulegen.

»In keiner«, gab er genervt zurück und nannte dem Fahrer das Ziel ihrer Reise. »Mühlhausen, Hotel Trespasser.«

»Aber du hast doch vorhin gesagt …«

»Nein. Ich … bin derzeit … unpässlich«, wand er sich um eine Antwort herum. Er wollte ihnen nicht auf die Nase binden, dass er einer verflossenen Liebe nachtrauerte, dass er sich deshalb beschissen fühlte, dass die durchzechten Nächte nichts brachten, dass ihm fast alles gleichgültig war und dass ihn Gott für das, was er ihn erleiden ließ, kräftig am Arsch lecken konnte. »Es gibt nichts Interessantes, über das man in Stuttgart berichten könnte.«

»Ha noi, des würd i so nitt sage«, schaltete sich der Taxifahrer in schlechtem Englisch ein. Er schwäbelte. »I find den Mord …«

»Wer hat Sie denn gefragt?«, schnauzte Poolitzer auf Deutsch. »Schauen Sie lieber nach vorne, ehe Sie versuchen, unter dem Lkw vor uns einzuparken, okay?«

Der Citroën Aventurier schaukelte durch den Verkehr,

verließ das Flughafenareal und bewegte sich in Richtung Mühlhausen, das Viertel für die mittelschlechten Verlierer. Es dauerte nicht lange, und sie erkannten, dass es sich nicht um die allerbeste Gegend handelte, in die sie gebracht wurden.

Es sah nach Arkologie aus, die von einem unterbezahlten, schlecht gelaunten Amateurarchitekt geplant und von zu Handwerkern umgeschulten Akademikern gebaut worden war. Improvisierte Verbindungsbrücken, Balkone, unförmige Betonklötze mit Ausbuchtungen und Beulen, die ihn in seiner Stimmung an Krebsgeschwüre und Pest erinnerten.

»Zur Rechten sehen Sie die Vorstufe zum Abschaum. Früher gab es hier mal nur acht Hochhäuser«, erklärte Poolitzer ihnen, den Tonfall eines Touristenführers imitierend, »in der fast die Hälfte der Stadtteilbewohner lebte. Nach und nach wurde jeder kleine Platz zu- und ausgebaut, die Mühlhausener Natur-Arkologie entstand.« Er wurde ernster. »Ist ganz nett hier, aber geht nicht alleine durch die Gegend. Ein paar Ganger wollen möglicherweise Geld. Euer Geld.«

»Wie zu Hause«, murmelte Cauldron, während sie die Umgebung durch die Scheiben hindurch betrachtete. Hatte sie im Bereich des Flughafens und in Stuttgart-Mitte fast keine Metas gesehen, schienen die Straßen um sie herum beinahe von ihnen zu wimmeln. *Ein Rückzugspunkt.*

Ultra beugte sich nach vorne. Groß erschien sein horngeschmücktes Gesicht zwischen den Vordersitzen. »Also, ich find das spannend, so'n Mord. Ist das der mit der Elfin? Und was is'n das Hanoi? Sie meinen nicht die Hauptstadt von Vietnam, im Delta des Roten Flusses, die ehemalige Ho-Chi-Minh-Stadt?«

Ihr Fahrer nickte, offenbar froh, einen dankbaren Abnehmer für seine Story gefunden zu haben. »Mei Kumbls un i wisset scho, was g'laufe isch. Des sind …«

»… nur ein paar Metamenschenhasser, die besoffen waren und sich das arme Ding vorgenommen haben«, vollendete Poolitzer angeödet. »Als ob das was Besonderes wäre.« Er wandte sich zu Ultra. »Apropos, komm nicht auf den Gedanken, alleine aufs flache Land zu fahren. Die sind hier ein wenig konservativ. Metas sind … nicht gerne gesehen. Was der Württemberger nicht als Württemberger erkennt, ist schlecht. Und Hochdeutsch kann auch keiner von denen.«

»Des is wohl wahr«, bestätigte ihr Chauffeur. »Aber wirkli nur die auf'm Acker. Mir im Plex habet …«

Poolitzer lachte laut auf. »Kommen Sie mir nicht so, *Kumbl*. Ich habe selbst gesehen, wie euer Sternschutz einen Ork auf der Stelle verhaftet hat, nur weil so ein Harzkrämer ihn des Diebstahls in seinem Scheißladen bezichtigt hat. Dabei war er es gar nicht, wie sich später rausstellte.«

»Echt? Wie hat man das denn rausgefunden?«, hakte Xavier nach.

»Na, ich war's. Ich machte eine Doku über die Metamenschenfeindlichkeit und wollte im Bild festhalten, wie schnell man hier mit Verhaftungen ist. Und siehe da: Ich hatte Recht.«

»Super.« Cauldron klatschte leise Beifall, die Ironie klatschte mit. »Hast du den Ork wieder aus dem Knast geholt?«

»Ähm.« Poolitzer schaute aus dem Fenster und kreuzte als typische, unterbewusste Abwehrhaltung die Arme vor der Brust. »Nächste Woche«, erwiderte er verlegen. »Ging nicht früher.«

Sie schaute zu Ultra. »Bist du dir sicher, dass du *das* von ihm lernen möchtest?«

»Mei Kumbls un i, also mir wisset ganz sicher, dass die Kleine a … wie sacht ma glei … a Bordsteinschwälble g'wese isch. A Professionelle.«

»Fliegen wird sie sicherlich nicht mehr«, kommentierte der Reporter leise. Er holte sich die Nachrichten von heute auf den Bildschirm, der in der Ablage eingelassen war, suchte die Schlagzeile und überflog den Artikel. »Wusste ich es doch. Wieder so ein Spinner, der sich für einen Engländer hält«, lautete seine Zusammenfassung. »Die Bullen werden ihn schnell schnappen.« Die drei Amerikaner und der Taxifahrer schauten ihn an. »Hey, *Kumbl*, achten Sie auf die Straße! Wenn Sie Selbstmord begehen wollen, lassen Sie uns wenigstens vorher aussteigen.«

Cauldron zog ihre geschwungenen Augenbrauen drohend zusammen. »Kannst du uns an deiner Brillanz teilhaben lassen, Poolitzer, oder müssen wir warten, bis du deinen Beitrag geschnitten hast?«

»Darüber?«, fragte er ungläubig. »Nein, das ist Kinderkacke. Das lass ich die Anfänger machen.«

»Was wisset Sie jetzat, Herr Goschpini?«

Poolitzer seufzte, seine Lieblingsbeschäftigung in den letzten Wochen, abgesehen von Selbstbemitleidung und Schicksalshaderei. »Die Art der Verletzungen ist in der Kriminalistik ziemlich bekannt, spätestens seit 1888. Oft kopiert, aber leider niemals mehr so originell.«

Ultras Augen wurden schmal. »1888?«

»Genau, altes Quizgenie. Lass es mich für dich so formulieren: Kandidat eins, wer ermordete im Londoner Distrikt East End mehrere …«

»Jack The Ripper!«, rief der Troll sofort laut und glücklich. »Ha! Ich hätt' gewonnen!« Dann wurde er ernst. »Du meinst, da macht jemand den ollen Ripper nach?« Er schürzte die Lippen. »Boah, wie langweilig. Das hatt'n wir bei uns auch schon vor Jahren in den Barrens.«

»Tja, die Mörder von heute sind einfach nicht mehr einfallsreich«, bemerkte Cauldron zynisch. »An jeder Ecke markiert einer den Ripper, es ist schon sehr nervig, was? Nein, da lohnt sich eine Berichterstattung nicht mehr. Es müsste schon spektakulärer, blutiger, widerlicher sein. So ein Massen-Ripper, das wär's doch, zehn Nutten pro Nacht, was?« Ihre schlechte Laune förderte den lange vermissten Sarkasmus an die Oberfläche und hüllte ihn in Worte.

Poolitzer verstand den beißenden Vorwurf, ging aber nicht darauf ein.

»Also, Sie meinet, des isch so ein Imitateur?«, wollte es der Taxifahrer genauer wissen.

»Ein ziemlich pedantischer, genauer gesagt«, bemerkte Poolitzer und hackte auf dem Pad herum, bis er mehr Infos über den Ripper gefunden hatte. »Tata! Ich wusste es. Das, was er mit der Elfin veranstaltet hat, ist die exakte Kopie des Mordes an der Prostituierten Mary Ann Nichols aus dem Jahr 1888. Ich wette, dass unser Killer sein Opfer zuerst bewusstlos gewürgt und dann zerstückelt hat. Wie das Original damals.«

»Ich weiß noch, was seinerzeit bei uns los war. Die Überschrift lautete: Nacht für Nacht finden sich die Leichen von Prostituierten in den Redmond Barrens, zerstückelt von der Hand eines Meisterchirurgen. Schleicht ein neuer Jack the Ripper durch die Straßen von Seattle?«, resümierte Ultra. »Scheiß Engländer.«

»Und dann kamen Dschingis Khan und Kleopatra, ich erinnere mich«, grinste Cauldron. »Meine Güte, unser Snoop hat Recht. Wieder so ein abgedrehter BTL-Idiot. Man sollte die Chips verbieten, wenn sie immer noch diesen Bug haben.«

»Sie *sind* verboten.« Poolitzer suchte seine Sonnenbrille aus dem verknitterten Sakko und setzte sie auf. Die lange Sauferei und der kurze Schlaf machten die rot geäderten Augen empfindlich. »Ich kann euch sagen, wie es ausgeht. Die Bullen nehmen alle BTL-Dealer hoch, fahnden nach den passenden Chip-Fehlern, checken die Kunden, und übermorgen ist wieder Ruhe eingekehrt.«

»Des muss i unbedingt meine Kumbls stecke«, freute sich ihr Fahrer und hielt den Citroën sanft vor dem Eingang des Hotels. Er wehrte ab, als der Reporter seinen Ebbie zückte. »Lasset Sie mal, Herr Goschpini. Es war mir eine Ehre.« Glücklich stieg er aus und wuchtete die Koffer aus dem Transporter.

Kurz darauf befand sich der Stapel vor der anonymen Rezeption des Trespasser, eine gekachelte Vorhalle mit einer angesengten Kunstpalme. Es roch nach Desinfektionsmitteln. Sie entdeckten einen kleinen Tisch mit einem Terminal darauf.

»Das ist das Beste, was man machen kann«, erklärte Poolitzer ihnen und bestätigte die Buchung der Zimmer mit einer ID-Karte, auf der definitiv nicht sein Name stand. »Null Service, null Personal, keine Fragen. So einfach geht das.« Unterhalb des Terminals fielen zwei Chips und zwei Zettel aus einem Schlitz, die er an das Paar und Ultra weiterreichte. »Das sind eure Schlüssel und die Kombination für die Zahlenabfrage. Ich habe die Zimmer für zwei Wochen gebucht. Alle drei Tage kommt ein Mädchen vorbei und macht sauber. Ich würde an eurer Stelle dabeibleiben, wenn sie putzt. Nur zur Sicherheit.«

»Okay.« Ultra schaute auf die Zimmernummern. »Ich bring die Koffer rauf, und dann können wir mit 'ner Reportage beginnen.«

»Großer, für dich zum Mitschreiben: Ich habe derzeit keine Story, an der ich arbeite«, sagte er langsam.

»Dann denk dir was aus«, empfahl ihm der Troll erwartungsfroh und begann, so viele Koffer wie möglich unter die Arme zu klemmen, damit er so wenig wie möglich laufen musste. »Oder willste die Kamera nicht?«

Ultra und Cauldron gingen zum kleinen Fahrstuhl und brachten die ersten Gepäckstücke nach oben. Bevor sich die Türen des Lifts schlossen, hob er die Hand und tat so, als schaute er durch einen Sucher. Prompt fiel ein Koffer runter, es klirrte leise. Cauldrons Kopf drehte sich langsam zu ihm, Ultra schrumpfte schuldbewusst in sich zusammen. Mehr sahen sie nicht mehr, die Kabine fuhr los.

Xavier setzte sich auf das Tischchen. »Was ist los mit dir, Poolitzer? Eine Frau?« Er erinnerte sich dunkel daran, dass er ihm einmal eine unglückliche Liebe gebeichtet hatte. »Immer noch dieselbe?«

Er atmete tief ein und schaute aus der Miniaturrezeption hinaus auf den Bürgersteig, wo zwei Penner müde entlangtrotteten, einer bückte sich, um eine weggeworfene Bierbüchse auf einen möglichen Inhalt hin zu checken. Dabei wurde er um ein Haar von einem Wagen erfasst, Hupen und Fluchen mischten sich.

»Immer noch die gleiche«, wisperte er abwesend.

»Gee Gee, richtig?« Der einstige Nega-Magier entsann sich nach einer kurzen Denkpause ihres Namens. Eine Schauspielerin, die zusammen mit Poolitzer in die Sox gegangen war, um einem Kon auf die Pelle zu rücken und dabei auf der Flucht in der Ark von ECC verschüttet ging. »Was ist mit ihr passiert? Weißt du endlich was?«

Poolitzer wandte sich zu ihm um. »Dein Gedächtnis ist viel zu gut.«

»Und das trotz der Kugel, die man mir reingesetzt hat«, fügte er hinzu. »Raus mit der Sprache. So wie du aussiehst, ist sie tot?«

»Nein. Doch, schon. Irgendwie.« Er erzählte ihm, umgeben vom Dunst der Desinfektionsmittel, wie er sie einige Kilometer vom Trespasser entfernt in Möhringen wiedergefunden hatte, als Musicalstar, gefeiert als Angelina Heavenwards, nicht mehr als Gee Gee Delorian; wie sie durch ein Computermodul in ihrem Kopf eine andere geworden war; wie sie sich trafen und wie schlecht das Gespräch für ihn ausging. »Die alte Gee Gee hatte ich geliebt, und sie hatte mich geliebt. Die neue Angelina liebt nur Gott und ihre Mission, die Worte des HERRN zu verbreiten.«

Xavier hatte aufmerksam zugehört. »Und du hast die letzten Tage damit verbracht, jeden Gedanken an sie in Alkohol zu ertränken?«

»Tage und Nächte«, korrigierte er, traurig lächelnd. *Ohne Erfolg.* Er spielte mit dem Ebbie herum, drehte und wendete ihn zwischen seinen Fingern. »Es ist schon sensationell, wie sehr man sich etwas wünschen kann und die Hoffnung nicht aufgeben will, obwohl der Verstand genau weiß, dass der Traum zu einem Ding der Unmöglichkeit geworden ist.«

»Aber man kommt darüber hinweg.«

Poolitzer funkelte ihn wütend an. »*Du* hast deine *Traumfrau* bekommen, erzähl mir keinen Scheiß!« Er sagte das lauter, als er beabsichtigt hatte; weil er sich nicht entschuldigen wollte, blickte er einfach wieder nach draußen. Die Penner standen vor der Tür und schauten hinein. Er kam sich vor wie ein begaffter Goldfisch. »Verpisst euch!«, brüllte er und warf den Ebbie gegen die Scheibe, der Bewegungsmelder über der Tür aktivierte die Motoren, und sie öffnete sich. Die Männer zuckten zurück.

»Was glaubst du, was ich gedacht habe, als ich erwachte und feststellte, dass ich ein Krüppel geworden bin?«, fragte Xavier sanft.

»Scheiße?«

»Genau«, grinste er. »Danach kam ›Fuck‹ und danach ›Warum ich?‹. Ich habe mir lange gewünscht, wieder richtig gehen und meine rechte Seite wie früher benutzen zu können.« Poolitzer hörte, dass er aufstand und auf ihn zukam. »Keine Bange, das wird keine Predigt.« Er umrundete ihn und stand vor ihm, die grünbraunen Augen fest auf seine gerichtet. »Aber eins solltest du dir merken: Es ist egal, weshalb es einen trifft. Du kannst es nicht mehr rückgängig machen. Wichtig ist, dass du *weitermachst*, Poolitzer. Lass dich nicht hängen, das ist weder für dich noch für andere gut.« Seine Hand legte sich kurz auf die Schulter des Reporters.

Leise schabend öffnete sich die Kabinentür des Lifts, Ultra und Cauldron kehrten zurück.

Die Magierin hatte die Zeit genutzt, um sich etwas mehr zu stylen und noch düsterer rüberzukommen, sozusagen eine präventive Maßnahme, um sich in Mühlhausen Ärger allein durch Ausstrahlung vom Leib zu halten. An den Augenwinkeln glitzerten dunkelblaue Strasssteine auf, ein smaragdfarbenes Bindi saß mitten auf der Stirn. Leise klirrten die Schnallen an den schwarzen, spitz zulaufenden Schuhen, schwarze Lackhandschuhe und ein langer Ledermantel rundeten das Bild ab.

Sie sah alles andere als gut gelaunt aus. »Wir müssen einkaufen gehen. Mr. Fumblefingers hat ein paar meiner Accessoires zertrümmert«, sagte sie finster. »Oh, bitte, ihr Allmächte, schickt mir unterwegs ein Dutzend Ganger.«

Der Troll schaute auf die Kappen seiner Stiefel. »Es is' halt passiert. Ich bezahl's ja auch.«

»Wisst ihr was?«, eröffnete Poolitzer ihnen. »Wir schleppen die Koffer rauf, und ich gebe ein Essen aus. Es gibt in der Nähe ein ausgezeichnetes pakistanisches Restaurant. Danach gehen wir shoppen, einverstanden?«

Die Magierin versuchte, aus seinen Worten irgendeine List abzuleiten. »*Du* gibst *uns* einen *aus*?« Sie schaute gespielt verwirrt zu Xavier. »Ist das immer noch der gleiche Poolitzer, oder wurde seine Persönlichkeit ausgetauscht, während wir oben waren? Soll ich nachschauen, ob er von einem Elementar besessen ist?«

»Hey, Grufti, Menschen können sich ändern«, begehrte er grinsend auf. Seine Laune hob sich wieder, die bekannten Gesichter munterten ihn allmählich auf.

»Und um dir zu zeigen ...« Er langte in die Tasche, stockte und suchte vergebens seinen Ebbie, bis ihm einfiel, dass er ihn nach den Pennern geworfen hatte.

Die beiden Typen waren verschwunden, der Ebbie lag nirgendwo herum, und der Eingang zum Trespasser stand einen Spalt offen. *Scheiße, die sind weg!* Damit hatte er 200 Ecu für einen guten Zweck gespendet.

Mit einem gewinnenden Lächeln wandte er sich den anderen zu. Wie von Zauberhand hatte Ultra seine nagelneue Fuchi ausgepackt und die Linse auf ihn gerichtet. Es kam ihm seltsam vor, selbst aufgenommen zu werden. »Äh ... könnt ihr mich einladen? Ausnahmsweise?«

ADL, Württemberg, Stuttgart-Ludwigsburg, 29.04.2059, 23:07 Uhr

Sie trafen sich in einem dunklen Hotelzimmer. Einer nach dem anderen trat ein und setzte sich. Auf Licht verzichteten sie, sie konnten einander entweder wegen diverser Cybermodifikationen oder aufgrund natürlicher Vorteile im schummrigen Licht, das von den umgebenden Hochhäusern durch die Fenster hereinfiel, gut sehen.

»Sind wir endlich so weit, dass wir es wagen können?«, eröffnete Graue Klaue die Diskussion, die sie seit einigen Wochen führten, ohne zu einem übereinstimmenden Ergebnis zu gelangen. Die dickliche Orkschamanin, die von Rabe auserwählt worden war, blickte in die Runde.

Ihre Augen glitten über die angespannten Züge von Decker Tabulator, der wie immer in zerrissenen Punkersachen steckte, weiter zur Straßensamurai Zashi, die nicht weniger unruhig wirkte und nervös am weiten Ärmel ihrer Lederjacke herumspielte, bis sie schließlich auf dem hübschen Antlitz ihrer Chefin Adorno ruhten.

Die Elfin war kälter als Trockeneis, immer beherrscht und absolute Herrin jeder Lage, so auch jetzt. Sie lehnte lässig in ihrem Sessel, eine Hand auf der Lehne, die andere stützte aus purer Effekthascherei das Kinn, ein Bein war angewinkelt, das andere ausgestreckt. Die knallengen, hellbraunen Synthlederklamotten hoben ihre perfekte, vielleicht etwas zu dünne Figur hervor.

Niemand schoss genauer und sicherer als sie. Fehler beging sie nur, wenn man ihr falsche Hintergrundinformationen gab.

Das war bislang erst einmal vorgekommen, vor genau anderthalb Jahren. Aus diesem Grund trafen sie sich nach dieser langen Zeit wieder. »Ich weiß, dass ihr Rache für Datadieb haben wollt«, begann sie.

»Du nicht?« Zashi blickte sie an. »Er ist für uns draufgegangen! Ohne ihn wären wir alle tot. Das sind wir ihm schuldig!«

»Sicher.« Adorno nickte und schwieg wieder.

Die Stille brachte die Bilder.

Sie sahen ihn vor sich, wie sein dünner Körper einen unfreiwilligen Tanz hinlegte, per Kabel mit der Matrix verbunden, dem Schwarzen Ice, das ihm auflauerte, gnadenlos im Cyberspace ausgeliefert, während er bis zum letzten Atemzug kämpfte, um ihnen den Rückweg aus der Falle, in die sie getappt waren, offen zu halten.

Seinem eisernen Willen verdankten sie ihre Existenz. Aus dem Desaster waren sie alle knapp entkommen, bis auf ihn, dem Schwarzes Ice alles durchgebrannt hatte, was im Kopf eines Chiphead glühen und schmelzen konnte.

Adornos Linke ballte sich zur Faust, eine Träne sickerte am Nasenflügel vorbei über die Lippen und verbreitete einen salzigen Geschmack im Mund. »Ich denke, dass wir es wagen können«, nahm sie die Formulierung der Orkschamanin auf, die mit ihren 31 Jahren die Älteste ihres Teams war. Team Faststrike. »Wir haben lange genug stillgehalten. Die anderen denken, dass wir bei dem Run draufgegangen sind, wie Datadieb. Da ist unser Vorteil.«

Zashis Augen glänzten erwartungsvoll. »Du hast Informationen, wem wir die Scheiße verdanken?«

Die Elfin langte unter die Jacke und nahm ein paar Ausdrucke hervor. Vier davon warf sie mit einer eleganten Bewegung auf den Beistelltisch. »Jeder nimmt sich einen vor. Wir schlagen gemeinsam zu, damit sie sich nicht gegenseitig warnen können, wenn es den ersten von ihnen erwischt hat. Sie werden schnell drauf kommen, was abgeht.«

Sie hatte Nummern auf die Fotos der Personen gemalt, unter den Gesichtern standen Angaben über Hobbys, Aufenthaltsorte, Vorlieben, Freunde, Fahrzeuge, Tagesabläufe. Adorno überließ nichts dem Zufall.

»Woher hast du das alles?«, staunte Graue Klaue und ärgerte sich, dass sie nicht daran gedacht hatte, sich etwas zu essen mitzunehmen. Ihr Magen grummelte laut. »Ich meine, ich habe alles Mögliche versucht, um die Ärsche zu finden, aber es hat nicht geklappt.«

Sie verschwieg absichtlich, dass sie das Gefühl hatte, seit dem verfluchten Tag von ihrem Totem nicht unbedingt verlassen worden zu sein, aber auf seltsame Weise vernachlässigt zu werden. Vielleicht verlor sie durch ihre Lebensweise die Bindung, aber sie bemühte sich, den Kontakt zu Rabe zu intensivieren. Dennoch würde sie die Verunsicherung nicht davon abhalten, ihren Job zu erledigen. Mit etwas Glück und Planung brauchte sie nicht zu kämpfen, sondern könnte die Sache durch eine schnelle magische Attacke entscheiden.

Zashi lächelte. »Sie hat die besseren Kontakte, Liebes. Sie wird weniger in Fastfoodtempeln rumhängen als du«, zog sie die Orkfrau auf, die ihr daraufhin den Mittelfinger zeigte. Die Samurai lachte laut auf und nahm ihr die Beleidigung nicht übel. Freunde fürs Leben, Freunde bis in den Tod.

»Nicht so laut«, zischte Tabulator sie an. »Du weckst das ganze Hotel auf.« Er steckte das Bild ein, ohne darauf zu schauen. Er kannte denjenigen, der auf seiner Liste stand, ganz genau, und es wunderte ihnen nicht eine Nanosekunde, dass er in der Sache mit drinsteckte. Ihn zu rösten würde ihm nicht schwer fallen, vielmehr würde es ihm einen höllischen Spaß bereiten.

»Na und?« Zashi wirkte nicht sonderlich vom Anschiss des Deckers beeindruckt. »Die können denken, was sie möchten.«

»Nein, er hat Recht«, bekam er Unterstützung von der Elfin. »Wir sollten niemanden aufwecken.« Sie blickte auf die Uhr und stand auf, die anderen folgten ihrem Beispiel. »Ich rufe euch an und koordiniere den Ablauf. Wenn alles vorüber ist, treffen wir uns wieder.«

»Wo?«, wollte Graue Klaue wissen.

Adorno hob langsam die Schultern. »Das sehen wir dann. Ich würde sagen, wir warten ab, wohin es uns verschlägt.« Sie betrachtete die Überlebenden ihres Teams. »Habt ihr noch Fragen? Reichen euch die Infos aus, die ihr von mir zu den Leuten bekommen habt?« Alle nickten. »Habt ihr Zweifel an dem, was wir vorhaben?« Alle schüttelten den Kopf. Sie legten ihre linken Hände übereinander, eine einschwörende Geste. »Rache für Datadieb, Rache für uns«, raunte die Chefin. Es klang eisig, ein Todesversprechen an diejenigen, die ihnen im Weg standen und die sie verraten hatten.

Graue Klaue verschwand als Erste, danach machte sich Tabulator auf den Weg. Als Adorno gehen wollte, hielt Zashi sie am Arm fest. »Die anderen mögen es nicht gesehen haben, aber ich.« Ihre Augen wanderten dorthin, wo die Elfin ihr Foto aufbewahrte. »Du hast noch mehr Ausdrucke, oder?«

Sie zögerte mit der Antwort. »Ja. Es stehen noch zwei auf der Liste.«

Die Samurai versuchte, Adornos Gesichtsausdruck zu ergründen. »Und? Warum hast du sie uns nicht gezeigt? Sie werden vom Tod der anderen erfahren und …«

»Sei unbesorgt. Die beiden gehören nicht zum unmittelbaren Kreis und werden durch unsere Rache nicht aufgeschreckt werden.« Sie strich der Frau freundlich über die kurzen braunen Haare. »Wir stimmen gemeinsam darüber ab, was mit ihnen geschehen soll, doch es hat noch Zeit. Die anderen vier sind wichtig.«

»Wenn du es sagst.« Zashi wandte sich zur Tür, in der Linken das Foto mit ihrem Job haltend. Sie hob es kurz hoch, das steife Leder ihrer Jacke knarzte. »Ich hätte niemals gedacht, dass sie dazugehörte. Wir haben für sie …« Ihre Wut verschlug ihr die Stimme.

»Ich wollte es auch nicht glauben, aber es ist so«, antwortete Adorno, die den Zweifel in Zashis Worten deutlich hörte. »Ich habe keinen Fehler gemacht, glaube mir.« Sie öffnete für die Samurai. »Und nun geh, Zashi. Begib dich in Position und triff die notwendigen Vorbereitungen, damit du losschlagen kannst, wenn ich dich anrufe.«

»Sie wird sterben.« Die Samurai trat hinaus in den gleißend hellen Flur, die Elfin folgte ihr. Hatten sie die ganze Zeit darauf geachtet, leise zu sein, fiel die Tür sehr laut ins Schloss.

Ein unruhiger Schläfer im Zimmer nebenan schrak aus seinen seltsamen Träumen, blickte auf die Uhr, zog sich die Decke ächzend über den Kopf und döste beinahe augenblicklich wieder ein.

Am anderen Morgen würde er die Störung vergessen haben.

II.

… Wie hat das alles nur geschehen können? Wieso habe ich plötzlich so viele Schulden?

Ich hätte niemals die Eigentumswohnung kaufen sollen, marode Bruchbude, elende! Habe mehr reingesteckt, als sie mich gekostet hat, und die grinsenden Banker haben mir das Geld förmlich nachgeworfen, für 12 Prozent Schuldzins. Jetzt wollen mir die Penner nichts mehr geben. Gut, dann hole ich mir ihr Geld eben anders.

Da kommt ein Wagen, sehr gut! Ein nachtblauer Sportschlitten, ideal. Schnell, gutes Handling, bestens geeignet, die Bullen abzuhängen, schätze ich.

Der Fahrer ist allein. Er steigt aus und bindet sich den Schuh, sieht aus, als wollte er joggen gehen. Ja, von mir aus darf er das, wenn er keine Zicken macht. Wenn ich mir sein Auto geschnappt habe, wird er laufen müssen.

Ich bewege mich vorsichtig aus dem Gebüsch raus und pirsche mich von hinten an ihn heran, damit ich ihn niederschlagen und er mich nicht identifizieren kann.

… Scheiße, er hat mich gehört!

Er dreht sich herum, steht auf und will mit mir verhandeln, er hebt die Arme, weil er meine Halbautomatik erkannt hat. Kein Held, der Typ, umso besser.

»Okay, ich mache keinen Ärger. Nimm mein Geld und lass mich gehen.«

Soll ich ihn gehen lassen? Ich stelle mich vor ihn, die Mündung zielt auf sein Gesicht. »Würdest du mich wiedererkennen?«, *will ich wissen und beobachte ihn ganz genau. Es war nicht geplant, dass er mich zu Gesicht bekommt, deswegen trage ich meine Sturmhaube nicht.*

Er ist nicht trainiert, sieht harmlos aus. Ich muss nicht damit rechnen, dass er sich plötzlich als einer von den modernen Kampfsport-Freaks entpuppt, von denen sie auf dem Fitness-Kanal berichten.

Er schweigt verängstigt. Für eine ehrliche Antwort ist es bereits zu spät, wie ich finde. Ich habe ihn bedroht, es ist nicht sonderlich dunkel, er hat den Schock seines Lebens bekommen, und ich wette, er verpfeift mich liebend gern, wenn er die Gelegenheit dazu bekommt.

Gerade als er den Mund öffnet, um etwas zu sagen, habe ich mich entschlossen.

Ich drücke ab. Ein Schuss reicht, er ist hinüber. Ich kenne keinen Menschen, der ohne Hirn leben kann.

Ich steige ein, werfe den schweren Rucksack auf den Beifahrersitz und fahre los. Jetzt werde ich in der Bank vorsprechen. Mal sehen, ob sie mir dieses Mal Geld geben …

ADL, Württemberg, Stuttgart-Echterdingen, 30.04.2059, 08:07 Uhr

Kriminalhauptkommissar Vigo Spengler stand in einer riesigen Pfütze, die Füße gegen die Nässe durch gelbe Gummistiefel geschützt, die hervorragend zu seinem orangefarbenen Synth-Lackledermantel passten. Der grüne Schirm, den er in der Rechten trug, machte ihn unter den Weißen Mäusen der Spurensicherung, die zwischen dem Transporter und dem Tatort hin und her liefen, zu einem auffälligen Farbtupfer.

Er gähnte laut. Missmutig schaute er zu dem Zelt, das sie um die Leiche auf dem Parkplatz herum aufgebaut hatten. *Das ist einfach nicht meine Zeit.*

Es regnete seit kurzem in Strömen auf das gigantische Messegelände nieder, das von weitem betrachtet aussah, als hätten sich ein Dutzend Architekten zu Lasten der einheitlichen Optik ein Wettrennen um die innovativsten Bauwerke aus Stahl, Beton und Glas geleistet.

Für das Durcheinander haben die sicherlich einen Sack voll Geld bekommen.

Was zuerst nach einer Peinlichkeit für Stuttgart zu werden drohte, verkauften die Stadtväter auf den Rat eines Imageberaters in der Öffentlichkeit als »vielfältigstes Messegelände der ADL« und bestachen eine Architektenkommission, dem Durcheinander einen Preis zu verleihen. Es klappte, alle waren glücklich, und die Welt staunte.

»Hallo! Herr Kommissar!« Einer der Forensiker hob den Arm und winkte ihn zu sich.

Spengler murmelte ein »Kriminalhauptkommissar«, stapfte los und dachte dabei an sein warmes Hotelzimmer, das er nach dem Anruf ohne zu frühstücken hatte verlassen müssen. Das Patschen, das seine Stiefel auf dem nassen Untergrund erzeugten, wurde von dem Prasseln des Regens auf dem Schirm übertönt, sein Bäuchlein, das wenige Zentimeter über den Gürtel ragte, wogte bei jedem Schritt.

Endlich kam er in dem großen Zelt an. Die Spurensicherung hatte knöchelhohe Wassersperren errichtet, damit der Regen den Toten nicht umspülte und Hinweise vernichtete. Er fand, dass sie aussahen wie überdimensionale Kunststoffwürste und er aufgrund seines Hungers eine echte Wurst von diesen Dimensionen einfach so verdrücken könnte. Der Anblick des zerschossenen Gesichts der Leiche schockierte ihn nicht weiter und verdarb ihm seinen Appetit kaum. Er hatte vor einem Jahr in Zweibrücken weitaus Schlimmeres gesehen.

»Autoraub?«, richtete er seine Frage an einen sehr jungen Uniformierten, der das Schwarz des Sternschutzes trug und kaum mehr als 20 Jahre alt sein konnte, dann reichte er ihm die Hand. »Morgen. Sie haben die

Sauerei entdeckt?« Er klappte den Schirm zusammen und schüttelte ihn aus, die Tropfen gingen auf die Umgebung nieder.

Der Mann nickte. »Jawohl, Herr Kommissar. Vor genau«, sein Arm mit dem Kom ruckte nach oben, »einunddreißig Minuten.« Er schaute ihn neugierig an. »Wie kommen Sie so schnell auf Autoraub?«

Spengler wischte sich mit den klammen Fingern durch das kurzhaarige Chaos auf dem Kopf, doch das Schwarz ließ sich nicht bändigen, nicht um diese Uhrzeit; aus Sympathie rebellierten sein Schnauzer und die Koteletten ebenfalls. »Da ist eine trockenere Stelle neben dem Toten, es hat aber erst vorhin richtig begonnen zu regnen. Folglich stand da vorher ein Auto, den Abmessungen nach *kann* es ein Sportwagen gewesen sein. Da *er* aus gesundheitlichen Gründen nicht mehr fahren kann ...«

Er ließ den Satz unvollendet, zerrte Gummihandschuhe aus seiner Manteltasche, zog sie an und ging neben dem Toten in die Hocke. Der Schuss aus einer großkalibrigen Waffe und die verbrannten Pulverpartikel in dem, was vom Gesicht übrig geblieben war, ließen keinen Zweifel daran, dass der Täter unmittelbar vor seinem Opfer gestanden hatte.

»Wir sind fertig, Kollege. Sie können ihn bewegen, wenn sie wollen.« Der namenlose Forensiker stand auf und zog sich die Handschuhe aus. »Sie sind neu, oder?« Ohne dass er es wollte, musste er auf das zu enge dunkle T-Shirt mit dem bunten Aufdruck »Aces high« starren.

»Nein, nicht neu. Mich gibt es schon achtundvierzig Jahre«, erwiderte er trocken. »Bin nur zu Besuch hier, ich bin zum Ersten Mai ins BKA versetzt worden, und weil ich gerade in Stuttgart war, dachte jemand, es sei eine gute Idee, mich morgens aus dem Bett zu jagen, damit ich dem LKA Württemberg zusehe, wie man einen Fall löst.«

»Aha. Na, Sie sind jedenfalls vor dem LKA hier.« Der Forensiker grinste.

»Mal schauen, ob ich den Fall auch vor denen löse. Schießen Sie los.«

»Todeszeit gegen sechs Uhr. Das Projektil drang in Höhe der Nase ein und trat hinten zusammen mit dem größten Teil der Hirnmasse, Knochensplittern und Blut wieder aus. Die Kollegen vom Sternschutz suchen noch nach der Kugel. Der Tod folgte unmittelbar, weitere Verletzungen oder Kampfspuren habe ich nicht gesehen.« Er blickte zusammen mit Spengler zu dem Wäldchen, das künstlich angelegt worden war und dem Parkplatz einen parkähnlichen Charakter geben sollte.

»Der perfekte Blickschutz«, meinte Spengler und erntete ein Nicken. »Unser Freund hier trägt Joggingklamotten und ziemlich saubere Turnschuhe.« Er stand auf, die drei Männer senkten den Blick und betrachteten die Leiche. Es sah ein wenig nach Beerdigung aus. »Das heißt, er kommt an, will sportlich sein, steigt aus seinem Wagen, unser Mörder spricht ihn an, schießt ihn nieder und fährt davon.« Er suchte sich einen Kaugummi aus der linken Innentasche, Ingwer-Zitrone-Geschmack mit einen legalen Aufputschmittel verfeinert. »Ausweis? Papiere?«

»Sebastian Paschulke, zweiundvierzig Jahre, wohnt im Stuttgarter Zentrum, Ingenieur bei IFMU«, ratterte der Sternschutzmann augenblicklich herunter. »Die ID lag neben ihm, zusammen mit dem Geld, dreihundert Ecu, und der Börse. Ich hatte genügend Zeit, ihn checken zu lassen.« Er grinste. »Sie hatten übrigens Recht mit dem Sportwagen. Auf ihn ist ein dunkelblauer Eurocar Westwind 2000 zugelassen, zahlreiche Umbauten und Modifikationen, mindestens hundertdreißig Riesen wert.«

»Dann spinne ich mal weiter.« Spengler war zufrieden. »Unser Mörder hat das Fahrzeug entweder im

Auftrag einer Autoschieberbande geklaut oder braucht es, um später ganz schnell zu verschwinden. Auf die Kohle Paschulkes kam es ihm jedenfalls nicht an. Allerdings«, er rieb sich über den Schnauzer, danach kratzte er sich über die Koteletten, »ist es ein wenig zu auffällig. Sollte es ein Fluchtwagen werden, braucht er für sein kriminelles Vorhaben viel Power und Wendigkeit auf einer kurzen Strecke. Innenstadt«, tippte er vage den Einsatzort.

... Ob es klappt? Auf jeden Fall werden sie große Augen machen. Haben nichts anderes verdient, die Blutsauger.

Ich stelle den Rennwagen ab, lehne mich auf die Beifahrerseite, ducke mich und ziehe mir die Sturmhaube über, wühle den Vorschlaghammer aus dem Rucksack und steige aus. Ich muss mich beeilen, die ersten Leute schauen mich komisch an. Logisch, würde mir genauso gehen.

»Wir drehen einen Film«, *rufe ich,* »kein Grund zur Aufregung.« *Es sollte reichen, dass sie nicht sofort die Bullen holen.*

Ich betrete die Bank, renne auf die Kasse zu, hole mit dem Vorschlaghammer im Laufen aus und dresche gegen die Scheibe.

Es kracht, das Sicherheitsglas hat keine Chance, und als ich meinen Arm mit der Waffe durch das Loch halte, bekomme ich sofort Geld in eine Tüte gepackt. Ich muss nicht einmal was sagen, das ist echter Service.

»Es geht doch«, *schreie ich und ertappe mich dabei, wie ich leise lache. Scheißbank, so muss man also mit euch reden, damit ihr einem Normalbürger Geld gebt!* »Schneller«, *schreie ich die Kassiererin an. Sie ist vollkommen blass und wird sicherlich gleich in Ohnmacht fallen. Das hätte mir gerade noch gefehlt, dass sie mit der Kohle zusammenklappt und ich ohne Beute abhauen muss. Ich wedele mit der Pistole.* »Los, her damit!«

Die Tüte geht nur mit Zerren durch das Loch, doch es gelingt mir. Scheiße, das sieht nach magerer Beute aus, aber länger will ich nicht bleiben, die Bullen sind garantiert auf dem Weg, wenn sie nicht sogar schon draußen warten.

Ich hetze raus, springe in den Wagen und trete aufs Gas, die Räder drehen kreischend durch und hinterlassen eine weißlich graue Wolke, es stinkt verbrannt.

Ich habe es geschafft, und es war kinderleicht! Nur weg hier, Alain. Du hast noch einige Banken vor dir, bis alle Schulden bezahlt sind …

Das Funkgerät des Sternschutzmannes erwachte, eine allgemeine Alarmierung wurde durchgegeben.

»Stellen Sie das mal lauter«, bat Spengler.

Sie hörten, dass eine kleine Bankfiliale mitten in Stuttgart, Stuggi-Town, überfallen worden war. »Ich wiederhole, der Täter ist sehr groß, muskulös und bewaffnet. Er schlug mit einem Vorschlaghammer ein Loch in die Sicherheitsverglasung des Kassenschalters, streckte seine Pistole durch und verlangte Bargeld, das ihm die Angestellte aushändigte. Danach flüchtete er …«

»… mit einem dunkelblauen Westwind 2000«, sprachen sie die Durchsage synchron mit.

»Wie bescheuert ist *der* Kerl denn?«, wunderte sich Spengler, als er hörte, dass der Räuber gerade mal fünftausend Ecu erbeutet hatte. »Wenn er die Karre auf dem Schwarzmarkt vertickt, bekommt er mindestens das Zehnfache.« Sie betrachteten den Toten erneut. »Mann, jetzt bin ich schon so lange in dem Beruf und verstehe manche Typen immer noch nicht«, murmelte er, hob den Schirm und faltete ihn auf. »Lassen Sie den armen Herrn Paschulke liegen, bis das schnelle LKA aufkreuzt.« Er machte zwei Schritte, stakste über die Plastikwurst, und sofort trommelte das Regenstakkato gegen den Schirm, dessen Imprägnierung vor dem sauersten Regen schützte.

»Wo findet man Sie, falls die Kollegen nach Ihnen fragen?«, rief ihm der Sternschutzmann hinterher.

Spengler ließ eine große Kaugummiblase entstehen. »Stuggi-Town. Ich sehe mir mal die Filiale an. Ich finde die Sache ein bisschen zu merkwürdig.« Er rief ihm seine Kom-Nummer zu, dann stapfte er zurück zum Dienstwagen, ein Intracity, dem man ihm gestellt hatte. Die Wagenvergabestelle hasste ihn, daran gab es keinen Zweifel. Er passte mit seinen zahlreichen Pfunden nicht unbedingt gut hinein. Es drückte und quetschte ihn überall.

Es geht mich im Grunde einen Scheiß an, was abläuft, dachte er, während er den Motor startete und sich auf den Weg in die Innenstadt machte. Da er momentan Langeweile verspürte, kam ihm die Abwechslung gelegen. *Anstatt in die Glotze zu starren, kann ich mich ebenso gut nützlich machen.*

Er würde sich nicht weiter in die Ermittlungen der LKAler einmischen, weil er es immer gehasst hatte, wenn sich übergeordnete Stellen in seine Fälle, in seinem Revier Badisch-Pfalz, ausbreiteten und alles an sich zogen, weil sie die hübscheren Ausweise besaßen.

Abgesehen davon, dass er nur schnuppern wollte, betrachtete er es als gute Übung für seine kriminalistischen Instinkte, die er beim BKA sicherlich benötigte. Mehr als sonst. Und das Gefühl, das er bei diesem Fall hatte, sagte ihm laut und deutlich, dass etwas mit diesem seltsamen Raubmörder nicht stimmte.

Er lässt die dreihundert Ecu seines Opfers liegen. Das ist eindeutig seltsam. Spengler grinste. Poolitzer, ein inzwischen sehr guter Bekannter, der es fast über die Schwelle zum Freund geschafft hätte, wenn er nicht ein nerviger, reißerischer Reporter wäre, würde sich wahrscheinlich die Nase reiben und behaupten, sie juckte. Sein Storyindikator.

Bei ihm juckte nichts. Aber er kannte das Kribbeln in der Magengegend, irgendwo zwischen Herz und Zwerchfell, und auf das hörte er wie der Reporter auf seine neugierige, verlässliche Rotzschleuder.

Vor der Filiale der X-Bank angekommen, staunte er über das Kamerateam, das sich eingefunden hatte. Wahrscheinlich lag der Reiz der Berichterstattung in der Altertümlichkeit der Vorgehensweise des Täters. *Vorschlaghammer. Warum nicht gleich ein Brecheisen und den Tresor aufhebeln?*

Er ging mit gezücktem Dienstausweis durch die Absperrung und betrat den kleinen, hell eingerichteten Innenraum: ein verglaster Schalter mit der Kasse, ein unverglaster für Gespräche oder andere Bankgeschäfte, eine kleine Grüninsel und eine Wartebank, eine Metallsäule mit Chips, Formularen und Prospekten, das war's.

Er entdeckte zwei Kameras, welche die geringste Bewegung erfassen konnten. Jeder Bankräuber mit Verstand hätte schon beim Eintreten gemerkt, dass es hier nichts zu holen gab, der Sicherheitsstandard war dafür viel zu niedrig.

Ein Scheinwerfer flammte hinter ihm auf und überschüttete ihn mit grellem Licht. »Gut. Und jetzt musst du sagen: Können Sie mir mitteilen, weshalb das BKA in dieser harmlosen Sache die Ermittlungen übernommen hat?«, hörte er die Stimme eines Journalisten, die ihm sehr, sehr bekannt vorkam.

»Schieben Sie Ihren knochigen Arsch aus der Bank, Gospini.«

»Ey! So redet man nich' mit der freien Presse«, antwortete eine tiefe Stimme empört. »Poolitzer, darf der so mit dir reden? Oder soll ich ihn mal …«

Spengler horchte auf. Den Typen kannte er nicht, und der Akzent war grausam, also drehte er sich langsam um und schaute auf ein Duo, wie er es nur aus schlechten Trid-Produktionen kannte, die er abends in seiner Bereitschaft beim Zappen durch die DeMeKo-Kanäle sah.

Neben Gospini stand ein fast drei Meter großer Troll, der aus einem unerfindlichen Grund unter seinem beigen Sommermantel ein dunkelblaues Hawaiihemd über einer giftgrünen Hose trug. Es hatte ihm wohl nicht gereicht, allein durch seine muskelbepackte Gestalt aufzufallen und sich damit die Aufmerksamkeit des Sternschutzes zu sichern. Die Fuchi auf seiner Kopfhalterung wirkte wie eine kleine verlorene Sonde, die einen gewaltigen Planeten umkreiste.

Der Reporter, dessen verknitterte Kleider wohl seit einer Woche ununterbrochen an seinem Körper hingen, feixte. »Ich hätte mir denken können, dass nur ein Mensch so einen hässlichen Mantel trägt.«

Spengler war noch viel zu fasziniert von dem trollischen Anblick. »Sagen Sie nicht, dass der nette junge Mann Ihr Azubi ist, Gospini«, schaffte er es nach vier Sekunden herauszuwürgen. »Oder ist das eine neue Masche, Informationen durch Einschüchterung aus den Leuten herauszuholen?«

Der Troll kniff die Augen zusammen, die Warze und das Horn drohten, ins Gesicht zu rutschen. »Wie meint 'n der das?«

Poolitzer reichte dem Hauptkommissar die Hand, sie lachten beide. »Darf ich vorstellen: Mister José Gonzales«, meinte er mit Blick auf Ultra. »Ein angehender Kollege, der in Seattle meine Rolle übernehmen möchte. Ich lerne ihn an.« Ultra blieb misstrauisch, wie man unschwer an seinem Gesichtsausdruck sehen konnte. »Seit wann sind Sie denn beim BKA, fetter alter Mann?«

»Noch bin ich im Urlaub, aber ab morgen stehe ich den Kollegen zur Verfügung. Kam ziemlich überraschend. Ich bin einigen Kons in der Pfalz wohl zu sehr auf die Eier gegangen, deshalb haben sie mich versetzen lassen«, meinte Spengler und hielt ihm das Kaugummipäckchen hin.

»Sie ermitteln also gar nicht? Die Bullen da draußen …«

»Nein, ich schaue mich nur mal um. Sie sind nicht der einzige neugierige Mensch.« Er wurde etwas ernster, er versuchte, den Gefühlszustand des Reporters zu ergründen. »Alles in Ordnung? Nach unserem Saufgelage im *Alexander the Great* vor zwei Wochen habe ich Sie nicht mehr gesehen. Ich dachte, Sie wären nach Hamburg gerauscht?«

»Es kam was dazwischen«, wich Poolitzer aus. *Eine Depression, drei Flaschen Wodka, ein Kasten Bier und ein paar Cognac,* dachte er und betrachtete demonstrativ das Loch in der Scheibe, das der Vorschlaghammer hinterlassen hatte. Er wollte Spengler nichts über seine Gemütslage sagen, das Gespräch mit Xavier hatte ihm gereicht, um ihn ein wenig aus dem Tal des Jammers zu holen oder ihm zumindest einen Weg hinaus zu weisen. »Stimmt das, was man so gehört hat, das mit dem Westwind als Fluchtwagen?«, versuchte er abzulenken. »Die Reichen sind auch nicht mehr das, was sie mal waren.«

Ultra begann, ein paar Aufnahmen zu machen, ohne die beiden Männer dabei in den Sucher zu nehmen. Stimmungs-Shots, wie man das nannte.

»Sie werden lachen, aber der Typ hat das Auto aller Wahrscheinlichkeit vorhin erst geklaut«, erzählte ihm Spengler und fasste rasch zusammen, von welchem Termin er gerade kam. Poolitzers offenem Mund nach zu schließen war er ebenso überrascht wie der Kriminaler.

»Das ist ja ein Ding«, murmelte er. »Der muss echt einen Hammer haben.« Sie schauten auf das Loch im Sicherheitsglas. »Und zwar im wahrsten Sinne des Wortes. Vielleicht ist an dem Fall doch mehr dran, als es auf den ersten Blick aussieht.«

»Sie und Sie und der lustige Trollclown – raus hier«, wurden sie angeherrscht. Zwei Herren und eine Dame traten ein, LKA-Ausweise gut sichtbar an den Jacken tragend. »Sie haben nichts am Tatort verloren.« Der

Mann, der gesprochen hatte, warf Spengler einen anklagenden Blick zu. »Auch wenn Sie ein Kollege sind, das ist unser Fall.«

»Bin schon weg.« Er lächelte und langte nach seinem Schirm. »Ich dachte nur, Sie brauchen wieder ein bisschen länger, und ich fange schon mal an, damit ich Ihnen ein wenig Arbeit abnehmen kann.« Poolitzer pfiff Ultra zurück, der den Kopf alle zwei Sekunden in eine neue Richtung drehte und wendete, alles und jeden filmend. Zu dritt kehrten sie auf die Straße und ins Stuttgarter Sauwetter zurück.

»Und? Gehen wir einen Kaffee trinken?«, schlug der Reporter vor und stellte den Kragen seines Sakkos hoch, das sich in Sekunden mit Wasser voll sog und beinahe schwarz wirkte.

Spengler lehnte ab. Er musste ins Hotel zurück, auschecken und danach bei seinem neuen Arbeitgeber strammstehen, um seinen Dienst anzutreten. »An Ihrer Stelle würde ich ein Auge draufhalten«, riet er ihm zum Abschied. »Setzen Sie doch Ihren Azubi auf die Sache an, damit dürfte er beschäftigt sein.«

»Hatte ich sowieso vor«, eröffnete Poolitzer. »Das ist ein ideales Betätigungsfeld für den Anfänger. Mit Ihren Tipps können wir noch ein paar Nachforschungen über diesen Paschulke anstellen. Möglicherweise wurde er doch nicht so zufällig ausgewählt.« Er zeigte auf die LKA-Abteilung, die sich in der Filiale mit einer Frau unterhielten, die ein Pflaster in der linken Armbeuge trug. »Sie werden mich nicht los, sobald die rauskommen, hängen José und ich uns an sie und fahren so lange hinter ihnen her, bis sie ein Statement abliefern.«

»So kenne ich Sie, Schnüffler.« Vigo Spengler und der Reporter reichten sich die Hand, danach gingen sie ihrer Wege.

Er erreichte sein Hotel in kürzester Zeit, packte seine Sachen zusammen und lud den Koffer in den Wagen.

Als er auf dem Fahrersitz hockte, der Motor des EMC Intracity surrte leise, bemerkte er, dass er die ganze Zeit an den seltsamen Fall dachte und eine unbestimmbare Faszination empfand.

»Motor aus«, befahl er dem Autopilot und ließ sich eine Kom-Verbindung zu seiner neuen Dienststelle geben.

»Sie haben vor, mir meinen Fall wegzunehmen?«, sagte der LKA-Mann, den er vorhin in der Bank getroffen hatte, mit einem aggressiven Unterton und äußerst säuerlichem Gesicht. »Sie meinen, weil Sie einen hübscheren Dienstausweis besitzen, können Sie sich das erlauben?«

Spengler, der ihm im kleinen Büro gegenübersaß und versuchte, einigermaßen in den Sitz zu passen, ohne dass er den Stuhl sprengte, grinste breit. Er mochte den Typen, dessen Namen er vergessen hatte. Die schlechten Gefühle gegenüber dem BKA kannte er einfach noch zu gut.

»Wirbitzky« las er noch einmal auf dem kleinen Aufsteller neben dem Aktenordner nach, dann räusperte er sich. »Nein, verstehen Sie das nicht falsch. Ich bin nur ein Beobachter.«

»Ein Beobachter? Was gibt es denn bei einem einfachen Bankraub zu beobachten?«

»Die Tatsache, dass der Täter dafür einen Luxuswagen raubte, für den er mehr Geld bekommen hätte, als er bei seinem Überfall erbeutete«, antwortete er ihm ehrlich. »So blöd ist niemand, dass er den Wert eines solchen Fahrzeugs nicht erkennt.«

»Vielleicht fehlen ihm die Kontakte, den Westwind zu veräußern?«

»Möglich, aber ich glaube nicht daran. An dem Ding stimmt etwas nicht, und ich habe bereits eine Sache checken lassen, die ich sehr interessant finde.« Er langte unter seinen Synth-Mantel und warf Wirbitzky einen Chip zu.

Wirbitzky wollte offenbar nicht reagieren, der Chip flog gegen seine Brust, prallte ab und landete mit einem leisen *Blubb* im Kaffee. Er bewegte sich immer noch nicht, Sekunden verstrichen. »Was stand drauf?«, kam die gelangweilte Frage.

»Sie hätten gelesen, dass es 2001, 2017 und 2043 schon mal so ähnliche Fälle gab. Immer Serientäter.«

Nun schaute Wirbitzky ungläubig. »Spengler, was wird *das* denn? Sind Sie der Meinung, der Typ ist vom Geist der Toten besessen? Denken Sie sich was Besseres aus.«

»BTL.«

»BTL?«, lachte Wirbitzky auf. »Die Hersteller von den Chips sind schon krank, aber so krank auch wieder nicht.« Er nahm seinen Löffel und begann mit der Bergung des abgesoffenen Chips. Es dauerte nicht lange, dann hatte er ihn neben seine Tasse auf den Unterteller gelegt. »Und wie kommen Sie ausgerechnet darauf, dass es Käufer für …«

»Es gibt immer Käufer für diese Scheiße, von pervers bis normal, Sie sollten es doch wissen. Ihre Leute schnappen die Dealer oft genug«, unterbrach ihn Spengler freundlich, aber bestimmt. »Der Kick, mal jemand anderes zu sein, ein bisschen Bankräuber spielen, nur mal für zehn Minuten zwischendurch, und zwar nach einer uralten, antiquierten Methode, die nur noch bei einer Hand voll Banken funktioniert, weil keiner mehr mit so etwas rechnet. Kein Mensch mit Verstand würde das Risiko eingehen.«

»Anscheinend doch.« Er machte keinen Hehl daraus, dass er dem BKA-Kollegen erstens nicht glaubte und ihn zweitens am liebsten aus dem Büro geschmissen hätte. »Wir behandeln es als völlig normalen Fall«, sagte er mit einer Betonung, die klar machen sollte, dass er keine Anweisungen entgegennehmen wollte.

Spengler ließ nicht locker. »Hat es in der letzten Zeit weitere Fälle gegeben, die auf den ersten Blick wirr oder sehr auffällig erscheinen?«

»*Der* war gut. Wir leben im Jahr 2059, in der Erwachten Welt.«

»Ach ja, danke für den Hinweis. Dann meinte ich wirrer oder auffälliger als sonst.«

Ohne eine Erklärung hackte Wirbitzky sein Passwort in die Tastatur und drehte ihm den Flachbildschirm zu. Zahlenkolonnen ratterten entlang, jede einzelne Ziffer stand für einen Fall. »Sie suchen was Bestimmtes? Dann nur zu, ich halte Sie nicht auf, aber ich bin sicherlich nicht Ihr Such-Wauwau. Ich habe mehr als diesen einen Fall zum Abschluss zu bringen.«

Es klopfte kurz. Die Tür wurde geöffnet, ohne dass jemand »Herein« gerufen hätte, und das gewinnende Grinsen von Poolitzer samt dem dazugehörigen Kopf zwängte sich erkundend durch den Spalt. »Störe ich?«

»Wann nicht?«, erwiderte Spengler gut gelaunt.

Wirbitzky schaute vorwurfsvoll und wedelte mit der Hand; es erinnerte an die Bewegung, die man macht, wenn man lästige Fliegen vom Marmeladenbrot verjagen wollte. »Verschwinden Sie, Gospini, und nehmen Sie Ihren bunten Troll gleich mit. Gehen Sie und nerven Sie die Pressestelle.« Er langte nach seinem Funkgerät. »Wer hat Sie eigentlich reingelassen?«

»Haben Sie mal versucht, einen neugierigen Troll aufzuhalten?«, säuselte er und öffnete die Tür vollständig. Hinter ihm erhob sich Ultras unbewegliche Silhouette wie ein Denkmal. Sein Kopf verschwand wie abgeschnitten, weil der Durchlass zu klein für Metamenschen seines Kalibers war. »Nein, keine Bange, es geht um Folgendes: Ich bin auf dem Flur einem netten jungen Mann begegnet, und der war auf der Suche nach einem verständnisvollen Polizisten, der ihm in aller Ruhe zuhören möchte, denn wenn ich ihn richtig verstanden habe, waren das die Jungs von der Sternschutz-Wache nicht.«

Spengler und der LKAler tauschten einen kurzen Blick. »Verschwinden Sie«, wiederholte Wirbitzky ungnädig. »Ich muss meine Arbeit machen.«

»Okay, aber sagen Sie hinterher nicht, dass ich Sie bei der Lösung des Mysteriums übergangen hätte.« Poolitzer fasste den Türgriff und schob sich rückwärts. »Spengler, meine Nase juckt. Sie wissen, was das bedeutet. Haben *Sie* vielleicht Zeit?« Er verharrte erwartungsvoll und grinste frech, als sein Bekannter die stattlichen 110 Kilogramm aus dem Stuhl wuchtete. »Na also. Wenigstens ein Bulle mit Gespür.«

Sie traten hinaus in den Gang, und Spengler sah, wen Poolitzer gemeint hatte.

Vor ihm stand ein Typ, Ende zwanzig, klassisches Gesicht, aber bräunlich eingefärbt, als ob sich etwas Südeuropäisches in seine Gene geschlichen hätte. Er trug sehr legere, nicht unbedingt württembergischem Standard entsprechende Kleider in Weiß und Blau, die orientalisch angehaucht wirkten.

Er reichte ihm die Hand. »Spengler, BKA. Was genau ist denn Ihr Problem?« Die dunkelbraunen Augen zogen seinen Blick automatisch an, und dabei wusste er ziemlich genau, dass er nicht auf Männer stand.

»Hallo. Ficker …«

»Halten Sie es für lustig, mit einer Beamtenbeleidigung ein Gespräch zu beginnen?«

»Nee, der heißt so«, grölte Ultra los, noch immer mit der Kamera auf dem Kopf ausgestattet. »Ehrlich! Ficker, ich habe seine ID abgefilmt, weil ich's auch nicht glauben wollte.« Sein röhrendes Lachen ging in ein anhaltendes Glucksen über, die mächtigen Schultern hüpften auf und ab. »Fi-cker«, ließ er sich die Silben noch mal halblaut auf der Zunge zergehen. »Stellt euch vor, der heiratet und bekommt 'nen Doppelnamen. Mit ›Mutter‹, das wär' doch'n Brüller. Oder …« Er überlegte. »Hey, wie wär's mit ›Schlecht‹? Oder … ›Hühner‹?«

Der Mann seufzte. »Ja, mein Name ist ein Fluch.«

»Und abgesehen davon haben Sie was für ein Problem, Herr Ficker?« Er deutete auf ein leeres Zimmer, in dem normalerweise Vernehmungen stattfanden.

Poolitzer organisierte ein paar Becher Kaffee, während Ultra dazu übergegangen war, die Fuchi von der Kopfhalterung zu nehmen und sie frei Hand zu bedienen. »Damit kann ich tolle Klosetts mach'n«, erklärte er bereitwillig, den Tonfall eines Profis imitierend.

»Close-Ups«, verbesserte Poolitzer von der Tür her, die Becher balancierend. »Was du Tolles auf dem Klosett machst, will keiner von uns wissen, glaube ich. Nicht einmal für eine Doku-Serie.« Spengler und Ficker lachten leise. Er drehte einen Stuhl mit der Lehne nach vorne, setzte sich drauf und legte die Unterarme auf. »Okay, Kamera läuft, legen Sie los.«

Ficker zierte sich. Nervös spielte er mit dem Becher herum, bis der Kaffee überschwappte und ihm über die Hand lief. »Muss das sein, das mit der Kamera? Es ist ja nett, dass Sie mir weitergeholfen haben, Herr Gospini, aber ich bin eigentlich nicht daran interessiert, in einem Ihrer Berichte aufzutauchen.«

Poolitzer winkte ab. »Keine Sorge, das nimmt mein Assistent nur zu Übungszwecken auf. Wir löschen es wieder, ich verspreche es Ihnen.« Er gab Ultra ein heimliches Zeichen, dass er alles mitschneiden und keinesfalls löschen sollte.

»Vergessen Sie den Klugscheißer, Herr Ficker, und erleichtern Sie Ihr Gewissen. Was ist es denn, was Ihnen der Sternschutz nicht glauben wollte? Haben Sie was angestellt, oder wurden Sie Opfer eines Verbrechens?«

Ficker atmete tief ein und schaute auf die braune Pfütze und die Spritzer, die den Tisch wegen seiner

Spielerei zierten. »Ich habe jemanden verloren«, wisperte er mehr als er sprach.

»Tot?«

»Nein, er ist weg, ich kann ihn nicht ausfindig machen, und jetzt habe ich Angst, dass ihm etwas zugestoßen ist.«

Der Kriminalhauptkommissar zückte sein Pad. »Sagen Sie mir, wie die Person heißt. Ich kann …« Er hörte auf zu reden, als Ficker schwach den Kopf schüttelte.

»Ich habe keine Ahnung, wie der Mann heißt.«

Spengler schaute zu Poolitzer, der ihn breit angrinste, als wollte er damit sagen: *Sehen Sie, fetter alter Mann? Ich ziehe die ungewöhnlichen Fälle immer an.* Er räusperte sich und legte das Pad auf die Tischplatte. »Okay, dann verraten Sie mir, wo Sie ihn verloren haben.«

»In einem Zeppelin.«

»In einem *Zeppelin*?« Eigentlich hatte er die Aussage nicht wie ein Papagei wiederholen wollen, aber die Merkwürdigkeiten häuften sich von Sekunde zu Sekunde, und das überraschte ihn trotz aller Berufserfahrung. Er musste nicht zu dem Reporter schauen, um zu wissen, dass dessen Grinsen von einem Ohr zum anderen reichte. »Sie haben einen Unbekannten in einem Zeppelin verloren«, fasste er mehr für sich als für die anderen zusammen. »Ist er vielleicht aus einem Fenster oder einer Luke gefallen?«

Er hob den Blick nicht. Stattdessen begann er, mit dem Zeigefinger in der Pfütze herumzupatschen. »Nein. Er ist weg. Seit vorgestern.«

»Herr Ficker«, Spengler beugte sich langsam nach vorne, »so kommen wir nicht weiter. Wären Sie so freundlich, mir zu erklären, wie Sie den Unbekannten kennen lernten und unter welchen Umständen Sie ihn wieder aus den Augen verloren?«

Ihr Sorgenkind riss sich zusammen, setzte sich gerade hin und nahm innerlich Anlauf, dem Polizisten alles zu gestehen. »Es war am Abend des 28. April, in Ludwigsburg, in der Wolkenstadt …«

ADL, Württemberg, Stuttgart-Ludwigsburg, 28.04.2059, 22:22 Uhr

Es roch himmlisch.

Verschiedene ätherische Öle, herb, süß, leicht, schwer, holzig, blumig, aromatisch, grell, schmeichelnd, leise, dunkel und schimmernd, ergaben ein olfaktorisches Konglomerat der Verführung. Sie drangen aus unsichtbaren Zerstäubern in der Decke, mischten sich zu einem ausgeklügelten Duftschleier, der sich um die Sinne legte, sie betörte und die Menschen entspannte. Leise sphärische Musik schwebte im Raum, für die passende Beleuchtung sorgten nur die Kerzen auf den Tischen.

Das war der Grund, weshalb man sich an diesen Ort begab, Entspannung.

Eigentlich.

Jens Brockstätt saß am Tresen der Panorama-Bar und kniff die Mundwinkel zusammen, als er hinüber zu Tisch 19 blickte und Unentspannung pur entdeckte.

Dort hatte sich Johann von Boesche samt seinem Hyänenrudel niedergelassen, junge Neureiche, an denen so etwas Essentielles wie Erziehung gescheitert war und die es einfach hip fanden, in der *Wolke Sieben* zu sitzen, sich voll laufen zu lassen, seinen Bedienungen hinterherzuschauen und sie anzugrabschen. Gegen ihn halfen die besten Düfte nichts. Seine Dummheit stank zum Himmel.

Geistesarmer kleiner Junge. Sicher, er hätte sie rausschmeißen lassen können. Ihm gehörte der umgebaute Luftschiffbau Zeppelin LZ-2051, der fliegende Miniaturpalast, der seit knapp einem Jahr über den Dächern von Ludwigsburg hing. Er war der Herr der Lüfte.

Dummerweise blieb sein gewaltiger Vergnügungszeppelin aber nur am Himmel, wenn die Kasse stimmte. Die von Boesches hatten genügend Freunde in Stuttgart, bei denen nur ein schlechtes Wort über *Wolke Sieben* genügte, und die Hälfte der reichen Kundschaft würde entweder zu Hause bleiben oder in einen der inzwischen herumschwebenden Konkurrenzzeppeline umsteigen.

Brockstätt hob kaum merklich den Zeigefinger.

Die knappe Geste des Mittvierzigers wurde von dem muskelbepackten Türsteher wahrgenommen, der sich gerade auf Tisch 19 zugeschoben hatte und eingreifen wollte, wo von Boesche einer Angestellten laut lachend auf den Hintern schlug und kräftig zupackte. Der Rausschmeißer blieb stehen, beließ es bei einem drohenden Blick und kehrte an den Eingang zurück. Von Boesche griente dreckig, sog eine Auster in den Mund und warf die Schale absichtlich fest auf das silberne Tablett zurück. Es schepperte laut.

Wolke Sieben war bis auf den letzten Platz besetzt. Als er vor einem Jahr aus der Kon-Etage der Friedrichshafener Zeppelinwerke der IFMU geflogen war und auf die Suche nach Einnahmequellen ging, erinnerte er sich an einen guten Science-Fiction-Klassiker: Star Wars, Episode fünf, die beste aller Episoden.

Darin spielte eine Sequenz in einer Wolkenstadt, der Anblick hatte ihn als Kind immer fasziniert. Ein eigenes kleines Bespin, das wollte er haben, und er bekam es auch. Stuttgarts Stadtväter legten ihm keine Steine in den Weg.

Seine Augen schweiften aus dem Fenster über den hell erleuchteten Plex etwa vierhundert Meter unter ihm. Nachts bekam die Stadt ein besonders schönes Gesicht. Das Hässliche verschwand in der Dunkelheit, zurück blieben die bunten Lichter der Straßen, Hochhäuser und Konzerngebäude, hier und da strahlten Scheinwerfer in den Himmel, Laserprojektoren malten Werbeschriften in die unteren Wolkenschichten und machten auf das Programm im Musik-Erlebnis-Zenter in Möhringen aufmerksam.

Herrlich. Dann suchten die Pupillen die Zeppeline der Konkurrenz, bislang waren es sieben, die in sein Reich aufstiegen und ihm seinen Einfall streitig machten. Die Mehrzahl von ihnen hatte sich mit extra konstruierten Hängebrücken untereinander verbunden, oder besser gesagt, sie hatten sich gegen ihn verbündet.

Sollen sie es doch versuchen. Scheiß auf Lando Calrissian, ich bin der König von Bespin.

Brockstätt verlangte einen Rusty Nail, drehte sich auf dem Hocker um und betrachtete die Menge, die an den Tischen verteilt saß, Hummer knackte, Kaviar auf Weißbrot strich und über die Qualität des Rotweins philosophierte, der aus irgendeiner Region Südamerikas eingeflogen wurde, dessen Name sie nicht einmal aussprechen konnten.

Im Raum nebenan verprassten sie ihr Geld an den Spieltischen eines Kasinos, verloren bei Black Jack und Roulette. Wer wollte, blieb eine Nacht in der hauseigenen Suite und erwachte mit dem schönsten Ausblick, den man sich für Geld kaufen konnte. Selbst der Stuttgarter Funkturm in Degerloch konnte nicht mithalten.

Es lief hervorragend, und übermorgen kam sein zweiter Zeppelin an, ein Airship Industries Paradiso, gigantischer als *Wolke Sieben*, ein Schock für die Konkurrenten. Wäre die *Wolke Sieben* ein Fischkutter, stellte der zigarrenförmige Paradiso im Größenvergleich dazu einen Hochseedampfer dar. Noch mehr Vergnügungseinrichtungen, noch mehr Kabinen, noch mehr Menschen, noch mehr Geld, noch mehr Prestige.

Niemand entthront mich.

Der Conferencier betrat die kleine Bühne in der Mitte der Bar, die Scheinwerfer an der Decke flammten auf.

»Guten Abend, meine Damen und Herren. Ich begrüße Sie herzlichst, mein Name ist Holger Speckhahn, ich leite Sie durch die heutige Show, die es durch ihre Faszination sicherlich schaffen wird, Sie für eine Stunde vom Anblick des nächtlichen Stuttgart loszureißen.«

Er lächelte unverbindlich und drehte sich dabei um seine eigene Achse, seine ständig modulierende Stimme erinnerte an die Ansager der großen Spektakel in Las Vegas. Das Krachen der Hummerschalen endete nach und nach, die Aufmerksamkeit richtete sich wirklich auf den gut aussehenden Mann im Anzug.

»Ihr Gastgeber, Herr Brockstätt …« Er streckte seinen Arm aus und deutete auf die Bar. Die Augen der meisten Gäste richteten sich auf ihn, und man prostete ihm zu. »… hat Ihnen für heute Abend eine Besonderheit in der Unterhaltungsbranche organisiert.« Vornehmer, zurückhaltender Applaus, wie es in den reichen Kreisen üblich war; nur von Boesche und sein Rudel klatschten ordinär laut. »In einer Zeit, in der Magie erwacht ist, wo es Cyberimplantate an allen Ecken zu kaufen gibt, hat sich ein Mann auf das gute alte Handwerk besonnen. Er schafft es, Sie durch seine Stimme und seine Gesten in seinen Bann zu ziehen und«, Speckhahn hob den Arm und reckte den Zeigefinger, »niemand wird sich ihm entziehen können.« Er trat zur Seite. »Begrüßen Sie mit mir den unvergleichlichen, einmaligen, unerreichten …«

»So ein verdammter Schwätzer!«, rief von Boesche dröhnend. »Schicken Sie den Mann endlich raus, damit wir was zu lachen haben.«

Speckhahn blieb cool. »… und immer wieder faszinierenden Meister der Hypnose, Guru Mahatma Citta!« Er schritt die Stufen hinab, das Licht erlosch, sphärisch-indische Musik ertönte leise, in die das unangenehm schrille Kichern von Boesches schnitt, das man kaum als Ausdruck normaler Heiterkeit bezeichnen konnte.

Hyäne passt, ärgerte sich Brockstätt, der sehr wohl registrierte, dass einige seiner Stammgäste zuerst vorwurfsvoll an Tisch 19, dann Hilfe suchend zu ihm schauten – die stumme Aufforderung, endlich etwas zu unternehmen.

Die Abdeckung in der Mitte der Bühne fuhr zurück, Kunstnebel waberte hervor, und aus dem Dampf stieg eine Gestalt empor, wie sie indischer nicht hätte sein können. Der schlanke Mann steckte in einem trideotypisch Bollywood-Serien-Outfit, das in der westlichen Welt mehr an eine Uniform als an normale Kleidung erinnerte.

Er hob die Arme und legte die Handflächen aneinander, sodass die Fingerspitzen unter dem Kinn nach oben zeigten.

»Namaskaram«, sagte er sich leicht verbeugend, und die sonore dunkle Stimme hallte durch den Raum. Sie wirkte bannend, die wenigen akzentfreien Worte zwangen zum Hin- und Zuhören. Selbst wenn er den restlichen Abend eine Kom-Nummernliste vorgelesen hätte, würden sie an seinen Lippen hängen.

Brockstätt lächelte. Diese Präsenz, dieses Können waren die Gründe, warum er den Typen für viel Geld angeheuert hatte. Er war von dem Mann überzeugt, seit er ihn einmal bei einer Firmenfeier der Zeppelinwerke gesehen hatte.

Die Scheinwerfer brachten die silbernen Borten an seinem dunkelblauen knielangen Obergewand zum Leuchten. Das war auch schon das einzig Auffällige an seiner Garderobe.

»Ich bin Guru Mahatma Citta, und ich werde einige Sahibs und Ma'am Sahibs Dinge tun lassen, die sich niemand hätte vorstellen können. Die Weisheit Indiens wurde mir zuteil, die Gurus der Trance verrieten mir ihre Geheimnisse, die Sie zum Staunen bringen.«

Die Bühne begann, langsam zu rotieren, damit ihn alle von vorn sehen konnten. Ein schmuckloser nachtblauer Turban saß auf seinem Kopf, die Augen wurden durch dunkle Schminke besonders betont, über der Nasenwurzel prangte ein dunkelroter Punkt.

»Alles, was ich dazu benötige …« Sein rechter Arm schnellte nach vorne, es klirrte leise, und wie aus dem Nichts baumelte eine silberne antike Taschenuhr an einer dreißig Zentimeter langen Kette zwischen seinen gepflegten Fingern. »… ist das hier.« Die Taschenuhr pendelte sanft hin und her, ein Diamant inmitten des Deckels funkelte im Licht auf.

»So ein Scheiß.« Von Boesche schlürfte die nächste Auster extra laut.

Guru Citta, der dank seines klassischen Gesichts wie ein waschechter, sonnengebräunter Westeuropäer mit einem indischen Elternteil irgendwo im zehnten Familienglied aussah, heftete seine dunkeln Augen auf den Tisch. »Kommen Sie bitte auf die Bühne, Sahib von Boesche?«

»Warum sollte ich?«

»Damit alle sehen können, was ich für einen *Scheiß* mache«, gab er höflich zurück. »Ich begleiche Ihre Rechnung, wenn meine Kräfte bei Ihnen versagen sollten, Sahib. Ist das ein Angebot?«

Der junge Mann, der Zeit genug hatte, seinen Körper täglich im Fitnesscenter in Schuss zu halten, um Mädchen mit seinem Äußeren und seinem Geld zu beeindrucken, warf die leere Auster hinter sich.

»Du wirst dich tot bezahlen, Currystreuer. Ich bestelle hiermit einen Kasten Chateau Maligré«, sagte er laut und deutlich, »für meine Freunde und mich.« Er stand auf und kam auf die Bühne. Der Anzug aus Transpartex musste eine Maßanfertigung sein und saß wie angegossen. Er überragte den Guru um einen halben Kopf, die grünen Augen schauten feindselig. »Und jetzt?«

Citta wich einen Schritt zurück, hob den Arm mit der Taschenuhr und versetzte sie in sanfte Schwingungen. »Schauen Sie bitte auf die Uhr und konzentrieren Sie sich auf den Klang meiner Stimme, Sahib. Nur auf den Klang, den Klang und nichts anderes.«

Er hörte nicht mehr auf zu sprechen, bevorzugte Worte mit dunklen Vokalen und weichem Klang. Hatte von Boesche anfangs noch ein arrogantes Lächeln auf dem Gesicht und versuchte wegzuschauen, blieb sein Blick doch irgendwann auf der pendelnden Uhr hängen. Die Kameras, die das Geschehen auf die Bildschirme im Kasino und in kleine Monitore in den Tischen übertrugen, zoomten weiter heran und zeigten deutlich, dass die Augen einen müden Ausdruck erhielten, die Lider senkten sich.

»Und nun«, Citta senkte den Arm und trat hinter ihn, »sind Sie der größte Gentleman der Welt. Gehen Sie doch zu der Angestellten und entschuldigen Sie sich für Ihr Fehlverhalten«, sagte er halblaut.

Die Lider schnellten in die Höhe. Gehorsam, ein wenig steif, stieg von Boesche die Stufen hinab, reichte der Frau die Hand und beteuerte, dass er es niemals mehr machen würde.

»Sehr gut, kommen Sie wieder zurück zu mir, Sahib von Boesche. Sie sind ein Huhn, also gackern Sie unterwegs ein wenig und schlagen Sie kräftig mit den Flügeln.«

Gegen den hypnotischen Befehl gab es offenbar keine Widerstandsmöglichkeit. Sehr hühnchenhaft legte der Mann den Weg bis zur Bühne zurück und ging dort in die Hocke, um ein imaginäres Ei auszubrüten.

Brockstätt war zerrissen. Einerseits verspürte er Schadenfreude, dass der Guru den Typen vorführte, andererseits fürchtete er sich vor dem Nachspiel, das daraus erwachsen könnte. Er klatschte laut und hoffte, dass der Schall die Trance zerriss. Die anderen Besucher stimmten ein.

Citta verbeugte sich. »Nun, ich entlasse den jungen Mann wieder ins relative Menschsein«, kündigte er an und schnippte mit dem Finger, wobei er ihm erklärte, dass der indische Bann von ihm genommen wurde.

»Scheiße, was …?« Etwas irritiert blickte sich von Boesche um, weil er nicht wusste, weshalb er sich in die Hocke begeben hatte. Dann kehrte er an den Tisch zurück, wo ihn seine Hyänen erwarteten und ihm berichteten. Im selben Moment brachte ihm die Bedienung den Kasten Chateau Maligré, jede Flasche zweitausend Ecu wert. Der mörderische Blick, den er dem Hypnotiseur zuwarf, hätte einen ausgewachsenen Troll auf der Stelle gefällt.

Citta zog seine Show durch, ließ Freiwillige steif wie ein Brett werden und klemmte sie waagerecht zwischen zwei Stühle, ohne dass sie einknickten, und machte vieles mehr. Dabei steigerte er sich immer weiter, die Freiwilligen taten das Verlangte mit noch nie gesehener Überzeugung und ohne einen Ansatz von Zaudern. Die Reichen und Mächtigen in der Panorama-Bar waren von dem Guru begeistert, die Freiwilligen drängten nur so nach vorne.

»Das ist stinklangweilig!«, tönte von Boesches Stimme. Er war angepisst wegen der 12000 Ecu, die er zahlen durfte. »Lassen Sie doch die Jungs was anderes machen.« Auf sein Zeichen hin erhob sich sein Rudel und folgte ihm zur Bühne, auf der noch vier Hypnotisierte standen und geduldig auf ihre Erlösung vom Geistesbann harrten.

Das Sicherheitspersonal von *Wolke Sieben* schaute zu Brockstätt, der ihnen signalisierte abzuwarten. *Keinen Stress.*

»Und was wäre das Ihrer Meinung nach, Sahib?«, erkundigte sich Citta mit indischer Gelassenheit.

Er schaute über die entspannten, abwesenden Gesichter des Quartetts. »Lassen Sie die Typen doch zu jemand anderem werden«, schlug er vor. »Eine andere Persönlichkeit …«

»Nein«, kam es sofort und ungewohnt hart aus dem Mund des Hypnotiseurs. »Erstens geht das nicht …«

»Doch, Sie können das bestimmt.« Von Boesche riss ihm die Uhr aus der Hand und sprang auf die Bühne. »Geben Sie her, ich mache das selbst. Ich will jetzt auch was zu lachen haben.«

Scheiße. Pissdummes Arschloch, fluchte Brockstätt lautlos und gab seinem Sicherheitspersonal den Einsatzbefehl, denn nun war von Boesche definitiv zu weit gegangen.

Der Neureiche sprang auf eine junge, hübsche Frau zu. »Hey, du! Du bist jetzt Pussy Manytimes, die Schlampe aus dem Porno-Kanal, und willst mich fi…«

Citta stellte sich ihm in den Weg und stieß ihn zurück. »Ich warne Sie, Sahib von Boesche«, sagte er. Zusammen mit seiner dunklen Stimme und den betonten Augen wirkte es sehr drohend und gefährlich.

Noch ehe es zu einer Schlägerei zwischen den beiden kommen konnte, schaltete sich der modisch gekleidete und perfekt frisierte Freund des Mädchens ein. Er sprang hinzu, geriet aber zwischen die Fronten der Sicherheitsleute und von Boesches Hyänen, wo das Gerangel in eine Prügelei ausartete. Unter den Begleitern des Neureichen befanden sich Pseudo-Vercyberte, denen eine Auseinandersetzung und ein Kräftemessen gerade recht kam.

Nun ging es rund.

Andere Gäste eilten der Security zu Hilfe, wohl eher von dem Drang beseelt, den jungen Laffen für ihre ständigen Pöbeleien ordentlich auf die Fresse zu hauen. Wolkenkönig Brockstätt hatte eine Mordswut und versuchte, durch den Wall aus Leibern zu gelangen, um von Boesche persönlich zum Ausgang zu geleiten. Auf die Folgen gab er einen feuchten Dreck. Das Bürschlein war fällig.

Die Schlägerei schwappte vorwärts, brandete gegen die Bühne und breitete sich darauf aus. Dabei spülte sie Citta in seinen weißen Hosen und mit den cremefarbenen Schnabelschuhe wie Treibgut an den Rand der anderen Seite.

»Mach weiter, Jo!« Ein dicklicher Typ stand unvermittelt vor ihm und schleuderte von Boesche einen handtellergroßen Gegenstand zu. »Lies ihnen die Namen vor! Ich halte dir den Idioten vom Leib!«

Der ansatzlose und übermenschlich schnelle Tritt des Typen, der zu den Hyänen gehörte, traf ihn voll in den Unterleib. Er stürzte rücklings und prallte mit dem Kopf hart auf den Boden. Die *Wolke Sieben* war für ihren federleichten Namen erstaunlich hart. Sein Turban verhinderte das Schlimmste. Dennoch wurde ihm schwindlig, er sah alles durch einen Schleier.

Steh auf. Du musst … Er erkannte von Boesche vor dem Zweimetergiganten, der zuletzt hypnotisiert worden war. Er wedelte ihm mit der Taschenuhr vor den Augen herum und redete auf ihn ein. Scheinbar las er etwas von dem Display ab. »Hören Sie damit auf«, ächzte Citta und stemmte sich auf. Sofort begann die Welt um ihn herum sich zu drehen wie ein wild gewordenes Karussell. »Verstehen Sie nicht? Sie wissen nicht, wie empfindlich …«

Von Boesche lachte ihm zu, zeigte ihm den ausgestreckten Mittelfinger und setzte das Vorlesen fort. Dabei wirbelte die Uhr viel zu schnell und hektisch.

Unter Aufbietung seiner ganzen Kraft stand Guru Citta auf, taumelte die Treppe wieder die Bühne hinauf und sprang gegen von Boesche, um ihn von dem Mann wegzubringen.

Die Finger des Überrumpelten gaben die Kette der Taschenuhr frei. Sie fiel, hopste zweimal auf und geriet unter die Sohlen der Prügelnden.

Nein! Sie darf nicht kaputtgehen!

Zu spät.

Citta meinte das Knirschen und Krachen lauter als alles andere zu hören. Er streckte die zitternde Hand aus, um wenigstens die Kette zu erreichen und sie daran wieder zu sich heranzuziehen. Da bekam er einen harten Schlag in die Nieren. Er krümmte sich, flüssiges Feuer breitete sich in seiner Rückengegend aus.

»Ich werde dich verklagen«, lachte von Boesches Stimme gehässig neben seinem Ohr. »Du hast mich geistig vergewaltigt, die Folgeschäden sind immens. Meine Anwälte machen dich fertig!« Wieder schlug er zu und hämmerte diesmal gegen seinen Kopf. »Du blöder, indischer Pisser! Na, wer sieht jetzt aus wie ein kleiner Wurm? Siehst du, ich kann dich auch ohne den Hypnosescheiß zu etwas anderem verwandeln, siehst du?«

Mit dem nächsten harten Treffer driftete Cittas Verstand in Dunkelheit, er wurde ohnmächtig …

…

»… und wenn von Boesche noch mal hier auftaucht, beißt ihr die Zähne zusammen und lasst ihn einfach rein«, hörte er Brockstätts Anweisung durch die Watte in seinen Ohren, oder jedenfalls nahm er es so gedämpft wahr.

Auch der schwarze Nebel vor seinen Augen lichtete sich. Er erkannte, dass er noch immer auf der Bühne lag und sich bisher keiner um ihn kümmerte. Er hatte den metallischen Geschmack von Blut im Mund, die Lippen waren geschwollen, irgendetwas Warmes sickerte aus seiner Nase und lief ihm die Wange hinab.

Vorsichtig richtete er sich auf, tastete nach der Flüssigkeit, und es wunderte ihn nicht, als er kurz darauf auf rote Finger starrte. *Ranjit, das ist der schlimmste Auftritt deines Lebens gewesen,* sagte er zu sich selbst und kämpfte sich auf die Beine, auch wenn die Knie ihre alte Stabilität noch nicht ganz erreichten.

Er wankte zur Bar, wo er einen Eisbeutel gereicht und

einen Drink hingestellt bekam. Es war das Mädchen, bei dem sich von Boesche unter hypnotischem Zwang hatte entschuldigen müssen. »Danke …« Er las ihr Namensschild. »Sarah.« Als er sich den Turban vom Kopf zog, fiel sein langes schwarzes Haar auf die Schultern.

Sie lächelte scheu und verschwand rasch, weil Brockstätt sich ihnen näherte.

Er hatte seine lautstarken Instruktionen an die Sicherheitsleute abgeschlossen. »Okay, Guru, die Show war gut, bis dieses Arschloch von Boesche Ihnen die Nummer versaute.« Er reichte ihm einen Ebbie. »Da, wie abgemacht. Fünfhundert Ecu.«

»Äh?«, machte Ranjit, weil er glaubte, sich verhört zu haben. »Da fehlen zweitausend, Herr Brockstätt.«

Wortlos deutete der Ex-Kon-Bonze auf den mitgenommenen Innenraum der Panorama-Bar.

Ranjit positionierte den Eisbeutel an einer anderen, nicht weniger schmerzenden Stelle im Gesicht. »Moment mal. *Dafür* kann *ich* wohl nichts. Holen Sie sich Ihr Geld bei von Boesche.«

»Einen Scheißdreck mache ich bei dem«, widersprach er ruhig, sehr geschäftsmäßig. »Ich habe bereits mit seinem Vater telefoniert, und er hat sich im Namen seines Sohnes entschuldigt.«

»Ja, aber …«

»Nein, kein Aber.« Brockstätt nahm sich einen Rusty Nail. »Ich stelle keine Strafanzeige, sein Sohn stellt keine, wir reden nicht weiter über das, was heute passiert ist, und die Gäste bekommen alle einen Gutschein über hundert Ecu, damit sie die Klappe halten. Kein Gerede, die Show muss weitergehen.« Sein Blick wanderte zu den Zeppelinen der Konkurrenz, er nippte an dem Glas. »Sie muss einfach weitergehen«, wiederholte er leise und mehr für sich.

»Sie schenken den ganzen reichen Gestalten hier Tausende Ecu, und mir wollen Sie mein vereinbartes Honorar nicht geben?« Der fassungslose Ranjit stellte den Eisbeutel ab.

»Sie haben sich von Boesche ausgesucht und sind mit schuld an dem, was hier passiert ist, Guru. War doch klar, dass dieses verwöhnte Söhnchen abdreht, wenn man ihn so vorführt. Jemand wie Sie, der etwas von Psychologie versteht, hätte das wissen sollen.« Er schlug ihm auf die Schulter. »Wenn Sie Krankenhauskosten haben, ich übernehme noch mal fünfhundert. Bin ja kein Unmensch.« Er löste sich von der Bar und ging zum Ausgang, um im Kasino nach dem Rechten zu sehen. »Ich werde Sie weiterempfehlen, Herr Ficker. Sie sind gut.« Er verschwand.

Toll. Der Gin rann brennend durch den offenen Mund die Kehle hinab. *Kein gutes Karma.* Er ging zur Bühne, um seine Taschenuhr zu suchen, ein altehrwürdiges Erbstück, das er unter keinen Umständen verlieren wollte.

Er fand sie neben dem Aufgang. Ihr Deckel aus gehärtetem Silber mit den eingravierten und ihm unverständlichen Symbolen schien nur leicht eingedrückt, der Diamant saß fest in der Fassung. Als er sie öffnete, kamen ihm die Splitter des Glases entgegen und fielen leise klirrend auf das Kunstparkett. Er lauschte an ihr. Sie tickte nicht mehr.

Scheiße.

Er hockte sich auf die Stufen, abwesend die beschädigte Uhr betrachtend. Der Auftritt hätte sein Durchbruch im Showbusiness werden sollen – jetzt sah es verdächtig nach Karriereknick aus.

Ein junger Mann stand plötzlich vor ihm. Seine sicherlich sehr kostspielige Kleidung wirkte stark ramponiert, seine einst kunstvoll gestylte Frisur nicht weniger. »Hey! Wecken Sie meine Freundin wieder aus der Hypnose, sofort!«

Ranjit erkannte ihn wieder. Er hob beschwichtigend die Hände. Dabei gelang es ihm nicht, den rechten Arm ebenso hoch zu heben wie den linken, das Resultat eines Unfalls vor vielen, vielen Jahren. Weiter als bis zur Schulter ging es nicht. Glücklicherweise machte ihm die eingeschränkte Motorik kaum was aus, er war Linkshänder. »Natürlich, der Herr.«

Er ließ die Uhr in die Tasche gleiten, folgte ihm an einen Tisch, vor dem das Mädchen stand, von ihrem Lebensgefährten in Sicherheit gebracht. Innerhalb weniger Sekunden hatte er die Trance und die verankerten Befehle aufgehoben. Sie konnte sich an nichts erinnern und wunderte sich sehr über das schlechte Aussehen ihres Partners.

Ranjit ließ die beiden stehen und machte sich daran, die anderen drei Opfer zu suchen, die er von ihrem Bann befreien musste, was ihm in zwei Fällen schnell und einfach gelang. Von dem Hünen entdeckte er in der Bar aber nichts mehr. Er musste ins Kasino geführt worden sein.

Auf dem Durchgang ins Land der Roulette-, Black-Jack-Tische und Spielautomaten blieb sein Blick an einem Pad hängen, das auf der Bühne liegen geblieben war. *Das Ding kenne ich doch.* Mäßig neugierig hob er es auf. *Könnte von Boesches Freund gehören.*

Es war so ein hypermodernes Ding, ein Taschensekretär mit eingebautem Funkmodem und Zugriff auf die Matrix. Zahlreiche Schuhsohlen hatten das Material auf eine harte Probe gestellt, und als er es anschaltete, stand das Minidisplay kurz davor, seinen Geist aufzugeben. Es flackerte, Namen glimmten schwarz auf, ehe sie zurück ins Grau fielen und unleserlich wurden.

A.L.G. Sanchez. Deutschland: F. Hamann, A. Rabuit, entzifferte er zumindest drei davon. Dann gab es endgültig seinen Geist auf. Achtlos warf er es in die Abfalltonne der vorbeilaufenden Raumpflegerin. *Soll er sich die Kom-Nummern seiner Kumpels neu besorgen.*

Er gelangte ins Kasino und begab sich zur etwas erhöht angeordneten Bar, um einen besseren Überblick zu haben.

Seine Stirn runzelte sich, aus dem roten Punkt wurde ein verformtes Oval. Wenn der Zweimetermann hier gewesen wäre, hätte er ihn mit Sicherheit gesehen. Nichts. Vorsichtshalber schaute er in der Herrentoilette vorbei und schlich sich sogar in die Damentoilette, ohne ihn zu finden.

Die höchst unangenehme Erkenntnis traf ihn wie ein Schlag in die Magengrube. *Er ist weg!* Seine braunen Augen wanderten über die Gesichter der heiteren Menschen. *Wo ist er hin?*

Eine geschlagene Stunde suchte Ranjit nach dem Mann. Schließlich hatte er keine Lust mehr, sich länger mit diesem Abend zu beschäftigen. Er wollte nach Hause und sich von der bezogenen Portion Prügel erholen. Von Boesche musste selbst dann noch auf ihn eingeschlagen haben, als er schon ohnmächtig auf der Bühne lag.

Er fuhr mit dem Bühnenlift in die Garderobe, zog die normalen Straßenklamotten an und packte alles ein, was irgendwie wertvoll aussah, dazu räumte er alle Snacks und Getränke aus der Minibar in seinen Koffer. Er betrachtete es als Entschädigung für die entgangenen zweitausend Ecu.

Ein kleiner Shuttle-Zeppelin, der mehr wie ein Fesselballon als ein Luftschiff aussah, glitt an einem Seil nach unten und trug ihn langsam auf Stuttgarter Boden zurück. Im Gegensatz zu den mächtigen Zeppelinen schaukelte es spürbar in den Böen, die durch die Häuserschluchten streiften und nach oben stiegen.

Sein schlechtes Gewissen nagte an ihm.

»Entschuldigen Sie, aber haben Sie vor kurzem einen riesigen Typen nach unten gefahren?«, richtete er seine

Frage an den Liftboy, der in einer lächerlichen rotgoldenen Uniform steckte, die auf letztes Jahrtausend gestylt war.

Er beschrieb ihm sein vermisstes Hypnoseopfer, an das er sich wegen der beeindruckenden Erscheinung noch genau erinnerte: fast zwei Meter groß, geschätzte 130 Kilogramm, um die fünfzig Jahre, breite Statur und schwer trainiert, halblange graue Haare mit schwarzen Strähnen, graubraune Augen mit gezupften Brauen, schwarzer Kinnbart und schwarze Hornbrille. »Er trug einen legeren schwarzen Gehrock über einem dunkelroten Hemd mit Stehkragen, schwarze Handschuhe, schwarzer Männerrock und große Silbercreolen mit dunklen Halbedelsteinen. Dämmert's?«

»Kann sein«, kam die gleichgültige Antwort, die Finger in den weißen Handschuhen huschten über die Tasten des polierten Messingpaneels. »Es sind zu viele Menschen heute unterwegs. Ich kümmere mich nur um die Shuttlesteuerung, der Herr.«

Ranjit fluchte. *Ach, was soll's. Es kann ihm nichts passieren.* Schlimmstenfalls würde ihn jemand in leicht abwesendem Zustand finden und zu einem Arzt bringen, wenn sich die Wirkung der Hypnose nicht von selbst legte. Sie war nicht besonders tief gewesen.

Er rieb sich mit der Rechten über die Augen, sanft setzte der Lift auf. Morgen würde er sich in den Krankenhäusern nach ungewöhnlichen Einlieferungen erkundigen und ihn besuchen, um sich persönlich bei ihm zu entschuldigen. Die drohende Anzeige von Boesches reichte ihm aus, er benötigte keine weitere. Vielleicht ließ sich der Hüne gegen den Neureichen aufwiegeln, denn der trug schließlich die Schuld am ganzen Durcheinander.

»Danke trotzdem.« Müde bestellte er sich ein Taxi, stieg ein und nannte das Hotel, in dem er nächtigte. Kaum rollte der Mercedes los, döste Ranjit Felix Ficker II. ein, das Gesicht an die Scheibe gepresst, um die Schwellung zu kühlen …

ADL, Württemberg, Stuttgart-Ludwigsburg, 30.04.2059, 16:30 Uhr

»… und als ich im Hotel war, bin ich gleich eingeschlafen.« Ficker kratzte sich am Kopf, er sah verzweifelt aus. »Am nächsten Tag habe ich sämtliche Krankenhäuser angerufen und nach einem verwirrten Patienten gefragt, aber niemand hatte einen Mann mit meiner Beschreibung aufgenommen. Heute bin ich zum Sternschutz, aber die haben mich ausgelacht.« Erst jetzt hob er den Blick, um die Gesichter seiner Zuhörer zu mustern. »Sie glauben mir, Herr Spengler?«

Das ist die Erklärung! Scheiße, da habe ich meine verfluchte Erklärung! Spengler versuchte, sich nichts anmerken zu lassen, um Gospini nicht auf eine Story aufmerksam zu machen, deren Tragweite sich im Verlauf der nächsten Stunden und Tage herausstellen würde. »Ja, ich glaube Ihnen«, sagte er neutral und nahm einen Schluck Kaffee. Äußerlich gelassen, schrillten in ihm sämtliche Alarmglocken, die er besaß, und dröhnten so laut, dass sie locker das Läuten der Glocken eines Domes übertönten. »Wie lauteten die Namen, die Sie in dem Organizer gesehen haben?«

Er runzelte die Stirn. »Was hat denn das damit zu tun?«

Poolitzer hatte sofort Blut geleckt, seine Nase konnte man nicht täuschen. »Ja, Spengler, was haben die damit zu tun?«

»Antworten Sie einfach, Herr Ficker«, befahl er dem Hypnotiseur.

»Rabuit, Hamann und Sanchez«, kam es stattdessen

süffisant vom Reporter. »Ihr Gedächtnis ist schlechter geworden, was?« Er taxierte Spengler lauernd. »Was finde ich denn heraus, wenn ich die Namen überprüfe? Denn offenbar wissen Sie schon mehr.«

Der Kriminaler ahnte, dass es zu spät war, um ihn von der Story abzuhalten. Wenn er Gospini jetzt rausschmiss, würde er irgendwo draußen warten und sich Ficker so richtig vornehmen, bis er an die Infos kam, die er haben wollte. »Versprechen Sie mir, dass wir zusammenarbeiten, und ich sichere Ihnen die Story exklusiv zu?«, bot er dem Reporter präventiv einen Deal an.

Poolitzer machte die Säge und juchzte auf. »Strike! Meine Nase hat wieder mal an der passenden Stelle gejuckt«, freute er sich. Er beugte sich gespannt vor und kippelte mit seinem Stuhl hin und her. »Abgemacht, Spengler. Was hat es mit den dreien auf sich? Sind es gesuchte Verbrecher? Ist von Boesche in Gesellschaft, die hoch kriminell ist?«

»Ich weiß nur, wer Rabuit war«, gestand er. »Man hat ihn den Hammerhai genannt, als er 2009 unterwegs war und seine Opfer auch schon mal mit einem Vorschlaghammer tötete.«

»Wow, ein toter Mörder.« Poolitzers Sensationsgier erlosch fast auf der Stelle. »Eine zufällige Namensübereinstimmung, Spengler, mehr wird es nicht sein.«

»Nach allem, was ich gehört habe, glaube ich nicht daran. Ich bin gleich wieder da. Noch jemand?« Zur Erklärung seiner kryptischen Frage schüttelte er seinen leeren Becher. Poolitzer drückte ihm seinen in die Hand, Ranjit und Ultra lehnten ab.

Er stand auf, zapfte sich einen frischen Cappuccino und kehrte zurück. Seine Gedanken überschlugen sich, und das Ordnen wollte ihm nicht recht gelingen. »Rabuit war ein durchgeknallter Raumpfleger, der aufgrund seiner Spielsucht zum Mörder wurde und Banken überfallen hat«, offenbarte er den Wartenden weitere Details.

»Ha! Mit 'nem Vorschlaghammer, stimmt's?«, rief Ultra dazwischen.

»Unsinn«, kommentierte Poolitzer und wunderte sich, als Spengler nickte.

»Nein, *kein* Unsinn. Ihr Freund hat Recht«, bestätigte Spengler. »Ich habe alle Fälle durchgeschaut, bei denen die Täter in den letzten Jahren nach diesem Muster vorgingen, und dabei ist mir der Name Rabuit begegnet. Er hat sich seine Fluchtwagen besorgt, indem er seinen Opfer an Waldrändern auflauerte ...« Er riss ein Päckchen Zucker auf und streute den Inhalt in den Kaffee. »... die Fahrer mit einem Schuss oder einem Hammerschlag ins Gesicht tötete ...« Der Löffel schabte am Rand der Tasse entlang. »... und anschließend überfiel er Banken nach dem Muster, wie es heute unser Verrückter getan hat.« Schlürfend sog er den Cappuccino ein, der Schaum hinterließ einen weißen Strich in seinem schwarzen Schnurbart. »Wie es aussieht, haben wir einen zweiten Rabuit.«

»Dann habe ich ... nein, von Boesche hat ...« Ficker verstummte und sank in sich zusammen. »Das geht doch nicht«, murmelte er verstört. »Ich kann keinem Menschen eine explizit andere Persönlichkeit geben. Nicht durch eine einfache Hypnose.«

»Tja, scheint aber, als wären Sie hoch talentiert, Herr Ficker.« Spengler aktivierte den in den Tisch eingelassenen Computer, ein Monitor klappte in die Höhe, und er initiierte eine Matrix- und eine interne Verbrecherkartei-Abfrage von Hamann und Sanchez.

Als das Programm nach dem Bruchteil einer Sekunde Hunderte von Erfolgen vermeldete und er nur die ersten Einträge aus der Matrix las, wechselte sein Gesicht die Farbe, und er schluckte schwer.

»Wir werden uns beeilen, Herr Ficker, Ihren verlorenen Freund zu finden.« Er drehte den Schirm, damit Ficker, Poolitzer und Ultra lesen konnten, was er herausgefunden hatte. »Und wir müssen dringend herausfinden, ob weitere Namen auf dem Pad standen. Oder sehen Sie das anders?« Er erhob sich und warf seinen Mantel über. »Können Sie die Hypnose rückgängig machen?«

»Sicher, bisher hat es immer geklappt«, erwiderte er zögerlich.

»*Bisher*«, sagte Poolitzer und kommentierte damit alles. »Wo wollen Sie hin, Spengler?«

»Zu Herrn von Boesche. Er wird hoffentlich noch wissen, was er dem Unbekannten vorgelesen hat.« Er wandte sich an den unglücklichen Hypnotiseur. »Sie geben mir Ihre Kom-Nummer, gehen bitte zum Erkennungsdienst und liefern denen eine ebenso schöne Beschreibung des Mannes wie uns eben. Danach bleiben Sie bitte in der Stadt, falls wir ihn finden und Ihre Künste benötigen, um ihn zurückzuverwandeln.« Seine Augen wanderten zum ungewöhnlichen Reportergespann. »Und Sie beide, Lois und Clark, rücken mir bei den Ermittlungen nicht zu dicht auf die Pelle. Lassen Sie mich meine Arbeit machen.«

»Sicher, alter Mann. Herr Ficker, geben Sie mir bitte auch Ihre Nummer. Wir müssen uns später dringend über Hypnose unterhalten, wie sie wirkt und so. Für die Background-Infos meiner Zuschauer, Sie verstehen.«

Ranjit nickte und schleppte sich neben ihnen den Flur entlang, bis ihn Spengler nach links zum Erkennungsdienst schickte. »Machen Sie sich keine Sorgen, wir finden ihn. Wir leiten eine Fahndung ein«, verabschiedete er sich von ihm.

»Jack the Ripper«, flüsterte Ultra plötzlich in Poolitzers Ohr. »Erinnerst du dich an den Mord an der Elfin? Kann das auch der Typ gewesen sein?«

»Shit, als würden Hamann und Sanchez nicht ausreichen.« Er grübelte, was alles auf das unvorbereitete Stuttgart hereinbrechen könnte, und beschloss, dass er es lieber nicht wissen wollte.

III.

ADL, Württemberg, Stuttgart-Plochingen, 30.04.2059, 17:30 Uhr

»Wow, hier stinken garantiert alle nach teuerstem Parfüm«, meinte Poolitzer, als er sich zu Spenglers Wagen schob und die blitzsaubere Glasfront bewunderte, auf der in prallen Lettern »Edel Gym« stand. Seine Augen wanderten an der Fassade nach unten und betrachteten das Pärchen, deren Job offensichtlich war. »Das ist die erste Mucki-Bude mit Türstehern.«

Insgeheim hoffte er auf ein paar Aufnahmen von schwitzenden VIPs in knappen Sachen, am besten ein paar Berühmtheiten der lokalen Szene, die er an regionale Trid-Stationen verkaufen konnte. *Vielleicht schaffe ich es bis in die Umkleide.* Mit Spenglers Hilfe würde er locker an den Bodyguards vorbeikommen.

Ultra stieg eben aus dem Taxi, mit dem er ihnen gefolgt war. Das mickrige Fahrzeug des Kriminalhauptkommissars bot nicht genügend Platz für Metamenschen seiner Dimension. Kaum stand er auf der Straße, wollte er die Fuchi auspacken, aber Poolitzer bedeutete ihm, es vorerst sein zu lassen.

Sie hatten von Boesche ausfindig gemacht. Ein paar Kom-Anrufe und das Wedeln mit Spenglers Dienstmarke sorgten für eine lichtschnelle Zusammenarbeit der Sekretärin des Unternehmens »Von Boesche Trading Corporation«, in dem der Neureiche gelegentlich auftauchte, um seinen Finger bei Abstimmungen zu heben, um danach wieder golfen zu gehen. Um diese Zeit saß er im Gym von Hubert Edel, der in Plochingen die richtige Idee am richtigen Ort umsetzte.

Die Türsteher, eine durchtrainierte, sehr hübsche Dame in knallengen, hochschicken Sportklamotten, und ihr Kollege, der im passenden Männeroutfit steckte, musterten das Gespann, das vor dem Haupteingang ausgestiegen war. Der ältere der beiden Menschen beeindruckte sie nicht sonderlich. Auch Poolitzer hatten sie mit ihren Ärger-Detektionsaugen gecheckt und als unbedenklich eingestuft. Aber Ultra machte sie nervös. Die Frau hob ihr Armband-Kom und sprach leise hinein.

»Siehst du, was du für eine Ausstrahlung auf Frauen hast?« Poolitzer grinste den Troll an, wandte sich um und deutete auf den unteren Teil Plochingens, das architektonische und soziale Dorian Gray des Nobelviertels am Hang des Berges.

Während sich die Reichen und Betuchten an den Hügelflanken sonnenbeschienene Luxusvillen und Residenzen errichtet hatten, erhoben sich in den Niederungen unansehnliche, billige, schnell hochgezogene Wohnsilos, in denen überwiegend Metamenschen hausten. Die Elite musste sich täglich den Sonnenuntergang vom Abschaum verderben lassen, die Unterprivilegierten schauten täglich murrend zu den Statussymbolen der scheinbar Besseren hinauf.

»Ich schätze, die denken, wir kommen von einer Metamenschenrechts-Organisation und wollen dafür kämpfen, dass auch du in das Gym darfst.« Er grinste. »Wetten, dass sie gleich mit einem Schlägertrupp auftauchen?«

Er behielt mit seiner Einschätzung Recht. Die Tür aus Spiegelglas öffnete sich, um weitere zwei Bodyguards nach draußen zu lassen. Sie trugen Schlagstöcke in den Händen, an deren oberem Ende ein paar Elektroden und am anderen Ende jeweils eine Powerzelle saßen, die Saft genug brachte, um einen Elefanten wiederzubeleben.

Spengler ging auf sie zu und zückte seinen Dienstausweis. »Tag, die Herrschaften. Nur die Ruhe, Spengler, BKA. Ich suche Herrn von Boesche. Wenn einer von Ihnen mir jetzt sagt, er wäre nicht da, und ich finde heraus, dass er es doch war, bringe ich denjenigen wegen Falschaussage und Behinderung von polizeilichen Ermittlungen vor den Kadi«, erklärte er liebenswürdig lächelnd. Der Schnauzbart ließ ihn wie ein nettes Walross aussehen, das einen Fisch haben wollte.

Die Frau schaute auf den Ausweis und zeigte auf die Tür. »Nehmen Sie den Fahrstuhl, zweiter Stock, er müsste im Kraftbereich zu finden sein.«

»Vielen Dank.« Spengler nickte ihr zu und marschierte los, Poolitzer und Ultra folgten ihm, als sei es das Normalste von der Welt, dass das BKA eine lustige, bunte Truppe zu Ermittlungen aussandte, die dazu noch Kamerataschen dabeihatte. Der Reporter achtete genau darauf, dass der auffällig gekleidete Troll keine Bemerkungen machen konnte, die sie und ihre Presseherkunft verrieten.

»Willkommen bei Edel Gym, werte Gäste. Sie haben sich nicht identifiziert«, sagte eine wohl modulierte Stimme, als sie in den Fahrstuhl traten. »Falls Sie es noch nicht wussten, Ihr Gesamtgewicht beträgt 410 Kilogramm, somit sind Sie alle drei stark übergewichtig, was in kurzer Zeit zu schwerwiegenden Gesundheitsbeeinträchtigungen führen kann. Wir beraten Sie gerne über unsere Fat-Burn-Kurse und Schlankheitskuren«, erklärte ihnen der Lift zuvorkommend und trug sie nach oben.

Poolitzer lachte laut los, Spengler verzog das Gesicht, sein Schnauzer wackelte hin und her. »Fühlen Sie sich ruhig angesprochen, alter Mann. Von uns dreien sind

Sie der Einzige, der Bewegung vertragen könnte. Ich bin ja ganz gut im Training.«

»Ich auch.« Ultra grinste und spannte die Muskeln an, das blau gemusterte Hawaiihemd gab seltsame Geräusche von sich.

»Wir nehmen gerne eine kostenfreie Körperfettmessung vor, um ihren Body-Maß-Index perfekt zu gestalten. Bei Edel Gym bieten wir Ihnen plastische Chirurgen, um die nach einer Diät entstandenen überschüssigen Hautlappen entfernen zu lassen. Unser Haus arbeitet nur mit den besten …«

Spengler stürmte fluchend aus der Kabine, die anderen beiden folgten lachend. Sie passierten die Rezeption und steuerten auf den Kraftbereich zu, der mit Kunstparkett ausgestattet war. Überall hingen Spiegel, um dem Narzissmus der Sporttreibenden und den Gelegenheitsspannern gerecht zu werden. Die Maschinen waren in Dunkelbraun und Grau gehalten, die Sitzflächen und Bodenmatten bildeten mit ihrem Bordeaux einen dezenten, augenfreundlichen Kontrast. Notfalls würde man hier wunderbar einschlafen können.

»Da drüben …« Spengler nickte zur linken Ecke, wo sich eine Gruppe von jungen Männern aufhielt, die um eine Hantelbank herumstanden. »… scheint ein Wettbewerb zu sein.«

»Hey, da mach ich mit!«, freute sich Ultra, der die aufgelegten Gewichte mit einem mitleidigen Blick bedachte. Bei hundert Kilogramm begann normalerweise seine Aufwärmphase.

Kaum näherten sie sich der Versammlung, da stieß einer der Typen einen leisen Pfiff aus, um den Rest aufmerksam zu machen. Sie wandten sich ihnen zu.

Schnösel, dachte Poolitzer bei ihrem Anblick. Alle sahen gut aus, waren braun gebrannt, garantiert Mitglied in einer exklusiven Burschenschaft oder Studentenverbindung und politisch rechts angesiedelt.

Von Boesche richtete sich auf. Er hatte die hundert Kilogramm gerade gedrückt, große Schweißflecken zeichneten sich auf seinem modischen T-Shirt ab. »Besuch?«

Wenn seine Hosen noch knapper wären, würden seine Eier rausfallen, dachte Poolitzer und grinste breit bei der Vorstellung. Der Schnösel trug Aufreißerhosen, die so eng waren, dass man nicht nur Willi und seine beiden Brüder sah, sondern die Liegerichtung der Schamhaare erkannte. *Welche Weiber stehen nur auf so was?*

Unauffällig schaute er sich um und entdeckte tatsächlich ein Prominentengesicht. Es gehörte einer älteren Modezarin, deren Name ihm nicht einfallen wollte. Sie saß auf der Butterflymaschine und gab ihrer Brustmuskulatur Arbeit. Er bedauerte, dass sie weniger freizügig daherkam. So lohnte sich eine Aufnahme nicht. Alles Fleisch lag gut verborgen unter Stoff.

»Tag, Spengler, BKA«, stellte er sich vor, den Ausweis schwenkend. »Herr von Boesche, würden Sie mir bitte in den Aufenthaltsraum folgen? Ich möchte Ihnen ein paar Fragen stellen.«

»Mir?« Er bekam ein Handtuch von einem Mann gereicht, der als einziger durch seine Beleibtheit in dem Haufen auffiel. In einer Gruppe normaler Menschen wäre er sicherlich nicht wahrgenommen worden, doch umringt von Schönheit und gestählten Körpern wirkte er wie einer von den Speckis, die man aus Mitleid zu einer Party mitgenommen hatte. »Um was geht es denn? Brauche ich einen Anwalt?«

»Erinnern Sie sich an den Vorfall in der Zeppelin-Bar *Wolke Sieben*?«

Von Boesches freundliches, aufgesetztes Lächeln verschwand. »Die Sache wurde geregelt, nahm ich an.« Er lehnte sich nach vorne, stützte die Ellbogen auf die Knie und betrachtete den Kommissar lauernd von unten. »Oder hat es sich Brockstätt anders überlegt und versucht, noch mehr Kohle bei meinem Vater durch einen Skandal abzugreifen?«

»Skandale sind nicht mein Ressort«, erwiderte Spengler locker und vermied es, Poolitzer anzuschauen. »Darum kümmern sich die Mediengeier, Herr von Boesche. Sie kennen sie doch, die Schmeißfliegen mit den Porta-Cams und den Fotoapparaten.«

Ultra wollte aufbegehren. Poolitzer trat ihm vorsichtig auf den Fuß.

»Worum geht es dann, wenn nicht um Geld?« Von Boesche runzelte die Stirn, rieb sich mit dem Handtuch über das Gesicht und winkte einem Mädchen zu, das noch verdammt jung aussah. Plötzlich hellten sich seine Züge auf. »Der scheiß Inder, richtig? Der Guru hat mich wegen Körperverletzung angezeigt!«

Spengler schüttelte den Kopf. »Nein, keine Bange, Ihnen droht noch nichts.« Er nahm den zerstörten Organizer heraus und ließ in der Sprechpause das kleine Wörtchen »noch« absichtlich nachschwingen. Sie hatten den Apparat in letzter Sekunde aus dem Abfallbehälter der *Wolke Sieben* gekramt, ehe er wie der übrige Inhalt entsorgt werden konnte. »Ich benötige eine Auskunft von Ihnen.« Er hob ihn hoch. »Gehört der Ihnen?«

»Mir«, sagte der dickliche Typ. »Er gehört mir.«

»Weshalb wollen Sie das wissen?«, hakte von Boesche sofort nach.

»Wir haben Ihre Fingerabdrücke darauf gefunden, Herr von Boesche«, log der Kommissar. »Sie wissen, dass Ihre Daten seit der kleinen Sache bei uns gespeichert sind.«

»Ist es verboten, Organizer zu besitzen und sie zu verlieren?«, wollte der Dicke wissen. Die feisten Finger der Linken legten sich Halt suchend um die Hantelstange.

»Nein. Prinzipiell können Sie mit Ihrem Eigentum anstellen, was Sie möchten, Herr …«

»Borowiak. Bernd Borowiak.«

»… Herr Borowiak. Aber Sie hatten darauf einige Namen von Serien- und Massenmördern gespeichert«, fuhr Spengler fort und beobachtete ihn ganz genau. »Erinnern Sie sich noch, welche das waren?«

Er hob langsam die Schultern. Die Geste und sein Gesichtsausdruck sagten: *Ich weiß es, aber es geht dich nichts an.* »Das waren schon ein paar«, antwortete er ausweichend.

»Nur damit wir uns richtig verstehen: Es kann sein, dass Ihre Liste in einem Fall von wichtiger Bedeutung für die kriminalistischen Ermittlungen ist. Ich kann Sie gerne aufs nächste Präsidium bitten, Herr Borowiak. Denken Sie rasch nach.« Er wandte sich an von Boesche. »Während Ihr Freund grübelt, bitte ich Sie, sich zügig daran zu erinnern, welche Namen Sie dem Mann vorgelesen haben.« Er beschrieb ihn kurz.

Über die Züge des blonden Neureichen huschte ein wissendes Lächeln. »Jetzt sagen Sie nicht, diese bescheuerte Hypnose-Nummer hat tatsächlich funktioniert?« Er blickte in die Runde seiner Kumpels. Seine Hyänen gluckten und kicherten, und Borowiak freute sich am meisten. »Dann habe ich dem Guru echt Unrecht getan«, lachte er auf, verstummte aber abrupt, weil ihm der Ernst der Lage bewusst wurde. »Der Mord an der Prostituierten – war der Typ das?«

»Herr von Boesche, beantworten Sie bitte meine Frage.« Spengler ging nicht auf seine Mutmaßung ein.

»Und der Autodiebstahl zusammen mit dem bescheuerten Banküberfall, das war er auch?«

»Herr von Boesche!«

Aus der anfänglichen Bestürzung auf dem Antlitz des Neureichen wurde Verschlagenheit. »Sie wollen wissen, welche Mördernamen ich vorgelesen habe, damit Sie wissen, was auf Sie zukommt und wie man ihn stoppen kann?«

Spengler schaute ihn kühl an. »Das ist Ihre letzte Chance, heil aus der Sache herauszukommen, junger Mann. Muss ich Sie nochmals fragen, bekommen Sie eine Vorladung, und ich sorge dafür, dass ein Reporterheer vor dem Präsidium auf Sie wartet, das aus irgendeiner Quelle Wind von der vertuschten Drogensache bekommen hat, verstanden?«

Spengler war ein Meister der insubtilen Erpressung, wie Poolitzer eingestehen musste, doch von Boesche war schon zu lange ein verzogener, arroganter Sohn neureicher Eltern mit zigtausend Ecu auf dem Konto und zig Rechtsbeiständen.

»Wissen Sie, ich habe mehr Anwälte als Sie Freunde, Herr Kommissar. Einer allein reicht aus, um Ihre lächerliche Konstruktion zu vernichten und obendrein eine saftige Anzeige gegen Sie und Ihre Vorgesetzten herauszuschinden.«

Ansatzlos zog Spengler seine Hand aus der Manteltasche und warf ihm etwas zu. Der junge Mann fing das Beutelchen aus Klarsichtfolie mit weißem Pulver reflexartig auf, ließ es aber sofort wieder fallen. Augenblicklich stellte der Kommissar seinen Schuh drauf.

»Wie dumm, dass ich etwas gegen Sie in der Hand habe, Herr von Boesche. Der Besitz von Rauschgift ist strafbar, und nun raten Sie mal, was der Richter sagen wird, wenn ich denen Ihre Akte zusammen mit meinem Bericht vorlege?«

Von Boesche starrte auf den Schuh. »Damit kommen Sie nicht durch!«

»Nein. Aber es wäre superpeinlich für Sie und Ihren Vater, richtig? Ihre zukünftigen Berufspläne könnten Sie vergessen. Man darf erst koksen, wenn man im Golfclub ist, nicht vorher.«

Er verschlang den Polizisten mit den Augen, fraß ihn auf, zerkaute ihn und spie ihn wieder aus. »Okay, lassen Sie mich mit dem Mörderscheiß in Ruhe. Ich habe nichts getan, außer ein paar Namen vorzulesen.«

»Sie haben einem Mann, von dem Sie wussten, dass sein Unterbewusstsein empfänglich für Einflüsterungen ist, die Namen von Schwerverbrechern vorgelesen«, korrigierte ihn Poolitzer. »Das ist schon eine ordentliche Mitschuld an dem, was bisher geschah und in Zukunft geschehen kann.«

»Lassen Sie mich aus dem Spiel, und ich nenne Ihnen die Namen.«

»Okay«, willigte Spengler ein.

»Aber wir können nicht dafür garantieren, dass Ihnen unser Gesuchter nicht ordentlich eine aufs Maul haut, wenn wir den Hypnosebann gebrochen haben«, grinste Poolitzer und versuchte, den Druck weiter zu erhöhen, damit von Boesche endlich einknickte. »Oder er Sie vielleicht in Millionenhöhe verklagt.«

Die Erwähnung der Klage musste der falsche Hinweis gewesen sein. Von Boesche schaute kurz zu Borowiak, und im Reporter keimte der Verdacht auf, dass sich der junge Mann fortan an der Jagd auf den Unbekannten aus Angst vor dem gerichtlichen Nachspiel beteiligen könnte. *Shit, das waren wieder einige Worte zu viel.*

»Sanchez, Jack the Ripper, Hamann, Rabuit«, begann er die Aufzählung. »Luis Ormondi, Andrej Budnjez, Charisma Gray, Jeff Silvertree, Phil Sorbster und Forbes Sloosh oder so.«

»Oder so?« Spengler machte einen Schritt nach vorne.

»An den letzten Namen kann ich mich nicht mehr genau erinnern.«

»Sind das alle?«

»Ja.«

»Sicher, Herr von Boesche?«

»Scheiße, ja!«, knurrte er und ließ sich nach hinten sinken, streckte die Arme nach oben und gab seiner

Meute das Signal, ihm die Langhantel wiederzugeben. »Sie haben, was Sie wollten. Verschwinden Sie.«

Spengler nahm den Fuß vom Tütchen. Eine der Hyänen hob es auf und steckte es ein. »Ja, behalten Sie es ruhig, ich habe noch genug davon. Traubenzucker hilft beim Training«, merkte der Kommissar locker an.

»Warte, Chummer. Ich mach das.« Ultra griff zu, hob die Hantelstange mit einer Hand an und ließ sie wenige Zentimeter über den Fingern des jungen Mannes los. Von Boesche ächzte auf, als das Gewicht die Muskulatur, Gelenke und Sehnen ruckartig belastete. Die Arme begannen zu zittern. »So, und jetzt musste …«

»Wir gehen«, pfiff Poolitzer den Troll zurück. »Komm, die stellen dich sowieso nicht als Fitnesstrainer an.«

»Schönen Tag noch«, grüßte Spengler im Hinausgehen.

Plötzlich fiel dem Reporter wieder ein, wer die Frau war. *Das ist die Di'Oá! Die Chefin vom Mode-Label Di'Oá.* Er packte die Fuchi aus, tat so, als prüfte er die Batterien, und hielt sie so, dass er die Modezarin filmen konnte, die ihm die Freude tat, aufzustehen und sich zu bücken, um ihr Handtuch aufzuheben. Unter dem dünnen Stoff ihrer Hose zeichnete sich ein Stringtanga ab. Das Schildchen schaute oben heraus. Das Fabrikat entlarvte sie des Verrats: Tshi Vènchí stand darauf. *Sie trägt nicht ihre eigene Unterwäsche-Marke!*

Er zoomte den Hintern nahe heran, damit der Aufdruck zu lesen war, dann drehte sie sich herum und packte die Kamera wieder ein. Der Abstecher ins Edel Gym hatte sich doch gelohnt, die Klatsch-Abteilungen würden für diese Neuigkeit einiges bezahlen, ganz zu schweigen von Tshi Vènchí.

Ehe sein Verhalten zu auffällig wurde, trabte er weiter und schaffte es im letzten Moment zum Fahrstuhl, vor dem Ultra und Spengler warteten. »Musste noch was filmen«, murmelte er entschuldigend.

Die Türen öffneten sich, und der Kommissar erstarrte. »Ich nehme die Treppe«, meinte er missmutig, »bevor mir ein Computer noch mal dummes Zeug erzählt.« Er schob sich einen Kaugummi in den Mund und stapfte zur Glastür, die Fäuste in die Taschen gestopft.

Poolitzer und Ultra bekamen auf der Fahrt nach unten Fett-weg-OPs angeboten und weitere Gesundheitsappelle auf die Ohren, untermalt von wummernder Aerobic-Musik. Auf den Glaswänden entstanden die passenden Trid-Szenen. Zum Abschluss gab es Impressionen der hauseigenen Single-Sauna, wo man allein hineinging und viel Spaß mit anderen haben konnte.

»Da hat Spengler was verpasst«, feixte Poolitzer.

Ultra winkte ab. »Nee, die dürren Gestecke? Die gehn bestimmt kaputt, wenn ich ihnen 'ne Portion Trollliebe geb.«

Der Kommissar erwartete sie unten. Zusammen verließen sie das Edel Gym. »Boesche wird seine Hyänen loshetzen, das ist sicher«, sagte er nachdenklich, als er mit Poolitzer im Wagen saß und den Motor anließ. »Gut gemacht, Gospini.«

»War das Ironie?«

»Eigentlich ein Vorwurf. Sie sind Profi genug, dass Sie sich hätten denken können, was Ihre Bemerkung bei einem Typen wie von Boesche auslöst.« Der Wagen startete, Spengler drehte den Kopf, um ihn anzuschauen. »Wenn das für Sie nur eine Komponente ist, um eine bessere Reißerstory aus meinem Fall zu machen und ich das herausbekomme, ist unsere Partnerschaft mehr als schwer belastet.«

Poolitzer rutschte auf seinem Sitz herum. »Nein, Sie haben Recht. Es war ein dummer Fehler. Ich wollte ihm Angst machen, damit er endlich singt.« Er hielt dem durchdringenden Blick stand, die Finger der Rechten hoben sich zum Schwur. »Ehrlich, alter Mann.« Die Finger der Linken kreuzten sich automatisch.

»Schön. Fahren wir zurück.« Spengler nickte. Er hatte den Betrug nicht bemerkt. »Musik, Track drei«, befahl er dem Autopilot. Eine Sekunde darauf dröhnte »Can I play with Madness« durch den Intracity. Die Fahrt begann. Ultra folgte ihnen im Taxi.

ADL, Württemberg, Stuttgart-Sindelfingen, 01.05.2059, 22:09 Uhr

Blitzlichtgewitter.

Das grelle, unrhythmische Aufflackern sah Zashi durch das Fenster, unter dem sie sich gerade zu schaffen machte. Bislang lief es hervorragend, einmal von der Panne mit dem Magschlossknacker abgesehen.

Sie hatte ihn angebracht und tatsächlich vergessen, wie das Scheißding funktionierte. Glücklicherweise setzte es sich von selbst in Betrieb, nachdem sie wahllos auf Tasten gedrückt hatte, und nach ein paar Sekunden war die Sperre am Hintereingang überwunden und sie auf dem Weg in die Garderobe.

Sie hantierte mit dem Knacker schon wieder herum, als würde sie nicht wissen, wo oben und unten ist, doch er nahm es ihr offenbar nicht krumm und begann ein zweites Mal mit seiner Arbeit.

Während die Schaltkreise rotierten und nach dem passenden Code forschten, überprüfte die Samurai nochmals ihre beiden Pistolen, zwei elegante, schlanke Beretta 200 ST, abwechselnd mit Explosiv- und Stahlmantelgeschossen geladen. *Für jeden Geschmack etwas*, dachte sie grimmig. Extra lange Magazine gaben ihr eine ununterbrochene Feuerkraft von mehr als achtzig Schuss. Erst dann musste sie nachladen.

Sie sagte sich, dass es nur für den Notfall sei. Sie hatte nicht vor, wie eine Action-Puppe reinzugehen und hirnlos loszuballern. Dafür war sie trotz ihrer 23 Jahre zu sehr Profi. Fast 35 Runs hatte sie erfolgreich absolviert, bis der Verrat ihr ein Minus auf dem Konto bescherte.

Das Gerät summte leise, die Riegel schnappten zurück. Zashi atmete tief ein, packte die Pistolen zurück in die Achselholster und drückte die Klinke nach unten. Rasch huschte sie in gebückter Haltung hinein.

Sie kauerte im hinteren Teil der einschüchternd großen Garderobe der Mammutshow. Fahrbare Kleiderständer reihten sich aneinander, voll gestopft mit den neuesten Kollektionen von Christiane Di'Oá.

Bewundernd fuhr sie mit der Hand über den glitzernden Stoff vor sich. Sie erkannte ein bodenlanges Abendkleid, unter dem man bei diesem Ausschnitt jedenfalls keinen BH tragen sollte. Sah es auf den ersten Blick so aus, als müsste es kratzen und einer Frau die Brustwarzen abraspeln, fühlte es sich weich an. Zashi wunderte sich, flaumig wie Watte kam das Kleid daher, innen und außen.

So muss es sein, wenn man in eine Wolke steigt, stellte sie sich vor und seufzte. Als Halbjapanerin konnte man sie nicht eben als groß bezeichnen. Somit brauchte sie sich das lange Kleid auf dem Rückweg als Extragage gar nicht erst einpacken. *Sehr schade.*

Vorsichtig kroch sie vorwärts, nutzte die Cocktailkleider-Kollektion als Deckung und pirschte unter dem Retro-Landhaus-Stil bis zu den Haute-Couture-Kreationen, die im Vorfeld schon in den Abendnachrichten gerühmt wurden.

Sie verharrte, orientierte sich. Lange würde es nicht mehr dauern, und der Verrat an ihrer Gruppe war zu einem Viertel gerächt, obwohl es ihr fast schon ein bisschen Leid tat. Nicht aus Mitleid, sondern wegen des kreativen Verlusts, den die Modewelt durch ihren Besuch zwangsweise erlitt. Persönlich fühlte sie immense

Enttäuschung, dass ihr Opfer in den Kreis der Verräter gehörte, sie hatte es gemocht und einige erfolgreiche Runs für es unternommen.

Das war einmal. Zashi befand sich unmittelbar neben den Schminktischen, vor ihr tobte das Chaos einer außergewöhnlichen Modenschau.

Di'Oá hatte groß aufgefahren und nicht weniger als fünfzig dürre Models aufgeboten, die in kurzen Abständen über den Catwalk defilierten. Die Hüften wackelten hin und her, die sagten »nimm mich«, sie warfen verächtliche Blicke ins Publikum, die sagten »vergiss es«, wie man es von ihnen eben erwartete.

Zashi spürte, wie das Lampenfieber sie ergriff. Heimlich schnappte sie sich eine Perücke vom nächstbesten Tisch und streifte sie sich über, danach achtete sie ganz genau, in welcher Reihenfolge die Kleider von den Ständern genommen wurden.

Sie wählte den Retro-Landhaus-Stil, der in ihren unkundigen Augen nichts anderes war als aufgemotzte Trachtenmode mit Latexapplikationen und Transpartex, um die Verruchtheit des Landes zu unterstreichen. Die Samurai nahm ein Kleid aus der Mitte der Reihe, zog sich aus und zwängte sich in das Hardcore-Dirndl. Sie hasste es. Wegen des Plans hatte sie sich die Beine früher als gewohnt epilieren müssen, und diese Schmerzen übertrafen vieles, was sie bislang in ihrem Runnerleben durchmachen musste.

Ich habe wohl keine Modelmaße, dachte sie, als sie das Knirschen der Nähte hörte, und bewegte sich danach noch vorsichtiger.

Ein Handspiegel und ein Make-up-Set, die sie sich vorsichtig aus einem Utensilienkasten fischte, halfen ihr dabei, sich nach der Art der Models bis zur Unkenntlichkeit zu schminken. Die mitgebrachten Granaten und ihre Berettas packte sie in eine zum Dirndl passende Korbtasche, die wohl als Deko auf die Bühne sollte und nicht als Accessoire gedacht war, dann begann das Warten.

Es dauerte nicht lange, und der Retro-Landhaus-Stil kam an die Reihe, die ersten Models flanierten auf dem Laufsteg, als ob sie weiterhin sämtliche Männer im Saal zu spontanem Sex verführen sollten.

Landliebe, zuckte es Zashi durch den Kopf. Sie wurde vom Blitzen der Fotoapparate allmählich nervös und sich immer bewusster, dass draußen vierhundert hoch aufmerksame Zeugen lauerten.

Immer wieder kontrollierte sie ihr Gesicht und stellte zufrieden fest, dass sie nicht einmal ihre eigene Mutter erkannt hätte. Kopfschüttelnd sah sie zu, wie sich eines der Mädchen eine Hand voll bunter Pillen einwarf und mit Sekt runterspülte; ein anderes zog sich in einer kurzen Pause eine Linie weißen Puders in die Nase und hastete hysterisch kichernd gleich wieder hinaus.

Jetzt kommt die Nummer 23, meine Nummer. Zashi lauerte und sprang aus ihrem Versteck, mitten in den Pulk der sich aufreihenden Models. Hatte sie erwartet, sofort angeschrien zu werden, erntete sie nur ein paar irritierte Blicke, mehr geschah nicht. Leise atmete sie auf, hängte sich den Korb in die Armbeuge, darauf achtend, nichts von ihrer Last zu zeigen.

Noch zwei, noch eine, dann musste sie raus.

Die Majordomina, ein gealtertes, abgetakeltes Ex-Model, spähte auf die kleine Monitorwand, auf der sie genau mitverfolgte, was sich auf dem Catwalk ereignete, sie winkte Zashi heran. »Okay, Schätzchen, du hast das Go in fünf, vier, drei …« Ihr flüchtiger Blick streifte sie. »Wer bist *du* denn?«

»Ich bin der Ersatz«, log die Samurai geistesgegenwärtig und deutete nach hinten. »Die andere ist umgekippt. Sie hat das Kokain wohl nicht vertragen.«

Die Majordomina schaute über die Schulter und versuchte, an den Köpfen der tuschelnden Mädchen vorbei etwas zu sehen. »Chantale ist ...« Sie fluchte, der Laufsteg war seit einer Sekunde verwaist. »Los, raus!«

Zashi erhielt einen Schubs und stakste hinaus, sie war das Laufen auf hochhackigen Schuhen nicht gewohnt. Kunststück, denn wer brauchte bei Runs schon Highheels?

Grelle Scheinwerfer blendeten sie, die Blitzlichter trugen nicht eben dazu bei, dass sie mehr von ihrer Umgebung sah. Die Blitzkompensation musste überlastet sein, sie reagierten nicht wie gewohnt mit automatischer Verdunklung ihrer cybernetisch veränderten Augen.

Gerade als sie dem gleißenden Spott entkam, drückte das nächste Dutzend Fotografen auf die Auslöser ihrer Apparate, ausgestattet mit dem festen Vorsatz und erklärten Ziel, sie blind zu machen. Sie hörte das Raunen der Leute um sich herum. Das Fachpublikum schien von ihrem Talent nicht überzeugt zu sein.

Ihr Penner, ich mache das heute zum ersten Mal, dachte sie und begann zu schwitzen, die puppenhaften Bewegungen der Models imitierend. Sie lächelte maskenhaft, die Falschheit wurde durch die Schminke zusätzlich unterstützt, wankte vorwärts, kippte mit dem linken Fuß leicht um. *Verdammte Schuhe! Ich muss sie loswerden.* Sie tat so, als gehöre es zu ihrem Programm und rutschte aus den Halteriemen. Barfuß setzte sie ihren Weg an die Spitze des Catwalks fort, musikalisch begleitet von den treibenden Rhythmen einer Techno-Volksmusikweise.

Die Samurai kam sich vor wie auf einem Steg, rechts und links von ihr tobte das Meer aus Menschen, in dem sie ertrinken konnte, falls sie von ihrem Ziel abwich.

Sie kam tatsächlich ganz vorne an, obwohl sie sekündlich damit rechnete, dass ein Model aus der Umkleide gesprungen kam und sie schreiend bezichtigte, ihr die Schau gestohlen zu haben; vermutlich rang es gerade mit der Majordomina, um auf den Catwalk zu gelangen.

Da ist sie!

Zashis Blick wurde starr, richtete sich auf die Zielperson, die nur zwei Meter von ihr entfernt saß, die Beine übereinander geschlagen, den aktuellen Katalog auf dem Schoß. In ihren Augen las sie die Befremdung über das unbekannte, abgrundtief schlechte Model, das ihr die gesamte Präsentation versaute und für gehässige Kommentare in den Fachzeitschriften sorgen würde.

Die Samurai übertrieb es vorsätzlich mit der Drehung am Ende des Laufstegs und stürzte absichtlich, die Blitze flackerten scheinbar tausendfach auf und hielten ihren Fall fest. Schadenfreude war bekanntlich die schönste Freude.

Sie richtete sich halb auf, griff mit beiden Händen in die Tasche, ihre Finger schlossen sich noch immer unsichtbar für die Gäste und Reporter um die Griffe der Waffen. Die Smartverbindung aktivierte sich artig, ein transparentes Fadenkreuz samt Munitionsanzeige wurde in ihr Gesichtsfeld eingeblendet.

Zashi tat so, als stütze sie sich ab, lächelte kurz, um zu zeigen, dass nichts passiert sei, hob die Waffen samt Korb und drückte die Abzüge der Berettas in rascher Reihenfolge nach hinten.

Die gesicherten Granaten rollten vor ihre Füße, Teile des Bodens der Korbtasche flogen durch die Luft, herausgerissen von den austretenden Projektilen und dem Druck der Treibladungen. Kleinere Partikel entzündeten sich und trudelten glühend durch die Luft, es roch nach verbranntem Stroh.

Sie stand auf, immer noch feuernd, das Fadenkreuz fest auf die zarte Gestalt von Christiane Di'Oá geheftet. Die Einschüsse warfen sie brutal auf dem Sessel hin und her, es war unmöglich, dem schallschnellen Tod auf diese kurze Distanz zu entkommen.

Die einundzwanzigste Kugel traf Di'Oá eben in den zerfetzten Brustkorb, und die zweiundzwanzigste sirrte auf den Kopf zu, als die ersten Leibwächter reagierten. Auch die Journalisten erholten sich von ihrem Schock.

Zashi schleuderte die kokelnde Tasche weg, erledigte einen der Mietmuskeln mit einem nur leidlich guten Treffer in den Unterleib, dann legte sie die linke Pistole kurz ab, hob eine Blendgranate vom Boden und schleuderte sie mitten in die Menge. Gleich darauf zündete sie zwei Rauchgranaten, nahm die Beretta und rannte den Catwalk zurück. Ihr Auftrag war erledigt.

Die Kugeln, die man ihr nachschickte, trafen die vor ihr auftauchende dürre Majordomina in den Hals; gurgelnde Laute von sich gebend, brach sie zusammen und verschwand in den grauen Wolken. Die Samurai hetzte weiter, quer durch einen Pulk von Models, zwei Mädchen rechts und links von ihr schrien kurz hintereinander auf und fielen zu Boden. Deren klebriges Blut sprühte gegen sie und benetzte sie.

Sie rutschte mit Schwung unter den nebensächlich gewordenen Kollektionen hindurch und hielt sich dieses Mal nicht weiter mit dem zentral verriegelten Schloss am Hinterausgang auf, die Salve aus Stahlmantelgeschossen verwandelte die Elektronik und den Schließmechanismus samt Riegel zu Schrott. Ein kräftiger Tritt und die Tür flog auf.

Zashi rannte durch die Nacht und erreichte ihre gestohlene BMW Victory. Sie warf sich auf den Sitz, aktivierte die Zündung und drehte das Gaspedal bis zum Anschlag hoch, während ihr Herz vor Aufregung und Freude raste.

Der Anfang war gemacht, und sie fühlte sich großartig. Nun lag es an den anderen drei, die übrigen Verräter zu bestrafen.

ADL, Württemberg, Stuttgart-Mitte, 01.05.2059, 08:42 Uhr

Poolitzer trat mit Schwung in das kleine Hotelzimmer, nachdem ihm geöffnet worden war. »Morgen, Guru Ficker …«

Ranjit, in gemütlich aussehende indische Kleidung gehüllt, stand im Flur und hob abwehrend den rechten Arm. »Bitte, Herr Gospini, sagen Sie entweder Ranjit oder Felix zu mir.« Er legte die Handflächen aufeinander, die Fingerspitzen zeigten in Richtung Kinn, und er verneigte sich leicht vor ihm und Cauldron, die ebenfalls hereinkam. »Namaskaram.«

Sie erwiderte den Gruß und fand seine braunen dunklen Augen auf Anhieb faszinierend. Er betonte sie geschickt durch das Weiß seines Anzugs. Er brauchte nicht einmal Schminke. Wie Magneten zogen sie Blicke an.

»Ihr seid das perfekte Team.« Poolitzer lachte. »Reinheit und Finsternis, Licht und Schatten stehen sich gegenüber. Das wird Xavier gar nicht gefallen. Darf ich vorstellen: Carmen Peron, eine gute Freundin …«

»Bekannte«, verbesserte sie automatisch, dem alten Ritual zwischen ihnen folgend.

»… die mir ein wenig hilft.«

Beinahe verlegen wandte sich Ranjit ab und reckte den Arm einladend in den Raum. »Kommen Sie, ich habe uns Frühstück bringen lassen.«

Frühstück traf es nicht ganz. Es waren drei penibel abgezählte Croissants, ein kleines Kännchen Tee, brauner Rohrzucker und etwas Milch.

Poolitzer schürzte die Lippen. »Ich habe vergessen, dass Indien das Land der Fastenkünstler ist«, kommentierte er das Unterangebot von Lebensmitteln. »Mann, Ranjit, davon wird höchstens eine Maus satt. Eine indische Maus.«

Cauldron ging an ihm vorbei und setzte sich. »Mir genügt es völlig«, sagte sie.

»Das glaube ich dir sofort. So viel ist an dir auch nicht dran.« Er nahm neben ihr Platz. Ranjit positionierte sich ihm gegenüber. Es war ihm peinlich, nicht genügend bieten zu können.

»Wenn ich mein volles Honorar für meinen Auftritt bekommen hätte, könnte ich groß auftischen«, entschuldigte er sich zerknirscht und konzentrierte sich aufs Einschenken des Tees. Dunkelrot-golden lief er in die Tasse. »Es ist ein Assam, allerdings von eher bescheidener Qualität, erste Pflückung, aus Mangalam. Früher gab es sehr gute Ernten, aber heute hat es nachgelassen. Der Chai ist nicht mehr das, was er einmal war.«

Poolitzer betrachtete den Tee. Als bekennender Echtkaffeegroßkonsument konnte er mit dem Getränk wenig anfangen. »Sie können mir viel erzählen. Ich weiß nicht, ob Mangalam nun ein Gruß, eine Beschimpfung oder …«

»Es ist eine Teeplantage, ehrlich, Herr Gospini«, unterbrach ihn Ranjit. Die Magierin beobachtete mit Faszination und Unglaube, wie er sich Zucker in die Tasse häufte. Löffel um Löffel um Löffel. »Namaskaram ist ein indischer Gruß, den man im Süden des Landes benutzt, aus dem meine Mutter stammte.« Er goss sich Tee ein, der sich einen Weg durch den weißen Berg bahnte, die Kristalle aufwirbelte und sie auflöste. »Im übrigen Indien hätte man Sie mit Namaste begrüßt.«

»Super, im Schwabenland bekomme ich Indisch-Nachhilfe.« Seine Laune besserte sich nicht wesentlich. Er hatte sich auf ein ausgiebiges Frühstück mit Kaffee, womöglich echtem Kaffee, gefreut. Die Teeplörre vernichtete seinen mühsam gehaltenen Restkoffeinspiegel.

»Nehmen Sie's dem Typen nicht übel«, winkte sie ab. Ihre schlanken ringgeschmückten Finger nahmen ein Croissant und brachen ein Stückchen davon ab. »Ich finde es nett, dass Sie uns was anbieten.« Sie schob sich den Bissen in den Mund, darauf bedacht, keinen Krümel auf dem schwarzen Lippenstift zu hinterlassen. Da sie die Stuttgarter in Downtown nicht zu sehr erschrecken wollte, trug sie ein schlichtes schwarzes Kleid und wenig Make-up.

Ranjit lächelte dankbar und sog den Tee schlürfend ein. »Und Sie möchten nun etwas über Hypnose erfahren, Herr Gospini?«

»Da es für das, was momentan passiert, wichtig ist und die wenigsten meiner Zuschauer sich damit auskennen, bitte ich darum.« Er nahm die Fuchi aus der Tasche und richtete sie auf den Halbinder. »Dann mal los. Erklären Sie, *wie* es geschehen kann, dass ein Hypnotisierter loszieht und sich für alle möglichen Menschen hält.«

Ranjit wurde ernst. »Genau darüber habe ich mir auch den Kopf zerbrochen«, gestand er leise. »Ich arbeite teils mit der Fixationsmethode, teils mit der Faszinationsmethode …«

»Uh, halt, halt! Übersetzen Sie das bitte, Ranjit, für die Nicht-Gurus der Welt.«

»Die Faszinationsmethode arbeitet mit dem Blick in die Augen, die Fixationsmethode nutzt einen möglichst leuchtenden oder lichtreflektierenden Gegenstand.« Er langte in die Westentasche und nahm die beschädigte Taschenuhr hervor. »Eine pendelnde Taschenuhr ist beispielsweise sehr gut geeignet.«

Poolitzer zoomte auf sie. »Muss sie unbedingt verbeult sein?«

Ranjit lächelte schief. »Nein. Das war ein Unfall.« Zärtlich berührte er den Metalldeckel mit dem funkelnden Stein. »Ich werde sie reparieren lassen, es ist ein altes Erbstück.«

Cauldron streckte die Hand aus. »Darf ich?«

Er zögerte, dann nahm er die Kette, hob die Uhr hoch und senkte sie sanft in die Handfläche der Magierin.

»Und was passiert bei einer Hypnose?«, schaltete sich der Reporter wieder ein.

»Man entspannt die Menschen.«

»Man *entspannt* sie?«

»Das ist der Trick. Alle Methoden der Suggestion, wie man das Beeinflussen auch nennt, führen meine Kunden zur Entspannung und Ermüdung. Das Nervensystem schaltet um, es führt sie in einen Bewusstseinszustand zwischen Wachen und Schlafen. Damit ist der Weg frei für meine weiteren Suggestionen.«

»Äh … wenn es kein Schlafzauber ist, wie funktioniert es dann?«

Ranjit lächelte. »Dieser Effekt kommt daher, weil die Augen wegen des ständigen Starrens stark ermüden. Mein Opfer, wenn Sie so wollen, hält es aber für die Wirkung meiner Suggestionen. Dadurch werden eventuelle Zweifel weggewischt, was dazu führt, dass der eigentlichen Hypnose und der Verankerung von Befehlen weniger Hindernisse im Weg stehen.«

»Dann können Sie ihnen befehlen, was Sie wollen? Und sprechen Sie bitte in die Kamera.«

»Ganz so einfach ist es nicht. Grundsätzlich ist *fast* jeder Mensch hypnotisierbar, aber die Voraussetzung ist, dass er sich hypnotisieren lassen *will*.« Er verzog das Gesicht und rührte sich noch einen Löffel Zucker in den Tee. »Bei der Hypnose kommt es neben absolutem Vertrauen zum Hypnotiseur vor allem auf viel Fantasie und ein gutes Vorstellungsvermögen an. Daraus folgt die etwas absurde Tatsache, dass gerade die großen Zweifler oft leichter zu hypnotisieren sind als leichtgläubige Menschen von geringer Intelligenz. Witzig, oder?«

»Mh.« Poolitzer lauschte und stellte fest, dass auch Cauldron fasziniert zuhörte. Magierinnen konnten den Willen von Mensch und Kreaturen mit ihren Zaubern brechen, aber dieser unscheinbare, sehr charismatische

Kerl namens Ficker schaffte es ohne Hokuspokus. »Nur weiter, Guru.«

»Es gibt verschiedene Hypnosegrade. Lehrbücher sagen, dass nur zwanzig Prozent aller Menschen in Tiefenhypnose versetzt werden können, und etwa siebzig Prozent schaffen es gerade noch bis in eine mittlere Hypnosestufe. Die verbleibende Minderheit kann lediglich in leichte Trance gebracht werden.« Er setzte die Tasse ab und schaute Poolitzer an, sofort griff das Braun nach seinem Verstand. Wie von selbst heftete der Reporter seinen Blick auf die Augen des Halbinders. »Ich dagegen habe bisher jeden in Tiefenhypnose versetzen können. Muss an meinen indischen Genen liegen.«

»Oder an der Uhr«, warf Cauldron ein. »Ich habe sie mir eben astral angesehen, Ranjit. Wussten Sie, dass der Stein mit einem Spruch belegt wurde?«

»Nein ... wusste ich nicht«, stotterte er so echt und derart von der Neuigkeit überrumpelt, dass sie ihm glaubten, auch ohne dass die Magierin einen Zauber zur Wahrheitsfindung wirkte. »Geben Sie sie mir wieder.« Er wollte die Uhr greifen, aber Cauldron legte die Hand schirmend darüber.

»Darf ich sie mir ausleihen?«, bat sie ihn freundlich. »Ich kann in einer angenehmeren Umgebung mehr über den Zauber herausfinden und auf diese Weise unter Umständen entdecken, warum der Mann als Mörder unterwegs ist.« Sie betrachtete ihn aufmerksam und bemerkte, wie er sich wand. Die Uhr musste ihm unendlich viel bedeuten. »Sie können mich gerne begleiten, falls Sie mir nicht trauen.«

Fordernd hielt er seine Hand hin, Cauldron gab sie ihm zurück. »Es kann nicht an dem Stein liegen«, sagte er sichtlich erleichtert, die Uhr wieder zu haben. »Ich ziehe schon so lange mit meiner Show durch die Gegend. Anfangs habe ich nur nach der Faszinationsmethode gearbeitet, da funktionierten meine Hypnosen ebenso gut.«

»Gab es jemals solche Zwischenfälle wie in der *Wolke Sieben*?«, erkundigte sich der Reporter. »Ohne Uhr?«

»Denken Sie, ich wäre Magier?« Er schaute beleidigt. »Frau Peron, da Sie Magierin sind, können Sie sehen, ob ich magisch befähigt bin oder nicht, richtig?« Sie nickte, woraufhin er die Arme vor der Brust kreuzte. »Dann los, sehen Sie nach.«

»Das habe ich schon«, gestand sie und widmete sich wieder dem Croissant. »Sie sind derart vercybert, dass das kleinste magische Talent auf immer verloren ist, sollte es jemals vorhanden gewesen sein.«

»Vercybert?« Poolitzer horchte auf. *Memo an mich: Ficker überprüfen. Verdammt, das wäre mir früher nicht passiert.* Vor ein oder zwei Jahren hatte er immer, wirklich immer, Infos über Leute eingeholt, ehe er sie aufsuchte und Reportagen machte, dieses Mal hatte er es schlicht vergessen. *Ich weiß nichts über unseren Guru.* »Erzählen Sie mal, was Sie vorher gemacht haben.«

Er seufzte und sank in dem Stuhl zusammen. »Es ist kein Geheimnis.«

»Sie waren Runner?«, preschte der Reporter vor.

Ranjit lachte unglücklich. »Nein, ich war etwas sehr Unspektakuläres. Ich war Rigger bei Daimler in Stuttgart, fünf Jahre lang. Ich habe Maschinen geriggt, Krane gesteuert, Autos Probe gefahren und all so ein Zeug, bis sie mich rausschmissen. Ich wollte die nächstgrößere Fahrzeugsteuerungseinrichtung nicht eingebaut haben, weil ein befreundeter Arzt mich davor gewarnt hat. Und als sie mich vor die Wahl stellten, habe ich ihnen auf Wiedersehen gesagt.«

»Das war aber ein ganz schön harter Übergang, von Rigger auf Guru«, befand Poolitzer. In seinen Eingeweiden gluckerte und grummelte es. Hungrig nahm er sich ein Butterhörnchen und kostete in seiner Not vom Tee.

Befürchtet lau, jedenfalls im Vergleich zu Kaffee, kam das Gesöff daher, schlabberig, ohne Wirkung.

»Nein, so hart nicht. Ich bin vorher schon aufgetreten, zuerst als Hobbyzauberer auf Kindergeburtstagen, und dann habe ich meine Fertigkeiten als Hypnotiseur entdeckt.« Ranjit richtete sich auf. »Jeder kann es lernen. Das ist nicht sonderlich schwierig. Die Übung macht es.«

»Aha.« Poolitzer stellte sich vor, welche Ergebnisse seine Reportagen liefern könnten, beherrschte er dieses Metier. »Und seitdem schaffen Sie es, Menschen Ihren Willen aufzuzwingen?«

»Nein. Suggestionen gelingen nur, wenn man ihnen zustimmt. Wer beispielsweise mit dem Rauchen aufhören möchte, ist für entsprechende Suggestionen offen, wird sich aber nicht zu einem Bankraub bewegen lassen.«

»Außer es würden keine Vorbehalte dagegen existieren?«, hakte Cauldron nach, die das Prinzip erfasst hatte.

»Ja. Man wacht aus der Hypnose auf, sobald der Hypnotiseur Suggestionen gibt, denen man nicht zustimmt, wie ›bring dich um‹ oder etwas in der Art. Das Unterbewusstsein schützt den Menschen. Aber ein Zwischenfall ist mir noch nie passiert.«

»Ich versuche, das mal zusammenzufassen«, begann Poolitzer, mit dem Finger gegen die Unterlippe klopfend. »Sie könnten dem Typen sagen, dass er einen Menschen umbringen soll, was er auch machen würde, wenn er skrupellos genug wäre, richtig?« Ranjit stimmte zu. »Aber um eine andere Person zu sein, müsste man ihm genau sagen, was diese Person tut, korrekt?« Wieder kam die Bestätigung. »Dann hat von Boesche nicht nur die Namen der Mörder vorgelesen, sondern auch explizit beschrieben, wie sie vorgegangen sind«, lautete sein Schluss. *Und der Typ, dem er das alles gesagt hat, muss das abgründigste Wesen sein, das ich kenne. Warum sonst würde er die Befehle in die Tat umsetzen?*

»Es bleiben zwei Möglichkeiten. Die erste: Er befindet sich immer noch in Trance. In Dauertrance.« Ranjit nippte wieder an der Tasse. Er sah sehr, sehr besorgt aus. »Damit sollte er in seiner Umgebung eigentlich auffallen, er würde sich anders bewegen, steifer, müder, unnatürlicher als sonst. Die zweite: Von Boesche hat ein Codewort verankert, das ihn aufweckt. Auf dessen Befehl hin würde der Mann intern umschalten und zum Mörder werden. Posthypnotisch, nennt man das.«

»*Das* glaube ich nicht. Es sah laut den Aussagen in den Ermittlungsberichten nicht so aus, als würden sie sich kennen.« Poolitzer würde Spengler dennoch den Tipp geben, das Telefon des Neureichen anzapfen zu lassen, falls er das Hypnoseopfer doch kennen und steuern sollte. »Und er hat keine Ahnung von Hypnose.«

»Das nehmen wir an, wissen es aber nicht.« Cauldron schnalzte mit der Zunge. »Kommen wir zu der spannenden Frage, wie man die Hypnose wieder aufheben kann.« Sie und Poolitzer schauten ihn an.

»Das ist das Problem. Suggestionen, die man einmal gibt, haben in der Regel auch nach der Hypnose noch Wirkung, sofern sie nicht zurückgenommen wurden. Ein Mann, dem ich suggeriert habe, sein linkes Bein wäre lahm, wird es auch nach dem Aufwachen nachziehen, wenn ich ihm nicht vorher gesagt habe, er sei völlig gesund.« Ranjit stand auf, legte die Hände auf den Rücken und begann, im Zimmer auf und ab zu gehen. »Bei einer medizinischen Hypnose oder bei Suchtentwöhnung ist dieser Effekt erwünscht. Da die Rücknahme aber durch von Boesche nicht erfolgt ist, müssen wir es tun.« Er blieb stehen. »Anders gesagt: finden, fangen und alle verankerten Namen sowie Verhaltensmuster aus seinem Gedächtnis löschen«, fasste er zusammen. »Ich bekomme das hin, aber ich brauche ihn vor mir.«

»Bleibt zu hoffen, dass wir alle Namen wissen«, murmelte die Magierin, während sie nach dem Tee langte. »Ich wünsche mir, dass wir den Unbekannten erlösen können und nicht töten müssen. Und wenn er von Boesche nicht in Grund und Boden klagen will, werde ich es tun. Er hat mir meine Ferien verdorben.« Sie goss sich nach. »Sollte es allerdings nicht Ihre Hypnose sein, Ranjit, sondern an dem Zauberstein der Uhr liegen, kann ich das mit dem Brechen des Banns übernehmen.«

Er verstand den Hinweis. Seine Hand legte sich unwillkürlich auf die leicht ausgebeulte Westentasche, in der er sie trug. Sie musste ihm sehr viel bedeuten.

Cauldron hatte schon lange begonnen, darüber nachzudenken, wie und ob so etwas funktionieren könnte. Natürlich gab es Zauber, die Handlungen und Psyche eines Wesens beeinflussten und es Dinge tun ließen, an die sie nicht einmal im Traum dachte. Dafür musste der Zauber vom Magier oder Schamanen jedoch aufrechterhalten werden.

Das magische Potential der Uhr schien beim ersten, zugegeben recht oberflächlichen Eindruck enorm. *Möglich wäre es.* »Woher haben Sie die Uhr?«

»Ein altes Erbstück«, wiederholte er pauschal.

»Wie alt? Und was wissen Sie darüber?«, ließ sie nicht locker. »Es kann sein, dass die Uhr so etwas wie eine Berühmtheit ist. Haben sich andere Familienmitglieder vor Ihnen als Hypnotiseur versucht und waren sie erfolgreich damit?«

Ranjit setzte sich, seine Bewegungen waren fahrig, die Tasse mit dem Tee darin wackelte bedrohlich. »Ich weiß es nicht. Ich habe sie von meiner Mutter.«

»Die aus dem Süden Indiens stammt«, erinnerte sie sich. »Darf ich die Uhr noch mal sehen?«

Jetzt schaute er sie für den Bruchteil einer Sekunde voller Feindseligkeit an, das Braun bohrte sich in ihre Augen, sie fühlte so etwas wie Kopfschmerzen unmittelbar hinter der Nasenwurzel. Sie wandte sich ab, das pochende Gefühl verschwand auf der Stelle. *Reine Einbildung. Er ist nicht magisch, er kann mir nichts tun.*

»Entschuldigen Sie, Frau Peron. Ich weiß, ich verhalte mich kindisch.« Es klirrte leise, als er die Uhr zärtlich vor sie auf den Tisch legte. Sie schaute nicht hin, tastete nach ihr und untersuchte sie. »Nehmen Sie.« Er wandte sich an Poolitzer. »Und Sie deuteten vorhin an, dass Sie alle Namen der Mörder haben?«

Innerlich zählte der Reporter sie auf: Sanchez, Jack The Ripper, Hamann, Rabuit, Ormondi, Budnjez, Gray, Silvertree, Sorbster und Forbes Sloosh, aber er sprach sie nicht laut aus.

»Die Harmlosesten in dieser Packung Massenmörder sind noch Jack the Ripper, Hamann und Rabuit, alle anderen haben Dinge getan, die Ihnen den Glauben an das Gute im Menschen bis zu Ihrem Tod vermiesen.« Er bat alle Mächte, dass ihr Gesuchter vorerst nichts unternahm und in eine seiner Mörderpersönlichkeiten verfiel.

Mit Schaudern dachte er an Sanchez, El Ladron, der die Ermordung von 170 Kindern alleine in Paraguay gestanden hatte. Innerhalb von fünf Jahren hatte er gewütet. Straßenkinder fielen ihm zum Opfer, ihre Leichen wurden mit durchschnittenen Kehlen und teilweise zerstückelt gefunden. *Wenn es einen Gott gibt, lässt er den Typen entweder rechtzeitig aus der Trance erwachen oder von einem Laster überfahren.*

»Wollen Sie mir nicht sagen …«, verlangte der Halbinder vorsichtig mehr Auskunft.

»Nein, lieber nicht.«

Ohne dass er es wollte, schnellten die Bilder hoch, die er in der Matrix über den Fall von Jeff Silvertree gesichtet hatte: Armbänder aus Menschenhaut, sieben Rohrstühle, deren Sitzflächen aus Streifen menschlicher Haut gefertigt waren, zehn Totenmasken aus der gepressten Haut von Frauen- und Kindergesichtern, die in Augenhöhe an den Wänden angebracht waren, siebzehn über den Augenbrauen abgesägte Frauenköpfe sowie Teile von fünfzehn weiteren Leichen hatten die Polizisten damals gefunden.

In Poolitzers Vorstellung entstand die Wohnung von Silvertree neu, hier, irgendwo in Stuttgart, weil ein idiotischer Neureicher sich mal eben einen unspaßigen Scherz erlaubt hatte. »Nein, wirklich nicht«, wiederholte er langsam und nutzte seinen Tee, um die aufsteigende Übelkeit hinunterzuspülen.

Eine bedrückende Stille senkte sich auf das Zimmer.

Cauldron tastete an der Uhr herum, Ranjit beobachtete sie argwöhnisch, Poolitzers Verstand war von den grauenvollen Eindrücken gefangen, die das, was er in den Barrens gesehen hatte, übertrafen. Das Schlimmste war zu wissen, dass die schon längst toten Serienmörder schreckliche Auferstehung feiern würden. Seine Nase juckte, und ausnahmsweise wäre er froh gewesen, sie täte es nicht.

Sie zuckten gemeinsam zusammen, als die Kom-Anlage des Zimmers erwachte. Ein Anrufer wurde gemeldet. Die Anzeige vermeldete: *Öffentliche Kom-Zelle, Hauptbahnhof*.

»Entschuldigen Sie.« Ranjit stand auf. »Die Vermittlung muss sich geirrt haben.« Er hob den Hörer ab. »Ja?«

Poolitzer entging nicht, dass er sich urplötzlich versteifte. Sofort sprang er auf und drückte die Taste für den Lautsprecher.

»... Schuld, einzig Sie, haben Sie gehört, Ficker? Ich kann es nicht kontrollieren«, sagte eine Männerstimme, in der unendliche Verzweiflung mitschwang. »Ich,

ich … werde wach und habe *Blut* an den Händen, es ist überall, *überall*, an meinen Kleidern, auf meinen Schuhen, unter meinen Fingernägeln, und im Trid bringen sie Nachrichten über den bestialischen Mord an einer Prostituierten.«

»Wer sind Sie?«

»Ich schaffe es bis zum Klo und … weg ist meine Erinnerung, bis ich wieder zu mir komme und mir im Trid anschauen muss, wie man die nächste Leiche auf eine Bahre legt und eine Bank überfallen wird!« Der Mann atmete heftig. »Ich habe einen Vorschlaghammer in meinem Zimmer gefunden, Ficker, einen *Vorschlaghammer*! So ein Ding, wie ihn der Verrückte beim Überfall benutzte. Und eine Straße von hier steht der dunkelblaue Westwind.« Er schluchzte wie ein kleines Kind, schniefte, heulte und redete völlig unverständlich.

Poolitzer hob sein Kom und rief Spengler an. »Wir haben ihn, er steht in einer öffentlichen Telefonzelle am Hauptbahnhof«, gab er aufgeregt Anweisung. »Er scheint so etwas wie einen lichten Moment zu haben. Keine Ahnung, wie lange der anhält.«

Ranjit wirkte verstört. »Beruhigen Sie sich, Herr …«

»Bin ich das alles gewesen?«, jaulte der Unbekannte. »Sie haben mich hypnotisiert, Sie Scheißkerl! *Sie* waren das!« Seine Stimme schnappte über, senkte sich zu einem heiseren Flüstern. »Was haben Sie aus mir gemacht? Was haben Sie aus mir …« Er brach ab.

»Hallo?« Ranjit brüllte nervös in den Hörer. »Nein, ich flehe Sie an, gehen Sie nicht weg. Wir haben Hilfe organisiert, die Polizei …« Poolitzer machte wilde Verrenkungen, um ihn am Sprechen zu hindern, aber es war zu spät.

»Bullen? Nein, die Bullen werden mich erschießen, Ficker. Ich …« Er keuchte, senkte die Atmung auf normale Geschwindigkeit herab. »Hallo?«, sagte der Mann mit einer unvermittelt entspannten Stimme. Die Angst, die Wut, die Verzweiflung waren verschwunden.

»Ja, ich bin noch dran«, stotterte der Hypnotiseur und versuchte, sich zu fangen. »Wir möchten Ihnen helfen. Bitte, wie ist Ihr Name?«

»Mir helfen?«, lachte der Mann glockenhell. »Nein, das ist nicht nötig. Ich bin doch diejenige, die anderen gerne hilft. Warum haben Sie mich eigentlich angerufen?« Kurzes Schweigen. »Und was mache ich auf dem Bahnhof?«

Poolitzer überlief es eiskalt. *Fuck, er ist gesprungen! Er ist zu einem der Killer geworden.* Deutlich hatte er gehört, dass er von sich in einer weiblichen Person sprach. »Fragen Sie, ob Herr Gray in seiner Nähe ist«, raunte er Ranjit zu, der es prompt tat.

»Mein Mann? Nein, wie sollte er? Er ist doch schon lange tot. Ich muss jetzt gehen.«

Klick. »Die Verbindung wurde vom Partner unterbrochen«, erklärte die Kom-Einheit monoton.

»Spengler, ich weiß, wer der nächste Killer von der Liste ist«, meldete er in sein Armband-Kom. »Unser Mann ist seit zwanzig Sekunden als Charisma Gray unterwegs.« In dem Fall war es sehr einfach gewesen, darauf zu kommen. *Sie ist die einzige Frau auf der Liste.* Er schaute zu Cauldron, die eben die Augen öffnete und den Kopf schüttelte.

»Der Bahnhof ist magisch gesichert, ich bin nicht durch die Barriere gekommen«, machte sie die Hoffnung zunichte, eine erste Spur zu haben. »Wer ist Gray?«

»Eine Mörderin, die vor knapp dreißig Jahren zugeschlagen hat, wenn ich mich richtig erinnere. Sie war eine bildschöne Krankenschwester im Holy Cross Hospital in Liverpool. Sie spritzte Patienten, denen es sehr schlecht ging, Pavulon, um sie von ihren Qualen zu erlösen. Die Medien nannten sie Todesengel.«

Ranjit legte den Hörer zitternd zurück. »Ich werde aufhören, solche Shows zu machen«, flüsterte er, kehrte zum Tisch zurück und sackte auf dem Stuhl zusammen. »Das wollte ich nicht. Das wollte ich nicht ...« Er starrte in seinen Tee. »Meine Schuld. Mein Gott, ich habe einen Menschen ins größte Unglück gestürzt.« Seine Hände verbargen das Gesicht. »Noch nie, noch nie geriet die Sache außer Kontrolle.«

Cauldron legte ihm beruhigend ihre schneeweiße Hand auf die Schulter. »Sie können nichts dafür, Ranjit.«

»Dafür können sich die kommenden Opfer auch nichts kaufen«, brummte Poolitzer, der die Verbindung zu Spengler immer noch offen ließ und ihn von den Entwicklungen unterrichtete.

Das bedeutete für den Sternschutz jede Menge Arbeit. Sämtliche Krankenhäuser und andere Einrichtungen, in denen stationär behandelt wurde, erhielten Warnanrufe, die Sicherheitsvorkehrungen wurden erhöht, obgleich sie alle wussten, dass es keine absolute Gewähr gab, dass der Unbekannte nicht in irgendeine Station gelangte und das Werk der verstorbenen Charisma Gray fortsetzte.

Poolitzer unterbrach die Verbindung. Er reichte Ranjit, der die Hände sinken ließ und mit geröteten Augen zur Magierin schaute, ein Taschentuch, damit er sich die Tränen wegwischen konnte. Es mochte vielleicht ein wenig asozial sein, so zu denken, aber er war froh, dass es »nur« Gray war, die auf dem Stuttgarter Hauptbahnhof auferstand und mordend durch die Stadt zog. Es hätte weitaus schlimmer kommen können.

Er seufzte und kaute lustlos auf dem gummiweichen Croissantstück herum. *Freu dich nicht zu früh. Es wird noch schlimmer kommen.*

Cauldron stand auf, dabei ließ sie die Uhr in ihre Handtasche gleiten. »Kommen Sie, Ranjit, Sie begleiten mich. Ich werde ein paar Leute anrufen, und wir schauen uns den Stein in Ihrer Uhr einmal in aller Ruhe an. Es gibt Orte, an denen solche Untersuchungen besser funktionieren.«

»Lass es bloß nicht Xavier wissen, dass du mit einem fremden Mann unterwegs bist«, bemerkte Poolitzer grinsend.

Der Hypnotiseur, der eben noch erleichtert ausgesehen hatte, den Rest des Tages nicht alleine verbringen zu müssen, verlor seine Hoffnung. »Nein, lassen Sie nur, Frau Peron. Ich möchte nicht, dass Sie wegen mir in Schwierigkeiten geraten und Ihr Mann Ihnen Dinge unterstellt.«

»Höhöhö, zumal der Mann, mit dem du alleine bist, Ficker heißt.«

»Du bist ein Arschloch, Poolitzer.«

»Erzähl mir was Neues.«

Cauldron warf ihre feuerroten Haare zurück, ihre Augen brachten ihm den gedanklichen Tod. »Es ist kein Wunder, dass Menschen immer wieder versuchen, dich umzubringen.« Sie hakte sich bei dem Halbinder unter. »Vergessen Sie den Schwätzer. Xavier muss bei mir erstens keine Angst haben, und zweitens ist er mit seinen Kumpels unterwegs. Sie treffen sich irgendwo und saufen einen auf die alten Tage.«

Ranjit wirkte nicht wirklich überzeugt, doch die Aussicht, der Einsamkeit und den Schuldvorwürfen zu entkommen, brachte ihn dazu, mögliche Vorbehalte über Bord zu werfen. Was war auch schon dabei?

»Wenn wir gerade dabei sind: Wo hast du eigentlich Ultra gelassen?«

»Ein Auftrag. Ich habe ihn zur Schießerei in Sindelfingen geschickt«, erklärte er. »Murder on the Catwalk! Geheimnisvolle Assassinin verwandelt Christiane Di'Oá vom Laufsteg herunter in ein blutiges Bündel«, titulierte er den Beitrag. »Der Kleine ist wie geschaffen dafür, sich gegen die anderen Reporter durchzusetzen. Notfalls filmt er einfach über sie hinweg.«

»Was denn? Literweise Blut und Gedärme und *du*, der König der Reißernachrichten, sitzt hier herum?« Sie verdrehte die Augen. »Ach, richtig. Ich vergaß, es war ja nur *eine* Tote. Zu wenig für dich.«

»Erfasst, Miss Sarkasmus.« Er erhob sich ebenfalls und verließ mit ihnen zusammen das Zimmer. »Das hier ist nämlich ein Fall, den es in der Art noch nie gab. Und das sollte in unserer verrückten Welt schon was heißen, wie ich finde.« Er zog die Tür zu.

ADL, Württemberg, Stuttgart-Mitte, 01.05.2059, 13:59 Uhr

Spengler öffnete den Aktenkoffer und packte sämtliche Speicherchips ein, die ihm die Leute vom Bahnhofsmanagement in den Aufenthaltsraum hatten bringen lassen. *Irgendeine Kamera wird ihn aufgenommen haben. Damit haben wir endlich mehr als nur ein Phantombild.*

Das Sicherheitssystem der *Wolke Sieben* war bereits eine einzige Enttäuschung gewesen.

Aufgrund der Prominenz einiger Besucher hielt es Brockstätt für besser, keine Kameras zu installieren und Mitschnitte machen zu lassen. So lieferte er keine kompromittierenden Bilder, und falls es doch jemals welche geben sollte, trug er nicht die Verantwortung dafür. Damit ging Spengler eine gute Chance durch die Lappen, eine perfekte Aufnahme von ihrem unfreiwilligen Mörder zu erhalten.

Er betrachtete den kleinen Berg Chips und stapelte sie wieder neben dem Koffer auf, ließ sich ein Sichtgerät bringen und begann, die Aufnahmen durchzuschauen. Wenn es schlecht lief, brauchten sie den Hypnotiseur, um den Mann zu identifizieren. Das würde nur wieder zu Verzögerungen führen.

Sein Funkgerät knackte. »Hier Pfleiderer. Wir haben niemanden entdecken können, der auf die Beschreibung passt, Herr Kommissar«, bekam er die ernüchternde Meldung des Einsatzleiters. Dieser hatte auf sein Geheiß hin den weiten Umkreis des Bahnhofs mit Sternschutz-Leuten geflutet und nach dem Riesen Ausschau halten lassen. Sollte man annehmen, dass es sich um eine auffällige Gestalt handelte, war sie dennoch durch die Maschen des Suchnetzes geschlüpft.

Er langte nach dem Gerät und drückte die Sprechtaste. »Taxis?«

»Es hat ihn keiner gefahren.«

»Busse? Oder Bahn?«

»Nein, Herr Kommissar. Das heißt, wir sind noch auf der Suche«, erklärte der andere und machte aus seiner Ungehaltenheit keinen Hehl. Zur Mittagszeit jemanden im Gewühl der Pendler, Touristen und Geschäftsleute ausfindig zu machen stellte sogar für Profis eine schwer lösbare Aufgabe dar.

»Danke, Pfleiderer.« Spengler suchte in seinen Manteltaschen nach einem Kaugummi. Sein Vorrat neigte sich dem Ende zu.

Seinen Einstand beim BKA hatte er sich etwas ruhiger erhofft, und seine neue Vorgesetzte machte ihm unmissverständlich klar, dass der Fall schnell gelöst sein müsste, ehe die Medien Wind von der Sache bekämen.

Dass die Medien in Gestalt von Gospini ihren wahrscheinlich unangenehmsten Vertreter schon lange ins Spiel gebracht hatten, verschwieg er vorsichtshalber. *Eine Suspendierung fehlte gerade noch.*

Nach zwei Stunden brannten seine Augen, und er entdeckte nicht einmal ansatzweise einen Mann, der die Dimensionen besaß, wie sie ihm Ficker beschrieben hatte.

Aus Neugier loggte er sich vom Besucher-Terminal ins LKA-System ein und las flüchtig die ersten Untersuchungsergebnisse des eiskalten Mordes an der Modezarin Di'Oá.

Die Kollegen gingen von einem Auftragsmord für ein konkurrierendes Modelabel aus. Die Kon-Kriege, die an Heftigkeit weiter zunahmen, machten offenbar auch nicht vor der Welt des schönen Scheins Halt.

Di'Oá hatte nicht den Hauch einer Chance besessen. Zweiundzwanzig Projektile, zehn Explosiv-, zwölf Vollmantelgeschosse, selbst ohne den Kopftreffer wäre sie so mausetot gewesen, dass sogar eine gnädige Gottheit ihr zerfetztes Herz nicht mehr zum Schlagen gebracht hätte. Einige der Besucher, die hinter dem Platz der Erschossenen saßen, erlitten schwere Verletzungen. Die Metallkugeln waren durch den dünnen Körper, die Polsterung und den Stuhl gefahren und fanden weitere Ziele. Glücklicherweise gab es keine zusätzlichen Toten.

Hmm, das ist für einen Auftragskiller fast schon zu viel Geballere. Dem hätten zwei, maximal drei Treffer genügt. Spengler betrachtete sich die Tatortbilder genau. Wer so ein Blutbad an nur einer einzigen Person anrichtete, besaß gute Gründe, den Abzug derart oft zu betätigen. Rache ergab am ehesten Sinn.

Er zwang sich dazu abzuschalten und sich wieder um seinen Fall zu kümmern. Der nächste Chip zeigte ihm den Hauptausgang, und mitten in dem Meer aus Köpfen, Schultern und Oberkörpern ragte ein Mann besonders hervor. Er lief nach links, sein Gesicht war zur Hälfte zu erkennen und durch viel Schatten verborgen, doch Spengler wusste intuitiv, dass es sich dabei nur um ihren Gesuchten handeln konnte.

Ein Tastendruck, das Bild gefror ein. Mit dem Touchpad manövrierte er die Aufnahme des Kopfes in die beste Position, übertrug sie in eine Mail und sandte die Kopie sowohl an seine Dienstadresse als auch an Poolitzer, den er gleich darauf anrief. Synchron dazu loggte er sich wieder ein, dieses Mal in das BKA-Netz.

»Tag, Schnüffler. Schauen Sie mal in Ihre Mailbox, ich habe Ihnen ein Bild geschickt. Ist Ficker bei Ihnen?«

»Ja, Ranjit ist hier. Sie untersuchen gerade die Uhr«, verkündete der Reporter und erklärte rasch, was sie über die Wirkungsweise von Hypnose erfahren hatten.

»Was denn für eine Uhr?«, fragte Spengler irritiert.

»Die Taschenuhr, mit der er den Mann hypnotisierte. Cauldron meint, mit dem Stein hat es irgendetwas Magisches auf sich. Das könnte erklären, weshalb es zu dieser Scheiße kam.« Offenbar senkte er das Kom-Gerät, Spengler hörte ihn eine kurze, gedämpfte Unterhaltung führen. »Wir haben das Bild unserem Guru gezeigt. Er ist ganz aufgeregt, alter Mann. Sie haben sein Opfer erwischt«, bestätigte er ihm. »Und? Wer ist es?«

Gespannt betrachtete der Kriminaler den Monitor, auf dem die Schrift »Searching in progress. International Database not available. Please contact your systemmanager« erschien. Fluchend schaltete er das Terminal aus. »Keine Ahnung. Jedenfalls haben wir sein Gesicht nicht im BKA-Computer.«

»Oder die Aufnahme ist zu schlecht«, machte ihn Poolitzer aufmerksam. »Sagen Sie Ihren Experten mal, sie sollen die Aufnahme aufpolieren, die Störungen entfernen lassen und so ein Zeug.« Er lachte gehässig. »Wenn *die* es nicht schaffen, sagen Sie mir Bescheid, alter Mann. *Ich* kann so was.«

»Glaube ich Ihnen.« Es ärgerte Spengler, das Gesicht zu haben, ohne etwas damit anfangen zu können. »Ich lasse eine Fahndung rausgeben, vielleicht haben wir Glück. Haben Sie schon eine Spur bezüglich der Uhr? Wissen Sie, wenn Ihre Freundin damit nicht klarkommt, bringen Sie die Uhr mir. Ich habe Spezialisten, die so was können.«

»Klar, alter Mann, träumen Sie weiter. Ich rufe Sie wieder an. Denken Sie dran, wir haben einen Deal.«

»Suchen Sie brav, Gospini, dann bekommen Sie den großen Storyknochen und müssen sich nicht mit den anderen Medientölen darum streiten«, empfahl ihm Spengler säuerlich und legte auf. *Immerhin, wir haben ein Gesicht.*

Er informierte Pfleiderer und die Bildbearbeiter des BKA, damit sie die Aufnahme ansehnlicher machten. Jeder kleine Sternschutzmann würde das Konterfei bald erhalten. *Wir hätten die elektronische Gesichtsvermessung einführen sollen, dann wären wir das Problem schon los. Aber nein, Datenschutz geht ja vor Bürgerschutz.* Hoffentlich erwischte der Killer einen der Politiker, die das zuverlässige Erkennungssystem abgelehnt hatten.

Er stand auf, zupfte an dem T-Shirt herum, damit das gruselige Motiv besser zu Geltung kam und sein Bäuchlein nicht allzu sehr auffiel. Der lästernde Fahrstuhl des Edel Gym hatte ihm tatsächlich ein schlechtes Gewissen verpasst.

Spengler verließ den Aufenthaltsraum und trat an das Panoramafenster.

Er sah die Zeppeline der Wolkenstadt, die Bauten der Banken und Konzerne, die Menschen, die unterwegs waren und nicht ahnten, dass sich mitten unter ihnen mehr als sechs Killer in einer einzigen Person bewegten.

Obwohl das Bild des Unbekannten für ihn so etwas wie einen ersten kleinen Sieg darstellte, wollte das Gefühl nicht weichen, dass dieser kleine Sieg für einen der unzähligen Stuttgarter keine Bedeutung mehr haben würde.

ADL, Württemberg, Stuttgart-Mühlhausen, 01.05.2059, 23:09 Uhr

Cauldron umrundete die Uhr, die im Astralraum, in dem sie sich befand, deutliche Anzeichen von Magie absonderte. Genau genommen war es jedoch der Diamant, der aus seiner Verzauberung keinen Hehl machte.

Die Fassung bestand aus Orichalkum, das hatte sie durch ihre intensivere Inspizierung herausgefunden, und nicht nur irgendeinem, sondern hochreinem Orichalkum von bester Qualität, wie man es selten fand. Besser gesagt, es wurde selten dazu benutzt, als Fassung für einen Stein zu dienen. Das Rätsel klärte sich, als sie ihn genauer betrachtete.

Ein Stein. Dachte ich es mir doch. Sie begutachtete die Aura und das Pulsieren genauer. *Ein spezifischer Fokus, sehr mächtig und sehr wertvoll.*

Das Flimmern zuzuordnen fiel ihr bei ihrer Erfahrung und ihrem eigenen magischen Talent als Initiierte nicht schwer.

Der Fokus war dazu geschaffen worden, die Gedanken anderer leichter zu beherrschen und sie einfacher unter Kontrolle zu bekommen. Im Grunde war es das magische Äquivalent zur hypnotischen Suggestion, aber im Gegensatz dazu konnte man das Opfer eines solchen Zaubers allerdings sehr wohl zwingen, Dinge zu tun, die es nicht tun wollte, einen Mord und Selbstmord mit eingeschlossen, wenn der Magier gut genug war.

Im Normalfall wäre Cauldron zu diesem Zeitpunkt aus dem Astralraum zurückgekehrt, um Poolitzer zu sagen, wie es Ranjit geschafft hatte, den Unbekannten die Morde vollbringen zu lassen.

Aber Ranjit war definitiv kein Magier. Seine Aura schimmerte annähernd so dunkel wie die eines hochgradig vercyberten Straßensamurais, und eine eventuelle Aura-Maskerade hätte sie durchschaut. Ihr halbindischer Bekannter konnte mit der Besonderheit der Uhr nichts anfangen.

Sie suchte vergebens nach einem dünnen, magischen Band, das vom Fokus wegführte. Solche astrale Spuren existierten, wenn ein Zauber durch den Fokus gewirkt worden war oder ein Magier den Fokus auf magische Weise an sich gebunden hatte, um ihn benutzen zu können. Eine persönliche Bindung stellte eine nicht eben einfache Prozedur dar, die einiges an Einsatz verlangte. Folglich verlor man Fokusse nur ungern.

Kein Band, kein Zauberer und kein Zauber.

Der Fokus wartete friedlich darauf, von jemand in Besitz genommen zu werden. Damit sah sie es als erwiesen an, dass Magie nicht im Spiel war, jedenfalls keine, die von Ranjit stammte. Für ihn blieb es ein Andenken an seine Mutter, nicht mehr.

Cauldron strich über den Fokus, ihr kam ein Gedanke. *Jemand aus dem Zuschauerraum könnte den Mann unter Kontrolle gebracht haben.*

Sie verspürte plötzlich eine ungewöhnlich hohe emotionale Ausstrahlung. In Gedanken versunken, waren ihre Augen auf dem Schriftzug haften geblieben, der auf den Deckel der Uhr graviert stand.

Im Astralraum gelang es nicht, künstliche Dinge wahrzunehmen, hier zählten einzig die ursprünglichen Energien des Lebens. Daher war es nicht möglich, Schriftzüge zu lesen, sehr wohl spürte man jedoch die darin enthaltenen Gefühle. Behördenbriefe waren so gut wie tot, Liebesbriefe und Lyrik strotzten nur so von Emotionen.

So eine leidenschaftliche Woge traf Cauldron, als sie die geschwungenen Zeichen betrachtete. Immense, kompromisslose Liebe strahlte von ihnen aus und überschritt ein gesundes Maß von dem, was eine Mutter ihrem Sohn an Zuneigung entgegenbringen durfte. Entweder knisterte es zwischen ihr und Ranjit gewaltig, oder die Gravur stammte von einer zweiten geliebten Person.

Verwirrt kehrte sie zurück, verließ die Astralebene und fuhr in ihren Leib zurück. Sekunden darauf schlug sie die Augen auf und orientierte sich in der stofflichen Welt.

Sie lag noch immer auf dem Boden des Hotelzimmers im Zentrum des hermetischen Kreises, den sie mit Kreide gezogen hatte, um beste Voraussetzungen für ihre Untersuchungen zu schaffen. Die Schwerkraft, die im Astralraum keinerlei Bedeutung besaß, traf sie mit aller Macht, sie glaubte, in den Fußboden gezogen zu werden. Nach kurzer Zeit hatte sich das unangenehme Gefühl gelegt.

»Und?«, wollte Poolitzer sofort wissen, der auf dem Bett saß und die letzten Reste aus einer Kekspackung suchte. »Du warst über zwei Stunden weg. Muss ja mächtig interessant gewesen sein.«

Cauldron richtete sich auf und setzte sich in den Schneidersitz, mit der Rechten fuhr sie sich über die Augen. Ein Traum von ihr war es, diese Leichtigkeit, die sie im Astralraum spürte, auf die reale Ebene mitnehmen zu können, doch die Gesetzmäßigkeiten von Magie und Physik verhinderten es.

»Ich wollte nur sichergehen«, antwortete sie schleppend, Müdigkeit breitete sich in ihr aus. Sie nahm die Uhr in die Hand. So konzentriert wie es ging, schaute sie auf die Gravur, ohne sie verstehen zu können. »Ranjit, was steht da?« Ihr langer Fingernagel pochte hörbar gegen das Metall. »Ich kann mich täuschen, aber es sieht aus wie Sperethiel.«

Er blickte ertappt, stellte die Kanne mit frisch gebrühtem Tee ab. »Das … weiß ich nicht.«

»Wie, Sie wissen es nicht?«, entfuhr es Poolitzer überrascht. »Ich dachte, es ist ein Andenken von Ihrer Mutter?«

»Muss ich deshalb wissen, was die Schriftzüge bedeuten?«, konterte er und verteilte Teetassen.

»Und die Gravur war schon drauf, als Sie die Uhr geschenkt bekamen?«, setzte sie nach.

Nun runzelte sich seine Stirn, seine Miene verschloss sich. »Was hat das mit der Hypnose zu tun? Haben Sie etwas entdeckt oder nicht?«, wich er aus, hob die Tasse an die Lippen und blies über die heiße Flüssigkeit.

Sein Verhalten fanden sowohl Poolitzer als auch die Magierin auffällig, aber beide sagten nichts und beließen es bei einem kurzen Blickwechsel.

»Nein, ich habe nichts feststellen können«, berichtete sie. »Der Diamant ist ein Zauberfokus, ein sehr mächtiger. Und er ist wirklich dazu gedacht, die Gedanken von Wesen zu beherrschen. Ein Magier kann die in ihm gespeicherte Energie dazu nutzen, seine Opfer noch stärker zu manipulieren.«

Ranjit stellte die Tasse ab und warf die Arme in die Höhe, eine Geste der Verzweiflung. »Aber ich bin doch *kein* Magier!«

»Eben«, nickte Cauldron. »Der Fokus weist keine Spuren einer Bindung an Sie oder einer Benutzung auf. Damit sind Sie für mich endgültig raus aus dem Kreis der Verdächtigen.« Sie löschte die Kerzen, darauf achtend, keinen Rauch zu produzieren, der die Brandmeldeanlage des Zimmers auslösen konnte. »Was aber nicht heißt, dass ein Perverser aus dem Zuschauerraum das Durcheinander nutzte, als er mitbekam, was von Boesche machte. Ein anderer Magier könnte unseren Unbekannten nachträglich mit einem Manipulationszauber belegt haben.«

»In dem Fall würde er ihm genaue Anweisungen geben, wie er die Morde auszuführen hätte«, fügte der Reporter an, der die Kamera zwischen ihr und Ranjit hin- und herschwenkte. »Hey, prima, Grufti. Das ist eine neue Alternative.«

Sie zeigte ihm ihre weißen Zähne. »Auf die *du* nicht gekommen bist, Snoop.« Sie stand auf und setzte sich auf den Stuhl, um sich etwas von dem Wasser einzugießen, das sie aus der Mini-Bar genommen hatten. Erst danach langte sie nach dem Tee.

»Kunststück. Du kannst ja im Astralraum herumwandern und die besten Spuren finden.« Er senkte die Linse. »Das wäre es: Aufnahmen aus dem Auraland! Dann hätte ich Bilder, die keiner meiner Konkurrenten liefern kann.« Er dachte an die letzten Fälle zurück, wie beispielsweise das Buch Aeternitas. Damals war es um viel Magie gegangen, die leider unsichtbar für das weltliche Auge blieb. »So einen richtigen Astralkampf, keine von den computergenerierten Trid-Konstruktionen, Mann, das wär's. Weißt du noch, in Andorra? Du gegen den Elementar, der die anderen Magier und Zozoria platt gemacht hat?«

Sie schüttelte sich. »Sicher. Du auf der Astralebene, die Kamera im Anschlag. So muss die Hölle sein.« Ihre Hand mit dem Glas verharrte. »Hast du eigentlich jemals wieder was von der Sache gehört?«

»Antique Enterprises, die Firma Zozorias, gibt es immer noch. Und nun rate, wer sie leitet.«

»Ich will nicht raten. Sag es einfach.«

»Rose Abongi, habe ich gehört. Sie hat ihre Zentrale in Sankt Petersburg, wie man sich im Schattenland erzählt, und hat das Imperium an sich gerissen. Sie muss eine mächtige Magierin geworden sein. Es gibt da ein paar Gerüchte …« Er wackelte mit der Hand.

»Abongi?« Es dauerte eine Weile, bis zu dem Namen das passende Gesicht auftauchte. Rose Abongi war die persönliche Begleitung von Zozoria gewesen, Chauffeuse, Geliebte, Vertraute, alles in einer Person. »Ach ja, die Gestaltenwandlerin! Diese schwarze Löwin.« Sie wirkte nicht zufrieden. »Wir hätten sie umbringen sollen. Sie wird nur Ärger machen.«

Cauldron fragte sich, wie sie es geschafft hatte, ohne Ausrüstung aus den andorranischen Bergen bis nach Sankt Petersburg zu kommen. *Seltsam. Damals war sie alles andere als magisch stark.* Sie trank ihr Glas in einem Zug leer. »Kümmern wir uns lieber um Ranjit.« Sie lächelte ihm aufmunternd zu. »Wie fühlen Sie sich?«

Er bückte sich und nahm die Uhr vom Boden auf, polierte sie mit einem Ärmelaufschlag und steckte sie in seine Weste. »Nicht besser«, räumte er ein. »Ich fühle mich nach wie vor schuldig. Wenn es doch meine Hypnose …«

»Nein! Wenn überhaupt, war es dieser bescheuerte von Boesche«, unterbrach ihn Poolitzer hart, aber freundlich. »Entspannen Sie sich, Ranjit. Wir brauchen Sie, wenn Spengler den Typen schnappt und Sie den Bann wieder von ihm nehmen müssen.«

»Es ist kein Bann. Es sind Suggestionen, die im Unterbewusstsein verankert wurden«, hielt er matt dagegen.

»Wie auch immer.« Poolitzer nickte in Richtung Bett. »Legen Sie sich hin, das mache ich nämlich auch. Es ist schon spät.«

»Gute Idee«, stimmte Cauldron zu, nahm einen Schluck Tee und ging zur Tür. »Mal schauen, ob mein Geliebter zurückgekehrt ist und wenn ja, in welchem Zustand er sich befindet.« Sie winkte und verschwand auf den Flur.

Der Reporter brachte den Hypnotiseur zur Tür und klopfte ihm auf die Schulter. »Kopf hoch, Guru. Spengler sieht zwar nicht aus, als verstünde er was von Ermittlungen, aber der Eindruck täuscht.« Er zwinkerte. »Und notfalls gibt es immer noch mich. Gute Nacht.«

»Gute Nacht«, wünschte auch Ranjit, sich zu einem Lächeln zwingend, das schief auf seinem Gesicht hing und nach unten zu gleiten drohte.

Als er in seinem Hotel ankam, die Tür ins Schloss gefallen und er alleine war, warf er sich aufs Bett, verschränkte die Arme hinter dem Kopf und blickte so lange an die dreckige Decke, bis ihn der Schlaf packte.

Seine Lider flatterten und senkten sich, und sein Geist betrat das Traumland, in dem es nichts gab, vor dem er sich fürchten musste.

IV.

ADL, Württemberg, Stuttgart-Wangen, 02.05.2059, 05:42 Uhr

»Meine Damen, meine Herren, buon giorno zum heutigen Event zu ungewöhnlicher Stunde, hier in dieser schönen, heruntergekommenen Tiefgarage des Wangener Suburb-Parkhauses«, hallte die Stimme der Frau im Businessanzug durch den riesigen, kahlen Raum. »Willkommen auch im Namen meiner Familie. Sie werden sehen, wir Canorettis sorgen dafür, dass Sie Ihren Spaß haben und mit frischem Schwung in Ihr Berufsleben starten können.«

Sie reichte das Megaphon an einen ihrer Leibwächter weiter und sprang von der Kiste, die als improvisierte Bühne gedient hatte. »Sind die Kaviarhäppchen fertig?«, wollte sie von ihm wissen und strich sich nervös eine blonde Haarsträhne aus den Augen.

Zum ersten Mal leitete sie, Gianna Canoretti, mit ihren gerade mal 21 Jahren eine Pit-Fight-Veranstaltung, und an diesem Morgen waren etwa fünfzig hochrangige Gäste aus Stuttgarter Wirtschaftsetagen und Parteibüros anwesend, die sich nur anfänglich von ihrem Charme blenden lassen würden. Wäre der Kaviar zu warm, die Qualität der Kämpfe schlecht, flösse zu wenig Blut oder dauerte die Schlägerei im Pit nicht lange genug, würden sie sich beschweren, und zwar hinter ihrem Rücken. Bei ihrem Papa.

»Si, Signora Canoretti.«

»Sind die Wetten gemacht und die Ebbies eingesammelt?«

»Certo, Signora Canoretti.«

»Allora, dann raus damit und schick die Champagner-Boys gleich hinterher.« Sie lächelte dem stellvertretenden Aufsichtsratsvorsitzenden der Porsche-Werke zu, er neigte leicht den Kopf. Noch bewegte sich alles im grünen Bereich. Sie nahm sich ein Glas vom Tablett des vorbeilaufenden Kellners.

Ein Bautrupp hatte in der Nacht auf ihr Geheiß einen Durchbruch in die Ebene darunter geschaffen, die Öffnung war groß genug, dass alle Gäste sich drum herum positionieren und sehen konnten, was sechs Meter unter ihnen geschah. Der gleiche Bautrupp hatte aus stabilen Stahlgittermatten eine kreisrunde Arenawand zusammengeschweißt, die bis zum Loch hinaufreichte und den Raum vorgab, auf dem sich die heiß ersehnten Kämpfer bewegen durften.

»Salute!«, rief sie und leerte den Champagnerkelch, anschließend warf sie das Glas in das Loch in der Mitte des Raums, klirrend zerbarst es auf dem Betonboden. Die Umstehenden leerten ebenfalls die Gläser und warfen sie nach dem Vorbild Giannas in das Pit, die Scherben verteilten sich und schufen einen zusätzlichen Anreiz für die Kämpfer, nicht zu Boden zu gehen.

Zwei Gestalten betraten die Tiefgarage, eine von rechts, die andere von links. Die feine Gesellschaft wich etwas vor ihnen zurück.

Beide waren Trolle, wuchtige Exemplare mit verwachsenen Hörnern, haldehohen Muskeln und hässlichen Warzen, wie man sie sich im Allgemeinen in der Upper Class vorstellte, eigens von Papa Canoretti ausgesucht. Sie trugen nichts außer kurzen Hosen und hoch geschnürten Stiefeln, die prankengleichen Hände steckten in nietenbesetzten Handschuhen. Mehr Schutz erlaubte ihnen das Reglement in diesem Pit-Fight nicht.

Die Gäste tuschelten und raunten. Der Favorit war der Meta mit den schwarzen langen Haaren und dem weiß bemalten Gesicht, Kolossus, dessen Kampfrekord bei 23 stand. Ungeschlagener Meister im reinen Handkampf, mit Messer und Keule. Sein Herausforderer David stellte sich seinem ersten Fight, wirkte ebenso massig, allerdings fetter. Sie starrten sich über das trennende Loch zwischen ihnen hinweg an, schnaubten, die Muskeln zuckten drohend, Show, die einschüchternd wirken sollte.

Die Zeit wurde genutzt, um Wetten zu verändern und neue abzuschließen.

Gianna freute sich, als sie die Summen grob überschlug. Abzüglich der Ausgaben, der Siegprämie und der auszuzahlenden Wettgewinne blieben ihrer Familie mindestens 50 000 Ecu.

Sie nahm die beiden Keulen, die ihr gereicht wurden, und schleuderte sie nacheinander ins Pit hinunter.

Augenblicklich sprang David, um sich die erste Waffe zu sichern, während Kolossus seine Hand ausstreckte und die zweite Keule im Flug auffing. Ein widerliches Grinsen spielte um seine Lippen, er brüllte auf und folgte seinem Gegner.

Die Gäste begannen mit noch verhaltenen Anfeuerungsrufen.

Gianna fischte sich das nächste Glas vom Tablett eines Champagner-Boys und nippte daran. Die Zurückhaltung würde sich nach dem zweiten Kampf legen, das wusste sie, und aus den hohen Tieren, die sich von den Medien gerne bei Opernbesuchen und Wohltätigkeitsveranstaltungen ablichten ließen, würden primitive Existenzen werden, die sich am Leid und am Tod anderer erfreuten.

Ich werde den Wecker wegschmeißen. Marleen hastete durch das verlassene dritte Geschoss des leer stehenden Suburb-Parkhauses und suchte nach einem geschützten Ort, von dem aus sie in den Astralraum wechseln konnte. *Verdammt, hier ist fast alles offen.*

Ihr blieb nicht mehr die Zeit, sich um einen effizienten Schutz ihres Körpers zu kümmern. Sie hatte verschlafen und musste ihren Auftrag sofort erledigen, oder jemand würde sehr, sehr sauer auf sie sein, falls er immens viel Geld bei einer Pit-Fight-Wette verlor. Das wiederum bedeutete, dass ihre körperliche Gesundheit und ihr Konto unter der Verstimmung leiden würden.

Das sieht doch ganz gut aus. Die Magierin stürmte ins verwaiste Kassenhäuschen, in dem früher ein Aufseher gesessen hatte, rollte eine Isomatte aus und legte sich rasch drauf. *Es wird schon keiner kommen.* Ein letzter Blick, ihre Digitaluhr zeigte »05:56«, in zwei Minuten begann ihr Run.

Sie schloss die Augen und wechselte hinüber in die Astralebene.

... Es ist wohl die falsche Gegend, ich finde einfach keine Penner, denen ich helfen könnte. Scheint, als ob sie jemand von hier vertrieben hätte. Zwei Minuten vor sechs, keiner zu sehen.

Was haben wir denn da?

Ein junges Ding, ihre Straßentarnkleidung sieht sehr zweckmäßig aus, als wollte sie in der Umgebung nicht weiter auffallen. Ein Straßenkind ist sie jedenfalls nicht, doch was will sie dann hier?

Ist die Kleine tot? Ich bücke mich und taste nach ihrer Schlagader. Nein, ihr Puls ist noch da, aber er sinkt weiter und wird immer ruhiger. Sie hat sich jedenfalls einen ungewöhnlichen Platz zum Schlafen ausgesucht. Es wird sicherlich einen Grund haben, weshalb sie sich nicht rührt.

Ich weiß es: Sie schläft nicht, sie ist krank und stirbt! Sie fällt ins Koma!

Ich schaue mich um, kann aber ansonsten niemand entdecken, es stört mich auch keiner. Sie scheint alleine zu sein, die Ärmste.

Ja, meine Kleine, du bist krank und du stirbst, dein Puls wird schwach und schwächer. Was du wohl hast? Drogen? Entkräftung? Eine von diesen modernen Krankheiten?

Jedenfalls ist es einer Kreatur nicht würdig, dass ihr Leiden verlängert wird. Das ist seit Jahren meine Einstellung, deshalb helfe ich den Schwachen, in die bessere Welt zu gelangen, jenseits von Schmerz und verlorener Achtung. Ich will nicht, dass man dich findet und du von Ärzten im künstlichen Schlaf gehalten wirst, nur weil einer denkt, dich eines Tages vielleicht retten zu können.

Keine Bange, meine Kleine, es geht ganz schnell, und du spürst nichts, ich bin Spezialistin. Ein kleiner Pieks meiner Nadel, so, das war es schon, Pavulon macht den Rest.

Grüße das Licht, wenn du es siehst, meine Kleine, und die vielen anderen, die ich schon dorthin geschickt habe.

Sei froh, dass wir uns begegnet sind, das Schicksal hat es gut mit dir gemeint …

Marleen hatte sich gerade orientiert und betrachtete die Menschen, die den beiden Trollen bei ihrem scheußlichen Kampf zusahen und grölten, als sie das Schreckliche spürte.

Ihr Körper *starb*!

Und zwar viel zu schnell, um eine natürliche Ursache haben zu können. Sie war erst achtzehn, trieb regelmäßig Sport und lebte durchschnittlich gesund, schluckte Pillen und Vitamine, sodass sie eigentlich keine Sorgen zu haben brauchte.

Sie rang nach Luft. Etwas Tonnenschweres hockte auf ihrer Brust und presste alle Luft aus ihrer Lunge. *Jemand ist bei mir.* Sie wandte sich um, der Kampf und ihr Job konnten ihr gestohlen bleiben, sie musste unverzüglich zu ihrem Körper zurück, um sich vor dem Tod zu retten.

Doch vor ihr tauchte unvermittelt ein Windelementar auf, der sich ihr in Gestalt einer schimmernden, flirrenden Windhose in den Weg stellte. »Du wolltest bescheißen, was?«, grüßte er unfreundlich. »Für wen arbeitest du? Für die Canorettis?«

»Lass mich in Ruhe.« Die Qualen wurden unerträglich, ihr Leib bäumte sich gegen das Ende auf, ohne es verhindern zu können, aus eigener Kraft würde er scheitern. Sie wollte an dem Wesen vorbei, aber es ließ es nicht zu.

»Ich möchte eine Antwort, Magierin!«

»Ich bin zufällig vorbeigekommen«, log sie und versuchte, den Elementar zu umgehen. »Nun will ich weg.« Die unsichtbare Verbindung, die es zwischen ihr und ihrer sterblichen Hülle gab, straffte sich schmerzhaft, sie keuchte laut auf. »Lass mich«, bat sie.

»Nein«, entschied er. »Ich werde meinen Meister fragen, was mit dir geschieht.«

Ein winziger Augenblick der Unaufmerksamkeit genügte Marleen, und sie flog an dem Elementar vorüber, hetzte durch die Betonwände hinauf zum Kassenhäuschen … und fand es nicht mehr! Jedes Stockwerk sah gleich aus, nichts gab ihr einen Orientierungshinweis.

Ich habe mich verirrt!, fluchte sie. Eile und Angst raubten ihr den Überblick. *Nicht jetzt.*

Sie flog aus dem Parkhaus, zählte die Stockwerke von außen ab und suchte sich die passende Etage aus. Sie bemerkte nur nebenbei, dass plötzlich sehr viele Menschen in dem vorhin verlassenen Gebäude unterwegs waren, mindestens fünfzig.

Dafür hatte sie keine Zeit.

Marleen schrie, die Schmerzen wuchsen ins Unendliche, jemand quetschte ihre Brust millimeterflach, sie fühlte enorme Hitze, das unsichtbare Band zwischen Geist und Körper wurde gedehnt und gedehnt, es wurde dünner und verformte sich wie ein Stück lang gezogenes Kaugummi.

Sie flog auf das Häuschen zu und wollte gerade in ihren äußerlich unbeschadeten Leib zurückkehren, da riss das Band.

Es gab keinen lauten Knall, kein Erdbeben, keine Detonation, es löste sich einfach, das Herz hatte ausgesetzt und sprang nicht mehr an. Das körperliche Leben der Marleen Lintz endete, während ihre Astralgestalt über der Leiche schwebte und es nicht fassen konnte.

Nein!

Mit Macht versuchte sie, in ihren Körper zu fahren, schoss durch ihn hindurch wie bei allem, was unbelebt war. Aus ihrer Heimat wurde ein durchdringbares Hindernis von der Qualität eines Stuhls oder einer Wand. Der Wahnsinn griff nach ihrem jungen Verstand.

Nein, ich gebe nicht auf!

Marleen probierte es wieder, fuhr von oben hindurch und probierte es wieder, fuhr von unten hindurch und probierte es wieder …

Gianna betrachtete den grausamen Kampf im Pit, der sich seinem Ende zuneigte.

Der schweißnasse Kolossus hatte die Hände um Davids blutenden und von Schrammen übersäten Kopf gespannt, die Muskeln auf seiner Brust, den Schultern und Armen schwollen an. Sein Gegner hing benommen im unbarmherzigen Griff, die lahmen, kraftlosen Schläge gegen den gestählten Bauch brachten nichts, das Ende schien unausweichlich.

Fasziniert von der ungebändigten, tierischen Kraft, die in Kolossus steckte, musste sie hinsehen, trotz der Gefahr, gleich etwas sehr Unappetitliches zu Gesicht zu bekommen.

Ihre Gäste hatten alle Vornehmheit abgelegt. Sie schrien und johlten, sie wollten das Knacken des Schädelknochens hören und das Hirn von David sehen. Geldscheine regneten in das Pit und blieben an manchen Körperstellen des kommenden Siegers haften, in Sekunden tränkten sie sich mit Schweiß und Blut. Ecu-Chips wurden hinuntergeworfen und prallten plastikhaft klimpernd auf den Beton.

»Signora, scusi«, drang die Stimme von einem ihrer Leute an ihr Ohr, sein Atem roch nach Knoblauch, weil er von den mit Honig und Knoblauch gegrillten Scampi gekostet hatte.

»Allora?« Sie schaute ihn nicht an, weil sie das Beste zu ihren Füßen nicht verpassen wollte.

»Unser Magier hatte einen Eindringling im Astralraum bemerkt, der sich aber sofort zurückzog.« Er räusperte sich. »Und unsere beiden Torwachen ... sie melden sich nicht mehr.«

»Porca miseria!« Gianna fluchte leise und wandte sich doch um. »Habt ihr ...«

In dem Moment schaute der Mann kurz abwesend, eine Nachricht in seinem eingebauten Kom empfangend. »Ein Funkspruch. Carabinieri! Eine Razzia, Signora Canoretti«, verkündete er laut.

Sie winkte den Typen mit dem Megaphon herbei und hörte das Krachen des Schädels zusammen mit dem begeisterten Aufschrei ihrer Gäste, dann brandete Applaus für den siegreichen Kolossus auf, der laut durch die Etage und durch sämtliche Gänge des Parkhauses rollte. Einfacher konnte man es dem Sternschutz nicht mehr machen, den Ort zu finden.

Aber sie hatte vorgesorgt.

Sie hob das Megaphon. »Meine Damen und Herren, ich muss Sie bitten, sich unverzüglich zu den markierten Türen zu begeben. Wir bekommen unerwarteten und keinesfalls eingeladenen Besuch«, übertönte sie den Lärm, der sich abrupt legte. Grellgelbe Lampen flammten über zwei Durchgängen auf. »Es ist alles vorbereitet, Fluchttunnel bringen Sie an einen Ort, wo man Sie mit Bussen in Sicherheit bringen wird.« Sie schaute zum stellvertretenden Aufsichtsratsvorsitzenden der Porsche-Werke, der alles andere als amüsiert aussah, und ihre Zuversicht, sich mit dem Abend einen guten Namen gemacht zu haben, sank. *Er wird sich garantiert bei Papa beschweren.* »Bitte entschuldigen Sie die Unannehmlichkeiten, wir lassen Ihnen neue Einladungen rechzeitig zukommen.«

Ihre Leute begannen damit, die päckchengroßen Brandbomben an vorher exakt ermittelten Punkten im Raum zu legen und die Funkzünder scharf zu machen. Nach der Feuerhölle, die eingeschlossen von Betonwänden mehrere Tausend Grad erreichen würde, blieb kein Beweis zurück, den eine DNS-Analyse oder ein Magier zur Identifizierung oder Strafermittlung nutzen könnte.

Gianna ging als Letzte zum linken der markierten Fluchtwege, hob ihr Kom und nahm die präparierte Bombe in die Hand.

Eine breite blutverschmierte Klaue schob sich über den Rand des Pits und suchte an der rauen Kante nach Halt, eine zweite erschien, packte zu, dann hievte sich der titanische Oberkörper von Kolossus aus der Arena. Seine Augen starrten sie an.

Unwillkürlich wich sie vor dem Troll zurück, dessen weißes Make-up voller roter und rosa Schlieren war. Sie spürte Furcht vor ihrem Kämpfer, der sich dämonengleich aus der Unterwelt befreite, um seine Herrin zu fragen, warum sie ihn nicht mitnahm.

Schade. Er war gut. Schwungvoll warf sie ihre Bombe, sie rutschte und rollte über den Betonboden, bis sie vor ihm zum Liegen kam. *Aber er weiß zu viel, und ich habe keinen Platz mehr.* Ihr Arm mit dem Kom am Handgelenk ruckte vor ihre Lippen. »Wähle: Ignation«, sprach sie deutlich. Die Verbindung wurde hergestellt, die Kontrolllampen an den Bomben wechselten von Grün auf Rot.

Brüllend sprang Kolossus vorwärts und verschwand noch im Flug in dem Flammeninferno. Es umhüllte hin, die Bomben überschütteten ihn von allen Seiten mit Brandgel und machten einen tobenden Feuerdämon aus ihm, bis das Feuer so dicht wurde, dass sie ihn nicht mehr sah.

Vor der Hitze zurückweichend, wandte sie sich um und rannte den Gang entlang.

ADL, Württemberg, Stuttgart-Wangen, 02.05.2059, 06:21 Uhr

»Hier liegt sie.« Der Sternschutzmann führte einen äußerst verschlafen wirkenden Vigo Spengler durch das dritte Geschoss des verlassenen Parkhauses. »Da, in dem Kassenhäuschen.«

Der aufgestellte Scheinwerfer leuchtete den Innenraum mit bläulich-weißem Licht aus, ein Mann und eine Frau von der Spurensicherung packten ihre Ausrüstung ein.

Die ihm gemeldete Tote lag wie schlafend auf einer Isomatte, friedlich und entspannt, als würde sie nur ein Nickerchen machen. Ihre schwarzen halblangen Haare umrahmten das Gesicht.

Spengler bückte sich, um nach ihrem linken Arm zu sehen. Der Ärmel des brandneuen Anoraks war nach oben geschoben worden, ein Pflaster klebte in der Armbeuge, ein dünnes Blutrinnsal war zu einer trockenen, roten Linie auf der Haut geworden.

»Wir haben nachgeschaut, ob wir einen Hinweis auf die Substanz finden«, erklärte der Mann vom Forensik-Team. »Nichts, was auf eine Droge hindeutet, die Schnelltests von ihrem Speichel und dem Blut ergaben nichts Gängiges. Da wir keine Spritze fanden, kam es uns ein bisschen seltsam vor, daher haben wir Sie informieren lassen.«

»Die Blutproben?«

»Sind auf dem Weg ins Labor zum Pavulon-Schnelltest.«

»Danke.« Er nahm die ID der Toten zur Hand. »Marleen Lintz, achtzehn Jahre alt.« Er betrachtete ihren Studierendenausweis der Tübinger Uni, eingeschrieben war sie im ersten Semester im arkanen Zweig. Er fand einen Taschensekretär, auf dem er neben der Anschrift im Wohnheim auch ihren Stundenplan entdeckte. *Einführung in Artefaktische Verfahrenstechnik, Übungen zur Mikromanipulatorik, Vorlesungen zu den Gefahren der Ritualistik, Dämonen des Altertums – Freie Geister und Freie Geister als Hort des Wissens.*

Für ihn deutete nichts darauf hin, dass sie versucht hatte, einen magischen Versuch zu starten, der darin endete, dass der Zauber ihr eine Injektion verpasste. Damit kam ihr Mörder oder besser gesagt ihre »Mörderin« in Frage. Der Pavulon-Test ihres Bluts im Labor würde ihnen Gewissheit bringen.

Er betrachtete ihr nettes Gesicht. *Armes Ding. Viel zu jung.*

In dem Moment war er äußerst glücklich, keine Kinder zu haben. Wäre er der Vater einer ermordeten Tochter oder eines ermordeten Sohns, er würde ausrasten und in seiner Wut sicherlich alles Mögliche anrichten.

Aus dem Hintergrund hörte er die leisen Funksprüche. Das LKA ließ die Umgebung weiträumig absperren, doch von den Verdächtigen, die am Pit-Fight teilgenommen hatten, fand sich nichts. Die Brandbomben im Keller zeugten davon, dass die Veranstalter der illegalen Kämpfe auf vieles vorbereitet waren. Die Flammen tobten noch immer in der Betonhalle und machten es unmöglich, in den eigentlichen Raum vorzudringen. Die Feuerwehr benötigte viel zu lange zum Anrücken.

»Herr Kriminalhauptkommissar, wir haben da unten ein Reporterteam, das behauptet, Sie hätten Ihnen erlaubt, den Tatort zu betreten«, sagte der Sternschutzmann leise.

»Wenn Gospini dabei ist, lassen Sie sie hoch, wenn nicht, jagen Sie die Meute zum Teufel.«

Die Spurensicherung rückte ab und ging nach unten, um ihre Arbeit im Parkhaus fortzusetzen. Poolitzer, Cauldron und Ultra erschienen.

»Und? War es Gray?«, fragte der Reporter sofort, die Fuchi im Anschlag. »Und wer ist sie?«

»Guten Morgen«, erwiderte Spengler, ohne aufzublicken.

»*Gut*? Und mir wirft man immer vor, ich sei sarkastisch«, kommentierte die Magierin.

»Dann eben Scheißmorgen.« Er fasste kurz zusammen, was er für wahrscheinlich hielt. »Die Kleine wird irgendwie mit dem Pit-Fight zusammenhängen. Vielleicht hatte sie die Aufgabe, den Kampf astral zu überwachen, damit keiner betrügt.«

Poolitzer zog die Nase hoch und wischte mit dem Ärmel unter ihr entlang. »Also eine Runnerin?«

»Eher ein Studi, der sich was nebenher verdienen wollte«, meinte Cauldron und bückte sich. »Sie ist noch sehr jung.« Spengler reichte ihr den Stundenplan. »Ich halte es für glaubhaft, was Sie sagten, Herr Kommissar«, stimmte sie zu. »Ich kenne einige aus meinem Bekanntenkreis, die einfache Überwachungsaufträge annehmen.«

Er nickte, erhob sich und lehnte sich an die Wand des Häuschens. »Einfach, ja. Ungefährlich war es wohl eher nicht.«

Sie zuckte mit den Achseln. »Keine Kampfspuren, die Umgebung sieht nicht so aus, als habe sie Zauber zu ihrer Verteidigung eingesetzt. Blutspuren?« Er schüttelte den Kopf. »Tja, dann muss sie entweder eine Anfängerin oder sehr in Eile gewesen sein. Ich tippe, dass sie sich im Astralraum befand, als sie die Injektion erhielt. Wie ich sagte: Anfängerin oder Zeitdruck. Kein professioneller Magier würde seinen Körper in so einer Gegend schutzlos zurücklassen. Das Mindeste ist ein Watcher, noch besser ist ein Geist oder ein Elementar.« Im gleichen Moment kam ihr die Eingebung. »Ich werde rasch nachsehen, ob ich auf der Astralebene einen Hinweis finde.«

Sie konzentrierte sich, die Umgebung um sie herum verschwamm für einen winzigen Augenblick, dann war sie mit ihren Sinnen in die Astralwelt eingetaucht und schaute sich um.

Es war, als schalte man ein zusätzliches Sichtgerät ein, die Welt blieb vorhanden, aber die Darstellung änderte sich. Alle stofflichen Dinge existierten auf dieser magischen Seite als Echo, sie erkannte die Auren von Spengler, Poolitzer und Ultra, wobei die des Kommissars noch am besten aussah. Seine Essenz, die Solidität seines Geistes und Nervengewebes hatte am wenigsten von den dreien gelitten. Ultras und Poolitzers cybertechnische Vergangenheit hinterließ Spuren, ihr Zustand würde sich nie mehr ändern lassen.

Die Tote erschien in der Astralebene so grau wie alle anderen unbelebten Gegenstände. Der Leib war ohne jegliche Lebensenergie, allmählich verrottendes Fleisch, das zu nichts mehr nütze war.

Kein Watcher oder eine andere Form von Schutz. Cauldron schaute sich um. *Das war grob fahrlässig von dir, Mädchen.*

Sie wollte eben mit ihren Sinnen in die rein materielle Welt zurückkehren, als sie auf das Leuchten aufmerksam wurde, das sich rasend schnell von oben näherte. Sie hörte ein schrilles Kreischen, das lauter und lauter wurde. Instinktiv bereitete sie einen Spruch zur Abwehr eines Angriffs vor und wartete ab, was geschah.

Sie sah eine schimmernde astrale Gestalt raubvogelgleich durch die Decke des Parkhauses schießen. Die Gestalt flog direkt durch die Leiche hindurch, aus dem Kreischen wurde ein Schrei voller Enttäuschung, Wut, Kummer, dann war sie wieder weg.

Niemals zuvor hatte Cauldron einen derartigen Laut gehört, sie schauderte. Die Gestalt hatte sich so schnell bewegt, dass ihr keine Gelegenheit geblieben war, sie näher zu betrachten.

Die astrale Gestalt kehrte zurück, sie streckte den Kopf vorsichtig durch den Boden des Parkhauses, sodass die Magierin vorerst den oberen Teil bis zur Nasenspitze sah, ein kindlicher Versuch, so etwas wie eine schützende Barriere zwischen Cauldron und sich zu bringen. Dabei war die Seattlerin jederzeit in der Lage, ihre Blicke durch alles Leblose dringen zu lassen.

Es war das idealisierte Abbild einer Frau, harmlos und astral wenig beeindruckend. Im gleichen Moment erkannte sie, wen sie vor sich hatte. *Marleen Lintz!*

»Wer bist du?«, sagte sie furchtsam. »Du siehst mächtig aus.« Sie schwebte aus dem Boden heraus und kam auf sie zu. Cauldron sah sie nun vollständig. Das astrale Abbild des Mädchens trug eine einfache Robe, auf der Runen funkelten und ständig in Bewegung waren, doch das Bild hatte nicht mehr die Intensität wie bei lebendigen Magiern oder Schamanen im Astralraum.

»Bitte«, bettelnd reckten sich ihre Hände entgegen, ihre großen blauen Augen waren Meere aus Verzweiflung, »hilf mir! Ich vergehe!« Sie stand unmittelbar vor ihr, die Finger schlossen sich um ihre. »Ich flehe dich an, wer immer du bist, lass mich nicht alleine!«

In früheren Zeiten hätte man zu ihr vermutlich »Geist« oder »Gespenst« gesagt und in ihr die ruhelose Seele eines gewaltsam zu Tode gekommenen Menschen gesehen.

Inzwischen gelangte die arkane Forschung weiter.

Die astrale Gestalt eines Magischen überdauerte nach dem Tod, allerdings nicht unendlich. Sie hatte ein paar Stunden, in der sie sich Stück für Stück auflöste, schwächer wurde, bis sie zu nichts vergangen und ausgelöscht war. Marleen kannte ihr Schicksal und rang damit.

Es wird dir nichts bringen, Kleines. Es ist unaufhaltsam.

»Ich kann dir nicht helfen«, sagte Cauldron teils bedauernd, teils abweisend. Es war das erste Mal, dass sie ein solches Phänomen selbst erlebte, bislang hatte sie nur in ihren Büchern davon gehört und gelesen.

»Du«, raunte Marleen, ihre Augen rollten in den Höhlen, »musst mir helfen. Ich habe den Tod nicht verdient! Mein Professor sagte, ich sei talentiert …« Abrupt verstummte sie, starrte auf Cauldrons Brust und kicherte überdreht. »Tot. Mein Leib, tot, kalt. Ich will zurück!« Sie schwieg wieder und verfolgte stumm, wie ihre Leiche in einen schwarzen Sack gehoben wurde. Plastik raschelte, der Reißverschluss surrte. Sie schaute die Magierin wieder an, die Finger drückten zu. »Verstehst du, ich muss zurück! Meine Eltern brauchen mich!«

»Lass mich los.« Cauldron bemühte sich um einen beschwichtigenden Tonfall. »Ich kann es nicht. Niemand kann das, dein Körper ist zerstört. Es ist das Gesetz, dass deine Seele ebenfalls zerfällt. Oder willst du auf ewig im Astralraum als Geist unterwegs sein und ein unendliches Dasein führen?«

»Nein«, raunte sie heiser. »Ich will in meinen Körper zurück. Es war ein guter Körper, begehrt, attraktiv, stark, klug. Ich war begehrt …« Sie sank auf den Boden, eine Träne rann ihre Wange hinab. »Ich bin zu jung«, weinte sie und lehnte sich an Cauldron. »Ich wollte noch so viel …«

Sie strich ihr kurz über das schwarze Haar und wich vor ihr zurück. Außer Sterbebegleitung stand nichts in ihrer Macht. Zudem sah sie es nicht als ihre Aufgabe an, die Samariterin zu sein. »Du musst uns helfen«, verlangte sie sanft. »Wir suchen deinen Mörder, und er hat schon mehrmals getötet. Wenn wir ihn nicht aufhalten, wird er viele andere Menschen umbringen. Hast du ihn gesehen? Kannst du mir seine astrale Aura beschreiben? Gibt es etwas Einzigartiges, Auffälliges an ihr?«

Marleen neigte den Kopf. »Vielleicht. Vielleicht habe ich ihn gesehen. Ich war kaum in der Ebene, als ich spürte, dass ich starb. Ich kam rechzeitig genug, um ihn zu sehen.« Sie hob ihr Gesicht, eine fordernde Bewegung. »Wenn du mir hilfst, helfe ich dir, den Mörder zu fangen.«

»Warte.« Sie konzentrierte sich, ihre Sinne wechselten zurück in die stoffliche Welt. Poolitzer, Spengler und Ultra glotzten sie an. »Ich habe die Seele des Mordopfers bei mir«, beschrieb sie es allgemein genug, um stundenlange Erklärungen zu vermeiden. Einen Exkurs über die astrale Gestalt konnte sie sich nicht leisten. »Sie hat ihn gesehen und könnte uns ihren Mörder beschreiben. Aber sie ist eine Erpresserin. Ich soll ihr helfen, einen Ersatzkörper für sie … also, für ihre … Seele zu finden.«

»Du hast die Seele von Lintz im Arm?« Ultra filmte sie und schaute verwirrt durch den Sucher. »Ich seh aber nix. Kann se mal flackern? Würd im Bericht …«

Sie warf ihm einen bösen Blick zu, und er schwieg wie ein ertapptes Kind. »Du bist schon zu lange mit Poolitzer durch die Gegend gezogen.«

»Und was hast du mit ihrer Seele jetzt vor?«, erkundigte sich der Reporter. »Sieht sie uns?«

»Ja, sie sieht und hört uns. Sie wird sich auflösen, ohne ihren Körper kann sie nicht mehr als ein paar Stunden bestehen.« Sie überschlug die Zeit, die seit dem Mord vergangen war, blickte auf ihre Uhr und kam auf etwas über dreißig Minuten. Die Razzia hatte um sechs Uhr begonnen, kurz danach war die Leiche von Marleen gefunden worden. Somit blieben ihrem Astralkörper geschätzte fünfeinhalb Stunden, eher weniger.

»Krass.« Der Troll schwenkte mit der Fuchi über die Gesichter der Versammelten. »Is' ja wie ein Geist.«

Spengler betrachtete, wie die Bestatter den Leichensack auf eine Bahre luden und ihn zur Obduktion fuhren. »Kann man ihr helfen?«

»Sie wollen wissen, ob sie damit auch uns in dem Fall helfen kann?« Cauldron dachte fieberhaft nach. »Ich fürchte, nein.«

Der Kommissar atmete tief ein. »Ich weiß, Sie sind die thaumaturgische Expertin von uns beiden, und wenn Sie nein sagen, wird es so sein. Aber darf ich Sie bitten, es dennoch zu versuchen? Die Kleine ist derzeit unsere einzige Spur. Wir brauchen ihre Mitarbeit *unbedingt*.«

Sie stellte sich vor, wie es ihr an Marleens Stelle erginge. Sie verspürte zwar nicht die geringste Lust, die Totenwächterin zu spielen oder sich auf die Suche nach einer Lösung für ein unlösbares Problem zu begeben, wollte jedoch nicht als Spielverderberin dastehen. Und ungünstigerweise packte sie ein Hauch von Mitleid für Marleen. »Ich bleibe bei ihr, bis es vorüber ist«, entschied sie. »Vielleicht kann ich sie dazu bringen, mir alles zu erzählen, was sie weiß.«

Poolitzer sah nicht begeistert aus. »Was soll das heißen, du bleibst bei ihr? Hier ist es …«

»Ich wechsele in den Astralraum, ihr bringt meinen Körper zurück ins Hotel, und Xavier passt auf ihn auf«, erklärte sie ihren Plan. »Es wird nicht lange dauern. Ihr werdet mich bei den Ermittlungen nicht brauchen, der Mörder hat ja erst zugeschlagen. Vorerst ist Ruhe, oder?«

»Ich nehme es an. Sie melden sich, sobald die Kleine Ihnen etwas erzählt hat?«, vergewisserte sich Spengler nochmals. Cauldron nickte.

»Muss das sein?« Ultra klang alles andere als glücklich, er machte sich Sorgen. »Wirste uns denn wieder finden?«

»Sicher.« Sie legte sich auf die Isomatte, auf der sich vor wenigen Minuten die Tote befunden hatte. *Schlimm genug, dass sie mit dem Wissen stirbt, nichts dagegen tun zu können.* Sie spürte durch den Stoff hindurch noch etwas von der gespeicherten Restwärme auf dem Schaumstoff in ihrem Rücken und schloss die Augen.

»Du fühlst dich mit ihr verbunden, stimmt's?«, meinte Ultra leise und ehrfürchtig. Es war ihm unheimlich, dass sie mit einer Toten sprach. In der Erwachten Welt geschah vieles, aber das, was sich gerade ereignete, hing ihm eindeutig zu hoch. Er hatte auch keine passende Erklärung parat, die Stelle mit den Fragen zur Magie musste er bei den Vorbereitungen auf die Quizshow überblättert haben. »Keine Sorge, wir geben gut auf dich Acht, Cauldron. Deinem Körper wird nix passieren, das schwör ich auf mein blaues Lieblingshawaiihemd. Komm du heil zurück, versprochen?«

»Gruftis. Morbides Pack«, murmelte Poolitzer.

Sie hob die Hand. »Versprochen.« Ihr Zeigefinger deutete auf Poolitzer. »Falls der Snoop mir unters Kleid filmen möchte, brich ihm die Nase.«

»Klaro, mach ich.«

Sie konzentrierte sich auf den vollständigen Übergang in die magische Ebene und merkte noch, wie sich die breiten Hände des Trolls unter sie schoben und sie samt der Isomatte emporhoben.

Dass er sie bis zum Auto trug und sie vorsichtig auf die Rückbank legte, bekam sie nicht mehr mit. Ihre astrale Projektion, ihre Aura, war vollständig in den Astralraum geglitten, die Verbindung zu ihrem weltlichen Körper existierte bis auf ein dünnes Band nicht mehr.

Sie fühlte beim Übergang, dass das Parkhaus keine besonders freundliche Ausstrahlung auf der magischen Ebene besaß.

Nicht weit von hier waren viele Menschen einen grausamen Tod gestorben. Sie nahm an, dass es sich um die Auswirkungen der Pit-Fights handelte. Das Leiden der Kreaturen hatte sich in die Umgebung, in die Erde, in den Beton gefressen und haftete daran wie getrocknetes Blut.

Marleen stand am Fenster und schaute teilnahmslos nach unten, wo die Bestatter ihren Leichnam in den schwarzen Kleintransporter luden. »Was möchtest du noch?«, fragte sie niedergeschlagen. »Du hast gesagt, dass man mir nicht helfen kann.«

»Ich wollte bei dir bleiben.«

»Um dich an meinem Vergehen zu weiden? Bist du irgendwie pervers?«

Cauldron trat an sie heran. Sie klang gefasster als vorhin, sie musste sich von dem aufsteigenden Wahnsinn befreit haben. »Nein, ich bin nicht pervers. Ich habe mir nur vorgestellt, wie es mir gehen würde und dass ich mich sehr über etwas Gesellschaft freuen würde. Außerdem hast du mich vorhin darum gebeten, erinnerst du dich?« Sie streckte ihre Hand aus. »Ich bin Cauldron.«

»Entschuldige. Du hast Recht.« Die junge Magierin wandte sich um, musterte sie, dann schlug sie ein. »Meinen Namen kennst du ja«, sparte sie sich die Vorstellung. »Du bist eine Initiierte? Deine Aura macht ordentlich was her.« Wieder schwang in ihrer Bemerkung so etwas wie Hoffnung mit, das Schicksal abwenden zu können.

»Lass uns an einen anderen Ort gehen, wo es angenehmer ist«, schlug sie vor. Zuerst galt es, das Vertrauen des Mädchens zu erlangen, anschließend flossen die Informationen über den Mörder wie von selbst.

Marleen lachte freudlos. »Es ist mir echt egal, wo ich mich auflöse.« Sie blickte ihr in die Augen. »Was danach kommt, das wird erst richtig spannend. Oder gibt es für uns Magier kein Danach, weil wir doch unchristliche Kunst betreiben?« Sie grinste schwach, wurde aber erneut ernst. »Ich dachte, dass das Auflösen schmerzt, aber ich spüre nichts. Nicht einmal ein Kribbeln.« Sie bewegte prüfend die Hände. »Es kommt mir vor, als würde ich einen Traum durchleben, bei einem Horror-BTL-Trip dabei zu sein oder etwas in der Art. Es ist unwirklich zuzuschauen, wie die eigene Leiche abtransportiert wird.«

»Es wird sicherlich etwas geben«, antwortete Cauldron behutsam. »Hast du einen Lieblingsplatz? Sollen wir dorthin gehen?«

Marleen schwieg. »Einen Lieblingsplatz? Die Universität, dort gibt es eine Bank unter einer alten Weide an einem kleinen Teich. Ich sitze … saß gerne dort.«

Cauldron nahm ihre Hand. »Dann lass uns gehen. Zeig mir, wo sie ist.«

Die Magiestudentin begann mit der astralen Reise, sie stieß sich ab und schoss durch die Luft, die Seattlerin folgt ihr.

Hindernisse wie Mauervorsprünge, Antennen oder andere tote stoffliche Dinge störten die beiden Frauen nicht weiter. Erst als Hochhäuser auftauchten, stiegen sie höher. Die Mauern bedeuteten keine Gefahr für ihre Auragestalt, doch Menschen und Metamenschen als lebendige Wesen waren undurchdringlich, sie würden von ihnen abprallen.

Es dauerte nicht lange, und sie erreichten ihr Ziel. Bei einer Geschwindigkeit von umgerechnet 6 000 Kilometer die Stunde schmolzen Entfernungen, das war ein Vorteil des Astralraums und der Bewegungsmöglichkeit darin. Cauldron hätte noch schneller fliegen können, aber ihre unerfahrene Begleiterin bremste sie.

Marleen ließ sich auf der Bank nieder, die aufgehende Sonne spiegelte sich im klaren Wasser des Teichs, die gebeugten Äste der Weide wiegten sich im sanften Wind, die grünen Blätter rauschten.

Wie passend. Cauldron bemerkte, dass es eine Trauerweide war, unter der sie Platz genommen hatten, ihr Stamm diente ihnen als natürliche Lehne.

Schweigend beobachteten sie, wie die ersten Studenten in einiger Entfernung von ihnen über den Campus gingen, um entweder in der Cafeteria zu verschwinden, die Bibliothek zu besuchen oder tatsächlich in eine Vorlesung, ein Seminar oder eine Übung zu gehen.

»Ich hätte in einer halben Stunde eine Vorlesung zu den Gefahren der Ritualistik, danach käme die Vorlesung mit anschließender Quellenanalyse zu Dämonen des Altertums«, fasste sie leise ihren ursprünglich vorgesehenen Tagesablauf zusammen. »Dann würde ich in die Mensa gehen und mich mit Johannes treffen, wir würden zusammen Mittag essen und uns endlich verabreden. Ich hatte mir nie die Zeit dazu genommen, ich war unsicher. Heute hätte es sein sollen.« Sie schluckte schwer. »Hätte ich es nur früher gemacht.«

»Es ist wirklich schön hier«, versuchte Cauldron abzulenken. »Wie …«

»Das waren die Jungs vom Studiengang Reökologisierung, Praxissemester. Es war ihre Semesterarbeit, einen Teil des Campus neu anzulegen.« Sie stand auf und lehnte sich an die Rinde der Weide. »Sie haben es geschafft, einen sechzig Jahre alten Baum von seinem alten Standort hierher zu versetzen, ohne dass er dabei eingegangen ist.« Ihre Lider senkten sich. »Da ist noch so viel, das ich noch erledigen müsste. Johannes, der Abschied von meinen Eltern …«

»Wir können sie …«

Marleen schüttelte den Kopf. »Sie sind Latentmagische. Ich muss das Talent aus einer anderen Linie unserer Familie bekommen haben. Sie waren sehr stolz auf mich, als ich mich für die Uni entschieden habe.« Sie öffnete die Augen und schaute zu den sich wiegenden Ästen. »Sie wohnen in Passau. Kannst du, wenn alles vorüber ist, bei ihnen vorbeigehen und ihnen erklären, was passiert ist?« Ihre Stimme zitterte. »Wir sind einfache Leute, sie haben lange gespart, um mir das Studium zu ermöglichen. Und jetzt bin ich … tot. Ich wollte einen guten Job, ihnen das Geld wieder zurückgeben und sie unterstützen …« Sie brach ab, langsam sank sie am Stamm herab in die Hocke und schlug laut schluchzend die Hände vors Gesicht.

Cauldron versetzte die abgrundtiefe Verzweiflung einen Stich ins Innerste ihrer Seele. Sie, die sich mit dem Tod öfter beschäftigte, schon alleine aus ihrem Faible für alles Düstere heraus, bedauerte die junge Frau. *Es ist nicht gerecht. Sie ist nicht bereit, die Welt zu verlassen.*

So viele Arschlöcher überlebten Unfälle, Diktatoren überstanden Anschläge, hundertprozentig überführte Mörder erhielten Begnadigungen, aber Marleen Lintz sollte vergehen, weil sie zur falschen Zeit am falschen Ort lag?

Auch wenn es deprimierend war, es ging in erster Linie darum, noch mehr über den Mörder herauszufinden. Vorsichtig tastete sie sich wieder an das Thema heran. »Was hast du eigentlich im Parkhaus gewollt?«

»Eine Überwachung«, stieß sie undeutlich hervor. »Jo… Johannes hatte den Auftrag angenommen, für einen reichen Pinkel bei einem Pit-Fight als astraler Aufpasser zu fungieren. Er konnte kurzfristig nicht und bat mich, die Sache zu machen.«

Wie ich es mir gedacht habe. Die Gleichgültigkeit, die sie vorhin zeigte, schwand mit jedem Wort, das sie hörte. Cauldron spürte eine unbestimmbare Wut in sich aufsteigen, Wut gegen das Schicksal, das ihrem Schützling wider Willen zuteil geworden war. Und zu dieser Wut gesellte sich Trotz.

Auch wenn es völlig abwegig erschien, nach einem Ausweg für Marleen zu suchen, befasste sich ihr Verstand unbewusst mit der Sache. Und das nicht nur, um von ihr einen Hinweis auf den Serienmörder zu erhalten.

»Angenommen«, begann sie langsam, »es gäbe eine Möglichkeit, dich vor deinem endgültigen Sterben zu bewahren, musst du dir darüber im Klaren sein, dass wir deinen alten Körper nicht mehr benutzen können. Das Gehirn ist zu lange ohne Sauerstoff gewesen und zerstört.«

Sie hob ruckartig den Kopf. »Du kennst doch eine Lösung? Oder willst du mir Hoffnung machen, damit ich dir was über den Mörder erzähle?« Sie wirkte plötzlich hellwach und lebendig. »Ich kann ihn dir genau beschreiben. Und er hat … neben mir gestanden und telefoniert, ich habe gehört … wie er mit jemand ein Treffen vereinbarte. Ich kenne den Ort und die Zeit. Ihr könntet ihn schnappen, wenn ich will. Hilf mir!« Sie schaute bittend. »Du kannst es!«

»Das habe ich nicht gesagt«, dämpfte die Seattlerin die Erwartungen. »Ich mache dir nur klar, dass es die Marleen, die alle anderen kennen, nicht mehr geben wird.«

Außerdem konnte sie sich im Moment nicht vorstellen, in welcher Weise sie die astrale Gestalt der Frau erhalten, geschweige denn in einen neuen Körper führen könnte.

Spontan dachte sie an Begriffe wie Seelenrückführung und Reinkarnation, mythische Begriffe, die bei genauerer Betrachtung exakt das Phänomen beschreiben könnten, das sie dringend brauchten. Allerdings blieben ihr höchstens etwas mehr als fünf Stunden, um ihre Theorie mit dem Machbaren zu untermauern.

Wie soll ich das schaffen? Es handelte sich nicht um ihr Spezialgebiet. Sie kümmerte sich um das Element Feuer, sie war im Grunde Zerstörung pur und darauf ausgerichtet, bei Runs größte Effektivität zu beweisen. Eine Forscherin ging an ihr sicherlich nicht verloren, ihr heißblütiges Temperament hinderte sie meistens daran, sich allzu lange in Bibliotheken einzugraben und mit unverständlichen Schriftzeichen abzugeben.

Doch sie hatte in Marleen das letzte Fünkchen Widerstand gegen ihr endgültiges Aus geschürt. Sie sprang auf und kehrte auf die Bank neben Cauldron zurück. »Du kannst sicherlich etwas tun! Oh, ich wusste es! Ich *wusste* es!«

Ihr glückliches Gesicht machte der Magierin noch mehr zu schaffen. Sie brachte es nicht übers Herz zu sagen, dass sie nur vor sich hin spann, ohne eine Basis für ihre ungeordneten Eingebungen und Gedanken zu haben. »Komm mit. Wir suchen einen deiner Dozenten. Ich muss mir ein paar schlaue Menschen dazuholen, die mehr davon verstehen als ich.«

Sie nahm Marleen bei der Hand und stieß sich ab, gemeinsam flogen sie auf den Campus zu und suchten das Gebäude, das der Magischen Fakultät gehörte. Kurz darauf standen sie vor dem Zimmer von Professor Sunderby, von dem Marleen annahm, dass er ihnen eine Hilfe sein könnte.

Der Raum wurde durch eine magische Barriere geschützt, zwei Watcher in Gestalt von dicken, lustigen Fledermäusen mit Monokeln umkreisten sie und beobachteten die beiden Frauen argwöhnisch.

»Ich suche Sunderby«, sprach Cauldron einen an. »Hole ihn her.«

»Nein, nein, darf nicht«, antwortete die Fledermaus mit schriller Stimme und flatterte ein bisschen. »Bin nur Wächter und wache. Darf meinen Meister nicht stören, nur bei Gefahr.«

Cauldron grinste bösartig. »Wenn es nur daran liegt.« Sie konzentrierte sich, ihre Finger bewegten sich, ihr Mund sprach Formeln, die als gleißend silberne Zeichen über Lippen glitten und sich zu einem Spruch formierten. Die Symbole verbanden sich, der geschaffene Manapfeil nahm die Gestalt eines dürren Menschen an und katapultierte sich gegen die Barriere.

Sie leuchtete auf und wehrte die schwache Attacke spielend ab, aber Cauldron hatte ihr Ziel erreicht. Eine der Fledermäuse flog kreischend davon und alarmierte Sunderby, der bald darauf als astrale Projektion vor ihnen stand. Zwei Wasserelementare begleiteten ihn.

Er präsentierte sich ihnen als stattlicher, trainierter Mann in einer Tracht, die mit ihren Elchstickereien und dem Überwurf nach Lappland aussah. Als er die Magierin askennte, tat er einen Schritt nach hinten. Die Korona aus nachtblauen Flammen um sie herum beeindruckte auch ihn, dann bemerkte er seine Schülerin.

»Frau Lintz?«, wunderte er sich. »Was machen Sie denn hier? Und wer ist diese Frau?«

»Ich bin tot, Professor«, setzte sie zu einer Erklärung an, doch Cauldron unterbrach sie.

»Wir haben nicht viel Zeit, Professor Sunderby. Marleens Körper wurde vernichtet, während sie sich auf Astralreise befand. Ich suche einen Weg, ihr zu helfen. Sie sind ein kompetenter Ansprechpartner, oder muss ich jemand anderes fragen?«

»Oh, meine Güte!« Sunderby betrachtete das Mädchen mitleidig. »Das ist schrecklich. Wir ...«

»Gibt es eine Möglichkeit?«, verlangte sie harsch zu wissen. »Haben Sie einen Hinweis? Was ist sie? Ist sie durch die Loslösung von ihrem Körper zu einem Geist geworden? Wenn ja, kann ich sie dann durch einen Zauber binden, wie ich es bei einem freien Elementar könnte? Verlangsamen wir damit ihren Zerfall?«

»Nun ja.« Sunderby sah ratlos aus. »Sie erwischen mich völlig unvorbereitet«, gab er eine typisch akademische Antwort.

»Fragen Sie Marleen mal, ob sie sich auf den Tod vorbereiten konnte«, erwiderte sie in ätzendem Tonfall. »Sie besitzen mehr theoretisches Wissen als ich, Professor.« Sie ging auf ihn zu. »Denken Sie nach! Es geht um Ihre Schülerin! Wissen Sie was über Reinkarnation oder Seelenwanderung, irgendetwas Mythisches, das man früher als Hirngespinst abgetan hat und für das es heute eine Erklärung gibt?« Sie schaute ihn eindringlich an. »Eine Theorie reicht uns schon, eine Spur oder etwas in der Art.«

»Reinkarnation«, murmelte der Dozent. »Nun, es gibt durchaus Übereinstimmungen mit diesem Fall. Die Seele eines Menschen löst sich im Tode vom Körper und wird gleichzeitig oder zu einem späteren Zeitpunkt in einem anderen Körper wiedergeboren.«

Cauldron atmete auf, Sunderbys Hirn sprang an und lieferte endlich Produktives. »Könnte es ein magisches Phänomen beschreiben, das uns nützt?«

»So einfach ist es nicht. Diese Vorstellung steht im Zentrum buddhistischer und hinduistischer Überlieferungen. Sie verstehen, dass es nicht unbedingt das ist, was wir in Tübingen unterrichten. Die Vorstellungen, wenn ich mich richtig erinnere, unterscheiden sich in einem wesentlichen Punkt. Reinkarnation, also die Wiederverkörperung oder besser Wiederfleischwerdung, wird eher dem Hinduismus zugeordnet und bedeutet, dass mit der Wanderung der individuellen Seele in einen anderen Körper deren Persönlichkeit mitgeht und auch im neuen Dasein erhalten bleibt.«

»Das ist genau das, was wir brauchen«, freute sich Marleen. »Gibt es Quellen, die berichten, dass sich ein Mensch …«

»Moment, junge Dame. Im Buddhismus hingegen sprechen die Gläubigen meist von Wiedergeburt. Wie die Flamme einer Kerze wird nur eine Art Lebenskraft von einer Existenzform an eine andere weitergegeben. Damit wären Sie als Individuum verloren.«

»Wir brauchen unbedingt mehr über die Inkarnation nach dem hinduistischen Prinzip«, entschied Cauldron.

»Dann empfehle ich Ihnen eine Einrichtung, die sich mit Orientalistik und Religion beschäftigt«, sagte Sunderby. »Ich habe das Gefühl, dass Sie mit Ihrem Anliegen bei schamanistischen Kollegen besser aufgehoben wären. Ich kenne eine Koryphäe …«

Während sie ihm zuhörte, bekam sie so etwas wie eine Eingebung, die Worte des Mannes wurden immer undeutlicher.

Die Erwähnung freier Geister erinnerte sie daran, dass sich diese magischen Wesen sehr wohl in der Lage befanden, in einen menschlichen Körper zu fahren und ihn als Wirt zu benutzen.

Besessenheit nannte man das, und die konnte mit oder ohne Zustimmung eines Menschen geschehen, wobei die gewaltsame Übernahme unter besonderen Umständen möglich war.

Das bedeutete, dass freie Geister einen Weg kannten, sich eine Hülle mit einem Menschen zu teilen und sie wieder zu verlassen.

Das wäre als Übergangslösung nicht schlecht, bis wir eine Methode gefunden haben, wie wir Marleen ein neues, körperliches Leben geben. Mit Sicherheit wäre ein Familienmitglied Marleens dazu bereit, ihre Tochter sozusagen in sich zwischenzuparken.

Sie stand vor einer immensen Herausforderung: Das Geheimnis der Besessenheit kannten jedoch nur freie Geister, und einen zu finden, womöglich noch ein freundliches Exemplar, das ihnen die garantiert hoch komplizierte Prozedur begreiflich machen konnte, wie

Marleen in einen menschlichen Körper fuhr, dürfte in knapp fünf Stunden fast unmöglich sein. *Falls es überhaupt funktioniert.*

Und schon tat ihr Unterbewusstsein den nächsten Schritt.

Gedanklich vollzog sie den Sprung über freie Geister zu Zozoria, der auf der Suche nach Unsterblichkeit die Verschmelzung mit einem besonders mächtigen freien Elementar eingegangen war. Das Eingreifen von ihr und ihren Freunden machte ihm aber einen Strich durch die Rechnung und sein unsterbliches Leben.

Sie hatte die ganze Zeit über angenommen, dieser Elementar, dieser Dschinn, wäre nach dem Tod Zozorias ebenfalls von ihnen vernichtet worden. Poolitzer hatte im Gespräch allerdings beiläufig erwähnt, dass Zozorias Geliebte und Alleinerbin in rasant kurzer Zeit zu einer mächtigen Magierin aufgestiegen sei.

Abongi ist Gestaltwandlerin. Sie wirkte alles andere als magisch gefährlich, ihr Talent schlummerte und beschränkte sich im Wesentlichen auf den Wechsel ihrer Erscheinungsform. Eine kühne Idee entstand. *Sollte der Elementar auf der Suche nach einem neuen Wirt in die Schwarzafrikanerin übergegangen sein?* Das würde zumindest ihr plötzliches Potential erklären.

Poolitzer sagte, dass Abongi in Sankt Petersburg ihre Zelte aufgeschlagen hatte. In gerade Linie von ihrem Standort aus in den hohen Norden betrug die Entfernung geschätzte 2000 Kilometer, was sie in knapp dreißig Minuten schaffen sollten.

»Marleen, wir gehen«, sagte sie knapp. »Danke, Professor Sunderby. Sie haben mir mehr geholfen, als Sie ahnen.«

Der Mann wusste nichts mit dem Lob anzufangen. »Ich habe noch nichts getan. Ich werde ein paar Recherchen anstellen. Die Forschungslage ist, was die körperlose astrale Projektion angeht, recht verworren und unübersichtlich, mehr Spekulation als alles andere. Soll ich Ihnen ein paar Watcher mitschicken, die mich über Ihre Aktionen auf dem Laufenden halten?«

Cauldron lehnte zum Erstaunen Marleens ab. »Nein, danke.« Sie brauchte keine neugierigen Zuschauer, wenn sie einen Pakt mit dem Teufel einging. »Drücken Sie uns die Daumen.«

Er nickte ihnen zu, sie flogen davon, die Seattlerin dirigierte sie zurück ins Trespasser.

Sie sah, wie Xavier neben ihrem Körper saß, ein Pad in der Rechten, neben dem Bett stand ein Erste-Hilfe-Kasten. Immer wieder blickte er von seiner Lektüre auf, um ihren Zustand zu überprüfen.

Sie fand seine Sorge rührend. Obwohl er nichts unternehmen konnte, falls sie im Astralraum in Schwierigkeiten geriet, bemühte er sich, es ihr in der stofflichen Welt an nichts mangeln zu lassen.

»Ich bin gleich wieder zurück«, sagte sie zu Marleen. »Ich muss ein paar Erkundigungen einholen.«

»Und dann?«, drängelte Marleen, die es geschafft hatte, bis jetzt nichts zu fragen und ihre Ungeduld zu zügeln. »Was machen wir?«

Cauldron zögerte. »Wir besuchen jemanden, der uns unter Umständen weiterhelfen kann. Aber erst möchte ich, dass du mir einen Hinweis auf den Mörder gibst. Ich habe dir gezeigt, dass es mir ernst ist, dir zu helfen, nun verlange ich, dass du uns hilfst.« Sie schaute abwartend auf die Silhouette.

»Es ist ein Mann«, begann sie stockend zu erzählen, wandte dabei aber die Augen von Cauldron. »Er ist groß, trägt dunkle Sachen, und er möchte sich in sechs Stunden mit einem anderen Mann in einem Café hier in Stuttgart treffen. Er soll ihm was besorgen. Etwas, um viele Menschen auf einen Schlag zu töten.« Sie verstummte für eine Weile. »Mehr gibt es erst, wenn wir Erfolg haben.«

»Das war mir eigentlich zu wenig, Marleen.«

»Was wir bisher erreicht haben, ist mir auch zu wenig.«

»Du erpresst mich auf Kosten anderer Menschen.«

Sie zuckte mit den Achseln. »Kann sein, ist mir aber egal. Wenn ich nur auf diese Weise überleben kann, geht es eben nicht anders.«

Cauldron warf ihr einen bösen Blick zu und glitt in ihren Körper zurück. Die Nachteile der anderen Welt hatten sie wieder. Sie wartete ein, zwei Minuten, um sich von der Erschöpfung zu erholen, und öffnete die Augen.

»Hey, da bist du ja!«, rief Xavier freudig, legte das Pad zur Seite und drückte sie an sich. »Die anderen haben mir erzählt, was du gerade versuchst.« Er küsste sie auf die Stirn und achtete dabei darauf, das Bindi nicht zu treffen. »Und, wie läuft es?«

»Nicht gut. Sie will erst etwas sagen, wenn wir ihr einen Körper beschafft haben. Aber mir ist wenigstens etwas eingefallen.« Sie küsste ihn auf den Mund und richtete sich auf.

Sie verschwieg ihm, was sie beabsichtigte, um ihm Sorgen zu ersparen. Er kannte den Elementar sehr gut. Ihm hatte sie zu verdanken, dass sie im Kampf gegen ihn nicht gestorben war, daher rechnete sie nicht mit seiner Zustimmung und schon gar nicht mit seinem Verständnis für ihren Plan. »Gib mir das Kom, bitte. Ich muss Poolitzer anrufen.«

ADL, Württemberg, Stuttgart-Mitte, 02.05.2059, 07:35 Uhr

Ultra saß Poolitzer gegenüber und spielte mit dem kleinen Kärtchen, das auf den Tischen des Cafés Zauberlehrling stand. »Wir beschäftigen (hör)behinderte Mitarbeiter«, war draufgedruckt worden und sollte der sanfte Hinweis sein, die Bestellungen laut und deutlich zu formulieren. »Ich find das super, dass die so was machen«, sagte er zu dem Reporter, der die Speisekarte studierte.

»Was denn?«

»Na, behinderten Menschen 'nen Job zu geben.« Ultra schaute ihn an. »Machen wir 'nen Bericht drüber?«

»Bin ich bei der Heilsarmee?«, konterte Poolitzer, ohne in seiner Lektüre innezuhalten. »Ultra, wir sind die Augen der Öffentlichkeit, die dort zu finden sind, wo sich die Öffentlichkeit entweder nicht hintraut oder nicht sein darf. Das Café überlassen wir Kollegen, die Familien-Trid und diese Scheiße produzieren.«

Ultra war beleidigt, weil seine Idee schlecht gemacht wurde. »Bei den Morden kriegt man's an die Nerven. Ich find so 'ne Story viel netter.«

Jetzt schaute Poolitzer doch auf. »Sag mal, Quizgenie, hast du was gegen den Auftrag, den ich dir erteilt habe? Der Catwalk-Killer von Sindelfingen, ist das etwa nichts? Das ist ein verdammt großes Ding. Oder bist du auf deine alten Tage zimperlich geworden?«

»Nö, bin ich nich'«, wehrte Ultra den Vorwurf sofort entrüstet ab. »Ich bin sogar extra nah rangegangen«, machte er ihn auf die unappetitlichen Szenen aufmerksam, die abgebrühte Snuff-Fetischisten zum Wegschauen brachten. »Aber das is' langweilig. Der Polizeisprecher hat gesagt ...«

»Hey, hallo? Jemand zu Hause?«, klinkte Poolitzer sich barsch ein. »Mann, Ultra, was der Polizeisprecher erzählt, ist gequirlte Kacke, klar? Das sind Typen, die dafür bezahlt werden, uns irgendeinen Mist aufzutischen, damit wir den glauben und senden.«

Die Bedienung kam zu ihrem Tisch, ein Mädchen mit Aknenarben, die das an sich freundliche Gesicht leidlich verunstalteten. »Janette« stand auf ihrem Namensschildchen, sie zückte ein Touch-Pad samt Griffel und lächelte sie erwartungsvoll an.

Poolitzer lächelte unverbindlich zurück. »Einen echten Kaffee, das genügt. Und ein Croissant.« Später würde er sich auf die Suche nach einer Dönerbude machen.

Sie drückte auf der interaktiven Oberfläche herum, nickte und drehte sich zu dem Troll.

Als Ultra tief Luft holte, wusste der Reporter, was das kleine Café gleich treffen würde. Er schaffte es rechtzeitig, die Finger in die Ohren zu schieben und die Trommelfelle vor dem hereinbrechenden Schallsturm zu schützen. Die anderen Gäste ahnten nichts.

»DAS TROLL-MENÜ«, brüllte er so laut er konnte. »ANSTELLE VOM KAFFEE MÖCHT ICH LIEBER TEE. UND EIN OMELETT, ACHT EIER, BITTE.« Er strahlte sie erwartungsvoll an.

Janette stand da wie eingefroren, das rechte Auge zuckte nervös, und ihre Hand mit dem Griffel, der die Bestellungen auf das Pad kritzeln wollte, zitterte.

»Zu schnell? Okay, ich sag's noch mal«, bot er jovial an. »ICH MÖCHTE«, er begann seine Aufzählung von vorne, dieses Mal nahm er seine riesigen Hände noch dazu, um ihr die Menge der Eier bildlich vor Augen zu führen, »das … DAS TROLL-MENÜ! TROLL! TEE ANSTATT KAFFEE, TEE! UND EIN OMELETT, ACHT EIER! ACHT!«

Poolitzer wunderte sich, wie langsam Ultra sprechen konnte. Es war nahezu Zeitlupe, wie zäher Brei kamen die Worte aus seinem Mund, dröhnend, alles erschütternd. Er meinte sogar, dass das Besteck auf dem Tischchen vor ihnen sachte hüpfte, als liefe draußen ein tonnenschwerer Saurier an dem Lokal vorbei.

Grinsend schaute er sich um und betrachtete die entsetzten und erschrockenen Gesichter der übrigen Frühstücker, denen das Essen von Löffel und Gabel fiel, ein paar Kinder hatten sich die flachen Hände gegen die Ohren gedrückt.

»Danke, ich habe Ihre Bestellung«, rief der Mann hinter dem Tresen. Janette ging, ohne etwas zu sagen, und bohrte sich auf dem Rückweg mit dem Stift im Ohr.

»Sie hätt' ruhig 'n bisschen freundlicher sein können«, beschwerte sich Ultra leise. »Dabei hab ich mir solche Mühe gegeben.«

»Das haben auch alle gehört«, feixte Poolitzer, die Finger aus den Ohren ziehend. »Zurück zum Thema. Regel eins: Glaub den Bullen nicht. Regel zwei: Sei schneller als die Konkurrenz.« Er nahm sein kleines Abspielgerät aus der Tasche und sichtete das Material, das ihm sein Azubi lieferte. »Ganz okay für die erste eigenständige Arbeit«, lobte er ihn. Ultra richtete sich auf seinem Stuhl auf. Rasch gab er ihm ein paar Tipps. »Mehr Nahaufnahmen in Zukunft. Die Menschen müssen das Grauen am Ort bis ins kleinste Detail und den Schock in den Gesichtern der Helfer sehen können. Wir machen Emotionen greifbar, verstehst du?«

»Jepp, ich verstehe. Emotion als Synonym für Gefühl. Du meinst im eigentlichen Sinne Gefühlsregungen, die sich in unterschiedlicher Intensität für die Außenwelt sichtbar oder unsichtbar vollziehen können.«

»Quiznachwehen, was, mein Großer?« Poolitzer nickte. »Aber du hast es wirklich verstanden, gratuliere.« Er nahm sich ein Stück Papier und notierte ihm die weitere Vorgehensweise im Fall des Catwalk-Killers. »Du suchst im Schattenland nach Infos über die Di'Oá, welche Abschlüsse ihr Unternehmen mit anderen machen wollte, schau dir die Aktienkurse und deren Verlauf an, hör dir jeden noch so unwichtigen Scheiß an, es könnte der Anfang einer Spur sein, die uns zum Auftraggeber des Killers führt.«

»Killer?«, schnaubte der Troll. »Das war kein Profi.«

Poolitzer stutzte. Ultra hatte das mit einer solchen Überzeugung gesagt, dass er ihm sofort glaubte. »Wie meinst du das?«

»Ein Killer, und ich weiß, wovon ich spreche, hätt' ihr zwei oder vier Kugeln verpasst, *Bäng-bäng*. Zwei Herz, zwei Kopf, Feierabend und ab durch die Mitte.« Er machte ein sehr wichtiges Gesicht bei seiner Erklärung und scherte sich nicht darum, dass neben ihnen eine Familie mit Kindern saß. Die Kleine schaute auf Ultras goldene Mickymaus, die im Schein der Neonlampen golden leuchtete. »Du brauchst die Zeit, um abzuhauen. Je länger du dir Zeit lässt, jemanden zu geeken, desto weniger hast du, um abzuhauen.« Er lehnte sich nach vorne, das Tischchen knarzte gefährlich und bat um Gnade. »Zweiundzwanzig Projektile. Wohlgemerkt, aus Berettas, und das war kein Salvenmodus, wasse auch könnte. Das sind mindestens ... na, sieben Sekunden, die für das Geballere draufgingen im Vergleich zu ein oder zwei. Pass auf, ich zeig dir, was ich meine.«

Ohne Vorwarnung sprang er auf, schnappte sich den Zucker- und Pfefferstreuer und richtete sie auf den Reporter, Schussbewegungen mit den Armen imitierend. Es regnete weißes und schwarzes Pulver, Poolitzer musste niesen.

Nach exakt sieben Sekunden hörte Ultra damit auf und rannte zum Ausgang, nur um ganz gemächlich wieder zurückzukehren. Die Gäste des Cafés starrten ihn an, achtzig Prozent der Besucher hielten ihn wahrscheinlich für einen entlaufenen Geisteskranken. Fast alle Arme ruckten in die Höhe, um Janette zu signalisieren, dass man bezahlen wollte.

»Ich hab's verstanden. Setz dich bloß wieder hin«, knurrte der Reporter.

Ultra schürzte die Lippen. »Ich wollt' dir aber noch die Drei-Sekunden-Variante zeigen.«

»Nein, danke. Es war sehr bildhaft, Ultra.« Poolitzer wischte sich den Zucker von Hemd und Hose. »Und warum würde einer so oft schießen?«

»Aus Rache«, sagte eine bekannte Stimme hinter ihm.

»Ihr riesiger Freund hat mit seiner Vermutung Recht, nehme ich an.« Spengler trat in sein Gesichtsfeld. »Morgen, die Herrschaften.« Er zwängte sich auf den Stuhl neben dem Reporter, der Bauch wurde von der Tischkante eingedrückt und verunstaltete das Motiv auf dem T-Shirt mit dem Schriftzug »Number of the beast«. »Haben Sie eine neue Spur in unserem Fall?« Etwas verwundert verfolgte er, wie sich das Café schlagartig leerte. »Habe ich eine Bombendrohung nicht mitbekommen?«

»Nein. Sie flüchten vor Ihnen und Ihrem Mundgeruch, Spengler.«

»Das sagt mir ein Typ, der den Knitterlook neu erfunden hat und seinen Schweißgeruch als Deo verkauft?«, gab er grinsend zurück und strich sich über seinen Schnauzbart. »Scherz beiseite, Schnüffler. Wir haben Ranjits Telefon angezapft, aber unser Mörder hat sich nicht mehr gemeldet. Dafür haben wir den Westwind gesichert und leider nichts entdeckt, was uns weiterhilft.«

»Ich bin ebenso ratlos wie Sie. Cauldron hat die Uhr untersucht, doch wir können das abhaken. Es ist nichts Magisches von Ranjits Seite aus im Spiel.«

»Also entweder Hypnose oder ein fremder Magier, der sich in der *Wolke Sieben* einen perversen Gag leistete«, fasste der Kommissar seinen Erkenntnisstand zusammen. Der Sicherheitsmagier der *Wolke Sieben* hatte zwar steif und fest behauptet, nichts Ungewöhnliches bemerkt zu haben, aber Spengler erfuhr auch, dass es nur einen Magier gab. Eine Pause, eine Unaufmerksamkeit, und wären es nur zwei Sekunden, genügte einem Hexer oder dergleichen, um Schaden anzurichten.

Egal ob Hypnose oder magischer Einfluss, in beiden Fällen konnte er nur etwas unternehmen, wenn sie mehr über ihren unfreiwilligen Mörder herausfanden. Das konnte noch dauern. Ihm blieb nur zu warten, bis ein neuer Mord geschah, die kleine Marleen auspackte oder der Mann es in einem der lichten Augenblicke schaffte, seinen Standort durchzugeben. »Ich hoffe, dass sich die Kleine getäuscht hat, als sie was von einem Massenmord andeutete. Cauldron hat mich eben angerufen und mir erste Erkenntnisse durchgegeben, es ist aber leider sehr dürftig.«

Janette kam zu ihnen und stellte ihre Bestellung ab, das Auge zuckte immer noch.

»Gute Idee. Ich möchte gerne einen Kaffee«, sagte Spengler.

»Nö, Herr Kriminalhauptkommissar, so geht das nich'. Die hört nicht gut.« Der Troll hielt ihm das Hinweisschild unter die Nase. »Da steht's. Sie müssen laut mit … Ach, ich mach das einfach für Sie.« Spengler sah, dass Poolitzer blitzartig die Finger in die Ohren steckte, und er tat es ihm einfach nach, so bescheuert es aussehen mochte. »KAFFEE, GROSS, BITTE!«

Janette wandte sich wortlos um, der Theker winkte ihm wieder. »Geht klar, habe ich gehört«, rief er.

»Heilige Scheiße«, entfuhr es Spengler, der unwillkürlich an eine Schiffssirene denken musste. Es hatte in seinem Magen und in seinem Schnauzer gekribbelt, die Vibrationen der Trollstimme fuhren durch seine Eingeweide und versetzten sie in wilde Panik. »Tun Sie mir und meinen Ohren einen Gefallen, und schreiben Sie Ihre Bestellung das nächste Mal auf.«

Ultra grinste. »Hey, gute Idee! Mach ich.«

Poolitzer dippte sein Croissant in den Kaffee. »Einer Ihrer BKA-Profiler nutzt uns ebenso wenig was wie alle schlauen Abhandlungen über Serienmörder, stimmt's?«

»Jepp.« Spengler stand auf und holte sich seinen Kaffee selbst, nachdem Janette ihm durch Handzeichen zu verstehen gab, dass sie nicht noch einmal in Ultras Nähe kommen wollte. Mit dem übervollen Becher kehrte er an seinen Platz zurück.

»Und warum?«, stellte ihm der Troll die unvermeidliche Frage.

»Wir brauchen die Profiler normalerweise, um sie anhand des bisschens, was wir durch seine Art zu töten und die Spuren, die er hinterlässt, ein Profil erstellen zu lassen. Das ist wiederum Anhaltspunkt für unsere Ermittlungen«, erklärte er. »Im Gegensatz zu anderen Mördern scheinen Serienkiller keine offensichtlichen Motive zu haben, wie Neid, Gier, Eifersucht und dergleichen. Beim Typ des Serienmörders verhält es sich normalerweise anders, sie sind von weitaus komplexeren Motiven getrieben. Und nicht selten sind Serienmorde Sexualmorde. Dabei ist allerdings die Befriedigung des Sexualtriebs selbst nicht das bestimmende Motiv des Täters. Vielmehr geht es um die Erfahrung von Lust beim Akt des Tötens. Nehmen wir mal den Ripper-Typus. Er hasste Frauen, vor allem Prostituierte, hatte ein gestörtes Verhältnis zur Sexualität, ein klassischer Fall, wie man heute annimmt. Aus lauter kleinen Puzzlestücken setzt der Profiler ein Bild zusammen, das dem echten Killer im besten Fall sehr nahe kommt. Das beginnt bei der Größe, dem Gewicht und endet bei angenommenen Lebensumständen.«

»Aber …?«

»Da es sich bei unserem Killer um ein Kunstprodukt handelt, können wir das alles vergessen und müssen umgekehrt an die Sache gehen. Wir wissen, zu *wem* er wird und wie er vorgeht. Uns fehlt lediglich seine echte Identität. Ein Motiv hat er nicht.« Spengler schaute vorwurfsvoll auf den leeren Zuckerstreuer und begnügte sich damit, die Reste vom Tisch in den Becher zu wischen. »Trotzdem sind wir beschissen dran.«

Poolitzers Kom dudelte los, Cauldron war am anderen Ende. Sie führten eine kurze Unterhaltung in der Seattler Stadtsprache, die der Kommissar nicht verstand. »Einen Moment, ich muss kurz was anleiern«, entschuldigte er sich.

»Haben Sie Geheimnisse vor mir, Schnüffler? Wir hatten eine Abmachung.«

»Es ist nichts, was unseren Killer angeht«, erklärte er ihm. »Es geht um die Kleine, Lintz oder so ähnlich. Cauldron möchte ihr helfen, und ich soll was nachschauen.« Er wandte sich an Ultra. »Du weißt, was du im anderen Fall zu machen hast?« Der Troll nickte. »Okay, dann rufen wir uns gegenseitig an, falls was geschehen sollte. Sie zahlen, Spengler.«

»Am Arsch, Gospini. Lassen Sie mir gefälligst Geld da, oder ich buchte Sie wegen Zechprellerei ein.«

Der Reporter kramte in seiner Tasche und legte ein paar Plastikmünzen auf den Tisch, danach verließ er zusammen mit dem Troll das Café.

Ultra winkte der Bedienung zu. »CIAO, JANETTE«, brüllte er los, der Kommissar zuckte zusammen und verschüttete um ein Haar seinen Kaffee. »WIR KOMMEN NOCH MAL WIEDER! GANZ BESTIMMT.« Die Türklingel spielte eine lustige Melodie, dann wurde es still im Raum.

Könnte man als Drohung verstehen. Spengler wandte sich nach rechts und nach links, das Kunstleder seines Mantels knirschte, und er stellte fest, dass der Troll mit seiner unnachahmlichen Stimme die letzten Gäste in die Flucht geschlagen hatte. Er war der Letzte.

In aller Ruhe genoss er seinen Kaffee, dann winkte er dem Mädchen, das sich jetzt wieder an seinen Tisch wagte. Die akustische Bedrohung war verschwunden.

Er räusperte sich, um seine belegte Stimme zu reinigen und sie vorzubereiten, aber ehe er sie anschreien konnte, um die Rechnung zu verlangen und sich für das Verständnis zu bedanken, ruderte sie mit den Armen und schrieb eilig auf ihr Pad.

»Der Theker ist hörbehindert. Ich bin nur stumm, nicht taub. Jedenfalls bis vorhin«, las er und musste laut lachen.

V.

ADL, Württemberg, Stuttgart-Mühlhausen, 02.05.2059, 08:05 Uhr

Cauldron saß auf dem Bett neben Xavier, ihre langen Fingernägel pochten ungeduldig gegen den Plastikrahmen. Es war ein nervtötendes Geräusch, das sie seit zehn Minuten fabrizierte. Sie starrte auf ihr Kom.

»Damit machst du es nicht schneller«, versuchte er sie zu beruhigen. »Poolitzer arbeitet so schnell er kann.«

»Das weiß man bei ihm nie«, sagte sie ungehalten. »Es muss nur eine neue Hiobsbotschaft auftauchen, und er ist auf Achse, um die exklusiven Bilder zu bekommen.« Sie kannte das Naturell des Reporters zur Genüge. *Komm schon, Snoop. Es bleiben uns noch weniger als vier Stunden.* Davon ging eine halbe Stunde für die Reise nach Sankt Petersburg drauf, und wohin sie von dort aus fliegen mussten, wusste sie nicht. *Es wird verdammt knapp.*

Xavier stand auf und ging ein wenig steif zum Minikühlschrank. Sie hatten ihre Getränke hineingeräumt und die vom Trespasser darin eingelagerten Dosen einfach auf den Schrank gestellt, ohne sie zu nutzen.

»Möchtest du auch was?« Er hoffte, dass sie sich etwas erbat, damit sie etwas zwischen die Finger bekam und mit dem Fingernagelklicken aufhörte, doch sie winkte ab. Er suchte sich ein Mineralwasser raus, öffnete den Behälter und trank durstig. »Ich soll dich von den Jungs grüßen«, begann er von seinen Unterhaltungen zu berichten, um sie auf andere Gedanken zu bringen. »Sie können nicht glauben, dass aus uns was geworden ist.« Er lachte leise. »Ich und eine Hermetische. Vor einem Jahr hätte ich es nicht glauben können.«

Xavier beobachtete Cauldron, die unentwegt auf das Kom starrte. Er hatte nicht den Eindruck, als hörte sie ihm zu, die Sorge um die ihm unbekannte Magieanfängerin wuchs, je weniger Zeit den beiden blieb, etwas gegen den Zerfall der astralen Gestalt zu unternehmen.

Die Dose wanderte wieder an seinen Mund, er tat einen neuen Schluck. »Kaiserschmarrn, erinnerst du dich an ihn? Er ist ausgestiegen und hat aufgehört, Runs zu machen. Er ist nun ein seriöser Unternehmer geworden. Du rätst nie, welches Geschäft er eröffnet hat?«

Auch seine Frage erzwang keine Reaktion, seine Gefährtin verharrte wie eine Statue, die Augen auf die Ziffern der Uhr auf dem Kom gerichtet.

»Er ist Bestatter und Organsammler geworden! Er verdient sein Geld damit, ehemalige Kollegen auszuweiden, sie unter die Erde zu bringen, zu verbrennen oder ihre Asche mit viel Brimborium in alle Winde zu verstreuen.« Er kehrte hinkend zu ihr zurück und nahm Platz. »Neulich hatte er vielleicht einen Auftrag. Da war so ein …«

Das Klicken der Nägel endete, sie wandte sich ihm zu und drückte ihm den rechten Zeigefinger auf die Lippen. »Bitte, Xavier, sei still. Es ist lieb, dass du versuchst, mich abzulenken, aber es nervt mich, okay?« Sie gab ihm einen flüchtigen Kuss und schaute von neuem aufs Kom.

Er nickte und schaute geradeaus gegen die unspektakulär weiße Tapete, die nichts bot, was man zählen oder betrachten konnte. »Okay.« Er nippte an der Dose. »Tut mir Leid. Ich dachte, es wäre besser, wenn ich dich ablenke.« Ihr Schweigen interpretierte er als stumme Aufforderung, endgültig die Klappe zu halten.

Xavier las die Beschreibung auf der Dose, er schaute aus dem Fenster, er inspizierte das Muster des Laminat-Fußbodens. Er wagte nicht, aufzustehen und den Fernseher einzuschalten oder etwas zu tun, was Geräusche produzierte. Wenn sie angespannt war, genügte eine klitzekleine Klitzekleinigkeit, um sie in die Luft gehen zu lassen. Sie hatte sich nicht umsonst dem Element Feuer verschrieben.

Das Kom aktivierte sich, das Display leuchtete auf, und nach eine Sekunde betätigte sie bereits die Sprechfunktion, dabei aktivierte sie versehentlich den Lautsprecher. »Hallo, blasse Flamme. Ich hab die Abongi. Die Zentrale von Antique Enterprises …«

Rasch schaltete sie den Lautsprecher ab, sie unterhielt sich kurz mit Poolitzer in der Seattler Stadtsprache, dann warf sie einen Blick auf ihren Organizer, legte sich hin und schloss die Augen.

»Halt, Cauldron«, hörte sie Xaviers Stimme. »Cauldron! Was hast du mit Abongi zu schaffen? Was sollte Poolitzer für dich herausfinden?«

»Ich habe keine Zeit.« Sie ließ die Lider geschlossen, um ihn nicht ansehen zu müssen, das hätte ihr das Lügen erschwert. »Ich erkläre es dir später.«

»Cauldron, was willst du von ihr?« Sie spürte, wie er sich umdrehte, so gut und schnell es ging, seine Linke rüttelte an ihrer Schulter. »Antworte mir!«

»Später. Du würdest es nicht verstehen«, hauchte sie und konzentrierte sich, um ihre astrale Gestalt von ihrem Leib zu trennen und in den Astralraum zu gleiten, wo sie von Marleen ungeduldig erwartet wurde.

»Ich würde es nicht verstehen?«, echote er alarmiert. Er erkannte, dass sie ihren Leib verlassen hatte. Statt sie weiter ergebnislos zu fragen, nahm er den Organizer und öffnete die Datei, die Poolitzer ihr geschickt hatte.

Es war eine Satellitenaufnahme von Sankt Petersburg, wie die Bildunterschrift verriet, ein roter Punkt leuchtete im Süden der Stadt. Zoomte man näher, wurde die Ansicht immer genauer, aus dem unübersichtlichen Wirrwarr aus Strichen wurden einzelne Straßen und Kanäle, ein großer Fluss schlängelte sich mitten hindurch.

»Antique Enterprises, Große Seite am Südufer der Newa«, las er die aufleuchtenden Erläuterungen. Das Unternehmen hatte sich in unmittelbarer Nachbarschaft der prächtigen Paläste inmitten der imposanten Boulevards und berühmten Theater niedergelassen, der rote Punkt markierte exakt das Haus, in dem es zu finden war.

Für Cauldron wurde es durch die Satellitendraufsicht einfacher zu finden, sie hatte ein sehr gutes Gedächtnis und würde nicht lange benötigen, um bei Antique Enterprises astral aufzutauchen.

Was wollen die beiden dort? Warum kann Abongi ihnen helfen?

Er zögerte nicht und rief Poolitzer an, der ihm bereitwillig Auskunft erteilte. Abongi sei nun die Chefin, sie sei mächtiger als jemals zuvor und erobere sich gerade die verlorenen Niederlassungen von rebellischen Geschäftsführern oder von konkurrierenden Konzernen zurück, wobei sie nicht zimperlich vorging. »Deine Grufti-Braut wollte wissen, wo genau sich Abongi derzeit aufhält.«

Xavier hörte schweigend zu, sein Puls beschleunigte sich merklich.

»Sag mal«, meinte Poolitzer plötzlich, »kann es sein, dass Zozorias Elementar, dieses Ding aus der Box, nicht vernichtet wurde, wie wir alle angenommen haben? Ich wäre ja von selbst nicht draufgekommen, aber allmählich macht ihr mich mit eurer ständigen Fragerei stutzig.« Im Hintergrund rief Ultra etwas, der einstige

Nega-Magier verstand es aber nicht. »Was macht sie bei Abongi?« Sein Tonfall verriet, dass er eine Nachfolgestory witterte.

»Keine Ahnung«, würgte Xavier heraus und eine Verabschiedung hinterher.

Er wusste es wirklich nicht, aber ein schlimmer Verdacht beschlich ihn. Sollte der Elementar von Zozoria auf die Gestaltwandlerin übergegangen sein, wäre das eine Erklärung für ihre unvermittelt aufgetauchte Macht.

Der Elementar müsste alles andere als gut auf Cauldron zu sprechen sein. Er erinnerte sich genau an das, was vor etwa einem Jahr in Andorra geschehen war. Ganz genau.

Gedanklich kehrte er in den Keller des Hauses zurück, in dem sie dem mächtigen Geist gegenübertraten, nachdem er den sterbenden Zozoria verlassen hatte und auf der Suche nach einem neuen Wirtskörper war.

»Ich biete unendliches Leben«, hörte er das schimmernde Flirren zu Cauldron sagen, »und unendliche Reichtümer. Lass mich in dich.«

Xavier stand damals neben ihr und hatte gewusst, dass ihre Antwort über ihr Leben entschied. Eine Weigerung verstand der Windelementar als Herausforderung, seine Kräfte überragten ihre um ein Vielfaches, und die Auseinandersetzung hätte mit ihrem Tod geendet.

Als sich ihre dunkelroten Lippen öffneten und dem Elementar ein »Niemals« entgegnen wollten, hatte er das getan, was in der Vergangenheit stets wirkte: Er breitete die Arme aus und sprang, so weit es ihm seine Behinderung ermöglichte, in das Flimmern und hoffte, dass seine Nega-Magie den Geist vernichtete.

Es klappte. Nachdem er wieder zu sich gekommen war, bekam er gesagt, dass der Elementar vergangen und die Gefahr gebannt sei.

Jetzt sah es so aus, als täuschte der damalige Eindruck.

Er beugte sich über Cauldron, die wie tot auf der Decke lag, ihr Brustkorb hob und senkte sich kaum, das Herz schlug wegen des Trancezustands nur ein paar Mal in der Minute.

Dieses Mal würde er ihr nicht beistehen können.

Er befand sich Tausende Kilometer von Sankt Petersburg entfernt, und sein angeborenes Talent, die Nega-Magie, hatte er für immer verloren. Zu viele Verletzungen, zu viele Wiederbelebungen, zu viele technische Geräte. Die Nega-Magie reagierte auf Eingriffe in den menschlichen Körper ebenso empfindlich wie ihre gegensätzliche Schwester, die Magie.

»Du hast Recht«, raunte er ihr ins Ohr, während er ihr Gesicht streichelte. »Ich verstehe es nicht.«

Das Gespräch mit Poolitzer brachte ihn nicht dazu, sich weniger um sie zu sorgen. Er kämpfte sich auf die Beine und humpelte zum Kühlschrank, um sich ein zweites Getränk und sein Pad zu holen, auf dem er verschiedene Bücher zum Zeitvertreib gespeichert hatte. Auf seinem Kom stellte er einen Countdown von drei Stunden und 58 Minuten ein.

Aber was mache ich, wenn du dann nicht zu mir zurückkehrst? Einen Moment lang spielte er mit dem Gedanken, nach Sankt Petersburg zu fliegen, verwarf ihn aber gleich wieder. Ein Flugzeug benötigte viel zu lange, und man würde ihn nicht einmal bis zu Abongi vorlassen. Ob er wollte oder nicht, er musste ausharren. Das war das Schlimmste: die verfluchte Untätigkeit, die Nutzlosigkeit.

Er wählte gerade eine Dose Cola aus und wischte die Kondenswasserperlen vom Blech, als es an der Zimmertür klopfte.

Normalerweise klingelte ein Besucher vom unteren Eingang aus ein Zimmer an, um durch die Haupteingangstür und die zweite Abschlusstür, die es in jedem Stockwerk unmittelbar nach den Fahrstühlen und Feuertreppen gab, zu gelangen. Somit konnte es sich nur um einen anderen Hotelgast handeln.

Xavier runzelte die Stirn. »Wer ist da?«

Zur Antwort erhielt er ein weiteres, nachdrückliches Pochen.

Langsam stellte er die Dose ab, langte nach der Heckler&Koch Caveat, die er im Gürtel unter seinem Hemd verborgen trug, und richtete die Mündung auf die Tür.

Marleen und Cauldron schossen mit ein paar Tausend Kilometern pro Stunde durch den Astralraum, die Umgebung wurde undeutlich und zu einer verschwommenen, bizarren Welt.

Sie stiegen auf dreißig Kilometer Höhe, um so wenig natürlichen Hindernissen wie möglich zu begegnen, während unter ihnen grüne, braune und graue Flecken vorüberhuschten. Mehr nahmen sie von den Ländern, die sie passierten, nicht wahr. Polen, die Ostsee, ein Stückchen Litauen, Lettland, Estland wurden zu Farbschattierungen degradiert.

»Ich wollte mich bei dir bedanken«, sagte Marleen leise. »Auch falls die Sache nicht gut für mich endet, habe ich immerhin das Gefühl, es wenigstens zu versuchen.«

»Vielleicht bist du die Erste, die es schafft«, beließ es Cauldron bei einer Andeutung, um ihr nicht zu viel Zuversicht zu geben.

Marleen schwieg. »Und wir reisen nach Sankt Petersburg, um einen Freund von dir zu treffen?«, begann sie nach einer Weile.

»Nein, es ist kein Freund.« Cauldron zögerte einen Augenblick. »Es ist ein Feind.«

Sie machte große Augen. »Ein *Feind*?«

»Wenn alles stimmt, was ich gehört habe, ist ein Elementar, der mich einmal als Wirtskörper benutzen wollte, woanders fündig geworden«, fasste die Seattlerin rasch zusammen. »Er wird wissen, wie man in einen Menschen eindringt und ihn wieder verlässt, ohne Schaden zu hinterlassen.« Sie warf der jungen Frau ein misslungenes Lächeln zu. »Vielleicht lässt er mit sich verhandeln. Mit seinem Wissen kann es uns gelingen, deine astrale Gestalt zu erhalten, bis wir eine endgültige Lösung gefunden haben. Jedenfalls hoffe ich das. Wird deine Mutter dich aufnehmen?«

»Ich soll ...« Sie brach ab und dachte über das nach, was ihr vorgeschlagen wurde. »Ich verstehe. Ich stelle mich bei jemandem unter. Meine Mutter kommt nicht in Frage, aber Jo würde es sicher machen.«

»Er liebt dich?«

Marleen lächelte nun wie ein kleines Mädchen. »Wie gesagt, ich habe mich nicht getraut, ihn zu einem echten Rendezvous zu bitten.«

»Intimer als das, was wir vorhaben, kann es nicht mehr werden«, vermutete Cauldron trocken. »Ihr beide werdet die höchste Stufe einer Partnerschaft erreichen. Und das von Anfang an. Ist das nun der perfekte Start für eine Beziehung oder nicht?«

»Du kannst mich nicht wirklich leiden, hab ich Recht?« Sie nahm ihre Hand und drückte sie lange. »Warum tust du das für mich?«

»Ich helfe dir nur, um an Informationen zu kommen. Was du machst, nennt man Erpressung. Normalerweise kämst du damit bei mir nicht durch, aber ich wurde darum gebeten. Erwarte daher kein allzu großes Mitleid.« Sie hatte es sich nicht verkneifen können, aber wenigstens gelang es ihr, weitere böse Bemerkungen, die ihr noch auf der Zunge lagen, hinter den Zähnen zu halten.

»Oh.« Mehr kam nicht von Marleen.

Sei kein Arschloch, rief sich die Magierin selbst zur Ordnung. »Na schön, du tust mir auch ein bisschen Leid. Du kannst nichts dafür, dass du in diese Lage geraten bist. Außerdem wische ich damit dem Mörder eins aus. Ich will ihn nicht gewinnen und dich zu seinem nächsten Opfer werden lassen. Drittens, nein, du erinnerst mich nicht an eine Schülerin, die ich mal hatte und die ich in einer traumatischen Schlacht gegen einen überstarken Gegner verlor, und deshalb sehe ich in dir auch nicht die zweite Chance, alles wieder gutzumachen.« Sie grinste in einem Anflug von schwarzem Humor.

Zudem sah sie es pragmatisch. Wenn ihr eines Tages die gleiche Sache zustoßen sollte, wusste sie wenigstens, was sie gegen den Zerfall ihrer astralen Gestalt unternehmen konnte.

Sie schaute zu Marleen. »Zufrieden mit den Antworten?«

»Schon«, gab das Mädchen ebenfalls grinsend zurück. »Aber die Variante mit der getöteten Schülerin gefiel mir eigentlich am besten. Es hätte dem Ganzen etwas sehr Dramatisches gegeben.« Sie musste lachen. »Ich dachte schon, es wäre dein Mutterinstinkt.«

»Mutterinstinkt?« Cauldron überlegte und dachte an ihren sich allmählich verändernden Hormonhaushalt. Sie versuchte zu ergründen, warum sie ihr wirklich helfen wollte, abgesehen von der Wahrheit über den Mörder, und kam zu dem Entschluss, dass es wohl eine Mischung aus verschiedenen Gründen war. Unter Umständen spielten die Hormone wirklich eine Rolle.

»Ich möchte mal in die Forschung gehen«, plauderte Marleen und lachte auf. »Es ist schon seltsam.«

»Was ist seltsam?«

»Ich habe Vorlesungen über freie Geister belegt, und nun werde ich bald erfahren, wie sie so sind.«

»*Wie sie so sind?*« Cauldrons linke Augenbraue ruckte in die Höhe. »Dann freu dich mal auf unsere Begegnung, denn ich kann dir nicht sagen, wie sie verlaufen wird. Leider habe ich noch keinen netten freien Geist getroffen.«

»Ich weiß. Es gibt unterschiedliche Typen«, referierte Marleen aus den bisherigen Vorlesungsstunden. »Trickser, die nur ihren Spaß haben wollen, die Schatten, die Menschen zu Gräueltaten anstiften und selbst welche begehen …«

»Ja, ja, die Dozenten und ihre netten Theorien«, unterbrach Cauldron böse lachend die drohende Aufzählung. »Pass gut auf, wenn wir unseren Elementar treffen, und sag mir, in welche Kategorie du ihn einordnen würdest. Lass die netten Geister dabei ruhig aus.«

Marleen sagte vorerst nichts mehr. Aus der anfänglichen Begeisterung, einem Wesen gegenüberzustehen, das sie lediglich aus Vorlesungen, den Beschreibungen aus Datenbanken und Büchern kannte, entwickelte sich eine ängstliche Zurückhaltung.

Unter ihnen tauchte ein gigantisches Lichtermeer auf, durch das sich ein dunkelblaues Band zog.

»Sankt Petersburg«, befand Cauldron, »das Dunkle müsste die Newa sein. Wir brauchen den Fluss zur Orientierung, um das Gebäude zu finden, in dem ich unseren Elementar vermute.« Sie blickte die junge Frau an. »Lass mich reden, du bleibst still und hältst dich bereit, auf der Stelle zu verschwinden, falls es brenzlig werden sollte.«

»Wir sollen *abhauen*?«

Sie verringerten die Geschwindigkeit und rasten senkrecht auf die Stadt zu. »Was haben dir die Professoren über die Macht freier Geister beigebracht?«

»Sie können stark sein und die unterschiedlichsten Zauber beherrschen?«

»Und sie können sehr, sehr alt sein«, fügte Cauldron hinzu. »Das Wesen, das wir besuchen, hat mindestens sechs Jahrhunderte überstanden, ohne einmal vernichtet worden zu sein. Selbst Nega-Magie schaffte es nicht. Muss ich mehr dazu sagen?«

»Nein«, erwiderte Marleen sehr schnell und piepsig.

Sie glitten tiefer und tiefer, Cauldron rief sich das memorierte Satellitenbild in Erinnerung. Es funktionierte sehr gut, sie verflogen sich nicht und schwebten schon bald über dem hell erleuchteten Straßenzug mit den eindrucksvollen, uralten Gebäuden.

Sie spürten die magische Hintergrundstrahlung des Ortes, welche die Wahrnehmung und alle anderen Aktivitäten auf magischer Ebene erschwerte. Es war vom Gefühl her in der stofflichen Welt ungefähr vergleichbar mit einem leichten Schneegestöber oder wie das vage Flimmern eines Tridschirms, welches das Bild verschlechterte.

»Ganz schöne Störungen«, bemerkte Marleen. »Wir sind in der Nähe des Winterpalasts. Vermutlich sind es die letzten abklingenden Auswirkungen des Petersburger Blutsonntags.«

Cauldron orientierte sich an den Häuserfronten und suchte nach dem vom Bild bekannten Anblick der russischen Zentrale von Antique Enterprises. »Schon vergessen? Ich bin aus Seattle, ich habe keine Ahnung von russischer Geschichte.«

»Was? Russische Revolution? Nie gehört?«

»War die nicht erst vor kurzem? Ich habe in den Nachrichten was darüber gehört.«

»Sicherlich nicht. Vor hundertfünfzig Jahren versammelten sich Tausende Menschen, vor allem Arbeiter, vor dem Winterpalast, um für bessere Lebensumstände zu demonstrieren. Der Onkel des Zaren ließ die kaiserlichen Truppen in die Menge feuern.« Sie deutete hinüber zu dem Palast. »Da vorne und in den Seitenstraßen, nehme ich an, muss es zu dem Massaker gekommen sein. Hunderte Demonstranten wurden ermordet, weitere Hunderte verletzt. Die Nachricht von der Niederschlagung der Demonstration verbreitete sich, und es kam zu Streiks und Aufständen.«

»Ich bin beeindruckt, Marleen. Ihr lernt ja richtig was an der Uni.« Tatsächlich erklärte es die Störungen im Astralraum. Sie senkte sich weiter herab und fand das Haus, das sie beide suchten. Die magische Barriere, die als Schutz gegen astrale Eindringlinge und Zauber gedacht war, schimmerte warnend in tiefen, sich abwechselnden Rottönen.

»Du wartest. Sieht nicht so aus, als wollte man Besucher empfangen«, kommentierte Cauldron und flog bis an das Hindernis. Sofort erschien ein Watcher neben ihr, der sie aufs Übelste beschimpfte. »Halt die Klappe. Sag Abongi, dass eine alte Bekannte aus Andorra sie sprechen möchte.«

Der Watcher, der nur aus einem Kopf mit mächtigem Rauschebart, einer Kosakenmütze und einem gigantischen Mund bestand, störte sich nicht an ihrem Befehl und ließ Russisches auf sie einprasseln. Vermutlich waren es Beschimpfungen.

Es kostete sie unnötig Zeit, daher setzte sie einen Manapfeil mitten in die Nase des niederen Geistes und ließ ihn platzen. Mit einem letzten Schrei zerriss es das Wesen in Tausende glühende Energiefetzen, die auseinander spritzten, kleiner wurden und zu nichts schmolzen.

Die Ebene um sie herum füllte sich plötzlich mit neuen Geistern, die großen Brüder des vernichteten Watchers kamen zur Trauerfeier, um den Mörder zu stellen. Ihren Energiemustern nach zu urteilen, handelte es sich um Elementare der Windebene, die sich um sie herum positionierten.

»Ich möchte mit Rose Abongi sprechen«, wiederholte sie ihr Anliegen. »Sag ihr, ich weiß, was es mit Aeternitas und ihrer neuen Macht auf sich hat.«

Einer der Elementare verschwand und kehrte kurz darauf wieder. »Du kannst passieren«, verkündete er säuselnd und rauschend wie wirbelnde Luft. Die Barriere flackerte und erlosch für wenige Momente. Cauldron und Marleen flogen weiter in das Gebäude, und der Elementar führte sie durch die Korridore und Zimmer.

Sie sahen nicht sehr viel, weil ihre Reise schnell verlief, aber es reichte aus, um zu erkennen, dass sich einige mächtige Artefakte in dem Haus befanden. Viele Menschen gingen darin umher, es gab ausgedehnte Büros, Konferenzsäle und eine Bibliothek. Nachdem sie durch die Wände eines Vorzimmers glitten, lotste sie der Elementar durch eine offen stehende Tür.

Marleen ignorierte den Eingang und wollte durch die Wand fliegen, prallte aber wie von einem natürlichen Hindernis ab.

Verwundert versuchte sie es ein zweites Mal. Ihre Hand tastete das verkleidete Holz behutsam ab, dann askennte sie die Barriere. Hinter dem Holz befand sich eine normale Sandsteinmauer, doch dann sah sie einen soliden Film aus dünnem grünem Moos. Da es sich um eine lebendige Pflanze handelte, war ihr der Weg versperrt. Sie musste die Tür benutzen.

»Hast du ...«, wollte sie Cauldron auf ihre Entdeckung aufmerksam machen, als sie im Raum stand, aber ihre Mentorin bedeutete ihr zu schweigen.

»Schau sie dir an und sage mir, was du askennst«, befahl sie leise.

Die Studentin richtete ihre Augen auf das, was vor ihnen am gewaltigen Schreibtisch saß, und sog die Luft ein. Sie sah eine schwarze Löwin auf dem Stuhl sitzen, eine Pranke ruhte auf der Tastatur ihres Computers, mit der anderen hielt sie ein Glas. »Eine Gestaltwandlerin, oder? Auf der astralen Ebene können sie in ihrer wahren Tiergestalt und nicht als Menschen erscheinen.«

Cauldron nickte, obgleich sie als Initiierte mehr an astraler Wahrheit erkannte. Die Aura von Rose Abongi beinhaltete einen Farbton, der sie deutlich darauf hinwies, dass die Frau von einem Geist besessen war.

Ich habe mich nicht getäuscht, jubelte sie. Zur Freude mischten sich sofort Bedenken. Aus dem Raum, dessen Wände mit lebendigem Moos bewachsen waren, gab es für sie vorerst kein Entrinnen. Der Elementar hatte Stellung vor der Tür bezogen, eine Barriere glomm hinter ihm auf.

»Als ich den Namen Aeternitas hörte, dachte ich sofort an dich«, erhob die Gestaltwandlerin in einer Mischung aus Sprechen und Fauchen ihre raue Stimme. »Dein Freund hat mich damals mit seiner Aktion überrascht. Nega-Magie ist sehr, sehr schmerzhaft. Aber nun ja, ich habe schon ähnlich Schlimmes überstanden.« Sie drehte den Löwenkopf, das schwarze Fell lag glatt an ihrem Körper und glänzte wie Seide. »Wenn du gekommen bist, um mein altes Angebot anzunehmen: Du bist ein wenig spät. Ich habe jemanden gefunden, und wir sind sehr gute Freunde geworden. Es macht Spaß, ein Imperium zurückzuerobern und zu führen. Danach habe ich mich immer gesehnt.«

Cauldron trat an den Schreibtisch heran. »Nein, ich bin aus einem anderen Grund hier. Ich möchte einer jungen Magierin helfen. Ihr Leib wurde vernichtet, während sie im Astralraum reiste. Sie hat es nicht verdient zu vergehen.«

Abongi lehnte sich in ihren Sessel und musterte die Magierin mit ihren Raubtieraugen. »Und nun suchst du einen Weg, ihr einen anderen Körper zu geben?« Die Löwin lächelte gefährlich, zeigte die weißen Fänge. »Es dürfte unmöglich sein.«

»Aber du kannst in andere Körper eindringen, also *ist* es möglich«, widersprach Cauldron fest und ließ sich vom Anblick der Reißzähne nicht beeindrucken. *Katzen spielen gerne mit ihren Opfern, ehe sie sie töten*, huschte es ihr unpassenderweise durch den Kopf.

»Ich bin ein freies astrales Wesen. *Das* ist der Unterschied.«

»Sie ist es in gewissem Sinne auch. Sie ist nicht mehr an einen bestimmten Körper gebunden.«

Ihre gelben Augen verengten sich. »Angenommen, ich könnte euch behilflich sein, was wäre meine Belohnung?«

»Karma«, antwortete Cauldron sofort mit einer Offerte, die kaum auszuschlagen war. Freie Geister lebten vom gespendeten Karma, der Energie der Seele, der Erfahrung eines Menschen, und befanden sich ständig auf der Suche nach neuem, um ihre eigenen Kräfte zu steigern. Allerdings musste es von Menschen freiwillig gegeben werden. »Du brauchst es sicherlich, und wir beide haben eine Menge davon zu bieten.« Sie setzte sich in den Sessel. »Da wir schon mitten in den Verhandlungen sind, schließe ich daraus, dass du demnach einen Weg kennst«, stellte sie zufrieden fest.

Abongi sah an ihr vorbei und winkte Marleen heran. Zögerlich trat sie näher, behutsam, aufmerksam, sofort bereit, sich mit einem Sprung zurück wieder in Sicherheit zu bringen. »Du bist das arme Ding, dessen Leib man zerstört hat? Ich verstehe, was du durchleidest.«

Das geheuchelte Mitleid nahm Cauldron ihr nicht ab. Die Magierin kannte die wahre Natur des in der Afrikanerin wohnenden Elementars, der in der Vergangenheit bereits von den Menschen gefürchtet und deswegen in ein magisches Gefängnis verbannt worden war, damit er keinen Schaden mehr anrichtete. »Sei vorsichtig«, warnte sie. »Sie wird dir alles Mögliche erzählen. Vertraue ihr nicht.«

Die Gestaltwandlerin lachte grollend. »Oh, wie misstrauisch. Dabei dachte ich, mein friedfertiger Empfang sei Beweis genug, dass ich die Sache in Andorra vergessen hätte.«

»Sicher. Du bist das friedfertigste Wesen des Astralraums. Man wird dir die Gandhi-Plakette verleihen.«

Marleen warf ihr einen bangen Blick zu, der in etwa besagte: *Mach ihn nicht wütend. Es geht um mein Leben, nicht um deins.*

»Sarkasmus ist eine herrliche Sache«, lachte Abongi. »Ihr werdet mir schon vertrauen müssen, schließlich soll ich die Rettung für die junge Dame sein, nicht wahr?«, schnurrte sie sticheInd und blinzelte, der schwarze Schweif zuckte hin und her. Das Wortgeplänkel bereitete ihr Vergnügen. »Von wie viel Karma reden wir?«

»Von welcher Vorgehensweise reden wir?«

»Ihr gebt mir so viel Karma, wie ich möchte, und dafür helfe ich euch. Das schwöre ich bei meinem wahren Namen.« Abongi schaute wieder zu Marleen. »Denkt nicht zu lange nach. Ich sehe, dass deine Gestalt an Intensität verloren hat, junge Frau. Dir bleiben etwas mehr als drei Stunden, und es wäre schade um dich. Ehrlich.«

»Vergiss es«, widersprach Cauldron sofort. Sie stellte dem Elementar keinen Freibrief aus, sich unendlich an ihrer innersten Energie zu bereichern, um sie am Ende auszulachen und ihnen nichts zu verraten. »Du bekommst ein bisschen, als Vorgeschmack. Wenn du uns wirklich helfen kannst, wirst du danach nicht leer ausgehen. Das verspreche ich dir wiederum bei meiner Seele.«

»Cauldron, bitte!«, raunte Marleen eindringlich. »Du musst auf seinen Handel eingehen, oder ich werde dir niemals sagen, wer der Mörder …«

»Nein. Es ist ein Wesen mit einer finsteren Vergangenheit. Ich werde ihm sicherlich nicht über den Weg trauen«, erwiderte sie laut, damit Abongi hörte, wie sie dachte. »Also, wie sieht es mit meinem Angebot aus?«

Die Heiterkeit verschwand aus dem Gesicht der Gestaltwandlerin. »Ich soll mich mit einer Anzahlung abspeisen lassen? Auf deinen Schwur gebe ich nichts, Hermetische.«

»Ich auf deinen auch nicht.« Sie hatte es befürchtet. Der Elementar trieb sein böses Spiel mit ihnen und besaß kein Interesse.

Marleen glitt durch den Schreibtisch und sank vor Abongi auf die Knie, sie weinte bitterlich. »Ich flehe dich an, hilf mir«, schluchzte sie voller Angst. »Nimm mein Karma, ich gebe dir alles!«

»Das ist nett gemeint, junge Dame.« Sie zog die astrale Gestalt des Mädchens auf die Beine und lächelte sie an, um auf Cauldron zu deuten. »Aber ich möchte auch von ihr Karma erhalten. Du musst das verstehen, sie ist um einiges erfahrener als du, ihr Wissen wiegt schwerer als deins und hat den größeren Nutzen für mich. Du bist der liebliche beschwingende Wein für mich, kleine Marleen, aber deine Freundin bedeutet feurigen, trunken machenden Rum.« Sanft strich sie ihr über den Kopf. »*Ich* möchte dir ja helfen, es liegt einzig an Cauldron. *Ganz* allein.«

Cauldron funkelte Abongi an. »Lass deine widerlichen Intrigen!«, zischte sie und streckte die Hand aus. »Komm, Marleen. Wir verschwenden unsere Zeit. Deine Professoren können uns mehr sagen als dieses Wesen.«

Die junge Frau kauerte vor der Gestaltwandlerin, die Hände vors Gesicht geschlagen. »Nein. *Du* verschwendest meine Zeit«, weinte sie. »*Meine* Zeit! Und wenn der Mörder inzwischen andere Menschen umgebracht hat, wirst *du* schuld sein! Du könntest seinen Namen schon längst wissen.« Sie erhob sich und kehrte langsam an ihre Seite zurück. »Bitte«, flüsterte sie und versuchte es auf eine andere Weise. »Ich gebe dir meine gesamten Ersparnisse, wenn wir zurück sind, aber stimme dem Handel zu.«

»Ich brauche dein Geld nicht. Du verstehst nicht, der Elementar …«

»Nein, *du* verstehst nicht«, begehrte Marleen wütend auf. »*Deine* Weigerung ist *mein* Tod.«

Hervorragend. Die Seattlerin schaute an ihr vorbei zur Gestaltwandlerin, welche die Unterhaltung genau verfolgte und lächelte. Es war ein kaltes, berechnendes Lächeln, die Lefzen der schwarzen Löwin ließen einen Teil der Zähne sehen. Sie hatte ihr mit wenigen geschickten Worten die Rolle des Bösewichts zugeschoben. »Du wirst eine Anzahlung von mir bekommen, Abongi, wie ich es gesagt habe. Hinterher gibt es mehr.«

»Ausnahmsweise«, gab sie sich großzügig, das gierige Funkeln in den Augen verhieß nichts Gutes. Sie stand auf und stellte sich vor die beiden. Zuerst legte sie die Hand an die Schläfen von Marleen. »Keine Sorge, es tut nicht weh. Lass es fließen, kleine Marleen.«

Es tat tatsächlich nicht weh, sie spürte auch nichts, außer ein wenig Benommenheit, die sich sogleich wieder legte.

Abongi trat an Cauldron heran, die ihren Kopf instinktiv zurückzog, als sich die Pranken näherten. »Angst?«, spottete sie.

»Misstrauen«, entgegnete die Magierin. »Ich gebe dir nur einen Hauch von dem, was dir gehören wird, wenn unser Vorhaben gelingt.«

Warm legten sich die Hände auf ihre astrale Gestalt. »Ich freue mich schon darauf«, schnurrte sie. »Los. Ich warte.«

Cauldron gewährte ihr einen kurzen Moment, mehr nicht. Genießerisch schloss Abongi die Lider und absorbierte die gegebene Energie. »Das genügt. Nun bist du an der Reihe«, unterbrach sie den Transfer. »Wir hören?«

Ein ärgerliches Fauchen drang aus Abongis Kehle. »Das war alles?« Sie nahm die Pranke nicht weg. »Gib mir mehr, und du wirst das Geheimnis erfahren.«

»Nein.«

»Bitte!«, drängte Marleen sie inständig. »Oh, ich …«

Die Magierin überließ ihr noch einen winzigen Teil ihres Karmas. Abongi reagierte mit einem wohligen Schnurren, zog die Pranken zurück und warf sich in den Stuhl, wo sie sich mit katzenhafter Ausgiebigkeit räkelte.

»Ah, das hat gut getan«, maunzte sie zufrieden. Ihre Aura wuchs, steigerte ihre Intensität und zeugte von der neu gewonnenen Stärke des Elementars, der die Gabe augenblicklich umgewandelt hatte. Aus fremder Erfahrung und Seelenstärke war eigene Macht geworden.

»Zeig uns, wie groß deine Ehrlichkeit ist«, forderte Cauldron, während sie gleichzeitig in sich hineinlauschte, um nach Veränderungen zu horchen, aber der Vorgang schien ihr bis auf eine unbestimmte Müdigkeit nicht geschadet zu haben. Oder die Nachteile stellten sich zu einem späteren Zeitpunkt ein.

Abongi hörte auf, sich auf dem Leder des Stuhls hin und her zu winden, ihre gelben Augen musterten zuerst sie, dann die Studentin. »Das war sehr, sehr gut. Ich bin satt … sagt man satt? Egal, ihr habt mich nicht enttäuscht.« Ruckartig setzte sie sich aufrecht hin. »Nein, ich kann euch nicht sagen, auf welche Weise ich in der Lage bin, menschliche Wirte zu übernehmen …«

Cauldron bereitete sich vor, einen Spruch gegen Abongi zu schleudern, Überlegenheit oder nicht, ihr Temperament ging mit ihr durch. »Du verdamm…«

Abongi hob abwehrend die Rechte. »… aber ich kenne eine andere Möglichkeit.« Sie neigte den Kopf, ihre gelben Augen bannten Marleen. »Möchtest du sie hören?«

»Ja«, bat sie leise, ein Verdurstender in der Wüste könnte einen Nomaden mit einer Wasserflasche in der Hand nicht weniger verlangend anschauen.

»Auch wenn es sehr unangenehm ist?«

»Ja …«

»Habt ihr schon von dem Kometen gehört, der in zwei Jahren ganz nahe an der Erde vorbeirasen wird?«, wechselte sie urplötzlich das Thema.

»Was soll das?«, herrschte Cauldron sie an.

Abongi legte die Pranken zusammen. »Was wisst ihr über ihn?«

»Der Halleysche Komet kommt öfter vorbei«, sagte Marleen ungeduldig, das Wissen aus ihren Vorlesungen abrufend. »Ungefähr alle 76 Jahre, die letzte Annäherung war 1986, die nächste ist für September 2061 vorhergesagt, aber was hat das mit mir zu tun?«

Abongis Blick wurde abwesend. »Ich habe ihn gesehen, damals, 837, als er plötzlich aus der Sonnenrichtung auftauchte und die Erde passierte. Er war wunderschön, sein Schweif brannte wie weißes Feuer am dunklen Nachthimmel, und die Menschen starben beinahe vor Angst. 1066 war es nicht anders.« Sie überlegte angestrengt. »*Istimirant stella* steht auf dem Teppich von Bayeux. Der Komet brachte König Harold II. das Pech und Wilhelm dem Eroberer das Glück.« Sie betrachtete die beiden Frauen. »Der Komet brachte immer Veränderungen mit sich, und so wird es auch bald wieder sein.«

Der Magierin platzte angesichts des selbstherrlichen Monologs der Kragen. »Was hat das mit …«

»Die Veränderungen werden viele Bereiche treffen, nehme ich an. Zum fünfzigsten Jahrestag der Erwachten Welt bringt er garantiert ein dickes Paket für die Menschheit mit, oder?« Sie nickte Marleen zu. »Einmal, als er 1456 auftauchte, hörte ich von ungeheuren Dingen, die durch ihn geschehen waren. Seuchen, die Geburt von zweiköpfigen Tieren, Erdbeben, ein mysteriöser roter Regen ging auf die Länder nieder, und man erzählte sich, dass es die Tränen Gottes seien«, ließ sie sich nicht von ihrer Erzählung abbringen. »Und die Toten erhoben sich aus den Gräbern.«

»Geistergeschichten kenne ich bessere«, schnaubte Cauldron verächtlich.

»Falsch, Magierin.« Abongi bedachte sie mit einem mitleidigen Blick. »Es waren keine Geistergeschichten. Zumindest einen Fall habe ich selbst gesehen. Ein Mystiker hat sich nach seinem Tod wieder erhoben und von Dingen gesprochen, die er in seinem alten Leben niemals gesehen hatte. Woher wusste er sie dann?«

»Eine *neue* Seele war in ihn eingefahren!«, rief Marleen erleichtert.

»Richtig, junge Dame. Ich erschien ihm und fragte ihn, wie er dieses große Wunder vollbracht hatte, und er antwortete mir, dass er nicht mehr der sei, der er einst war. Ein neuer Mensch sei durch Magie in ihn eingedrungen und habe den Körper vor dem Zerfall gerettet«, berichtete sie weiter. »Und er beschrieb mir die magischen Worte, mit dem das Wunder vollbracht wurde.«

Cauldron schwieg. Sie wusste nicht, was sie von der märchenhaften Erzählung halten sollte, bezweifelte aber nicht, dass es zu dieser frühen Zeit erste Erwachte gab, sozusagen zu früh Erwachte, die in den menschlichen Mythen und Legenden als mächtige Hexen und Zauberer Einzug hielten.

Ist es ein Trick oder nicht? Sie schaute zu ihrem Schützling und ahnte, dass es ihr völlig egal war. Sie hing an den Lippen der Gestaltwandlerin und sog jede Silbe, die Hoffnung auf Rettung bedeutete, in sich auf.

»Ich sage die Formel.« Abongi gab dem Elementar vor der Barriere einen Wink. Es trat beiseite, die Sperre vor der Tür erlosch. »Aber ich sage sie nur Marleen. Du wirst draußen warten, Cauldron.«

»Nein. Sie ist eine Anfängerin, sie ist es nicht gewohnt, komplexe Formeln einfach so zu memorieren«, widersprach sie der Anweisung. Es war, als drückte man einem Menschen, der mit einer Pistole umgehen konnte, eine komplizierte außerirdische Waffe in die Hand und erwartete nach einer kurzen Einweisung, dass er sie fehlerfrei bediente. Im besten Fall versagte die Waffe ihren Dienst, im schlechtesten detonierte sie und riss den Schützen mit in den Tod. So ähnlich konnte es einem ungeübten Magier bei einem Zauberspruch auch ergehen. Neue Zauber zu erlernen setzte intensives Studium und viel Zeit voraus.

»Siehst du, sie stellt sich schon wieder deiner Rettung entgegen«, ignorierte die schwarze Löwin leise schnurrend ihren Einwurf. »Du bist ein talentiertes Mädchen, du schaffst es. Die Formel des Mystikers ist einfach und besteht nur aus ein paar Worten und Gesten.«

Marleen wandte sich zu ihrer Begleiterin. »Bitte, verlass den Raum.«

»Es ist ein Trick! Ich weiß nicht, was sie versuchen wird, aber sie beabsichtigt etwas.«

»Was sollte das sein?«, maunzte Abongi, die Überraschte vortäuschend. »Ich habe ihre Karmaenergie, was könnte ich mehr von ihr verlangen?« Sie fauchte. »Ach, du denkst, ich hätte draußen eine Falle für dich vorbereitet, um an dein Karma zu gelangen? Du weißt, dass man es mir freiwillig geben muss, ein Hinterhalt ist zwecklos, nicht wahr? Nur die Shedim …«

Cauldron horchte auf. »Zozoria und du kannten sehr wohl einen anderen Weg. Und wer sind die Shedim?«

»Vergiss sie, sie bedeuten nichts«, wiegelte Abongi sofort ab. »Gehst du nun?«

Marleens blaue Augen sandten ihr ein stummes Flehen nach dem anderen zu. »Also gut.« Cauldron drehte sich auf dem Absatz herum und schritt hinaus, um im Vorzimmer ungeduldig auf und ab zu gehen.

Die Tür wurde hinter ihr geschlossen. Sie musste nicht nachsehen, sie wusste, dass Abongis Elementar unmittelbar dahinter wachte und sie sofort attackieren würde, sollte sie es wagen, einen Blick ins Büro zu werfen oder das Gespräch belauschen zu wollen.

ADL, Württemberg, Stuttgart-Mitte, 02.05.2059, 08:39 Uhr

Poolitzer stand in der Schlange vor der Bude *Sheitans höllenscharfer Döner* und blinzelte hinauf zu den immer wieder unrhythmisch aufblinkenden, roten Schriftzügen »Döner from hell! Double Burner« und freute sich wie ein kleines Kind auf das erklärte Lieblingsessen.

Für das türkische Fastfood nahm er geduldig jede Wartezeit in Kauf, solange ihm der Grillmeister ordentlich von dem berüchtigten »wolle sscharrf« zwischen die Lagen aus Fleisch, Kraut, Gurken, Tomaten und köstlicher Sauce gab.

Ultra lehnte vorsichtig am Laternenmast und fummelte an den Knöpfen der Fuchi herum, um sein bislang aufgenommenes Material zu sichten. Gleichzeitig telefonierte er, um erste Infos über Di'Oá zu erhalten. Von Ranjits Hotel aus wollte er ins Schattennetz eintauchen und schnüffeln, die Unterkunft des Hypnotiseurs bot die schnellere Verbindung in die Matrix.

Der Reporter wandte sich ihm zu und betrachtete ihn, wie er da mit seinem bunten Hawaiihemd auf der Straße stand. *Ein echtes Riesenbaby,* grinste er still.

Jeder, der den Troll noch niemals bei einem Run gesehen hatte, würde es nicht glauben, dass er sich schnell bewegen konnte und dabei noch treffsicher war oder seine Gegner auch mal mit der Wallacher-Streitaxt aufs Übelste zurichtete, wenn es denn sein musste. Momentan wirkte er wie ein einfältiger, mit der Technik der Bedienelemente überforderter Metamensch, wie er perfekt in das Klischee der Ewiggestrigen und Intoleranten passte.

Sie befanden sich auf dem Weg zu Ranjit, um ein paar Zusatztakes und Statements zu den Möglichkeiten der Hypnose aufzuzeichnen. Zudem rechnete Poolitzer jederzeit damit, dass der Mörder oder besser gesagt ihr Verdächtiger wieder bei dem Halbinder anrief.

Seine Vermutung kam nicht von ungefähr.

Die wenigen Minuten, in denen der Mann bei klarem Verstand war, stellten sich seiner Theorie nach immer dann ein, wenn die Mörder-Persönlichkeiten ihren mentalen Staffellauf absolvierten und sich auf dem Sprung befanden. Während sich die Geistesbühne für den nächsten Irren bereitete, kam die wahre Gestalt des Unbekannten durch, sie blitzte Hilfe heischend auf, um gleich wieder von einem der implantierten Monster überlagert zu werden.

Dieses kleine Zeitfenster gewährte dem armen Kerl, für kurze Momente er selbst zu sein, ehe sein Verstand in dumpfem Nichtstun versank und er von posthypnotischen Befehlen gesteuert wurde.

Poolitzer stellte es sich grausam vor. *Was für eine geile Story. Und wer hat sie? Ich, der Gottvater des investigativen Journalismus!*

Er machte einen Schritt nach vorne und durfte endlich seine Bestellung bei dem Typen mit den haarigen Unterarmen aufgeben. Er sah wirklich aus wie der Sheitan, der Teufel, persönlich, sein Spitzbärtchen, die geschlitzten Pupillen und die zu Hörnern gedrehten, rot gefärbten Haare vermittelten den Eindruck, als sei der Höllenfürst persönlich emporgestiegen, um die Menschen mit Döner zu verführen.

»Ich möchte …« Sein Kom klingelte und spielte die Töne der neu aufgelegten Muppets Show, die Erkennungsmelodie, die er Spengler zugeteilt hatte. »Einen Moment bitte«, entschuldigte er sich und nahm das Gespräch entgegen.

»Gospini, kommen Sie sofort nach Ludwigsburg. Bei uns lief gerade der weitergeleitete Notruf einer Prostituierten auf. Sie sagte, ein Verrückter mit einem Messer sei hinter ihr her.«

Poolitzer spürte seinen nagenden Hunger und die bösen Blicke der anderen in der Schlange in seinem Nacken. »Hat sie keinen Zuhälter, der das für uns regelt?« Er rollte entschuldigend mit den Augen und bedeutete dem Dönermeister, eine Riesenladung zu bauen, zeigte auf alle Zutaten und ständig auf das Döschen mit »Wolle sscharrf«.

»Ich denke, wir haben es mit dem Ripper zu tun. Schaffen Sie sich und Ihre Kamera her, wenn Sie Bilder haben wollen«, riet ihm Spengler.

»Ultra, steig in den Wagen. Wir haben einen brandheißen Medien-Noteinsatz!«, brüllte er über die Köpfe der Wartenden hinweg. »Ich komme gleich!« Er deutete wieder auf das rote Pulver, der Sheitan streute diabolisch lachend eine neuerliche Ladung hinein. Ein Schwall Kunstnebel stieg auf, zwei rote Lampen beleuchteten das Antlitz Sheitans wahrlich höllisch.

»Coole Show für einen Döner.« Hastig bezahlte er sein Essen und rannte zum geliehenen Fahrzeug, in das auch Ultra passte. Der geräumige Mietwagen, ein bewährter Citroën Aventurier, war auf Dauer günstiger als das unentwegte Taxifahren.

Im Laufen biss er von dem verführerisch duftenden Döner ab und traf dabei voll auf ein Nest aus rotem Chilistreusel, mit dem der Türke auf seine Anweisung hin nicht gespart hatte. *Uh, brennt wie Hölle!* Abwechselnd nach Luft ringend und tapfer kauend stieg er ein und nannte dem Autopiloten das Ziel in Ludwigsburg.

»Nee, ich mach das schon selbst«, bestand Ultra darauf, den Wagen zu steuern, deaktivierte die Fahrhilfe und rief nur das ALI-Navigationssystem ab, um den Weg angezeigt zu bekommen.

Poolitzer fehlte die Stimme, um gegen das Vorhaben zu protestieren. Das Chili sengte ihm gerade alle Stimmbänder weg, aber das Döner war verdammt gut, also aß er einfach weiter, während ihm der Schweiß aus allen Poren trat, ihm den Rücken und unter den Armen hinablief.

»Was is'n? Ist unser Mörder wieder aufgetaucht?«, wollte der Troll wissen. Dabei manövrierte er den Citroën zwischen einem stehenden Lkw und einem entgegenkommenden Benz hindurch. Mehr als zwei Zentimeter Platz auf jeder Seite blieb nicht mehr.

Zuerst wollte Poolitzer »ja« krächzen, besann sich jedoch anders. *Etwas stimmt an der Sache nicht*, grübelte er. Denn: Ranjit hatte sich nicht gemeldet und ihnen vom Anruf ihres Unbekannten erzählt, also hatte der Mörder bei ihm nicht angerufen.

Das alleine reichte vielleicht nicht unbedingt als Grund aus, falschen Alarm zu vermuten, aber es gab noch etwas.

Er kramte mit einer Hand seinen Organizer heraus, schmierte sich dabei weiße Soße auf seine Hose und fluchte. Er fummelte herum, bis er ihm endlich die Liste anzeigte, die ihnen von Boesche genannt hatte.

Schon wieder Jack the Ripper? Das würde bedeuten, dass er die anderen Mörder auf der Liste übersprungen hat. Er senkte den Organizer. *Seltsam, bisher wechselte er immer ab.* Möglich wäre zwar, dass er bereits Morde nach der Manier von Sanchez und den anderen begangen hatte, um wieder vorne auf der Liste anzufangen, aber bei der derzeitigen Sensibilität des Sternschutzes für alles Ungewöhnliche wären derart bestialische Tötungen oder seltsame Todesfälle schon lange bekannt geworden.

»Unser Mörder? Keine Ahnung«, hauchte er schließlich heraus. »Kann auch ein Mitläufer sein.«

»'n Mitläufer?«

»Irgendein Perverser. So einer, der den Ripper schon immer cool fand und endlich eine Gelegenheit hat, sich auszutoben und es einem anderen in die Schuhe zu schieben.« Er ärgerte sich, dass er nichts zu trinken mitgenommen hatte. Das Brennen in seinem Mund wurde unerträglich. Der Türke in Stuttgart, das stand für ihn fest, schlug alle Schärferekorde, und »from Hell« traf es ziemlich genau. Am Ende war es doch der Sheitan persönlich, der Döner baute.

Er wollte gar nicht daran denken, was das Chili mit seinen Magenschleimhäuten und seinem Hintern machen würde. Die Werbung »Double Burner« ergab einen schrecklichen Sinn, und er dankte Gott schon jetzt für feuchtes Toilettenpapier mit Kamillenessenz.

Es wird wirklich zweimal brennen. »Was macht man gegen scharfes Essen?«, ächzte er und wischte sich den Schweiß von der Stirn.

Ultras Gesicht leuchtete auf: Quiztime, und er musste fast gar nicht überlegen. »Die Schärfe verursacht ein Alkaloid, Capsaicin genannt, wie beim Paprika. Einen noch deutlich höheren Gehalt an Capsaicin haben die nur bis etwa drei Zentimeter großen, roten Früchte des Cayennepfeffers, einer nahe verwandten Paprikaart, die auch unter dem Namen Chili bekannt ist. Das ist das Zeug, das du auf deinem Döner ...«

»Bitte, spul vor bis zur Lösung«, hechelte Poolitzer leidend.

»Es hängt mit den Papillen zusammen, das sind kleine Erhebungen auf deiner Zunge. Das Alkaloid setzt sich in den Geschmacksknospen fest, und man bekommt es am besten raus, wenn man Brot oder so was isst«, erklärte Ultra ein wenig eingeschnappt, dass er nicht mit seinem gesamten Wissen auftrumpfen durfte. »Wasser würde nur drüberspülen und die Schärfe dort lassen, Brot schabt es ab und raus.« Er bog ansatzlos ab, zeigte einem hupenden Taxi den Mittelfinger und störte sich nicht an den aufbordenden Protesten, bestehend aus Aufblenden, wüstem Gehupe und geschrienen Drohungen.

Poolitzer gab einen hilflosen Laut von sich. Das bisschen Döner hatte sich restlos mit Soße voll gesogen, und die schimmerte ebenfalls teuflisch rot.

Noch zwei Sekunden, und ich fange an zu qualmen. In seiner Not riss er sich einen Fetzen von der Serviette ab, schabte sich über die Zunge und spie die Bröckchen in hohem Bogen aus dem Fenster. Wahrlich, das Brennen ließ nach, das schmerzhafte, Zahnfleisch zersetzende Feuer in seiner Mundhöhle verlosch allmählich. Zurück blieben ein nur zu einem Drittel gegessener Döner, an den er sich nicht mehr heranwagte. *Muss echt der Teufel gewesen sein. Blöder Idiot.*

»Wenn du'n nich' mehr willst«, bot sich der Troll mit hungrigen Augen an, »für mich wär's 'n nettes Häppchen, 'n Appetizer.«

Poolitzer reichte ihn rüber, und nach exakt zweimal Zubeißen war das Essen verschwunden. Was ihn noch mehr als die riesige Futterluke Ultras beeindruckte: Er schwitzte nicht einmal!

»Respekt, Großer.« Er wählte Spengler an, der ihm die genaue Adresse des Notrufs durchgab.

»Wir haben Sternschutz-Fahrzeuge in Ludwigsburg rund um den Straßenzug zusammengezogen und ein paar Drohnen auf den Weg geschickt, um von oben zu überwachen. Sie kommen direkt in die Heinrichstraße, ich warte dort auf Sie.«

»Hören Sie, alter Mann, ich denke, dass es nicht unser Hypno-Mörder ist. Es passt nicht ins bisherige Schema.«

»Was denn für ein Schema, Gospini? Sind Sie zum Spezialisten für geistig beeinflusste Menschen geworden?«

»Nein.« Er bemühte sich, nicht ganz so locker wie sonst zu klingen, um dem Kommissar zu zeigen, dass er es ernst meinte. »Er würde in der Liste der Mörder, die uns von Boesche gegeben hat, zurückspringen.«

»Das habe ich auch gesehen, aber ich halte es für zu früh, von einem Schema zu sprechen. Meiner Ansicht nach und der von ein paar anderen Leuten des BKA ist er unberechenbar. Derzeit tun wir zumindest einfach so, als würden wir unseren speziellen Freund jagen.«

»Hui, ist da jemand schlecht gelaunt? Wir sind gleich bei Ihnen.« Poolitzer beendete das Gespräch.

»Also is' es wirklich nicht unser Mörder?«, fragte Ultra neugierig.

»Spengler ist sich selbst nicht sicher.« Was auch immer er und sein Azubi zu sehen bekämen, die Bilder wären exklusiv, und das genügte ihm vorerst als kleines Intermezzo, bis sie den ganz großen Fisch, ihren Hypno-Mörder, ihren Doktor Mabuse, schnappten und seine Festnahme live sendeten.

»Du, Poolitzer?«

»Ja.«

»Haste noch 'n Stück von der Serviette?«

Adorno fluchte und zog die Mündung wieder zurück ins Innere des Wagens.

Eine Minute lang hatte sie die Nummer zwei auf ihrer Racheliste im Visier gehabt, die Smartverbindung und die Zoomfunktion ihrer Cyberaugen ließen die Nasenspitze so groß wie die eines Riesen werden.

Sie hatte gezögert, nein, sie hatte den Schuss aus der Beretta *hinaus*gezögert und sich auf den Augenblick, in dem sie abdrückte und den Kopf des Verräters in Nahaufnahme explodieren sah, gefreut. Zashi übertrieb es mit ihrer Hinrichtungsorgie an Di'Oá eindeutig, sie war schon immer die emotionalste vom einstigen Quintett gewesen. Adorno nahm sich vor, zweimal, im ungünstigsten Fall höchstens dreimal zu feuern. Die Explosivgeschosse sollten ausreichen, um die Sache aus der Welt zu schaffen.

Die Vorfreude erreichte ihren Höhepunkt, als der Mann in der schwarzen Uniform unerwartet zurück in den Wagen stieg, an dem er eben noch lässig lehnte und eine Zigarette rauchte. Der Beifahrer verdeckte ihn und machte es ihr unmöglich, einen sauberen Schuss abzugeben, ohne den Unbeteiligten dabei in Gefahr zu bringen. Lieber wartete sie, sie war Profi.

Der schwarze Benz E 160 fuhr mit quietschenden Reifen los, das Blaulicht auf dem Dach des Sternschutz-Gefährts erwachte zum Leben, die Sirene amerikanischer Bauart heulte gellend von den Wänden der umliegenden Häuser wider. Ihre sichere Chance verging.

Aufgeschoben ist nicht aufgehoben. Die Elfin schaltete den Scanner ein, mit dem sie den Sprechfunkverkehr der Sterne abhörte und verfolgte, wohin der Streifenwagen so eilig abrückte. *Ludwigsburg. Ist ja nicht weit von hier.*

Sie startete und setzte sich mit vier Fahrzeugen Abstand hinter den Sternschutz, der im dichten Verkehr immer langsamer wurde und ihr nicht entkommen konnte.

»Wagen 32, fahren Sie zur Michelstraße, und warten Sie dort auf Verstärkung. Sie patrouillieren zu Fuß die Straße entlang und achten auf die verdächtige Person. Rechnen Sie mit heftigem Widerstand, in wenigen Minuten wird eine Drohne zur Unterstützung bei Ihnen sein, Ende.«

»Wagen 32 hat verstanden, Ende«, hörte Adorno und sah, wie das Fahrzeug den Blinker setzte und in eine Seitengasse abbog. Sie fuhr daran vorbei und erkannte, dass die beiden Polizisten im Begriff waren auszusteigen.

Sie ließ ihren gestohlenen Kia Zephyr ein paar Meter weiter rollen, suchte sich einen Parkplatz und stellte den Wagen ordnungsgemäß ab. Schlendernd, die Hände in den Taschen ihrer Sweatjacke, näherte sie sich der Seitenstraße, um ihr Ziel und seinen Partner zu beobachten. Die Beretta spürte sie als Sicherheit spendendes Gewicht unter ihrer linken Achsel.

Die beiden Männer legten ihre schweren Panzerwesten an, danach folgte der Kevlarhelm. Dabei machten sie immer noch einen äußerst entspannten Eindruck, weil sie nicht damit rechneten, auf die gesuchte Person zu stoßen.

Sie fasste den einfachen Plan, an ihnen vorbeizugehen und so zu tun, als bräuchte sie Feuer für eine Kippe. Sie würde den Begleiter ihres Zieles niederschlagen und den Verräter mit zwei Projektilen ins Gesicht erledigen, solange die Drohne noch nicht eingetroffen war.

Sie wusste, dass sie den Männern an Geschwindigkeit, Reaktion und Präzision haushoch überlegen war, die Cyberimplantate verwandelten sie bei Bedarf in eine effektive Killerin. Dazu kam ihre perfektionierte Nahkampftechnik, die einen etwaigen massephysischen Vorteil der Männer spielend aushebelte. Ein Kugelschreiber genügte ihr notfalls, die beiden auszuschalten, und zwar so schnell, dass kaum Gelegenheit für Gegenwehr blieb.

Ihre Schritte beschleunigten sich.

Zehn Meter, acht, sechs … Sie nahm eine Zigarette zur Hand, um einen sichtbaren Vorwand zu haben, sie anzusprechen.

Doch es kam anders.

Es musste ein Fluch auf ihr liegen, wieder entzog das Schicksal ihr die Rache. Die Sternschutzmänner wurden plötzlich aktiv, sie rannten die Straße entlang und verschwanden in einem Durchgang.

Adorno überlegte, ob es eine gute Idee wäre, ihnen zu folgen. Im Verlauf eines Einsatzes boten sich für sie sicherlich Gelegenheiten, ihr Ziel auszuschalten. Gleichzeitig bestand ebenso die Gefahr für sie, von einer

Drohne aufgenommen und später anhand der Bilder identifiziert zu werden. Offiziell war sie tot. Schlafende Hunde zu wecken lag nicht in ihrem Sinn.

Sie schaute auf dem Kom nach der Uhrzeit. *Ich habe ihn so oft schon entkommen lassen und Gnade gewähren müssen, dieses Mal ist er fällig,* entschied sie und nahm die gleiche Route, die auch die Polizisten vor wenigen Sekunden gewählt hatten.

Sie lief die triste Hausfront entlang, die sich mehr als dreißig Meter wie eine Absperrung hinzog und sicherlich zwanzig Meter Höhe erreichte.

Fenster reihte sich an Fenster, Individualität brachten Blinklichter, die »billige Nummern«, »natürliche 110er« und »Happy Hour – zwei zum Preis von einer« versprachen.

Unterwegs zog sie ihre Beretta, um sie in der Tasche des Sweaters zu verstauen und nicht erst lange im Achselholster fischen zu müssen. Gleichzeitig schob sie sich ein Mini-Funkgerät ins rechte Ohr, auf das die vom Scanner abgehörten Unterhaltungen der Polizisten weitergeleitet wurden. Ihr Puls beschleunigte sich, die Jagd begann.

Sie hörte das ankündigende Surren einer Mikro-Skimmer-Drohne, kurz darauf rauschte das mülltonnendeckelähnliche Ding an ihr vorbei.

Adorno tat so, als suche sie eine Hausnummer an den alle fünf Meter auftauchenden Eingangstüren und wandte ihr Gesicht ab, damit es von den Kameras der Drohne nicht richtig zu erkennen war. Den Schirm ihrer Baseballmütze zog sie tiefer ins Gesicht. Auch wenn mit der Ankunft der Drohne die Bedingungen härter geworden waren, beabsichtigte sie nicht, ihr Vorhaben aufzugeben.

»Hier Stern 371«, hörte sie es in ihrem Ohr, »wir haben die verdächtige Person ausgemacht. Sie läuft den Hof entlang. Wir folgen ihr.«

Adorno rannte ebenfalls los. Solange die Polizisten die Gefahr vor sich wussten, achteten sie nicht auf ihren schutzlosen Rücken. Das ergab für sie genau die Gelegenheit, auf die sie so sehnsüchtig wartete.

Vorsichtig bog sie in den Durchgang ein, verringerte ihre Geschwindigkeit und stellte erstaunt fest, dass der kurze Sprint sie schneller atmen ließ. Die vergangenen Monate im Untergrund hatten ganz offensichtlich ihrer Kondition geschadet.

Sie stand unter dem Torbogen und erkannte die Polizisten, die eine geschlossene Tür aufbrachen und mit gezogenen Waffen ins Haus eindrangen. »Hier Stern 371, der Verdächtige ist in ein Haus geflüchtet, wir bleiben dran«, kam die Meldung passend zu deren Tun. Die Drohne blieb als Wache zurück, schwebte in Hüfthöhe und drehte sich wie eine Radarantenne unentwegt um die eigene Achse.

Die Elfin zog sich einen Schritt zurück und reagierte sofort, als sich neben ihr plötzlich eine Tür öffnete. Eine Prostituierte und ihr wohl sehr zufriedener und erschöpfter Kunde verließen den Liebesbunker.

Sie drängelte sich geschickt an ihnen vorbei und stand im Haus. Sie flog die ersten Stufen hinauf und hetzte die Gänge entlang, die sie in den Trakt führten, in dem die Polizisten ihre Jagd auf den Verdächtigen veranstalteten.

»Hier Stern 371, der Mann ist soeben in eine Wohnung im dritten Stock eingedrungen und hat eine Geisel genommen. Wie es aussieht, ist er mit einem Messer bewaffnet. Erwarte weitere Anweisungen, kommen.«

»Hier Spengler, BKA. Stern 371, unternehmen Sie nichts«, antwortete eine neue Männerstimme. »Wir schicken Ihnen einen Unterhändler und ein SEK-Team. Wenn er die Wohnung mit der Geisel verlassen möchte, folgen Sie ihm, solange die Geisel dadurch nicht in Gefahr gebracht wird.«

Adorno hetzte die nächste Treppe hinauf, ihre Beinmuskeln brannten vom schnellen Treppensteigen, es fühlte sich nach einem beginnenden Muskelkater an. Sie näherte sich dem Korridor, wartete ein wenig, um wieder zu Atem zu kommen, und warf einen raschen Blick um die Ecke.

Die Polizisten standen zehn Meter von ihr entfernt rechts und links neben einer eingetretenen Wohnungstür in Lauerstellung, die Waffen gezogen. Deren Aufmerksamkeit richtete sich ausschließlich auf das Innere.

Dieses Mal entkommst du mir nicht. Sie holte tief Luft und schritt leise den schummrigen Gang entlang, zwei intakte Glühbirnen und jede Menge Rotlicht tauchten alles in seltsames Zwielicht. Es gelang ihr, sich auf drei Meter zu nähern, dann wurde sie gehört.

»Hey, Sie! Gehen Sie zurück«, bekam sie die Anweisung vom Partner ihres Ziels, der ihr näher stand. »Das ist ein Polizeieinsatz.«

Sie hielt den Kopf leicht gesenkt und im Schatten, um ihr Gesicht nicht ganz zu offenbaren und den Verräter nicht zu warnen. »Ich möchte nur in meine Wohnung«, sie deutete auf die Tür ihnen gegenüber. »Ich habe mir was zu essen auf den Herd gestellt.«

»Das geht nicht. Zurück«, zischte der Mann angespannt.

»Dann haben wir gleich die Feuerwehr hier«, setzte sie ihn unter Druck. »Mann, durch die Tür wird mich der Typ schon nicht umballern.«

Der Polizist konnte nicht anders. Ein Brand hätte eine Massenpanik ausgelöst, und das wiederum nützte nur dem Verdächtigen, da er entweder untertauchen oder weitere Geiseln nehmen konnte.

»Scheiße, von mir aus.« Er winkte sie hektisch weiter. Sie ging los, während er gleichzeitig durch die offene Tür in die Wohnung spähte, um nach dem Geiselnehmer zu schauen. »Machen Sie schon.«

»Was haben Sie sich denn gekocht?« Ihr Ziel feixte sie an. »Sie können uns ja was rausbringen. Scheint so, als müssten wir hier noch länger auf das SEK warten.«

Aus der Wohnung drangen Geräusche. »Scheiße, ihr Wichser! Ich komme jetzt raus. Verpisst euch, oder ich schneide der Schlampe die Kehle durch«, rief der Gesuchte laut.

Sofort kehrte die Spannung in die Polizisten zurück. Sie achteten nicht mehr auf die Elfin, sondern lugten am Türrahmen vorbei in den schmalen Flur dahinter.

Darauf hatte Adorno gewartet.

Mit einem schnellen Schritt brachte sie sich hinter den Begleiter ihres Ziels, dabei riss sie die Beretta aus der Tasche und hämmerte den Griff brutal in den Nacken. Der Privatpolizist sackte sofort in sich zusammen.

»Hey, du Arschloch!« Ihr Ziel starrte sie wütend an und hob die Waffe.

Sie visierte bereits seinen Kopf an. Ihr angespanntes Gesicht spiegelte sich im Visier des Helmes, ehe das grelle Aufblitzen der Feuerblume vor ihrer Mündung jegliche Reflexion überlagerte und ihr Antlitz wegwischte.

Das Projektil durchschlug im gleichen Moment das dünne Plastik und drang schräg über dem rechten Auge in den Schädel ein. Sie feuerte nochmals und hörte den lauten Knall, der ihr gegenüber ertönte. Der Mann hatte im Reflex, vielleicht durch die letzten Zuckungen der Nerven, den Stecher der Waffe nach hinten gerissen und das Feuer erwidert.

Ein Luftzug strich an ihrem rechten Ohr vorbei, kleine heiße Bröckchen, nichts anderes als die Verbrennungsrückstände der Geschosstreibladung, prasselten gegen ihr Gesicht. Die eigentliche Kugel verfehlte sie.

Scheiße, jetzt sind auch schon die Straßenbullen fast schneller als ich, zuckte es durch ihren Verstand. Voller Genugtuung registrierte sie, dass Blut, Haare und undefinierbare graue Stückchen von innen an den Resten des zersplitterten Visiers hafteten: Ansonsten hielt der gerissene Kevlarhelm den Explosionskugeln stand und verhinderte, dass sich die Einzelteile von dem, was einst ein Schädel gewesen war, im Flur und an den Wänden verteilten.

Ihr Ziel schwankte, fiel rückwärts gegen den Eingang und prallte hart auf den Boden, halb in der Wohnung liegend. Augenblicklich breitete sich eine Blutlache vor seinem zerschossenen Visier aus.

Die Geisel schrie gellend und hysterisch. »Hey, was ist da draußen los? Bist du das, Hannes?«, rief der Mann, den die Bullen verfolgt hatten.

Adorno fuhr sich mit dem Ärmel über das Gesicht, ihre Hände zitterten. Das Loch neben ihr im Mauerwerk sagte ihr unmissverständlich, dass es um ein Haar auch mit ihr zu Ende gegangen wäre. *Ich muss mehr trainieren, wenn ich wieder Runs machen möchte. Sonst habe ich die längste Zeit in den Schatten überlebt.* Sie hörte, dass sich zwei Menschen aus dem Flur in Richtung Korridor bewegten, und wandte sich um.

Der Geiselnehmer schob die Frau schützend vor sich her und sah nach, wer ihm seine beiden Verfolger vom Hals geschafft hatte. Ihre Kleidung war teilweise zerrissen, ihr linkes Auge schwoll zu, die Lippen mussten mehrfach Bekanntschaft mit seinen Fäusten gemacht haben. Ihr Kreischen riss ab, als er ihr mit der geballten Faust einmal in den Magen und einmal auf die Nase hieb.

»Halt endlich die Fresse, blöde Nutte! Ich werde dich abstechen, wenn du nicht gleich …« Er ließ sie los, sie brach wimmernd auf dem Teppich zusammen, dabei stürzte sie in die rote Pfütze und heulte auf. »Schnauze!« Er trat sie, bis sie sich nicht mehr rührte.

Der Mann war korpulent, er trug einen langen dunkelbraunen Mantel, eine Nylonstrumpfhose verdeckte das Gesicht. »Hannes, das war …« Plötzlich starrte er die Elfin mit großen Augen an, die Überraschung konnte sie deutlich darin lesen. »Du? Scheiße, was machst *du* denn hier?« Sein Blick fiel zuerst auf die Waffe in ihrer Rechten, dann auf den erschossenen Polizisten. »Was läuft denn hier? Wieso hast du mir geholfen?«

Adorno stutzte. Sie konnte sich nicht vorstellen, dass der Mann sie kannte – jedenfalls hatte sie keinen blassen Schimmer, woher. Wie auch immer, sollte er sich nicht täuschen, könnte er sie identifizieren. *Nicht gut.*

»Wolltest du für einen Fick herkommen oder was?« Er trat nach dem zweiten Polizisten und erschrak, als der aufstöhnte. »Fuck, der lebt noch?« Sofort bückte er sich, bog den Kopf samt Helm nach hinten, um an die schutzlose Kehle zu gelangen, Mordlust schimmerte in den wässrigen Augen. Das lange blutverschmierte Messer legte sich an die Haut. »So, Pech gehabt, du Arschloch. Du bist gleich tot«, sagte er verzückt. »Du hättest mich in Ruhe lassen sollen.«

»Lass ihn. Er hat nichts getan.« Sie bückte sich und hob die Waffe des Toten auf.

»Verpiss dich!« Ein roter Faden sickerte aus dem Schnittansatz. »Er wollte mich schnappen, das hat er nun davon, die Bullensau.«

»Weg von dem Mann!«

»Und? Was wenn nicht?« Der dickliche Typ lachte widerlich, es klang kläffend, einer Hyäne nicht unähnlich. »Ich sage den Bullen, dass du den anderen abgeknallt hast, wenn du …«

Falscher Spruch, Moppel. Sie hob die Polizistenwaffe und schoss ihm zuerst in die Schulter, damit er das Messer fallen ließ und dem Mann nichts tun konnte, danach setzte sie ihm ein Projektil in den Kopf, das ganze Arbeit verrichtete. Sie hörte den Knochen knacken, die Wand hinter dem Geiselnehmer wurde mit Flüssigkeit besprüht, die im Rotlicht schwarz und feucht schimmerte. *Jetzt weg, Fanny.*

Sie trabte den Gang entlang und folgte den Hinweisschildern, die sie zur Feuertreppe lotsten. *Abgang*. Grinsend stellte sie sich auf die Zehenspitzen, zückte ihr Feuerzeug und hielt es an den empfindlichen Brandmelder, der augenblicklich aufheulte und die Sprinkleranlage in Gang setzte.

Die Türen des Bordells flogen auf, Freier und Prostituierte rannten los, die Habseligkeiten an sich gepresst, manche nestelten noch an ihren Gürteln und Schnallen herum, andere brachten sich in Unterwäsche in Sicherheit und flüchteten, ehe das Reporterheer zusammen mit der Feuerwehr auftauchte und kompromittierende Bilder schoss.

Die Elfin reihte sich zwischen ihnen ein und schaffte es auf diese Weise, aus dem Haus und vorbei an den beiden völlig von der Situation überforderten Sternschutzleuten zu gelangen, die eben vor dem Eingang auftauchten.

Am Ende des Hofs schwang sie sich im Schutz des Schattens in einen der großen Müllcontainer und entging damit der eintreffenden Polizeiverstärkung, der es tatsächlich gelang, die Menschenhorden aufzuhalten und sie für eine Befragung zurück ins Gebäude zu treiben. Die Drohnen hatten bereits festgestellt, dass es sich um einen Fehlalarm handelte.

Ihr Herz schlug schneller, als sich zwei Mikro-Skimmer um die Ansammlung von Abfallbehältnissen kümmern wollten. Die Wärme des vergammelnden und gärenden Mülls verhinderte, dass die Temperatursensoren sie erfassten. Zu ihrem Glück zog sie der unsichtbare Befehlsimpuls des Einsatzriggers von ihrer ursprünglich vorgesehenen Untersuchung ab. Die Drohnen rauschten davon, um zur Massenkontrolle eingesetzt zu werden.

Es hätte besser laufen können, stellte sie fest und betrachtete den Unrat, in dem sie saß. *Es hätte aber auch schlimmer kommen können.*

Nach einer kurzen Weile wagte sie es, durch einen Spalt hinauszublicken. Sie genoss das bisschen frische Luft, das hereinwehte, aus vollem Herzen.

Woher der Geiselnehmer sie kannte, wusste sie noch immer nicht, auch wenn ihr sein Gesicht trotz des Nylonstrumpfs inzwischen vage bekannt vorkam.

Ein anderer Runner, dem ich mal begegnet bin? Ihr wollte es nicht mit Sicherheit einfallen, zumal es mit seinem Tod nicht mehr relevant war. *Egal. Er war eh ein Arschloch.* Sicherlich las sie bald in der Zeitung oder sah im Trid, wen sie erledigt hatte.

Sie wagte es, aus dem Container zu klettern und müde zu ihrem Wagen zurückzukehren. Als sie die verbliebenen Polizisten passierte, welche die Schaulustigen zurückhielten, zwang sie sich dazu, langsam und unauffällig zu laufen.

Kaltschnäuzig schritt sie an ihnen vorbei, zündete sich eine Zigarette an und stieg in den Kia Zephir. Erleichtert blies sie den Tabakdunst gegen den Wagenhimmel, schloss für Sekunden die Augen und startete.

Die Nummer zwei auf der Liste der Verräter gehörte der Vergangenheit an. Sie aktivierte ihr Kom und rief den Decker Tabulator an.

»Du bist dran«, sagte sie nur. »Und beeil dich.«

VI.

ADL, Württemberg, Stuttgart-Ludwigsburg, 02.05.2059, 09:05 Uhr

Spengler schüttelte immer wieder den Kopf. »Ich verstehe das nicht.« Die Rekonstruktion würde zeigen, was sich wirklich im Flur abgespielt hatte, obwohl er eine erste Vermutung besaß, wie der Schusswechsel abgelaufen war. Der Geiselnehmer wollte flüchten, es kam zu einer Auseinandersetzung, in deren Verlauf er den einen Polizisten niederschlug und den andern erschoss.

»Glaube ich nicht«, kommentierte Poolitzer sofort, als er ihm die Mutmaßung darlegte. »Warum sollte er den einen Bullen und die Geisel leben lassen, wo er doch freie Bahn hatte? Nach allem, was ich so gehört habe, war Borowiak ein Sadist mit passendem Vorstrafenregister.«

»Ihre Informanten arbeiten schnell, Gospini.«

»Nee, das war der Polizeicomputer, unten, im Streifenwagen.« Ultra grinste spitzbübisch. »Wir haben gesehn, dass einer von den Bullen die Tür offen gelassen hat, und als wir dann den eingebauten Rechner, das kleine Ding vorne in der Konsole, überbrückt …«

»Auf jeden Fall ist es Borowiak, der dicke Kumpel von Boesches«, fiel ihm Poolitzer ins Wort, ehe Ultra noch mehr von ihren ungesetzlichen Aktivitäten ausplauderte, wie etwa das Ausdrucken der Daten und das Übersenden der Polizeiinfos auf einen Account im

Schattenland. »Ich habe doch gleich gesagt, es handelt sich um einen Mitläufer. Borowiak hat auf seine Chance gewartet, so asozial wie seine Vorbilder zu sein.«

Er ging sogar davon aus, dass Borowiak früher oder später selbst angefangen hätte zu morden. Alles sprach dafür. In den letzten Jahren hatte er immer wieder Strafen wegen Körperverletzung, Bedrohung und Zechprellerei in Bordellen bekommen. Er war ein schwacher Mensch, der sich Schwächere suchte, um ein wenig Machtgefühl erleben zu dürfen. *Er wäre eines Tages Amok gelaufen.*

»Leider ist unser echter Killer gewiefter als er.« Spengler überlegte, ob die Sache auch hätte anders ausgehen können. Der Sternschutz und das LKA trugen Schuld an dem Fiasko. Sie hatten ihn zu spät über die Vorkommnisse im gigantischen Bordell oder was auch immer das Gebäude darstellte informiert.

Borowiak hatte eine Prostituierte im Ripper-Style, wenn auch wesentlich amateurhafter unmittelbar nach ihrem Notruf kaltgemacht, und dass die Geisel noch lebte, verdankte sie einem der Polizisten, der dafür sein Leben verlor.

»Der Kollege ist im Krankenhaus zu sich gekommen. Er hat ausgesagt, dass er von hinten niedergeschlagen wurde, angeblich von einer Person, die vorgab, in der Wohnung gegenüber zu leben. Er kann nicht sagen, ob es sich um einen Mann oder eine Frau handelte«, meldete ihm ein Polizist. »Die Geisel steht zwar noch unter Schock, hat die Aussage aber bestätigt. Sie erinnert sich an eine Baseballmütze und eine Sweatjacke, mehr nicht.«

»So liebe ich das, so richtig schön kompliziert«, murmelte Spengler genervt. Andererseits wuchs die Gewissheit, dass es zu einer Sache des LKA geworden war und nichts weiter mit seinem verhunzten Fall zu tun haben würde. Er hob die Schultern. »Mir egal, soll sich

Wirbitzky drum kümmern. Ich muss meinen Multiple-Choice-Mörder fangen.« Er deutete auf Borowiak. »Und das war er mit Sicherheit nicht.« Seine Augen wanderten zu Poolitzer. »Sie hatten Recht, Schnüffler. Er macht die Liste in der Reihenfolge durch, wie sie ihm dieser Idiot von Boesche vorgelesen hat.«

Inständig hoffte der Kommissar, dass ihr Unbekannter nicht wieder von vorne beginnen würde, sollte er sie abgearbeitet haben. Eine Mörderschleife, das fehlte ihm noch, ein Killerloop. Er hakte die benutzten Namen ab. *Bleiben genügend Monster übrig.*

Hamann beispielsweise, ein Fleischer, der 42 Menschen ermordet und Handel mit ihrem Fleisch getrieben hatte.

Oder Budnjez, der tschechische Grubenarbeiter, der 111 Menschen auf dem Gewissen hatte. Seine Opfer waren Landstreicher, Prostituierte, vernachlässigte oder verwaiste Kinder. Er versprach ihnen Süßigkeiten, Essen oder Geld. Die Opfer begleiteten ihn in ein Waldstück, wo er mit seinem Bajonett auf sie einstach und sie grausam verstümmelte. Um den Blick der Toten und Sterbenden nicht ertragen zu müssen, stach er ihnen die Augen aus. Er war der Ansicht, in die Netzhaut eines sterbenden Menschen brenne sich das Gesicht des Mörders.

Schöne Scheiße. Spengler bereitete auch Kopfzerbrechen, dass sie einen Namen der Liste nicht zuordnen konnten und nicht wussten, was ihnen damit bevorstand. Niemand wusste was über einen Forbes Sloosh.

Poolitzer wies Ultra an, noch weitere Tatortaufnahmen zu machen und etwas mehr zur Person von »Sado« Borowiak herauszufinden. »Okay, du hast freie Hand, Kleiner. Überrasch mich, gib dir richtig Mühe, hau mich um.« Schnell machte er einen Schritt zurück. »Also, mit dem Bericht, nicht mich.«

»Ich bin nicht schweineblöd, Snoop«, strahlte ihn der Troll an. »Geht klar. Was machst 'n du?«

»Ich gehe zu Ranjit, um dabei zu sein, wenn unser echter Mörder ihn anruft.« Er winkte ihm zu und ging.

Spengler wartete und schaute dann zu Ultra. »Keine Reißerstorys über die Polizisten oder die Geisel, klar? Nur über Borowiak.«

»Och, Menno, Kommissar«, brummte er unglücklich und trottete davon.

Wie süß. Es würde mich nicht wundern, wenn er sich sogar dran hält. Der Kriminaler wandte sich um und stiefelte zurück zu seinem Wagen. Für ihn hatte dieser Fall keine Bedeutung mehr. *Ultra wäre der netteste Reporter, den die Erwachte Welt jemals gesehen hätte.*

ADL, Württemberg, Stuttgart-Mühlhausen, 02.05.2059, 08:25 Uhr

Xavier senkte die Waffe keinen Millimeter, die Mündung blieb auf die Tür gerichtet, mit leiser Stimme befahl er dem Kom, Poolitzers Nummer zu wählen, und wurde sofort von der Mailbox empfangen. Bei Ultra erging es ihm nicht besser. *Was mache ich jetzt?*

»Herr Moyen, Sie *sind* da. Geben Sie sich keine Mühe, wir können Sie sehen«, sagte eine freundlich klingende Frauenstimme. »Hätten Sie ein paar Minuten Zeit für uns und die Güte zu öffnen, damit wir uns unterhalten können?«

Moyen. Seine Knie wurden weich, die Vergangenheit holte ihn ein. Diesen Namen kannte nicht einmal Cauldron, nur Menschen, die viel nachforschten und ordentlich Geld investierten, stießen darauf. Sein mühsam errichtetes Existenzgebäude wurde soeben einem Erdbebentest unterzogen.

»Herr Moyen, reden wir?«

»Warum?«, rief er durch die Tür.

»Weil ich Ihnen Angebote unterbreiten möchte, die für uns beide von Vorteil sind.«

»Wenn ich kein Interesse habe?«

»Sollten Sie aber. Bitte, wir möchten uns nur unterhalten. Ich garantiere Ihnen, dass wir keine Form von Gewalt in magischer oder sonstiger Weise anwenden werden. Dafür sind Sie uns zu wichtig. Wir benötigen Ihre Kooperation, Herr Moyen.«

»Wer schickt Sie?«

»Lassen Sie uns das doch in aller Ruhe drinnen besprechen.« Das Türschloss summte, klickte, die Frau klopfte nochmals und trat ungebeten ein. »Sehr nett von Ihnen, nicht gleich auf mich zu schießen«, bedankte sie sich mit Blick auf seine Caveat, die auf sie zielte.

Sie trug ein unauffälliges knielanges Kleid aus einem knitterfreien beigefarbenen Stoff mit dunkelbraunem Muster zu hohen Stiefeln. Ihr folgte, was man einen klassischen »Schrank im Anzug« nannte, der zweite ihrer Begleiter blieb auf dem Gang und sorgte für den Schutz vor überraschendem Besuch.

Sie fuhr sich mit den Fingerspitzen durch die kurzen schwarzen Haare und war kein bisschen von der Waffe eingeschüchtert. Xavier vermutete, eine Magierin vor sich zu haben.

»Ich habe Ihnen die Tür nicht geöffnet. Sagten Sie nicht, Sie würden keine Art von Gewalt anwenden?« Er senkte die Pistole nicht. Da es sie nicht störte, wenn er auf sie zielte, konnte er sie damit weiterhin bedrohen.

Ihre dunkelgrünen Augen musterten ihn auf eine unauffällige, unaufdringliche Weise und erfassten dennoch jede letzte Kleinigkeit. »Mit Gewalt meinte ich explizit Sie. Ihre Umwelt oder Personen in Ihrer Nähe waren darin nicht mit eingeschlossen«, gab sie nonchalant zurück und setzte sich auf den Wink mit der Mündung hin auf den Sessel neben den Eingang, ihr Begleiter verharrte neben der Tür. Dichter wollte er sie nicht in seiner Nähe haben.

»Mein Name ist Simone Du Garotte, und ich habe gehört, dass sie wieder im Land sind, Herr Moyen, wenn auch nur für einen kurzen nostalgischen Besuch. Diese Gelegenheit wollte mein Auftraggeber nicht ungenutzt verstreichen lassen.«

»Und der ist *wer*?«

Ihr sphinxhaftes Lächeln sagte ihm alles. Vermutlich hieß sie nicht einmal Garotte. »Ich bin eine Unterhändlerin mit weitreichenden Befugnissen, Herr Moyen. Sie müssen meine Auftraggeber nicht kennen.«

Xavier dachte angestrengt nach, was man von ihm wollen könnte, und zu seiner großen Beunruhigung kam nur eine Sache in Frage: seine antimagische Veranlagung, die inzwischen jedoch erloschen war.

»Hören Sie, wenn es um meine Nega-Magie geht, ich habe sie verloren. Ich bin nichts weiter als ein ehemaliger Schattenläufer, der durch seine Einsätze zum Krüppel geworden ist.« Allmählich fiel die Spannung ab. Es drohte weniger Gefahr, als er beim ersten Hören des Namens Moyen angenommen hatte. »Wenn ich es genau nehme, bin ich wegen der Nega-Magie zum Invaliden geworden.«

Sie hob ihren linken Arm. »Das weiß ich doch, Herr Moyen ...«

»Bitte nennen Sie mich Rodin.«

»Wie Sie möchten. Ich habe Sie und Ihre Lebensgefährtin bereits astral überprüfen lassen. Sie sind im Gegensatz zu früher absolut und sehr gut vom Astralraum aus sichtbar.« Ihre Hände wanderten in ihren Schoß. »Keine Frage, Sie sind ein fast normaler Mensch.«

Fast? Er setzte sich neben die in Trance befindliche Cauldron.

Es ärgerte ihn, dass man auf ihn aufmerksam geworden war, trotz der Vorsichtsmaßnahmen, die er getroffen hatte. Einer seiner Kumpels musste im Überschwang der Wiedersehensfreude einigen Leuten zu viel vom

Treffen der alten Connection erzählt haben, und das machte die Runde. Es sprach sich bis zu den Spitzeln herum, die Herrn Moyen niemals vergessen hatten.

Es gab nach seinem Ermessen mehrere Varianten, in wessen Auftrag Du Garotte ihn aufsuchte.

Zu den harmloseren gehörte, dass sie von Cyberdynamix geschickt worden war. Der Kon, dem er zusammen mit Cauldron, Ultra und anderen vor längerer Zeit ein Labor zertrümmert hatte, hatte noch eine Rechnung mit ihm offen.

Auch die magische Fakultät der Universität zu Jena, der er gegen Geld als Versuchskaninchen für magische Experimente zur Verfügung stand, bis er abtauchte, besaß ein nicht geringeres Interesse, ihn wieder in die Finger zu bekommen. An die anderen Varianten wollte er gar nicht denken.

Was ihn verwirrte: Da sie wusste, dass er keinerlei Spuren von Antimagie in sich trug, welchen Wert besaß er dann?

»Fast?«, wiederholte er laut, weil ihm sein langes Schweigen aufgefallen war.

Du Garotte nickte. »Fast.« Sie lächelte gewinnend. »Wir möchten Sie, Herr Rodin, Sie und Ihr Blut, Ihre Körperflüssigkeiten, um Ihre DNS zu analysieren.« Sie schaute sich um, während sie weiter aufzählte. »Sie, Ihr Blut und Ihre Zusammenarbeit, etwa einen Monat lang. Das ist deshalb von Wichtigkeit, damit uns genug Zeit bleibt, misslungene Untersuchungsreihen notfalls neu zu starten. Stuhl-, Urin-, Samen- und Gewebeproben, dazu einige Fragen auf einem Fragebogen, die wir uns eigens für Sie ausgedacht haben. Ein paar Auskünfte und Ihre Erinnerung an das, was Sie vorher zu tun imstande waren. Mehr nicht.«

Xavier hörte auf sein Bauchgefühl, das sich mit allen Fasern und einer unbestimmbaren Übelkeit gegen den Vorschlag wehrte.

Ein medizinischer Profi war er nicht, er nahm aber an, dass man aus den Daten, die er ihnen liefern würde, ein Muster, *sein* Muster, entwerfen könnte. Die Vorstellung, dass sie nach Belieben Duplikate von ihm anfertigten, ließ ihn schaudern. Er zwang sich zu einem Lachen. »Für mich klingt das, als wollten Sie mich klonen.«

Simone Du Garotte stimmte in seine Heiterkeit mit ein, die ebenso falsch klang wie seine. »Vielleicht, Herr Rodin. Mir persönlich ist es egal, was mein Auftraggeber damit anstellt, ob er Ihre Exkremente in Kunstharz gießt und in eine Ausstellung gibt, ob er sie einfriert, Leute damit beschmeißt oder andere Dinge damit macht. Es geht mich nichts an, es berührt mich nicht einmal.«

Unwillkürlich dachte Xavier an Jennings, den Runner aus Seattle, dessen professionelle Einstellung keinen Unterschied zwischen Feind und Freund machte – allein die Summe auf dem Konto, dem Ebbie oder dem Credstick zählte. Sie könnte seine Schwester sein.

»Nein«, sagte er deutlich, der Finger am Abzug suchte den Druckpunkt, die Smartverbindung hatte sich schon lange aktiviert. Er rechnete damit, dass sich der Schrank und die Frau gleichzeitig auf ihn werfen würden, um ihn zu überwältigen und zu entführen. Ein Krüppel wie er würde ihnen wenig Widerstand leisten können. *Was wird mit Cauldron?*

»Herr Rodin, das ist doch unvernünftig.« Ihr Tonfall wurde freundschaftlicher, als spräche sie mit einem alten senilen Bekannten.

Er hasste so etwas, die Anbiederungstour funktionierte bei ihm nicht. »Gehen Sie bitte, Frau Du Garotte. Sie haben Ihren Auftrag abgeschlossen. Sagen Sie Ihrem Auftraggeber …«

»Tausend Ecu pro Tag.«

»… dass ich nicht …«

»Fünftausend Ecu pro Tag?«

»… interessiert bin!« Er wurde wütend und lauter. Nicht dass es kein leicht verdientes Geld gewesen wäre, aber er wollte es einfach nicht. Sie ignorierte seine Haltung, vielmehr dachte sie, er verhandle, um mehr Lohn herauszuholen. »Nicht heute, nicht morgen …«

»Fünftausend Ecu, Herr Rodin. Pro Tag. Für etwas, was Ihnen nicht einmal Schmerzen bereitet«, lockte sie schmeichelnd. »Und noch einmal fünfzigtausend Ecu für die bloße Zusage und die Reise an den Ort, wo wir auf Sie warten. Entschließen Sie sich, am nächsten Tag wieder zu gehen, dürfen Sie die fünfzig Riesen behalten.« Sie lehnte sich nach vorne, ihr Parfüm wehte ihm entgegen: süß, schwer, würzig und mit einer stechenden Beimischung versehen, die ihm nicht gefiel, ihn abstieß. »So reich sind Sie nicht, dass Sie sich dieses Angebot entgehen lassen sollten.«

»Selbst wenn ich es nicht wäre, würde ich es nicht machen.« Er schaute zur Tür. »Sie verstehen meine Haltung falsch. Ich feilsche nicht, ich habe abgelehnt.«

»Okay.« Simone Du Garotte erhob sich. »Vielen Dank, dass Sie mir Ihre kostbare Zeit opferten und mich anhörten. Schade, dass wir zu keiner Einigung gelangten.« Sie zeigte ihm ein verächtliches Lächeln. »Ich hoffe, Frau Peron kehrt heil von ihrer Reise aus dem Astralraum zurück. Stellen Sie sich vor, sie würde unterwegs aufgehalten werden.« Der Schrank öffnete ihr die Tür.

»Halt!« Xavier kämpfte sich auf die Beine. »War das eben eine Drohung?«

»Nein, war es nicht.« Sie lachte bezaubernd. »Es war ein frommer Wunsch für Ihre Lebensgefährtin, Herr Rodin. Mehr nicht.« So, wie sie es betonte, schwang die Andeutung mit, dass es sich durchaus eines Tages ändern könnte. Sie langte in ihre Manteltasche, eine Visitenkarte aus poliertem Edelstahl kam zum Vorschein, die Finger wirbelten damit herum. »Meine Nummer,

Herr Rodin.« Sie legte die Karte auf die Sessellehne und blickte ihm lauernd ins Gesicht. »Weiß die Dame eigentlich von Ihrem Vorleben?« Dann verschwand sie hinaus auf den Flur, ihr Leibwächter folgte ihr und zog die Tür zu.

Zurück blieben eine Nuance ihres Parfüms, die unausgesprochene Drohung und ein sehr besorgter Xavier, der mit sich rang, ob er Cauldron aus der Trance reißen durfte, um ihr von den beunruhigenden Neuigkeiten zu erzählen.

Er schaute auf die Uhrzeitanzeige auf dem Kom. Der kleinen Marleen blieben geschätzte 220 Minuten. Kostbare Minuten. *Weiß ich, in welcher Phase sie sich gerade befinden?* Er entschied sich, es zu lassen, und ging stattdessen zur Toilette.

Als er aus dem winzigen Kabuff zurückkehrte, machte er es sich im Sessel neben Cauldron bequem und nahm das Pad mit dem elektronischen Buch darauf zur Hand, aber seine Augen glitten über die Zeilen, ohne den Inhalt zu erfassen. Seine Gedanken schweiften immer wieder zurück zu Simone Du Garotte und ihre knappe Unterhaltung.

Wir müssen so schnell wie möglich zurück nach Seattle und untertauchen. Tiefer als bisher, entschied er. *Am besten fingieren wir unseren Tod.*

Sobald sie Marleen entweder geholfen oder sie bei ihrem Ende begleitet hatte, würde er zusammen mit Cauldron in den nächsten Flieger steigen. Ultra könnte nachkommen.

Cauldron wartete sehr lange, dachte sie zumindest. Sie versuchte, den von Abongi genannten Begriff Shedim einzuordnen.

Eine Loge? Ein Zirkel? Irgendeine Splitterzelle eines magischen Bundes? Nicht zu vernachlässigen war der Ansatz, dass sie sich einen Scherz mit ihr erlaubte und sich den Namen ausgedacht hatte, um sie in die Irre zu führen. *Auf alle Fälle soll Marleen mir den Namen unseres Mörders sagen. Ich habe meinen Teil der Abmachung erfüllt.*

Die Tür des Büros öffnete sich, Marleen kam heraus, Abongi folgte ihr, zufrieden lächelnd.

Cauldron wurde bei diesem Anblick schlagartig nervös. »Und?«

»Wir gehen«, sagte Marleen nur und blickte skeptisch zu Abongi. »Wir müssen uns auf die Suche machen.«

»Ich wünsche dir, dass du nicht vergehen musst, Kleines. Es wäre zu schade.« Die schwarze Löwin kreuzte die Arme vor der Brust und setzte sich elegant auf den Schreibtisch der Sekretärin. »Viel Glück, und denk an meine Worte.« Sie bedeutete einem Elementar, die beiden Besucher zur Barriere zu geleiten.

»Und was machen wir jetzt?«, verlangte Cauldron etwas unfreundlicher als vorgesehen einen Bericht über die Unterredung mit dem Elementar zu bekommen. Nach wie vor fürchtete sie, dass Marleen von dem Wesen getäuscht worden war und die Verzweiflung beim ersten Fehlschlag riesig sein würde.

»Es ist schwer«, antwortete sie abwesend. »Erinnerst du dich daran, dass ich mich bei Johannes … unterstellen wollte?« Cauldron nickte. »Es geht nicht. Abongi hat gesagt, dass ein Geist anders beschaffen ist als das, was ich bin. Sie hat mich eine verlorene Seele genannt.«

»Dir ist es nicht möglich, in einen Menschen einzufahren?«

Marleen schaute sie unglücklich an. »Es gibt Reinkarnation, hat sie gesagt. Für mich kommt nur ein magischer Körper in Frage.«

»Für *dich*? Was soll denn das bedeuten?« Cauldron verstand nicht. »Hat Abongi die Macht, dich zu askennen und zu typisieren?« Je mehr sie hörte, desto sicherer wurde sie, dass kaum Aussicht bestand, die »verlorene Seele« vor dem unaufhörlichen Zerfall zu bewahren. Marleens astrale Gestalt hatte deutlich an Intensität verloren, schimmerte nur halb so intensiv wie zu Beginn ihres Zusammentreffens. »Sag mir den Ort, wo meine Freunde den Mörder finden können«, verlangte sie. »Ich habe meinen Teil erfüllt, und du weißt, was du tun musst.«

»Nein.«

»Nein? Wir hatten eine Abmachung, ich habe dir einen Weg gezeigt, mehr sollte ich nicht tun.«

»Du wirst mir weiterhin helfen. Oder ich sage nichts.« Sie neigte das Haupt. »Bitte, Cauldron. Ich bin nicht stark genug, um in einen Nichtmagischen einzufahren.« Ihre Augen richteten sich auf die Barriere, der sie sich näherten. »Wir benötigen den Leichnam eines Hermetischen oder eines Schamanen«, rückte sie leise mit der Sprache heraus. »Am besten wäre es, wenn seine astrale Gestalt vernichtet ist und ich den Körper besiedeln kann.«

Cauldron schwieg. *Das schaffen wir nie. Und ich weiß nicht, ob ich es wirklich schaffen will.* Es klang nach der absoluten Vergewaltigung des natürlichen Kreislaufs, der natürlichen Elemente, dass ein an sich toter Leib von einer anderen Seele benutzt wurde.

Sie benötigten prophetische Gaben, um vorherzusagen, wo sich gerade ein Magier befand, der durch einen Zufall, bei einem Unfall oder einer Auseinandersetzung im Astralraum sein Leben einbüßte.

Sicher, die Erwachte Welt verfügte über 60 Millionen magisch Begabte und nicht, wie Xavier so hinreißend ermittelt hatte, sechs Millionen. Und ebenso sicher war, dass täglich welche starben. Junge und Alte, Säuglinge mit angeborenem Talent oder machtvolle Meister, deren Zeit einfach gekommen war, oder Schattenmagier, die sich mit den falschen Gegnern angelegt hatten.

Aber wie sollen wir einen sterbenden adäquaten Körper für sie finden? Marleens Leib war 18 Jahre alt und, was sie gesehen hatte, leidlich hübsch und attraktiv gewesen. Wie würde Marleen reagieren, wenn sie in den Körper eines 45-Jährigen oder einer 73-Jährigen einzog?

Sie zweifelte noch immer daran, dass dieser unheimliche Vorgang überhaupt glückte. Zudem sperrte sie sich unterbewusst, sich von der Kleinen erpressen zu lassen. Es half alles nichts – der verdammte Mutterinstinkt und die ungewohnten Hormone zusammen mit dem Quäntchen Mitleid gewannen die Oberhand.

»Wir suchen also einen unzerstörten Körper eines Magischen«, sagte sie laut und glitt weiter, als die Barriere für sie beide einen Moment aufgehoben wurde. Danach verschwand die Zentrale von Antique Enterprises erneut hinter dem blutroten Schirm. »Wie stellst du dir das vor? Hat dich Abongi einen Spruch gelehrt, um sterbende Magische zu askennen?« Ihre zynische Bemerkung tat ihr sofort Leid, aber Marleen nahm es nicht krumm.

»Abongi hat mir einen Tipp gegeben, wo heute ein Run läuft und bei dem es einen Magier erwischen könnte«, berichtete sie endlich von ihrer Unterredung. »Sie sagte mir, dass wir rechzeitig dort sein sollten und uns nur auf die Lauer zu legen brauchen.«

»Marleen, du vertraust ihr zu sehr.«

»Habe ich eine andere Wahl? *Du* willst mir anscheinend nicht helfen.« Sie biss sich auf die Lippen. »Entschuldige, ich rede Unsinn …«

»Schon okay.« Cauldron deutete nach hinten auf das mächtige Gebäude. »Du bist verzweifelt, ich weiß, aber ich warne dich vor der List des Elementars. Ich kenne seine schlechten Seiten.«

»Zu mir war es sehr nett.«

»Er hat Dutzende Magier vernichtet, um an ihr Karma zu gelangen. Glaubst du allen Ernstes, er würde Mitleid für dich empfinden und dir aus lauter Menschenliebe einen Gefallen erweisen?«

Es war eine dumme Idee gewesen, nach Sankt Petersburg zu reisen. Sie verfluchte sich selbst, in ihrer impulsiven Art gehandelt und zu spät nachgedacht zu haben. Das Schlimmste war, dass sie in ihrer eigenen Hilfsbereitschaft wie in einem klebrigen Netz gefangen hing, ohne Aussicht auf Entkommen.

»Lass es uns versuchen«, bat Marleen eindringlich und griff die andere Hand. »Wir sind so weit gekommen, lass mich nicht im Stich.« Flehend hing ihr Blick an ihr. »Du hast mir erst Hoffnung gemacht, Cauldron, steh es mit mir durch! Ich sage dir danach auch alles, was ich über den Mörder weiß.«

Sie konnte nicht anders, als zustimmend zu nicken. »Wo steigt der Run?«

»In einer halben Stunde, drüben im Sommerpalast. Ich weiß, wie wir es finden. Es wird ein Artefaktdiebstahl sein.«

Damit war der Seattlerin alles klar. Abongi selbst hatte den Run in Auftrag gegeben, und weil ihre Leute mit den Wachen kurzen Prozess machten, wusste sie im Voraus, dass eine neue Hülle für Marleen abfiel. »Gut«, sagte sie wenig begeistert. »Lass uns fliegen.«

Sie schossen durch das astrale Sankt Petersburg.

»Wie lautet die Formel, die Abongi dir genannt hat, um in eine Leiche ... einen freien Körper besetzen zu können?«, wollte sie unterwegs wissen. »Hat sie was über die Shedim gesagt?«

Es dauerte eine Weile, bis sie eine stockende Antwort erhielt. »Ich ... soll es dir ... nicht sagen.«

»Du sollst es mir nicht ...« Cauldron sah sich in ihren düsteren Vorahnungen bestätigt.

»Nein, es ist kein Geheimnis«, beeilte sie sich zu erklären. »Abongi meinte, dass ich den Zauber nicht wirken darf, wenn kein Ziel in der Nähe ist«, präzisierte sie die Anweisung. »Es könnte irgendetwas ... anrichten ... oder so.« Marleen bog ab und hielt auf den Sommerpalast zu. »Über die Shedim hat sie nichts mehr gesagt.«

»Und woher hat sie diesen seltsamen Spruch?«

»Von den Shedim. Es wären …« Sie druckste herum und zeigte Cauldron deutlich, dass sie mehr wusste und nichts sagen sollte. »Keine Ahnung. Es sind irgendwelche östlichen Mystiker, die in die Leiber anderer toter Mystiker fahren. Glaube ich. Ich habe es nicht genau verstanden.«

»Und woher weiß Abongi es?«

»Der alte Mann, der damals auferstand, erzählte es ihr.«

Cauldron glaubte Marleen kein Wort. Sie verschwieg die Wahrheit absichtlich, wahrscheinlich aus gutem Grund. Sie hatte die Lehren diverser Orden studiert, sie kannte die Lehren der Sufis und einiger anderer Gruppierungen. Aber in ihrem ganzen Leben war ihr der Name Shedim niemals begegnet.

Sie vermutete, dass es etwas mit der Vergangenheit des Elementars auf sich haben musste, eine grausame und schreckliche Vergangenheit, wie sie annahm und größtenteils wusste. *Oder doch eine Erfindung?*

Aber sie sagte nichts zu der jungen Frau, beschloss jedoch, wachsamer als bisher zu sein.

Die restliche Strecke legten sie schweigend zurück. Sie erreichten den Sommerpalast und schwebten in einiger Entfernung zu dem eindrucksvollen Gebäude, in dem inzwischen ein Museum untergebracht war, das wechselnde Ausstellungen anbot. In dieser Ausstellung schien sich etwas zu befinden, das für Antique Enterprises von Interesse war.

»Abongi hat gesagt, wir sollen abwarten. Die Sicherheitsvorkehrungen seien aus Unwissenheit über den Wert des Gegenstandes nicht so hoch, wie sie sein müssten.«

Sie flogen näher an das Gebäude heran, und Cauldron entdeckte das astrale Leuchtfeuer augenblicklich.

Der Gestalt nach war es ein Fokus, ein Kraftspeicher, in dem enorme Energien schlummerten. Sie fand es erstaunlich, dass niemand sich um das Artefakt kümmerte, und sah im gleichen Moment einen Watcher, der um die Ecken des Palasts strich und sie entdeckte.

Er kam zu ihnen geflogen und beäugte sie. Er trug eine abgewandelte Pagenuniform und hatte das Gesicht von Mr. Cookie, dem hässlichen Maskottchen einer Keksfabrik im Norden Seattles. »Quid est?«, fragte er auf Lateinisch.

»Wir suchen den Friedhof«, antwortete sie sofort. »Wo finden wir ihn?«

Sie askennte beiläufig, welche Sicherheitsvorkehrungen im Museum getroffen worden waren, und erkannte neben den sieben normalen Wachleuten auch die Aura einer Magierin, die sich damit beschäftigte, eine Barriere um den Schaukasten zu ziehen, in dem der Fokus lagerte. Sie nutzte dabei astrale Sicht, um den Erfolg ihrer Bemühungen im Astralraum verfolgen zu können. Zwei Elementare verharrten in ihrer Nähe und begaben sich nach einer kurzen Anweisung auf ihre Wachrunde. *Ganz so einfach, wie Abongi es sich vorgestellt hat, wird es doch nicht.*

Ihr war noch rätselhaft, wie sie den richtigen Augenblick erkennen würden und Marleen in den freien Körper der Getöteten eindringen würde. Sie fand es seltsam, eine Frau zu betrachten, von der sie genau wusste, dass sie in naher Zukunft sterben würde.

Ohne Vorwarnung begann der Tanz.

Ein mächtiger Herdgeist tauchte unvermittelt auf und warf sich gegen die Elementare, die astrale Gestalt eines Wolf-Schamanen schoss heran und attackierte die Magierin. Anstatt sich vor ihm zurückzuziehen, wechselte sie vollends auf die astrale Ebene, ihre astrale Gestalt erschien walkürenhaft in dunkelroter Rüstung.

Cauldron und Marleen wurden zu wissenden Zeugen des Überfalls. Sie sahen, wie ein Runnerteam mit ziemlicher Härte in das Gebäude eindrang und die Wärter gezielt ausschaltete. Die Auren der Getroffenen verblassten augenblicklich, nur zwei der Bediensteten überstanden den brutalen Angriff, weil die Angreifer sie für tot hielten.

Gleichzeitig vergingen die Elementare unter der Wucht des Geisterangriffs. Der Schamane setzte der Magierin mit seinem Schwert zu und deckte sie immer wieder mit Angriffssprüchen ein, sodass ihr keine Zeit blieb, zu einer magischen Erwiderung anzusetzen. Unaufhörlich quollen aus dem Mund des Mannes neue Zauber, nahmen im Astralraum Gestalt an und flogen auf die einsame Verteidigerin zu. Sie wurde gezwungen, sich auf die Abwehr zu beschränken.

Schließlich ließ der Schamane gelangweilt von ihr ab und zerschlug die Barriere um den Schaukasten mit einem einzigen Hieb seines gleißenden Schwerts. Kaum fiel sie, drangen die Runner in das Zimmer ein, zertrümmerten den Kasten, nahmen den Fokus an sich und zogen sich auf der Stelle zurück. Der Schamane rief dem Geist etwas zu und entfernte sich eilends vom Palast. Seinen Teil hatte er erledigt.

Der Herdgeist blieb zurück und setzte seinen erhaltenen Befehl stur in die Tat um: Er kümmerte sich um die arg angeschlagene Magierin.

Er warf sich in den Nahkampf, traktierte sie und fügte ihrer astralen Gestalt schwere Treffer zu. Die Magierin wankte, brach zusammen und schrie ihre Verzweiflung laut heraus.

Marleen beobachtete das nahende Ende der Unbekannten nicht ganz teilnahmslos. Sie weinte stumme Tränen und wisperte immer wieder: »Es tut mir Leid.« Eingreifen wollte sie nicht. Der Untergang der Frau bedeutete ihre Auferstehung.

Der Geist drosch weiter auf sie ein und packte die Besiegte rechts und links an den Armen, um die astrale Gestalt zu zerreißen und damit auf immer zu vernichten.

»Halte dich bereit«, gab Cauldron Marleen den Hinweis, als sie erkannte, dass es nur noch eine Frage von Sekunden war.

Vorsichtig näherten sie sich dem Palast und warteten neben dem Körper der Magierin ab, was geschah. Die Geister beachteten sie nicht, solange sie sich passiv verhielten. Da hob die Frau noch einmal den Kopf und schickte ihnen einen flehenden Blick zu, ehe sie von den Wesen in der Mitte zerteilt wurde.

»Jetzt!«, befahl Cauldron, und Marleen sprach die Formel, die Abongi sie gelehrt hatte.

Tiefschwarze Symbole drangen aus ihrem Mund, formten sich zu einer zäh fließenden Wolke, aus der Fratzen schemenhaft an der Oberfläche auftauchten und gleich darauf in den finsteren Nebel zurücksanken.

Sie hüllte Marleen auf der Stelle ein. Einer der Ausläufer kroch auf Cauldron zu, die sich gegen die ungewollte Annäherung mit einer Barriere schützte. Der gespenstische schwarze Arm tastete daran herum und zog sich enttäuscht zurück.

Derweil begann die Hauptwolke, durch Mund, Nase und Ohren in den Leichnam der vernichteten Museumsmagierin einzusickern. Von der astralen Gestalt Marleens war nichts mehr zu sehen. Sie steckte restlos in dem trüben Gespinst.

Cauldron spürte die negative Ausstrahlung, die von dem Ding ausging, das sie trotz ihrer Erfahrung nicht kategorisieren konnte. Es handelte sich um eine Magie, die sie noch niemals zu Gesicht bekommen hatte, eine neue, unheimliche und vor allem unheilige Kraft. Wer auch immer die Shedim waren, sie standen ab sofort auf ihrer persönlichen roten Liste.

Ihre Fähigkeiten erlaubten ihr normalerweise, Dinge im Astralraum zu askennen und ihre Natur zu offenbaren. Sie erkannte beispielsweise die Art und die Intensität eines Zaubers. Hier blieb jeder Versuch zwecklos. Astrale Sicht und ihr Wissen versagten, nicht einmal im Ansatz entdeckte sie die Herkunft.

Der Herdgeist regte sich. Gerade noch befand er sich auf dem Rückzug, jetzt flog er neugierig heran, um das schwarze Ding zu betrachten, das etwas Neues, Ungesehenes für ihn bedeutete. Er umkreiste es und langte hinein, bevor Cauldron eine Barriere errichten konnte.

Der Geist stieß einen gellenden Schrei aus und verging!

Die Wolke reagierte auf die Störung empfindlich und zog sich wie ein verschrecktes Tier aus der Leiche zurück, reduzierte den Umfang weiter und weiter, bis Marleen sichtbar wurde. Kurz darauf zerstob die Wolke, diffundierte zu nichts.

Die junge Frau schwebte mit geschlossenen Augen im Astralraum wie ein bewusstloser Astronaut im All. Ihre Aura schien geschwächter als vor dem Kontakt mit dem schwarzen Gebilde, als fehlte es ihr an Substanz.

»Marleen?« Cauldron ließ die Barriere fallen. Sie näherte sich und betrachtete die vom Schmerz gezeichneten Züge ihres Mündels, berührte sie am Arm. »Marleen, hörst du mich?«

Ihre Lider flatterten, sie vermochte nicht zu sprechen.

Cauldron fluchte. Sie hatte genug gesehen. Abongis Rat brachte der Studentin gar nichts. Sie hob Marleen an und reiste mit ihrer maximalen Geschwindigkeit zurück in die ADL, nach Tübingen, um an der magischen Fakultät der Universität nach Hilfe zu suchen oder ihr im schlimmsten Fall als Sterbebegleiter zur Seite zu stehen.

Abongi hatte sie getäuscht, absichtlich in die Irre geführt, wie sie es schon beim ersten Kontakt mit ihr vermutet hatte.

Es ist meine Schuld. Es ist ihre Weise, sich an mir für Andorra zu rächen. Wie bin ich nur auf die wahnsinnige Idee gekommen, nach Sankt Petersburg zu reisen? Die Hoffnung, etwas an Marleens drohendem Ende ändern zu können, wog ihre Zweifel am Gelingen nicht länger auf. *Es tut mir Leid.*

Sie hoffte, dass die junge Frau vor ihrem Ende den Namen des Mörders preisgab. Wenn ihr Ende sicher war, konnte sie wenigstens dazu beitragen, anderen das Leben zu bewahren.

... Hallo, hallo, hallo! Hier lässt es sich bestens aushalten, kein Wunder, dass all die Reichen hierher zur Kur kommen. Die Auswahl ist dafür umso interessanter, ein echter Glückstreffer.

Der Wintergarten des Hotels ist voller Menschen, ich hoffe, ich erkenne sie gleich. Die Formulierung im Kontaktnetz »Kiss-Net« klang zumindest vielversprechend, ein Hilfeschrei einer armen reichen verlassenen Seele, die sich ein wenig ausweinen möchte.

»Bringen Sie mir bitte einen Assam-Tee und ein Stück von dem russischen Zupfkuchen, ja?«, *sage ich freundlich zu der Bedienung. Sie macht in dem klassischen Kellneroutfit eine tolle Figur, ich schätze sie auf 20 Jahre.*

»Sicher, der Herr«, *antwortet sie mit einem leicht rollenden »R«, wie es die Franken gerne tun, und einem so bezaubernden Lächeln auf den Lippen, das es wert wäre, sie am Leben zu lassen und ihr glückliche Jahre zu wünschen.*

Während ich auf meine Bestellung warte, drücke ich auf den dezent am Tisch angebrachten Tasten herum, bis der eingebaute Monitor mir den elektronischen Prospekt des Ortes zeigt.

»Bad Kissingen«, *steht da,* »ist seit dem 18. Jahrhundert für seine Mineral- und Moorbäder bekannt. Bis heute hat sich das Edle gehalten.« *Damit haben sie verdammt Recht. Es war eine gute Fügung, hierher zu reisen und mich nach gebrochenen Herzen umzuschauen.*

Ich höre mit dem Lesen auf, als mir die Bedienung meine Bestellung bringt.

»Darf ich gleich kassieren?«

»Sehe ich nicht so aus, als könnte man mir vertrauen?«, *erwidere ich mit charmantem Lächeln und bringe sie damit zum Grinsen.*

»Doch, Ihnen würde ich vertrauen. Es ist lediglich eine Gepflogenheit unseres Hauses, mein Herr.«

Ich nehme zehn Ecu aus dem Geldbeutel und reiche sie ihr. »Das ist eine Gepflogenheit von mir. Sie waren schnell und nett.« *Geld, was soll's. Wer hat, der hat eben, na, jedenfalls werde ich bald wieder welches haben.*

»Das ist sehr großzügig, danke, der Herr«, *strahlt sie mich an.* »Schönen Tag noch.«

Ich hebe die Hand, eine Geste, die meine Großherzigkeit, meine Bescheidenheit und meinen Reichtum gleichermaßen widerspiegelt, denn ich bin ein Mann von Welt.

Der Zupfkuchen schmeckt ausgezeichnet, genau richtig, keinesfalls zu trocken, sondern immer noch saftig und dennoch perfekt ausgebacken. Das bekommt keine Maschine hin, da hat ein Meister am Tisch gestanden und von Hand gebacken. Der Kuchen passt hervorragend zu meinem Tee.

Ich schaue mich erneut um. Alle Tische sind besetzt, es scheinen immer Paare oder Gruppen zu sein, die wie ich beschlossen haben, den Nachmittag in der Sonne zu verbringen. Sie sehen alle reich aus oder tun zumindest so, als ob sie es wären. Einige von ihnen gehören sicherlich in die Friedrich-Charité. Ich habe den riesigen Komplex vorhin gesehen, als ich mit dem Zug angekommen bin.

Es muss traurig sein, wenn sich das Leben nur noch um Fettabsaugung, Facelifting, Schönheitschirurgie und all den anderen Körperkult-Wahn dreht. Nein, da habe ich es besser, ich bin nur hier, um die gute Luft zu genießen und meine Seele baumeln zu lassen. Ach ja, und leichtes Geld zu verdienen.

Ich schaue nach links und entdecke sie!

Das *muss sie sein. Sie hat eine dunkelrote Rose neben sich auf dem Tisch liegen und isst russischen Zupfkuchen. Brünette Haare, wie sie im Kiss-Net beschrieben hat, topmodischer Pagenschnitt, ihre Garderobe ist stilvoll gewählt. Wenn ich nicht genau wüsste, dass wir in Bad Kissingen sind, hätte ich gesagt, sie ist um die Mitte vierzig, aber die moderne Chirurgie wird sie jünger gemacht haben, als sie in Wirklichkeit ist. Die Ärzte haben dafür gesorgt, dass sie für jünger gehalten wird.*

Sie hantiert sehr geschickt mit der Kuchengabel, kein Zeichen von Unsicherheit, ich sehe ihre Ringe aufblitzen, am Handgelenk trägt sie ein Weißgoldarmband, vermutlich sind die Steine darin sogar echt. Dort, wo bei Verheirateten ein Ring sitzt, ist nichts.

Das Einzige, was mir nicht gefällt, ist ihre unnatürlich intensive Bräune. Entweder ist sie unter der Höhensonne eingeschlafen, oder sie steht auf Verbranntes. Dass zu viel Bräune die Haut altern lässt, hat sie wohl noch nicht gehört. Ach nein, ich vergaß ihren Chirurgen. Ein bisschen Zurren hier, etwas Straffen dort, Frischzellenkur und Leonisation, und sie kommt daher wie ihre zehn Jahre jüngere Schwester. Das Braun hat sie aber auch verraten. Ihr ehemaliger Ehering hat einen weißen Streifen hinterlassen.

Sie sitzt alleine, eine Hand stützt den Kopf, mit der anderen hat sie begonnen, lustlos auf das Kuchenstück einzustochern. Es wird Zeit, den ersten Kontakt herzustellen.

Ich nehme meinen Teller und meinen Tee, durchquere den Wintergarten und tue dabei so, also ob ich einen Platz suche, dann gehe ich zögernd auf ihren Tisch zu. »Entschuldigung, ist der Platz noch frei?«

Sie hört auf, die Zinken in den Kuchen zu bohren, ihr Gesicht hebt sich. Aus der Nähe erkenne ich, dass sie mit Sicherheit über 50 Jahre alt ist, die Falten zwischen dem Daumen und ihrem Zeigfinger denunzieren sie. Sie schaut auf meinen Teller. »Sie haben ja auch Zupfkuchen. So ein Zufall.«

»Nein«, *erwidere ich, dieses Mal mit meinem charmantesten Lächeln, das ich auf Abruf in mein Gesicht zaubern kann und einer Frau das Empfinden gebe, die Schönste von allen zu sein,* »kein Zufall, Madame. Ich habe Ihre Wahl gesehen und dachte mir, dass Ihr Geschmack gut sein muss.«

»Ach?« *Jetzt sieht sie neugierig aus.* »Woran erkennen Sie das?«

»An Ihrer Art, sich zu kleiden.« *Ich setze mich, stelle das Geschirr ab und reiche ihr die Hand.* »Hektor de Saumur«, *stelle ich mich vor.* »Wellness-Kur und Stressbewältigung.«

Sie muss lachen, und damit habe ich schon gewonnen. »Brigitte von Odenau«, *erwidert sie, glücklich, eine Abwechslung in ihrem langweiligen, reichen Alltag gefunden zu haben.* »Entschlackung und Relaxing.«

»Alles andere hätte mich gewundert«, *retourniere ich augenzwinkernd.* »Sie haben nichts von dem nötig, was Gott die Ärzte für mehr Schönheit erfinden ließ.« *Damit lasse ich es vorerst genug sein. Wenn ich zu sehr aufs Gas trete, wirke ich unglaubwürdig. Kuchen essen, Tee trinken, abwarten. Sie wird gleich was sagen … drei, zwei, eins.*

»Sind Sie Franzose?«

Ich wusste es. »Meine Vorfahren waren es, und ein wenig von deren französischen Charme blieb in meinen Genen«, *gebe ich zurück und schaue ihr dabei tief in die Augen. Dunkelblau, ein dunkler Einschluss im rechten Auge, was ihr eine besondere Note verleiht, und sie sind gewohnt, hart zu blicken, ausgesprochenen Entscheidungen durch ihren entschlossenen Ausdruck noch mehr Nachdruck zu verleihen. Ich schaue wieder auf meinen Kuchen.* »Der Adelstitel ist uns leider genommen worden, aber ich bin dennoch der Meinung …«

»Noblèsse oblige«, *ergänzt sie und legt die Gabel hin. Ich besitze endlich ihre ganze Aufmerksamkeit.*

»Mais biensûre.« *Ich nicke grinsend.* »Wem sage ich das, nicht wahr? Wo Sie doch ein ›von‹ im Namen tragen.«

Dieses Mal ist ihr Lachen bitter. »Nein, es kommt von meinem Mann … Meinem Ex-Mann. Aber er hat so wenig Manieren wie ein fettes, gefräßiges Schwein.«

»Ich kannte mal einen Mann, der sagte das Gleiche über seine Frau.« *Genüsslich leere ich die Tasse.* »Schweine gibt es auf beiden Seiten des menschlichen Geschlechts, aber sie haben auch etwas Gutes.« *Ich wackle mit den Augenbrauen.* »Sie sind uns eine Mahnung.«

Wieder lacht sie, und ich beginne, das volle Heartbreakerprogramm anzuwenden.

Ich verwickle sie in ein Gespräch, horche sie aus, ohne dass sie es merkt, erzähle Lügen über mich und meine Herkunft, beschreibe ihr mein Anwesen in den südfranzösischen Cevennen und wie ich die Ardèche mit einem Kanu runtergepaddelt bin, ich lade sie ein, mich doch mal zu begleiten, falls sie mal in der Nähe sein sollte, und verspreche, ihr die tollsten geheimen Plätze zu zeigen.

Mein Wissen habe ich aus einem Reisejournal, das ich unterwegs im Zug gelesen habe, und ich hoffe, dass sie nicht fließend Französisch spricht, sonst wäre ich mit meinen rudimentären Kenntnissen sofort aufgeflogen. Ich zeige nicht einmal, dass ich durch ihre kleine Kontaktnotiz im Kiss-Net auf sie aufmerksam geworden bin, sondern lasse sie in dem Glauben, das Schicksal und der russische Zupfkuchen hätten uns zusammengeführt.

Drei Stunden später weiß ich alles über sie, bis auf ihr wahres Alter, aber das kümmert mich nicht.

Sie ist Geschäftsfrau, frustriert von ihrem ständig untreuen Mann und ihren eigenhändig verzogenen Kindern, zu reich, um sich einen Job suchen zu müssen, die Geschäfte laufen auch ohne sie, und deshalb befand sie sich auf der Flucht vom Zuhause und der noch größeren Langeweile. Die Entschlackung und das Relaxing sollen ihr bei der Entscheidung helfen, ob sie ihren Mann endgültig verlassen soll oder nicht. Sie macht keinen Hehl daraus, dass sie eigentlich noch unter der Haube ist.

Ich kontere romanreif.

Ich sei auch von einer vermeintlich großen Liebe enttäuscht, die mir um ein Haar … nein, nicht das Schloss, das klingt zu romanreif, aber das Gestüt von ihrem Anwalt hatte wegnehmen lassen. Mit dem Verzicht auf die Yacht in St. Tropez hätte ich ihre Gier gestillt, und ich sei nach Bad Kissingen gekommen, um ein wenig Heimat zu genießen. Und auf der Suche nach einer zufälligen Begegnung.

»Scheint so, als könnte ich Vertrauen zu Ihnen haben«, *beende ich meine erfundene Liebes- und Lebensbeichte.* »Unsere Schicksale unterscheiden sich nicht sonderlich.« *Ich habe inzwischen meinen dritten Tee, sie ist von Kaffee auf Sekt umgestiegen. Ihr zuprostend, sage ich:* »Auf uns. Es kann nur besser werden.«

Sie hebt ihr Glas. »Es wird besser werden. Kommen Sie, wir machen einen Spaziergang.«

Perfekt. Sie kann meine Gedanken zu einem gewissen Teil lesen, hoffentlich nicht alles, sonst wird nichts aus meinem Plan.

Ich helfe ihr in den Mantel, ich bin die Verkörperung des vorbildlichen Gentlemans, nein, ich bin Franzose und damit ein Chevalier. Sie hat gesehen, dass mich Mutter Natur nicht zum Hässlichsten machte, ich bin gepflegt, durchtrainiert, weiß, was sich gehört, und besitze ein Gestüt in Südfrankreich. Welche Frau würde mich nicht wollen?

Ich zahle, wir verlassen den Wintergarten durch die Tür, die in den Garten des Hotels führt, der an ein Märchen erinnert.

Überall zwischen künstlich angelegten Ruinen ranken sich Rosen, die Farben können nicht natürlich sein, aber sie sehen fantastisch aus.

An den Garten schließt sich eine scheinbare Sandsteinmauer an, ein Fake, ein Truggebilde, unter dem sich Stahl verbirgt. Das Hotel hat sich abgesichert, in den Türgriff, der nur scheinbar aus dem 18. Jahrhundert stammt, ist ein Fingerabdruckscanner eingebaut. Ich lasse ihr den Vortritt aus Höflichkeit, denkt sie. Sie weiß nicht, dass ich gar kein Hotelgast bin und die Tür bei mir verschlossen geblieben wäre.

Wir gehen den Weg entlang zum malerischen Weiher. Die untergegangene Sonne tüncht das Blau des Himmels zartrosa ein, es riecht nach Frühling, Gras und Blumen duften herrlich, dazu geht der Mond über den Wipfeln der Bäume auf, kaum mit dem bloßen Auge erkennbar, doch ich sehe ihn sofort.

»Die Venus begrüßt die Nacht«, *sagt sie leise und deutet zu einem einzelnen, funkelnden Stern hinauf.* »Der Abendstern.« *Sie schweigt und fasst meinen Arm, den ich ihr sofort zum Geleit anbiete.* »Wie lange bleiben Sie in Bad Kissingen, Hektor?«, *fragt sie und versucht, das Ganze sehr beiläufig klingen zu lassen.*

»Sicher dürfen Sie Hektor sagen, Brigitte«, *nehme ich den Ball auf,* »aber wir besiegeln es, wie es die Franzosen tun.« *Ehe sie sich dagegen wehren kann, drehe ich mich zu ihr, umfasse ihre Schultern und ziehe sie dicht an mich heran, hauche drei Küsse links, rechts, links auf die Wangen.*

Für mich bedeuten die Küsse ihre endgültige Todesweihe. Sie versteht es als Zeichen der Zuneigung.

So unterschiedlich kann man eine Sache auslegen, und ich frage mich, was Judas und Jesus damals im Garten Gethsemane gedacht haben. Jesus freute sich sicher, Judas zu sehen, er mochte ihn. Und Judas? Die dreißig Silberlinge werden ihm durch den Kopf gegangen sein, der Lohn für seinen Verrat.

Es ist tatsächlich ein bisschen wie bei uns beiden. Ich denke in erster Linie an ihr Armband aus Weißgold, an ihre Diamanten, an ihren Reichtum.

Sie lächelt und wirkt etwas verlegen, die ungewohnte Aufmerksamkeit, die ich ihr schenke, der Sekt, die warme Luft, das verwirrt sie, macht sie weich und dankbar für nette

Worte und Gesten. Ich spüre, wie sie ihre Hände auf meine Oberarme legt. Sie drückt leicht, tastet ab.

»Warst du früher Athlet?«, *möchte sie wissen. In ihren Augen lese ich, dass sie genau weiß, was sie will und was sie sich für den späteren Abend von mir erhofft. Wenn ihr Mann wirklich ein fettes Schwein ist, wird sie allein der Anblick meines Körpers in Ekstase versetzen.*

»Ich war Zehnkämpfer, damals, an der Uni in München. Ich trainiere immer noch täglich«, *erkläre ich meine stahlharte Muskulatur und spanne sie zum Beweis an. Rechtzeitig erinnere ich mich an die Werbebroschüre von Bad Kissingen. Auf eine erlogene Geschichte mehr oder weniger kommt es auch nicht mehr an.* »Ein gesunder Geist wohnt in einem gesunden Körper«, *rezitiere ich, dann wende ich mich von ihr ab, lasse sie bei mir unterhaken und gehe weiter.*

Es wird dunkler. Unterwegs begegnen uns kaum mehr Spaziergänger, die meisten kehren zu ihren Hotels, Beautyfarmen, Bungalows und in ihre Suiten zurück, um sich einölen, massieren oder mit Vitaminspritzen voll pumpen zu lassen. Sie werden beim Abendessen über die Börsenkurse, die letzten Filmproduktionen, die Autoverkäufe, die Softdrinks und Lifestyleprodukte oder BTL-Legalisierung sprechen, die meisten von ihnen haben den Sinn fürs normale Leben in der ADL verloren. Zu viel Geld macht blind. Deshalb gebe ich es gleich wieder aus. Ich möchte meine Sehkraft behalten.

Ich führe sie weiter am Weiher entlang, aus dem Nebel aufsteigt, der das Ufer entlangkriecht. Wir betreten einen kleinen, wackligen Steg, der ins graue Nirgendwo zu führen scheint, und nach drei Schritten ist die Welt hinter uns im Dunst versunken. Wir lauschen auf das Plätschern der Wellen, die gegen die Pfeiler schwappen, das Geräusch beruhigt und entspannt.

Langsam gehen wir weiter. Am Ende des hölzernen Wegs setze ich mich auf die altehrwürdigen Planken und ziehe sie zu mir herunter. Schuhe aus, Strümpfe weg und die Füße ins

Wasser hängen, dann lasse ich mich nach hinten sinken, verschränke die Arme hinter dem Kopf und schaue nach oben, wo die Sterne sich Mühe geben, gegen das Grau des Nebels anzukämpfen. Sie tut es mir nach, wir liegen schweigend nebeneinander. Drei, zwei, eins …

»Hast du Lust zu schwimmen?«, *fragt sie, genau wie ich es wollte.*

Ich ziere mich ein wenig. »Meinst du, dass das Wasser sauber ist?«

Sie lacht mich aus. »Angst?«

»Nein, nicht um mich. Es wäre schade, wenn du dich erkälten oder dir irgendeinen Keim einfangen würdest. Wer weiß, wohin sie die Abwässer aus den Kliniken entsorgen.«

»Das glaube ich nicht.« *Sie steht auf und zieht sich bis auf die Unterwäsche aus, präsentiert mir ihre makellose Figur. Frauen in BHs haben keine Geheimnisse vor dem männlichen Auge.* »Los. Wer zuerst auf der anderen Seite ist.«

Ich richte mich auf und entkleide mich bis auf die Unterhose, ein Designerstück, das ich mir extra für solche Gelegenheiten gekauft habe. Ihre Blicke reißen mir selbst den letzten Fetzen Stoff vom Leib, sie würde mich gerne nackt sehen. Das wird sie sich erst verdienen müssen, und der Preis dafür ist ihr Tod. »Um was wetten wir?«, *frage ich lauernd.* »Was bekommt der Sieger?«

»Einen Kuss«, *antwortet sie schnell und springt kopfüber ins Wasser. Weil ich ja ein Chevalier bin, gebe ich ihr Vorsprung. Ich höre sie, wie sie krault und versucht, Distanz zwischen sich und den Steg zu bringen.*

Ich folge ihr mit einem kraftvollen Hechtsprung, es dauert nur einige Sekunden, und wir schwimmen gleichauf. Nachdem ich sie ein wenig geneckt habe, ziehe ich an ihr vorbei und steige am anderen Ufer an Land. Sie kommt mit mindestens zehn Sekunden Abstand hinterher.

»Zehnkämpfer«, *schnauft sie.* »Ich hatte vergessen, dass du Zehnkämpfer bist.«

Nein, das hat sie nicht, sie wollte nur einen netten Vorwand, um einen Kuss zu bekommen. Ich lächle und lasse es so aussehen, als sei es mir doch ein wenig unangenehm, dass ich gegen sie gewonnen habe. »Wenn du der Meinung bist, dass ich …«

Sofort schüttelt sie den Kopf. Sie sieht mit nassen Haaren besser aus. »Nein, Wettschulden sind Ehrenschulden.«

Kurzes taktisches Zögern, dann: »Darf ich mir … den Kuss auf deinem Zimmer abholen?«

Sie dagegen zögert keine Sekunde. »Lass uns zurückkehren.«

Wir schwimmen zurück, finden den Steg nach etwas Suchen und ziehen unsere Sachen an, während sich der Nebel um uns herum lichtet und uns den Blick auf einen sternenklaren Nachthimmel gewährt.

Übermütig wie die Kinder laufen wir den Weg zurück zum Hotel. Ich achte darauf, sie so oft wie möglich zu berühren und ihr den Verliebten vorzugaukeln, damit sie die Illusion für Wahrheit hält. Meine Augen können funkeln wie Edelsteine und sagen ihr, dass ich sie begehre, dass ich sie festhalten und lieben möchte, dass sie die Einzige für mich ist.

Wieder lasse ich ihr den Vortritt, die Türen öffnen sich für uns, der Fahrstuhl trägt uns ihrer Suite entgegen. Das ist eine Fügung, wie man sie selten hat, damit habe ich mehr Spielraum.

Kaum fällt die Tür ins Schloss, geht sie, sich entkleidend, in Richtung Bad. »Ich muss mich abbrausen, um warm zu werden«, *ruft sie.* »Es ist doch kälter, als ich gedacht habe.«

Ich tippe eine Uhrzeit in meinen Organizer, folge ihr, dieses Mal ziehe ich mich vollständig aus. Als ich die Tür der Duschkabine öffne, tut sie überrascht, aber sie spielt schlecht. Sie hat sich eingeseift, der Schaum sieht sexy auf ihrer braunen Haut aus. »Hektor? Was …«

»Ich wollte mir meinen Kuss abholen«, *erwidere ich. Wieder suche ich ihren Blick, während ich zu ihr steige und warmes Wasser auf mich regnet. Es rinnt über meine aufgepumpten Muskeln, ich sehe ihre Begierde.*

Ich neige den Kopf nach vorne, da kommt sie mir schon entgegen, ihre Lippen halb geöffnet, die Augen geschlossen. Sie macht es mir leicht, meinen Gewinn einzufordern. Ich erfülle ihren Wunsch, lasse ihre Finger über meinen Körper gleiten, gebe ihr einen Vorgeschmack von dem, was sie bekommen könnte, liebkose sie und lasse sie schneller atmen … Da klingelt mein Organizer, weil der Timer, den ich aktivierte, seine Pflicht tut.

Zuerst ignoriere ich ihn, schließlich macht sie mich auf ihn aufmerksam. »Hektor, ist das deiner?«

»Lass ihn«, *sage ich und klinge absichtlich heiser, erregt,* »du bist mir wichtiger.« *Ich küsse leidenschaftlich ihren Hals. Sie erschaudert und drückt mich dennoch sanft weg.*

»Wenn es aber dringend ist?«

Ich streichle ihr Gesicht, fahre den gelifteten Hals entlang über ihre vergrößerte Brust, so etwas fühle ich, und steige hinaus. »Ich bin gleich wieder bei dir.« *Natürlich kehre ich nicht zurück, sondern setze mich ins Wohnzimmer, starre abwesend auf den Organizer und warte, dass sie mich sucht. Drei, zwei, eins …*

»Hektor, alles in Ordnung?«

Keine Antwort ist in diesem Fall das Beste, das macht sie nervös. Ich höre, wie sie aus dem Bad kommt, wie die Wassertropfen von ihr auf die Kacheln klatschen, sehe sie durch die Tür kommen, ein Handtuch um ihren nackten Körper geschlungen. »Schlechte Nachrichten?«

»Mein Anwalt«, *sage ich fahrig.* »Ich fasse es nicht, es ist mein Anwalt! Er will dringend einen Vorschuss, um meinen Fall gegen meine Ex-Frau voranzutreiben, oder er legt das Mandat nieder.« *Ich stütze meinen Kopf verzweifelt mit der Rechten.* »Sie hat mich reingelegt! Sie hat sich eine neue Kanzlei gesucht und will immer noch das Gestüt.«

»Dann überweise es doch.«

Ich schaue sie verzweifelt an. »Ich habe nichts dabei, keinen Computer oder etwas in der Art. Meine Konten sind so eingerichtet, dass ich sie nur mit diesem Rechner abfragen und verändern kann. Aus Sicherheitsgründen, weil meine Ex-Frau die Nummern kennt.« *Ich blicke ins Dunkel, verzweifelt und ratlos, und warte. Es wird sich zeigen, wie gut ich meine Rolle zuvor gespielt habe. Drei, zwei, eins …*

»Aber ich kann es dir doch transferieren. Von meinem Konto aus.«

Ich muss gut gewesen sein. »Nein, Brigitte, das kann ich nicht von dir verlangen …«

»Keine Widerrede, du gibst es mir doch wieder zurück. Also, wie viel?« *Sie setzt sich an den Schreibtisch, aktiviert ihren PC und loggt sich in die Matrix ein.* »Wohin soll ich es überweisen?«

»Zwei Prozent des Streitwertes.« *Ich winde mich, knie mich neben sie und schreibe ihr auf den Block einen Schuldschein über 30 000 Ecu aus.* »Hier, nimm ihn und lege ihn in deinen Safe«, *verlange ich entschieden und lasse keine Widerrede zu.* »Erst dann werde ich deine Hilfe akzeptieren.«

Sie versteht, dass es mir sehr ernst damit ist. Sie steht auf und geht hinüber zum Zimmersafe, der in der Minibar eingebaut ist.

»Verdammt«, *sagte ich und schleudere scheinbar wütend meinen Organizer von mir. Er schlittert durch den Raum und landet in der Nähe der Minibar.* »Diese Hure! Sie hat unterschrieben, sich mit der Yacht zufrieden zu geben.« *Natürlich entschuldige ich mich sofort für mein Aufbrausen, wo doch die Contenance alles ist.*

Sie verzeiht es mir mit einem Lächeln, schließt den Schuldschein ein und kehrt zurück, gibt mir einen langen Kuss und beginnt, den Transfer vorzunehmen. Ich tue so, als blicke ich in die andere Richtung, passe aber genau auf. »Mein Ex-Mann wird sich zwar wundern, dass ich mich bei ihm bediene, aber so lange ich die Vollmachten besitze, ist sein Konto auch mein Konto«, *erklärt sie mit einem fiesen Lächeln.*

Ich nenne ihr die Ziffern, die sie benötigt, um mir 30000 Ecu zu überweisen, ihre Finger gleiten über die Tastatur, ohne eine Pause zu machen. Zehn Sekunden später ist die Sache fast erledigt, alle Codes sind eingegeben, sie will Enter drücken.

»Brigitte! Du hast mich gerettet«, *bedanke ich mich bei ihr, hebe sie hoch, wie ein Bräutigam seine Braut trägt, ihr Zeigefinger trifft anstatt der Taste ins Leere.* »Gerettet, gerettet! Du wirst das Gestüt lieben! Ich zeige dir die Pferde, das Anwesen«, *ich drehe mich rasend schnell um die eigene Achse, tanze einen übermütigen Walzer mit ihr und kreisele durch die Suite,* »alles! Alles möchte ich dir zeigen, du Engel!«

Ihre Arme schlingen sich um meinen Hals, sie lacht fröhlich. »Nicht so schnell, Hektor. Bitte, ich muss doch noch ...«

Mein Augenmaß hat mich noch niemals im Stich gelassen. Der letzte Schwenk führt mich bis an den Türrahmen.

Ihr gestraffter Hals kollidiert mit dem Holzimitat, ihre Wirbel knacken leise, und ihre blauen Augen brechen auf der Stelle, ihre Arme erschlaffen, die Spannung weicht von einer Sekunde auf die nächste. Tot.

Das war der Preis, von dem ich gesprochen habe, wenn man mich nackt sehen möchte. Nur bei meinem Arzt mache ich eine Ausnahme.

Ich trage sie zurück ins Bad und lege sie über den Rand der Wanne, schütte etwas Wasser auf die Kacheln, hebe sie wieder auf und lasse sie gegen das Waschbecken fallen, wobei ich darauf achte, dass genau die Stelle getroffen wird, an der ich ihr den Hals gebrochen habe. Beim Aufschlag auf den Boden zieht sie sich eine Platzwunde am Kopf zu, sehr gut, das macht es realistischer. Ihr Blut bildet einen hübschen Kontrast zu den hellen Fliesen. Ich muss nichts arrangieren, es sieht aus wie ein Unfall.

Ich eile zum PC und füge den 30 000 noch zwei Nullen hinzu, auch die Kontonummer sowie den Empfängernamen tippe ich neu ein, und als die Abfrage erscheint »Wollen Sie die Änderungen vornehmen?«, *drücke ich ihren Geheimcode ein, gefolgt von der Enter-Taste.* »Transaktion erfolgt. Vielen Dank, Frau von Odenau.«

Für drei Millionen Ecu kann man einen Mord begehen. Auftragskiller arbeiten sogar für viel weniger.

In der Vergangenheit tötete ich Frauen, deren Guthaben sich gerade einmal auf 200 000 Ecu belief, aber das hier, das deckt meine Unkosten für die nächsten Monate.

Der Organizer hat das Piepsen aufgezeichnet, das beim Drücken auf das Bedienfeld des Safes entstand. Ich übe auf dem Kom, bis ich die richtigen Töne zuordnen kann, dann öffne ich den Safe und nehme den Schuldschein wieder an mich. Muss ja nicht sein, dass ich den Bullen mehr Hinweise gebe als notwendig.

Ich ziehe mich an und beginne damit, die Suite sauber zu machen, ich wische alle Spuren weg, die auf mich hinweisen könnten, Fingerabdrücke und Offensichtliches, damit erst gar nicht der Verdacht entsteht, sie wäre eines unnatürlichen Todes gestorben. Sie kam aus der Dusche, rutschte aus und brach sich das Genick, so einfach ist es. Bis sie auf die Idee kommen, die Überweisungen zu checken, ist das Geld längst auf einem anderen Konto. Ihr Mann kann froh sein, ich habe ihm eine große Last abgenommen.

Zufrieden und sehr reich gehe ich zur Tür der Suite und öffne sie.

Es war ein Fehler, nicht zuerst durch den Spion nach außen geschaut zu haben.

Ich blicke in das Gesicht der netten Bedienung, die mir im Wintergarten meinen russischen Zupfkuchen und meinen Assam-Tee brachte. Vor ihr steht ein Servierwagen, obendrauf eine Flasche Champagner im Kühler, zwei Gläser, frisches Obst, mit Minzzweigen garniert.

Sie grinst, sie hat mich sofort wiedererkannt. »Oh, Sie.«

Sie schaut auf ihr Pad. »Ich habe die Bestellung von Frau von Odenau. Darf ich hereinkommen«, *sie hört gar nicht mehr auf zu grinsen,* »oder störe ich vielleicht?«

Mir ist das äußerst unangenehm. Mein schöner Plan wird durch schlechtes Timing zunichte gemacht. Brigitte muss vom Bad aus in der Hotelzentrale angerufen und geordert haben, dadurch ist es mir entgangen.

Was mache ich mit ihr?

Sie kann sich am besten von allen Angestellten des Hotels an mich erinnern. Es wird ihr sofort seltsam vorkommen, dass ich den Unfall im Bad nicht gemeldet habe und einfach verschwunden bin. Sehr, sehr schade, das alles.

Ich trete einen Schritt zur Seite. »Nein, Sie stören nicht. Schieben Sie den Wagen rein, und öffnen Sie bitte die Flasche. Ich bin darin nicht sonderlich geschickt.«

»Sicher, der Herr.« *Aus dem Grinsen wird ein Lächeln, ihr bezauberndes Lächeln, das es wert gewesen wäre, sie am Leben zu lassen und ihr glückliche Jahre zu wünschen. Wäre. Sie geht an mir vorbei, die Eiswürfel im Kühler knirschen und klirren leise gegen das Glas.* »Wo soll ich den Champagner servieren?«

»Gleich hier. Warten Sie, zeigen Sie mir, wie man so etwas macht.« *Ich schließe die Tür sanft hinter ihr und gehe lächelnd auf sie zu …*

VII.

ADL, Württemberg, Stuttgart-Sindelfingen, 02.05.2059, 09:39 Uhr

Tab klinkte sich ins Netz und schoss durch die Matrix. Er wechselte mehrmals die Verbindungen, nahm Umwege über Relaisstationen und Satelliten, bis er sich am nächsten Knotenpunkt ins Gitter des Fashion-News-Net einloggte, um die neuesten Gerüchte über den Tod von Di'Oá zu holen.

Sein Persona-Programm war von ihm modifiziert worden. Früher nutzte er die Gestalt eines nackten Punkers, der einen Irokesenschnitt aus Nadeln trug, aber seit ihn alle für tot hielten, musste er sich wohl oder übel etwas anderes ausdenken, um die Tarnung aufrechtzuerhalten.

Für diesen Run hatte er sich etwas ganz Besonderes ausgedacht.

Das Maskenprogramm machte ihn zu einem Dandy im Stil der zwanziger Jahre des 20. Jahrhunderts, klassischer Frack, Stehkragen, Gamaschen über den schwarzen Lackschuhen, Mittelscheitel mit viel Pomade, inklusive Monokel, Gehstock und Seidenschal. Selbst auf die Kippe mit Bernsteinmundstück verzichtete er nicht. Hinter *dieser* Persona würde niemand Tab, den kleinen Punker, vermuten.

Jemand hatte ihm das alte Deck von Datadieb zugespielt, und Junge, *das* war ein Deck!

Zwei Platinen hatten unter der Attacke des Schwarzen Ice gelitten und es nicht geschafft, die tödlichen

Stromstöße gegen das Hirn ihres ersten Deckers abzuschwächen. Die durchgebrannten Teile wurden ersetzt, und seitdem lief die Maschine wie eine astrein übertaktete, aber sicher gekühlte CPU. So ein edles Teil hielt gegen ein teures Fairlight Excalibur-Deck locker mit. Er wünschte sich, ein bisschen besser zu sein, damit er die Möglichkeiten des Rechners voll nutzen könnte.

Es muss so gehen, sagte er sich und begann, die virtuellen Kleiderbügel, an denen die neuesten Gerüchte wie T-Shirts, Accessoires und andere Modesachen aufgereiht hingen, zu durchstöbern.

Wie es schien, äußerte der Di'Oá-Konzern selbst die Vermutung, dass es sich um einen Anschlag handelte, um die Aktien des Unternehmens in den Keller zu treiben und damit eine feindliche Übernahme möglich zu machen.

Tatsächlich rutschte der Kurs von 102 Ecu steil nach unten und lag bei nur noch 31 Ecu pro Stück. Die Anleger stiegen scharenweise aus, und die Großeinkäufe von Unbekannten begannen. An erster Stelle auf der Verdächtigenliste wurden Allure Designz gehandelt, aber auch die Strohmänner von Creation Reyon, das galt als offenes Geheimnis, orderten kräftig ein Aktienpaket nach dem anderen.

Tab grinste. Im eskalierenden Kon-Krieg dachte niemand an die einfachste Lösung: simple Rache. Nachdem die Modezarin ausgeschaltet war, erledigte Adorno das Sternschutz-Arschloch, und er kümmerte sich gleich um den dritten Kandidaten. *Ich verschaffe ihm einen Ritt in die Hölle. Ohne Rückkehrticket.*

Er fertigte sich eine Kopie der News an und suchte sich den nächsten Knotenpunkt, um an die virtuellen Türen von Di'Oá zu klopfen.

Es dauerte nicht lange, und er stand am Eingang ins System, dargestellt als Vorhang aus schwerem, rotem Samt, der glitzerte und funkelte.

Der Eindruck täuschte. Es handelte sich um eine knallharte Barriere, vor der zwei Wächterprogramme in Gestalt von Models, ein Mann und eine Frau, gekleidet in die neuesten Entwürfe des Ateliers, standen. An ihren linken Oberarmen hatte man nachträglich eine schwarze Armbinde hinzugefügt. Trauerflor für die getötete Chefin des Unternehmens.

Tab ging auf sie zu und nahm einen Ausweis aus seiner Jacke, die Zahlenkolonnen darauf wirbelten hin und her, bis sie die richtige Reihenfolge erreichten und zum Stillstand kamen. Offiziell galt er nun als Mode-Journalist und legitimierter Nutzer des Di'Oá-Gitters, was ihm erlaubte, die neuesten Informationen aus dem Presse-Center abzurufen, das in einer eigens eingerichteten Abteilung des Gitters lag. »Hallo.«

»Guten Tag.« Die Wächter prüften seinen Ausweis, dann schoben sie den roten Vorhang auseinander und ließen ihn passieren. »Bitte sehr. Halten Sie sich bitte an die Beschilderung.«

»Sicher.« Er betrat eine Catwalk-Imitation und stand für Sekunden in einem Blitzlichtgewitter, das wohl so etwas wie Modelfeeling heraufbeschwören sollte.

Sein Sensor schlug an. Jemand überprüfte ihn ein weiteres Mal, und als er nach unten schaute, sah er eine kleine gestylte Katze, die um seine Beine strich. Sie war nichts anderes als ein Aufspürprogramm. Der Konzern wollte in seinem derzeitigen paranoiden Zustand genau wissen, welcher Besucher woher kam.

Tab nahm es gelassen, er zündete sich die Zigarette an. »Na, meine Kleine? Bist du neugierig?« Er streichelte sie und schob sie dann in Richtung Ausgang. »Such schön, meine Kleine.« Er schaute ihr hinterher und lächelte. Die Katze würde sich die Füße wund laufen. Seine Verlegungs-Utility, die seinen Einstiegspunkt verwischte, war der Intelligenz des Suchprogramms weit überlegen.

Folgsam ging er den scheinwerfererhellten Catwalk entlang, der sich alsbald gabelte, während rechts und links von ihm Publikum saß, programmierte Statisten, um Aufpasser unter ihnen zu verstecken.

Ein Wegweiser führte ihn zur Presse-Abteilung, doch das interessierte Tab nicht. Er aktivierte sein Schleicherprogramm und wurde von einer Sekunde zur nächsten zu einem harmlosen Modedesigner des Unternehmens.

Derart verändert und für die Abwehrmechanismen uninteressant, wenn er eine Reaktion nicht unmittelbar heraufbeschwor, etwa durch auffälliges Verhalten oder einen direkten Angriff gegen Barrieren, Wächter oder andere Systemeinrichtungen, bog er ab und orientierte sich neu.

Er musste in die Nähe der Sicherheitszentrale gelangen, um seine Show abzuziehen, und vorher durfte er durch nichts aufgehalten werden. Er wollte seine Kampfkraft nicht gegen Computerkonstrukte verschwenden. Sein Duell hatte er gegen einen anderen Decker zu bestehen.

Unterwegs passierte er mehrere Barrieren. Zuerst drückte er sich in ihrer Nähe herum und durchschritt sie, wenn er sicher war, dass sie ihn nicht wahrnahmen. Es gelang. Sie ignorierten ihn ebenso wie das Ice, dem er begegnete. Sein Analyseprogramm führte ihn unbehelligt die Laufstege entlang tiefer und tiefer ins System des Konzerns.

Je mehr er vorankam, desto mehr veränderte sich das Ice. Aus den weißen Varianten wurden graue, breit gebaute Schaufensterpuppen in Anzügen und mit langen Nadeln für den Nahkampf an der Seite. Die leblosen Puppenaugen verfolgten jeden seiner Schritte.

Seit er die letzte Barriere durchschritten hatte, liefen kleine Männchen mit Aktenordnern um ihn herum. Sie bedeuteten Datentransfer. Den Ordneraufschriften zufolge handelte es sich um Abrechnungen und dergleichen. Demnach gelangte er in die Verwaltung.

Shit, da wollte ich nicht hin. Sein Analyseprogramm war getäuscht worden, und ein leitender Angestellter mit Sakko und Krawatte, der am Ende des Gangs an einem Schreibtisch saß und den Korridor überwachte, schaute bereits irritiert in seine Richtung.

»Entschuldigung, haben Sie sich verlaufen? Sie sind Designer.« Er stand auf, im nächsten Moment erhob er sich vor Tab. »Kann ich Ihre Legitimierung sehen?«

Tab aktivierte das Täuschungsprogramm, nachdem sein Schleicher ausgedient hatte. Er benötigte dringend einen guten Grund, weshalb sich ein Modedesigner in die Verwaltung begab. Er langte unter die Jacke und zog eine Nachricht hervor, auf der zu lesen war, dass er sich bei der Buchhaltung melden sollte. »Lohnabrechnung. Es stimmt was nicht«, log er.

Der leitende Angestellte nahm den Wisch und runzelte die Stirn. »Kann ich Ihren Ausweis sehen?«

Tab reichte den Ausweis, die Zahlenkolonnen darauf arrangierten sich neu, um ihm eine Erlaubnis zu verschaffen. Noch gelang es ihnen nicht.

»Das ist ... ungewöhnlich«, blieb das weiße Ice, denn nichts anderes stellte der Mann dar, vorsichtig. Es betrachtete ihn, dann wieder den Ausweis, auf dem die Ziffern langsam zur Ruhe kamen, einer Spielautomatenanzeige nicht unähnlich.

Tab bemerkte, dass sich die kleinen, hektischen Verwaltungsmännchen plötzlich langsamer bewegten. Das bedeutete, dass der Aufpasser vor ihm passiven Alarm ausgelöst hatte und der Computer von Di'Oá sich nicht sicher war, ob sich ein Eindringling im System befand. Alle Wachprogramme wurden eine Stunde lang geboostet und liefen mit höherer Aufmerksamkeit als vorhin. Darunter litten die übrigen Verarbeitungsvorgänge des Systems, wie er deutlich am Datenaustausch, den die Männchen symbolisierten, erkannte.

»Doch, es geht klar, sehe ich«, meldete ihm das Ice. »Sie können weitergehen, Zimmer 2147/32B.«

»Danke.« Er ging, suchte den Eingang des Büros, in dem die Schnittmuster für die anstehenden Kollektionen gelagert wurden, und fand ihn, gesichert mit einer extra starken Barriere.

Tab drehte sich um und aktivierte das Schleicherprogramm, um an der Barriere vorbeizugelangen. Im Gegensatz zu dem Ice ließ sie sich von dem gefälschten Code und seinem Täuschungsprogramm nicht mehr hinters Licht führen. Der passive Alarm bedeutete eine zusätzliche Erschwernis für sein Unterfangen.

Es gelang ihm, für die Barriere unsichtbar zu werden, wenn auch mit Mühe.

Das überraschte ihn.

Nicht weil er es mit Mühe schaffte, sondern dass er es *überhaupt* schaffte, was er offenbar den exzellenten Qualitäten des Decks verdankte. Mit seinem Schrottdeck wäre er erst gar nicht ins System vorgedrungen. Spätestens an dieser Stelle hätte ihm das Schaufensterpuppen-Ice die Nadeln in den Arsch gerammt. Das Deck passte sich ihm an, wie es schien, und unterstützte ihn intuitiv.

Er brauchte nur kurz, um die Daten zu kopieren. *Danke, Datadieb*, sandte er ein stilles Stoßgebet in den Deckerhimmel, als er die Abteilung verließ und seine Analyse-Utility neu startete, um den Weg zur Sicherheitszentrale zu finden.

Er hielt das Schleicherprogramm aufrecht und näherte sich der als gleißendes Kraftfeld dargestellten Barriere, die ihm von der Analyse-Utility als Zugang zum Sicherheitssystem angezeigt worden war.

Seine Nervosität stieg an. Beinahe hätte er vor dem Schritt durch die flirrende Wand gezögert, aber an ein

Zurück war nicht zu denken. Er hatte es so weit geschafft, nichts hielt ihn mehr auf, schon gar nicht mit diesem Deck.

Tab starrte auf das düstere, pyramidenhafte Konstrukt, in dessen Inneren er sich befand.

Die Wände bestanden zu 99 Prozent aus Bildschirmen, auf denen immer wieder Bilder aus dem ganzen System aufblitzten und erloschen. Jedes Bild war anders und stand für die Überwachungsprogramme, die überall ihre Dienste verrichteten.

Die gespannten Fallstricke zwischen den wenigen freien Stellen an den silbernen Wänden sahen verwirrend aus, eine Berührung, und der aktive Alarm wurde ausgelöst.

In der Mitte schwebte die Persona eines Deckers, wie ihm sein Analyseprogramm signalisierte. Die Persona *des* Deckers und dritten Verräters.

Tab erinnerte sich genau an das Aussehen, ein Mensch mit einem Januskopf, den zwei Gesichtern, die wiederum mit Dutzenden von Augen gespickt waren. Sie blickten ständig um sich, jeder Monitor erhielt die verdiente Aufmerksamkeit, das System wurde akribisch überwacht.

Zwei Ices drehten sich zu ihm um, die Nadeln hielten sie wegen des noch laufenden passiven Alarms stoßbereit erhoben.

Die Show beginnt. Er aktivierte seine Kampf-Utility, die Nadel, die er eben noch mit sich geführt hatte, verschwand, dafür führte er in jeder Hand ein Beil, die Klingen bestanden aus dunkelrotem Feuer.

Seine Attacke erfolgte für die Ices derart überraschend, dass sie ihm nichts entgegenzusetzen hatten. Zwei kleine Treffer steckte er ein, doch das eilig initiierte Medicprogramm verpflasterte seine Persona.

Der aktive Alarm wurde ausgelöst, der System-Decker drehte ihm das grimmigere seiner beiden Gesichter zu, die zahlreichen Augen blinzelten. »So, ein Eindringling. Welcher Kon schickt dich?«

Tab ließ die Maske fallen und deaktivierte den Dandy-Modus, um dem Verräter zu zeigen, weshalb er hier war. Vor dem Sicherheitsdecker entstand die Persona von Datadieb, ein Mann in einem hautengen gelben Kostüm mit einer Augenmaske, auf der »DaDi« geschrieben stand.

»Du?« Der Decker öffnete die Hand, und ein Speer aus flirrender Energie entstand. Er hatte seine Angriffs-Utility geöffnet. »Das kann nicht sein! Wir haben dir das Hirn verbrannt!« Er sprang nach vorn und schlug mit dem Speer zu.

Tab ließ das Kraftfeld um sich herum aufsummen, die Spitze prallte Funken sprühend gegen den Widerstand. Die Abwehr-Utility hielt stand.

»*Wer* bist du?«

»Vielleicht bin ich Datadieb«, begann er in der gleichen Art zu sprechen, wie es Datadieb immer tat, »vielleicht auch nicht.« Die Beile zuckten kurz hintereinander herab und verletzten die gegnerische Persona, der Schaden wurde als Impuls und realer Schmerz durch das Deck und das Glasfaserkabel an den Decker weitergeleitet. »Ich bin hier, um Rache zu üben, Eyes. Für deinen Verrat.«

Der Decker schaute auf die klaffenden Löcher, die ihm die Klingen geschlagen hatten. Blut oder Eingeweide fehlten, es war, als blicke man in das Innere eines Schokoladenweihnachtsmannes oder einer Tonfigur. »Es gibt keinen Verrat«, brüllte er wütend und griff an.

Tabs Schirm hielt den Speer erneut davon ab, Schaden anzurichten. Stattdessen duckte er sich unter einem Fallstrick durch, ein Beil hackte dem Gegner ins Bein, das andere traf in den Unterleib. Die herausgetrennten virtuellen Fleischstücke trieben als zackige Fetzen durch das Konstrukt, zu denen sich nach einer ganzen

Serie von Schlägen vier neue gesellten. »Nenne es, wie du willst. Es wird dich nicht retten.«

Die Persona des Verräters taumelte rückwärts und wollte flüchten. »Lass mich in Ruhe!«, schrie sie. »Du bist tot! Ich habe dich eigenhändig ausgelöscht. Wer bist du wirklich?«

Plötzlich blitzten rote Lampen auf den Bildschirmen um sie herum auf, Warnsirenen schrillten los und bedeuteten, dass sich die übrigen Decker des Kons nicht anders zu helfen wussten, als das System abzuschalten und den Eindringling auf diese Weise hinauszukicken, ehe er noch mehr Schaden anrichtete.

Tab sah die Wunden, die er seinem Gegner zugefügt hatte. Nur noch wenige fehlten, und der Decker würde an den Rückkopplungen sterben, die ihm sein Deck durch die Kabel unmittelbar in die Implantate in seinem Kopf und von dort ins Gehirn leitete. Die Elektrizitätsströme flossen, die Energie würde die Cybereinbauten überlasten und durchbrennen lassen, damit verkochte das Hirn des Mannes zu einem kleinen Klumpen. Virtuelle Persona und realer Decker starben gemeinsam.

Er sprang über die Fallstricke und setzte dem Flüchtenden nach. »Du hast Datadieb heimtückisch gegrillt.« Das Beil stieß herab und trennte ihm ein Stück Brustkorb heraus. Es flog davon. »Du bist die Nummer drei, Eyes.« Tab fuhr mit der Linken durch das Loch im Brustkorb in das Innere der schwer beschädigten Persona und hielt sie an der Bruchkante fest. »Du weißt, wer uns noch fehlt.«

»Uns?« Der System-Decker versuchte, sich aus dem Griff zu befreien, schaffte es aber nicht.

»Wir leben alle, Eyes, bis auf Datadieb. Wir machen euch Wichser fertig. Einen nach dem anderen.« Tab lachte laut und stellte sich vor, wie der echte Eyes an seinem Tisch hin und her zuckte, krampfhaft versuchte, sich auszustöpseln, und es nicht schaffte, wohl wissend, dass sein Leben an einem seidenen Faden hing. Nein, eigentlich hing sein Leben an einem Glasfaserkabel. »Euch und den Scheißkon. Verpiss dich, Eyes.«

Die leuchtende Axtschneide trennte den augenbesetzten Kopf mit einem gewaltigen Hieb ab. Der durchaus menschlich klingende Schrei modulierte unkontrolliert, bis er höher und höher wurde, als pitchte ihn ein verrückt gewordener Soundmixer hinauf bis zum Kilimandscharo. Dann zersprangen die Überreste der Persona, flackerten und lösten sich noch im Davonfliegen auf. Anders gesagt: Das Programm war abgestürzt und vernichtet.

Der echte Eyes würde im gleichen Augenblick mit glasigem Blick nach vorne sinken und mit dem Kopf auf die Tastatur schlagen, gegrillt von den zerstörerischen Impulsen aus seinem Deck.

Tab freute sich noch nicht über seinen Erfolg, den er mit Hilfe des fremden Decks errungen hatte. *Erst gibt es noch was zu erledigen.*

Er zog einen kleinen schwarzen Luftballon aus seiner Hosentasche und blies ihn auf. Wie aus dem Nichts entstand darauf eine fies grinsende Fratze mit spitzen dolchartigen Zähnen, an denen giftgrüner Speichel hinabrann. Der Ballon schüttelte sich, und ein zweiter entstand, der ihm exakt glich. Tab hatte einen Virus eingeschleust, der sich immer weiter teilen und angreifen würde.

Die leuchtende Axtschneide zerstörte die Barriere am Eingang der Sicherheitszentrale. Tab packte die Schnur des frisch entstandenen Virus, während das andere bereits die Monitore zerfraß, und ging hinaus.

Er rannte bis vor die Verwaltungsabteilung, während sich das Virus unterwegs munter vervielfältigte, und zerstörte auch diese Sperre, um den schwarzen Luftballon hineinzuschieben. Datadiebs Deck verlieh ihm

Kräfte im Cyberspace, wie er sie vorher noch nie besessen hatte.

Das Virus begann, die umherlaufenden Männchen mit den Aktenordnern systematisch zu vernichten. Tab sah zu, wie es wütete und die Daten schrottete, sich dabei unaufhörlich reproduzierte, bis der Decker von dem herunterfahrenden Computersystem des Unternehmens automatisch aus der Matrix geworfen wurde.

... Zwip ...

Tab saß im Hotelzimmer und rang mit den Auswirkungen des Auswurfschocks, den unangenehmen Nachwehen, mit denen jeder Decker zu kämpfen hatte, der unfreiwillig aus der Leitung geschleudert wurde.

Es war ein leichtes Schwindelgefühl, eine Desorientierung, hervorgerufen durch den abrupten Abbruch des SimSinn-Signals. Früher hatte er schon mal nach dem Matrixus Interruptus gekotzt, doch heute machte es ihm erstaunlicherweise nichts aus.

Geschafft. Wieder einer weniger. Der Decker stand nach einer Weile vorsichtig auf, schwankte zur Minibar und nahm sich ein Ginger-Ale. Sein Kreislauf sollte sich erst wieder beruhigen, danach würde er nochmals in die Matrix eintauchen und die runtergeladenen Schnittmuster und Kollektionen verschiedenen Konkurrenten Di'Oás zum Kauf anbieten. Den Erlös würde er durch vier teilen.

Lächelnd rief er sich den Amoklauf seines Virus in Erinnerung.

Die Buchhaltung, Werksverträge, Fertigungsanweisungen und die Schnittmuster der kommenden Wintermode fielen ihm ebenso zum Opfer wie die ersten Entwürfe der Frühjahrskollektion 2060. Damit hatte er dem Konzern einen empfindlichen Schlag, wenn nicht vielleicht sogar den Todesstoß versetzt.

Er sah sich selbst im Spiegel, grinste und hob die

Dose. *Auf dich, Datadieb. Du kannst stolz auf uns sein. Auf uns und dein Deck.*

Jetzt lag es in den Händen von Graue Klaue, ihre Rache zu vervollkommnen.

ADL, Württemberg, Stuttgart-Tübingen, 02.05.2059, 10:11 Uhr

Sunderby betrachtete Marleens verblassende Aura und seufzte. Sie hatte sich von den Anstrengungen noch immer nicht erholt. Mit geschlossenen Lidern trieb sie im Astralraum, nur ab und zu zuckten ihre Finger oder rollten die Augäpfel wie bei einer Träumenden.

Cauldron wusste keinen anderen Ausweg mehr, als es wieder bei dem Tübinger Professor zu versuchen, und der wiederum rief einige seiner Kollegen zusammen. Man traf sich im Arbeitszimmer des Dozenten.

Um Cauldron herum standen die astralen Projektionen bedeutender Gelehrter der magischen Zunft Tübingens, und trotz all ihres Wissens schienen sie ebenso wenig etwas gegen die voranschreitende Auflösung der jungen Frau unternehmen zu können wie sie. Doch sie nutzten die Gelegenheit, um zu studieren, Meinungen auszutauschen, Eindrücke festzuhalten und das Phänomen zu beobachten.

Ich komme mir vor wie bei einem Experiment. Cauldron hörte, was sie sagten und wie sie berieten, wie sie Theorien zitierten und sich Lehrsätze an den Kopf warfen. Sie bezweifelte, dass die Doktoren und Professoren innerhalb der nächsten Stunden zu einem Ergebnis kommen und Marleen damit vor dem endgültigen Tod retten würden.

»Haben Sie eine Möglichkeit?« Sie hielt es nicht länger aus.

»In der Tat«, nickte Sunderby. »Wir haben beschlossen, Frau Lintz gemäß der Theorie von Wasnujev wie einen freien Geist zu behandeln, und möchten versuchen, sie unter Kontrolle zu bekommen«, erklärte er den nächsten Schritt. »Auf die Schnelle ist uns nichts anderes möglich, und wir wissen nicht, ob es überhaupt funktioniert. Leider gibt es keine griffbereiten Aufzeichnungen darüber, ob und wie eine Auflösung ad hoc aufgehalten werden konnte.« Er schaute zu seinen Kollegen, die sich immer noch besprachen und leise die jeweiligen Ansichten verteidigten. »Die Reinkarnationstheorie, von der wir sprachen, ist ein Hoffnungsschimmer, aber ein sehr vager. Erst wenn wir die astrale Projektion von Frau Lintz stabilisiert haben, können wir uns um weitere Schritte kümmern.« Er betrachtete sie argwöhnisch. »Wohin sind Sie eigentlich geflogen, und was hat Frau Lintz derart erschöpft?«

Cauldron würde ihm garantiert nicht sagen, welches seltsame Erlebnis sie in St. Peterburg hatten, und schon gar nicht würde sie den Namen Shedim erwähnen, bis sie selbst etwas darüber herausfand.

»Ich dachte, ich könnte jemanden erreichen, der so eine ähnliche Reinkarnation schon einmal selbst erlebt hat«, erwiderte sie ausweichend. »Aber es war ein Irrtum. Unterwegs wurden wir zu allem Elend noch von einem freien Geist attackiert.«

»Aha.« Sunderby ging nicht näher auf ihre Andeutung ein. Seine Kollegen riefen ihn zu sich. »Meinen Sie, dass Sie uns in irgendeiner Weise helfen könnten?«, fragte er sie, während er zu den Gelehrten ging. »Ich bin gleich wieder bei Ihnen.«

Sie wusste es nicht. Und sie wusste auch nicht, ob der Versuch, gewaltsam Kontrolle über Marleen zu erlangen, wie man es bei Geistern oder Elementaren konnte, den Verfall nicht beschleunigte. Dummerweise wollte ihr nichts Besseres einfallen.

Plötzlich spürte sie ein unangenehmes Stechen an ihrem Oberarm.

Es war das verabredete Zeichen von Xavier, wenn er sie unbedingt in der realen Welt benötigte, und das wiederum bedeutete, dass sich Schwierigkeiten anbahnten. Sie vergewisserte sich rasch, dass es Marleen den Umständen entsprechend gut ging.

»Ich muss weg, Professor«, sagte sie laut. »Ich versuche, so schnell wie möglich wieder zurückzukehren, sagen Sie das Marleen bitte, falls sie aufwacht. Und sie soll Ihnen den Namen des Mörders sagen.«

»Wie?«

»Machen Sie es einfach.« Cauldron stieß sich ab und schoss durch die Luft, durchquerte den Astralraum mit höchster Geschwindigkeit, was umgerechnet mehrfacher Schallgeschwindigkeit entsprach, und erreichte das Trespasser nach kurzem Flug.

Erleichterung breitete sich bei ihr aus. Sie askennte nichts Bedrohliches, weder magischer noch weltlicher Natur. Keine Schläger, keine angreifenden Geister, kein ausgebrochenes Feuer oder eine Schießerei.

Dann kann es sich nur um wichtige Neuigkeiten zu diesem Serienmörder handeln, schätzte sie und senkte sich durch die Etagendecken des Hotels in ihr Zimmer herab. Sie sah ihren Leib auf dem Bett liegen, während Xavier damit beschäftigt war, ihre Sachen eilig in den Koffer zu werfen. *Nanu? Was ist passiert?*

Sie glitt in ihre sterbliche Hülle zurück und öffnete Minuten darauf die Augen, richtete sich vorsichtig auf und zog die Nadel, mit der er sie malträtiert hatte, um sie aufmerksam zu machen, aus dem Oberarm. Ein kurzer Zauber, und die Einstichstellen schlossen sich von selbst.

Er hörte, dass sie sich bewegte, und hinkte zurück ans Bett. »Gut, dass du da bist«, begrüßte er sie und gab ihr einen flüchtigen Kuss auf die Lippen. »Haben du und Marleen etwas erreichen können? Gab es unterwegs etwas Auffälliges?«

Sie schüttelte den Kopf, um keine langwierigen Erklärungen abgeben zu müssen. Dazu war später immer noch Zeit. »Nein. Ich habe sie an ihre Uni gebracht, ihre Dozenten kümmern sich um sie. Sie hat mir den Namen und den Treffpunkt des Mörders nicht genannt, und allmählich glaube ich, dass sie ihn gar nicht kennt. Ich denke, sie sieht mich als letzte Chance, ihr Leben zu verlängern.« Sie fasste seine Hand, als er gehen wollte, um weiter seine Sachen zu packen. »Warum hast du mich gerufen?«

Er blieb stehen, seufzte schwer und ließ sich aufs Bett fallen. »Wir hatten Besuch.«

Cauldron ahnte, dass der Begriff »Besuch« zu harmlos war. Hastig schaute sie sich um, entdeckte aber nichts, was auf eine Auseinandersetzung schließen ließ. »Keine zertrümmerten Möbel, keine Einschusslöcher. Dann kann es doch gar nicht so schlimm gewesen sein«, versuchte sie einen aufmunternden Scherz.

»Es war die Hölle«, antwortete er leise. »Ich hätte nichts gegen sie unternehmen können, und du lagst schutzlos im Zimmer. Eine Frau, Simone Du Garotte, und zwei Schläger. Ich vermute, dass sie Magierin ist. Sie meinte, sie hoffe, dass du gesund aus dem Astralraum zurückkehrst …«

»Nein, uns ist nichts begegnet. Und, was wollten sie?«

»Sie kamen rein, sie wussten genau, *wo* ich bin und *wer* ich bin.« Als er sie anschaute, wirkte er sehr unglücklich. »Sie wollen mich, sie wollen alles von mir.«

Sie schlang die Arme um ihn und barg sein Gesicht an ihrer Brust, um ihn zu beruhigen. »Ich verstehe nicht, Xavier. Wer ist *sie*?«

Er umarmte sie, drückte sie fest. »Ich weiß es nicht«, sagte er tonlos. »Sie wollen, dass ich mit ihnen zusammenarbeite, sie wollen Gewebeproben, Blut …«

»Es geht um deine alten nega-magischen Fertigkeiten«, begriff sie. »Aber sie müssten doch gesehen haben, dass du nicht mehr …«

»Das interessiert sie nicht. Sie wollen meine DNS und meine Kooperation.« Er richtete sich auf. »Ich habe Angst, dass sie dir was antun, um mich zur Zusammenarbeit zu zwingen«, gestand er, »deshalb habe ich dich gerufen. Wir müssen raus aus dem Hotel und zurück nach Seattle.«

»Ich kann nicht«, widersprach sie sofort. »Marleen …«

»Marleen? Du hast gesagt, dass sie uns verschaukelt hat! Sie wird draufgehen und nie wieder eine Rolle in deinem Leben spielen.« Aufgebracht packte er ihre Hand. »Aber du bist mir wichtig, wichtiger als sie. Angenommen, Garotte und ihre Leute kehren zurück, während du im Astralraum bist, und ich kann dich nicht verteidigen … oder sie greifen dich dort an und setzen deine Projektion gefangen … oder entführen deinen Körper.« Er holte tief Luft. »Es würde dir so ergehen wie Marleen, und zwar nur wegen mir.« Er küsste sie. »Bitte, lass uns wenigstens das Hotel wechseln. Ich habe Poolitzer schon informiert, dass wir ausziehen.«

»Einverstanden.« Sie stand auf und half ihm auf die Beine. »Aber schnell, ich muss in den Astralraum zurück.«

Sie blickte auf die Uhr. *10:21.* Für Marleens Rettung blieben knappe anderthalb Stunden. Ihre Worte des Widerstands hatten sie selbst überrascht. Sie sah es als letzten Beweis, dass sich in ihr tatsächlich seit neuestem so etwas wie ein Mutter- oder Beschützerinstinkt regte.

Zusammen gingen sie zum Fahrstuhl.

Cauldron beschwor mit knappen Gesten zwei Watcher, die sie unterwegs vor magischen Spionen warnen sollten. Ihr blieb keine Zeit, Elementare zu beschwören, die über sie und ihren Geliebten wachten. *Wer konnte schon ahnen, was aus unserem Urlaub wird?* Bezahlt hatten sie die Zimmer im Voraus, das von Xavier bestellte Taxi, ein in Würde gealterter Mercedes E 160, wartete.

»Wo würden Sie niemals im Leben absteigen?«, wollte Xavier von der jungen Fahrerin wissen, offenbar eine Studentin, die sich mit dem Kutschieren Geld nebenbei verdiente. Die Kopie ihrer frischen Fahrerlaubnis flimmerte im Display neben dem Ecu-Counter. Sie hieß Doris.

»Meinen Sie Hotels?«

»Nein, Fahrräder, Doris«, konnte sich Cauldron einen bissigen Kommentar nicht verkneifen.

»Das Fünf Jahreszeiten«, sagte sie. »Das würde ich mir niemals leisten können.«

Cauldron und Xavier tauschten Blicke. »Ich habe nichts gegen ein bisschen Luxus, und die Sicherheit wird dort bestens sein«, sprach die Magierin ihre Gedanken laut aus. »Fahren Sie uns dorthin.«

Ihre Chauffeurin machte große Augen, schaute demonstrativ auf die heruntergekommene Fassade des Trespasser. »Sind Sie sicher? Äh, da können Sie an die Zimmerpreise von hier locker noch eine Null anhängen, und mal ehrlich ...«

»Danke für Ihre Meinung, aber Sie interessiert mich nicht«, unterbrach sie Cauldron harsch. Die Plauderei kostete wertvolle Sekunden, die Marleen nicht besaß. Die Gesetze des Astralraums hielten sich nicht unbedingt an die Physik, aber das Zeitfenster von sechs Stunden in Marleens Fall würde sich gnadenlos schließen. »Holen Sie alles aus der Mühle raus.«

Grummelnd startete Doris das Taxi. Mit durchdrehenden Reifen schoss der Wagen die vermüllte Straße entlang, Papier- und Zellophanfetzen wirbelten auf.

Aus der Querstraße hinter ihnen bog ein dunkelgrüner VW TT50 ATV und wählte die gleiche Route wie sie.

Xavier bemerkte es sofort, weil er nur darauf gewartet hatte, etwas Auffälliges dieser Art zu entdecken. Der Wagen hing sich mit etwas Abstand an sie dran, hinter den Scheiben erkannte er die Umrisse von mindestens zwei Menschen.

»Es sind vier, drei sind hochgradig vercybert, der andere scheint ein Magier zu sein«, sagte Cauldron neben ihm. »Ich habe sie mir angeschaut, nichts Besonderes, die klassischen Schläger, mehr Maschinen als Menschen. Der Astralraum ist frei, das heißt …«, ihr ringgeschmückter schlanker Finger deutete nach hinten, »… sie sind die Einzigen, die uns folgen.«

Das wiederum bedeutete keine echte Herausforderung für eine Initiierte ihres Grades. Sie wies die Fahrerin an, ein paar Mal abzubiegen. Der dunkelgrüne Transporter folgte ihnen und machte keinen Hehl aus seiner Anwesenheit.

Xavier nahm an, dass es sich um die beiden Begleiter von Garotte handelte, die den Auftrag hatten, Präsenz zu zeigen und ihn unter Druck zu setzen, um ihm bei der Entscheidungsfindung zugunsten des Kons zu helfen.

»Wird das so etwas wie eine Verfolgungsjagd?«, erkundigte sich Doris unsicher. »Wissen Sie, im Gegensatz zu vielen Filmen gehöre ich nicht zu den Taxifahrern, die auf den Satz warten: ›Schütteln Sie sie ab‹ oder ›Folgen Sie dem Wagen‹.«

»Schütteln Sie sie ab«, kam es prompt von Cauldron, die es einfach nicht lassen konnte.

Doris stieß geräuschvoll die Luft aus. »Ich sage es nur ungern, aber ich bin nicht die Beste, wenn es darum geht, Geschwindigkeitsrekorde zu brechen. Mein Job ist es, Passagiere zu befördern und mich dabei an die Vorgaben der deutschen Straßenverkehrsordnung zu halten. Ich habe den Lappen jetzt ein Jahr. Eigentlich bin ich nur die Vertretung und …«

»Soll ich fahren?«, giftete die Magierin. Sie beugte sich zwischen den Lehnen nach vorn und funkelte die Aushilfe an. »Das da rechts, das ist das Gas, falls Sie es suchen sollten.« Sie sank in die Polster der Rückbank und schaute nach hinten.

Ihr Mercedes beschleunigte merklich. Die Verfolger zögerten keine Sekunde und blieben in gleichem Abstand hinter ihnen.

Cauldron setzte ihnen eine Gnadenfrist von drei Straßenzügen. Sollten sie immer noch versuchen, ihnen auf den Fersen beziehungsweise am Heck zu kleben, würde ihre Magie dafür sorgen, dass die Muskeln bald in einen unvorhergesehenen Unfall verwickelt wurden.

»Die nächste links«, gab Xavier Anweisung, den Kopf noch immer nach hinten gewandt, »und dann Vollgas.«

Doris tat es gehorsam, setzte zuvor artig den Blinker. Sie preschten in eine enge Seitengasse, das Heck des Mercedes brach aus und wurde nur Millimeter vor der Betonwand von ihr abgefangen. Eine Mülltonne wurde zerquetscht, und das Blech ihres Fahrzeugs protestierte mit einem hässlichen Geräusch gegen den Einsatz als Presse.

Es war kein gutes Zeichen, dass ihre Fahrerin bei diesem einfachen Manöver die Kontrolle über das Auto verlor, das zudem mit Dutzenden Sonderausstattungen wie Lenkunterstützung, flexibler Achse und anderem Schnickschnack versehen worden war.

»Ich kenne einen debilen Neunzigjährigen, der besser fährt als Sie«, beschwerte sich Cauldron und schlug gegen die Kopfstütze. »Rechts. *Rechts!*«

»Ja. *Ja!*« Die überforderte Doris trat auf die Bremse, setzte den Blinker und gab im nächsten Moment wieder Vollgas. Der Motor heulte auf, irgendein rotes Zeichen blinkte im Display auf, wieder rutschte das Heck weg, die Fahrerin kurbelte am Lenkrad herum. Der Mercedes schaukelte sich immer mehr auf.

Cauldron sah das Unheil in Gestalt eines rückwärts einbiegenden Müllfahrzeuges auf sich zukommen.

Es war einer dieser gigantischen Containertransporter, der die Sammelbehälter aus den Kellern der Mietshäuser abholte. Er hatte die Hydraulik bereits ausgefahren, der Container, so breit wie eine kleine Straße, voll bis an den Rand und aus Metall, schwebte zwei Meter über dem Boden und senkte sich weiter, während der Lkw rangierte.

»Doris, halt an«, hauchte sie, der Schrecken lähmte ihre Stimme.

Doris versuchte immer noch, den hin und her pendelnden Mercedes unter Kontrolle zu bekommen. Dabei nahm sie irrigerweise den Fuß nicht vom Gas, sondern versuchte, das Kunststück in voller Fahrt zu schaffen. Sie bemerkte den Transporter endlich und stemmte sich mit beiden Füßen auf die Bremse, die Bremskraftverstärker traten in Aktion und schlugen die Scheiben voll zu. Blauer Rauch stieg rechts und links an den Fenstern hoch, der Gestank von brutal abgeriebenem, verbranntem Gummi und abgenutzten Kohlefasern drang ins Innere des Wagens.

Die Lampen des Lkw wurden größer und größer, die roten Bremslampen leuchteten auf, der Rückfahrscheinwerfer erlosch. Der Fahrer bemerkte die Gefahr und versuchte, nach vorne zu entkommen.

Doris schrie und riss die Arme vors Gesicht, Cauldron kreuzte sie wie Xavier stattdessen vor der Brust, um sie sich durch den Aufprall nicht zu brechen, und wartete auf den Schlag.

Er folgte unmittelbar, er war hart, roh und schmerzhaft.

Die Schnauze des Mercedes prallte gegen die Anhängerkupplung und rutschte unter das höhere Chassis des Lkw, der Stern wurde abgerissen und prallte mit einem lauten *Ping* gegen die Windschutzscheibe, die wegen der Spannung im Rahmen im gleichen Moment zersprang. Es sah aus, als würde sie innerhalb eines Sekundenbruchteils vereisen und undurchsichtig werden.

Das Metall der Haube schob sich wie ein Blatt Papier zusammen und knitterte, der Motorblock riss ab und drückte sich in den Fahrerbereich. Knallend lösten sich die Airbags aus, Doris kreischte noch mehr, weil der Airbag ihr die Arme ins Gesicht geschlagen hatte.

Die Anhängerkupplung rammte sich durch die Scheibe und zertrümmerte sie, kleine Scherben regneten auf die Fahrerin und ihre zwei Passagiere nieder. Sie schoss knapp an Doris vorbei und kam Zentimeter vor Xaviers Schulter zum Halten.

Der Mercedes hatte sich festgegraben und bewegte sich nicht mehr. Etwas zischte leise, dunkle Flüssigkeit stieg senkrecht vor ihnen aus einer zerrissenen Leitung und sprühte auf das völlig verbogene Dach. Es roch nach Öl.

Cauldron fühlte einen leichten Schwindel, mehr nicht, und als sie zu Xavier blickte, hob er nur schwach lächelnd den Daumen. »Doris?«, fragte sie und beugte sich vor, um nach der Unglücksfahrerin zu sehen, aber die Anhängerkupplung war im Weg.

»Ich blute aus der Nase«, meldete sie nuschelnd und schniefte ein bisschen. »Der blöde Airbag! Er hat mir meine Arme in die Fresse gehauen.« Sie schwieg kurz, unterdrückte ein Weinen. »Scheiße, zwei Zähne sind weg. Und nur wegen Ihrer scheiß Verfolgung.«

Xavier atmete auf, niemand schien ernsthaft verletzt worden zu sein. Als er nach hinten schaute, sah er den dunkelgrünen TT50 am Ende der Straße, lauernd wie ein souveränes Raubtier, das die Lage seines Opfers erkannt hatte. Cauldron rüttelte vergebens am Türgriff.

»Vergiss es«, sagte er. »Der Rahmen hat sich verzogen. Wir klettern …«

Sein Vorschlag ging in dem lauten Zischen unter, das urplötzlich erklang. Daraufhin platschte reichlich Flüssigkeit auf das Dach, er sah sie schwarz rechts und links zähfließend herablaufen. *Scheiße, die Hydraulik!*

Ein Schatten krachte auf sie herunter, das geschundene Blech des Mercedes kreischte ein weiteres Mal auf.

ADL, Württemberg, Stuttgart-Mitte, 02.05.2059, 10:01 Uhr

Poolitzer saß neben Ultra auf dem Beifahrersitz und schaute sich die Infos an, die er in kürzester Zeit zusammengestellt hatte.

Sie stammten teils von Spengler, teils aus dem Schattenland, dem Fundus an niemals versiegenden Quellen von Gerüchten und Wahrheiten oder Wahrheiten, die in Gerüchten verpackt waren.

Die Wahrheiten in dem Wust aus Angaben lieferte ausnahmsweise Spengler, der ihm einen Auszug aus dem polizeilichen Führungszeugnis von Felix Ranjit Ficker zukommen ließ.

Ficker musste so etwas wie die Wiedergeburt des Unschuldslamms sein: 28 Jahre, absolut sauber, null Vorstrafen, nicht einmal ein Knöllchen fürs Parken im Halteverbot.

Gerade das, fand Poolitzer, machte den Halbinder auf eine unbestimmbare Weise verdächtig.

Während sich jeder Bulle angesichts der Entwarnung entspannt zurücklehnen und Ranjit auf die Liste für die Anwärter der Bürger des Monats setzen würde, ging Poolitzer vollkommen anders vor: Er hetzte seine Spione los, weil er nicht an die Unbeflecktheit glaubte.

Seine herbeibeschworenen fleißigen Hackergeister beschafften ihm die Personalakte von Benz Stuttgart, wo Ficker seinen Lohn als Rigger verdient hatte.

Nicht dass es ihn sonderlich wunderte, eine ebenso makellose Betriebsakte zu sehen – es bestärkte ihn in seinem Gefühl, dass er den Hypnotiseur noch mehr durchleuchten musste.

Keine Auszeichnung, keine Abmahnung, keine Sonderschichten. Ein unauffälliges Rad im Getriebe des Kons, ein Vorbild an Lohnsklave, nicht einmal Mitglied in einer Gewerkschaft.

Seine Nase juckte, der Story-Indikator schlug Alarm.

Poolitzer wusste nicht genau, warum er das tat, verband aber sein Kom mit dem Computer, startete sein Verschlüsselungsprogramm und wählte sich über Funknetzwerk in die Matrix, um von dort aus mit dem Benz-Werk zu telefonieren und es einer Rückverfolgung nicht ganz so einfach zu machen.

Ultra steuerte derweil den Wagen in die Tiefgarage des Hotels. Verstärker bewahrten das Funksignal vor einem Absturz und dem Ende der Verbindung.

Der Reporter gelangte ohne Schwierigkeiten in die Personalabteilung des Unternehmens. Hastig streifte er einen allzeit an der Tastatur parat haftenden Klebestreifen über die eingebaute Webcam des Laptops, um sein Gesicht zu verzerren.

»Guten Tag und willkommen bei Mercedes Benz, mein Name ist Barbara Mannchen, was kann ich für Sie tun?« Das Gesicht einer Mittvierzigerin entstand auf seinem Bildschirm, sie lächelte ein Allerweltssekretärinnenlächeln, business as usual.

»Guten Tag, hier ist Fritz Krupp-Stahl von der Conföderierten Online Crankenkasse, C.O.C.K.«, flötete er. »Sie haben uns eine Rechnung über 81,09 Ecu geschickt. Es geht um die Sicherheitsschuhe von Herrn Ficker«, leierte er in einem demotivierten Call-Center-Knechttonfall seine Ansage herunter. »Aber aus meinen Unterlagen geht hervor, dass Herr Ficker nicht mehr bei Ihnen arbeitet?«

Sie hörte nicht auf zu lächeln. Das tat sie wahrscheinlich nicht einmal, wenn man sie beleidigte. Ein Schulungslächeln, beschwichtigend genug, um aufgebrachte Anrufer zu besänftigen, ehe sie ausfällig wurden. »Einen Moment.« Sie glich die Daten ab. »Es stimmt, Herr Ficker arbeitet nicht mehr bei uns. Schon seit fünf Jahren nicht mehr. Die Rechnung muss ein Irrläufer sein, ich lasse sie stornieren, Herr Krupp-Stahl. Sagen Sie mir bitte die Rechnungsnummer?«

»Sofort. Sie lautet … ach, Moment, wenn wir gerade dabei sind«, überspielte er ihre Anfrage souverän und tat so, als krame er in Akten herum. »Herr Ficker hat sich leider von unserem Unternehmen verabschiedet und sich eine andere Krankenkasse gesucht, aber ich habe noch Unterlagen, die ich ihm gerne zukommen lassen möchte. Ich erreiche ihn nicht mehr, haben Sie vielleicht eine Adresse?«

Sie schwieg und startete eine neuerliche Abfrage. »Nein, Herr Krupp-Stahl, es tut mir Leid, Herr Ficker hat uns seine Bleibe nicht mitgeteilt.«

»Wie schade. Es geht um eine Bonusauszahlung für gesundes Leben, und die 2000 Ecu wollten wir ihm nicht vorenthalten. Kennen Sie ihn persönlich und könnten Sie mit …«

»Nein. Mit dem Namen wäre er mir sicherlich im Gedächtnis geblieben«, unterbrach sie ihn und grinste. »Aber ich frage mal in seiner alten Abteilung nach. Bleiben Sie dran, bitte.« Er sah, wie sie ein paar Tasten drückte und in das Mikro ihres Headsets sprach, aus ihrem zuversichtlichen Gesichtsausdruck wurde pure Verwirrung, sie schaltete ihn wieder frei. »Es tut mir Leid, aber niemand, der zurzeit Dienst hat, kennt Herrn Ficker.«

Bingo! Ich werde mir meinen Zinken eines Tages doch vergolden lassen. »Fragen Sie bitte den Meister oder den Personalchef oder den Chef-Supporter des Riggerteams, Frau Mannchen. Einer muss ihn ja …«

»Das habe ich schon«, fiel sie ihm galant ins Wort, dabei hackte sie wieder auf ihrer Tastatur herum. »Sie haben uns ein kleines Rätsel aufgegeben. Auch der Rigger vom Dienst kann sich nicht an ihn erinnern.«

»Na, wir klären die Sache schon noch«, bedankte er sich und klang dabei zuversichtlich. »Lassen Sie es gut sein. Schönen Tag, und leben Sie gesund, Frau Mannchen.« Er unterbrach die Verbindung und klappte den

Bildschirm seines Computers zu. *So, Herr Ficker, du bist also ein verdammtes Gespenst.*

Ultra schaute ihn verblüfft an. »Wieso schnüffelst du hinter Ranjit her?«

»Weil es unser Job ist, Kleiner. Wir haben einen Fall, wie er alle paar Jahrhunderte vorkommt, da muss man alles und jeden überprüfen, der damit zu tun hat. Ist eine alte Journalistenweisheit, die du dir merken solltest.« Er legte seinen rechten Zeigefinger an die Lippen. »Und kein Wort darüber zu unserem Guru!«

»Wieso?«

»Weil er ein Geheimnis vor uns hat. Und wenn er Geheimnisse vor uns hat, behalten wir es uns vor, auch welche vor ihm zu haben.« Er schickte sich an, den Wagen zu verlassen. »Ob das Geheimnis groß oder klein, wichtig oder langweilig ist, das werden wir bald herausfinden.«

»Sag mal …« Ultra betrachtete ihn mit zusammengekniffenen Augen. »Hältst du den netten Kerl für 'n Mörder?« Er schüttelte seinen großen Kopf. »Nee, das glaub ich nich'. Ich hab gesehen, wie fertig er is'.«

»Erstens, das Glauben überlassen wir den Gläubigen«, hakte Poolitzer ein, »zweitens habe ich nicht gesagt, dass ich ihn für den Mörder halte, nur dass er etwas vor uns verbirgt. Kann sein, dass es uns am Arsch vorbeigeht, kann sein, dass wir daraus eine weitere Story machen, wenn wir die Sache mit unserem Serienmörder abgeschlossen haben.« Er klopfte ihm auf die Schulter. »Vergiss die Regeln unseres Standes nicht!«

»Trau keinem«, sagte Ultra sofort, »und sei schneller als die anderen. Das weiß ich doch, Snoop. Aber müssen wir hinter Ranjit herschnüffeln, als wär' er der Killer?«

»Viele vermeintlich nette Menschen sind Arschlöcher«, erwiderte Poolitzer und stieg aus. »Sieh mich an.«

»Jau, stimmt.«

»Danke. Eigentlich wollte ich, dass du nein sagst.« Poolitzer ging zum Aufzug. Der Troll folgte ihm, nachdem er das Auto abgesperrt hatte.

Sie stiegen in die Kabine, und der Reporter sah an Ultras angestrengt blickendem Gesicht, dass sein riesiger Medien-Azubi grübelte. Immer, wenn die Warze auf der Stirn tiefer wanderte, liefen seine Hirnwindungen auf Hochtouren. »Ranjit kann es nicht sein«, brach es zwischen dem vierten und fünften Stock aus ihm heraus. Poolitzer zuckte erschrocken zusammen.

»Lass es gut sein, ich habe …«

»Jack the Ripper war Rechtshänder, sagen die Quellen, er hat hinter den Opfern gestanden, aber Ranjit ist Linkshänder.«

Poolitzer hob die Brauen. »Wow, jetzt hast du mich überrascht«, gestand er ehrlich ein. »Sicher?«

»Sicher.« Er holte Luft, was nur wiederum das Vorzeichen für einen lexikonreifen Vortrag bedeutete. »Die damaligen Ermittler gingen wegen der Schnitte am Hals der Opfer davon aus, dass der Ripper Linkshänder war, aber inzwischen hat sich die Erkenntnis durchgesetzt, dass er wohl hinter seinen Opfern stand, als er ihnen die Gurgel zersäbelte, und das bedeutet, er ist Rechtshänder. Ranjit macht aber alles Wichtige mit Links. Hab ich selbst gesehen.« Er deutete auf seine Augen. »Die sind teuer und sehr wachsam, Snoop. Außerdem bewegt er sich keinen Stratz wie 'n Profi – das wär' mir sofort aufgefallen.«

»Respekt. Aber, Holmes, wo war Ranjit, als die Morde geschahen?«

Ultra zuckte mit den Achseln. Es interessierte ihn nicht, weil er die Unschuld des Hypnotiseurs durch die Indizien als gesichert betrachtete. »Im Hotel?«

»Ja, das nimmst du an. Um dieses Mysterium nachhaltig zu lösen, habe ich was Feines dabei.« Er nahm eine feuerzeuggroße Box und öffnete sie, damit der Troll die stecknadelkopfförmigen Peilsender sehen konnte. »Ich werde ihn jederzeit tracken können. Mal schauen, wo unser Guru so seine Freizeit verbringt.« Er packte die Box wieder ein, weil der Lift sie in die richtige Etage gebracht hatte. »Kein Wort«, schärfte er ihm nochmals ein.

Sein Kom machte sich bemerkbar. »Xavier? Ihr zieht um? Warum …« Aufmerksam hörte er dem ehemaligen Nega-Magier zu. »Aha, Besuch. Fuck. Soll ich dir Ultra … nein? Ja, ich gebe ihm Bescheid. Nein, sag mir nicht, wohin ihr möchtet, melde dich einfach bei mir, wenn ihr sicher untergetaucht seid, und wir vereinbaren einen Treffpunkt. Ist die Sache mit der Kleinen … ja, Marleen … ist die gelöst? Hat sie den Namen … Nein? Ach, sie weiß ihn gar nicht? Ein Bluff? Okay, dann lassen wir uns was anderes einfallen. Passt auf euch auf. Bis später.«

Er atmete tief durch. Die Ereignisse überschlugen sich. Die letzten Stunden brachten einen Overflow an Input, er wusste bald nicht mehr, was er mit den vielen Storys anfangen sollte.

Rasch fasste er zusammen, was ihm Xavier erzählt hatte, woraufhin Ultra am liebsten umgekehrt und zu den beiden gefahren wäre. Das gelänge ohne Adresse natürlich nicht. Also blieb ihm nichts anderes übrig, als nicht mehr von Poolitzers Seite zu weichen.

Vom Servierwagen, den das Personal auf dem Gang hatte stehen lassen, nahm sich der Reporter eine kleine Flasche Wasser, dann klopfte er gegen die Tür.

Ranjit öffnete ihnen, und er sah furchtbar aus. Müde, erschöpft, blass. »Kommt rein«, sagte er matt und deutete in sein Zimmer.

»Was ist denn mit dir los? Zu lange geschlafen? Wir haben dir was mitgebracht.« Ansatzlos warf er ihm die Flasche zu, der Hypnotiseur fing sie in einem Reflex mit der Linken auf. Ultra bleckte triumphierend die Zähne, die Blattgoldmickymaus auf seinem Zahn glänzte auf.

»Danke, aber ich habe noch«, sagte Ranjit, behielt aber das kostengünstige Geschenk. »Er hat noch nicht angerufen.« Er schaute zwischen Poolitzer und Ultra hin und her. »Ist das ein gutes oder ein schlechtes Zeichen?«

»Woher sollen wir das wissen?«, gestand der Reporter offen ein. »Es kann sein, dass er immer noch als Gray durch die Gegend läuft, vielleicht hat er in seinen hellen Minuten auch kein Kom gefunden.« Er warf sich auf das Bett und achtete dabei darauf, in die Nähe eines Kleidungsstücks zu kommen.

Da schrillte das Hotel-Kom.

Die Dioden des Übertragungsgeräts, das von den Polizeitechnikern damit gekoppelt worden war, leuchteten auf und machten sich zum einen bereit, das Gespräch vollständig aufzuzeichnen, zum anderen aktivierte es eine Fangschaltung, um den Standort zu ermitteln.

Ranjits Armband-Kom vibrierte, Spenglers Nummer wurde angezeigt. »Ja?«

»Gehen Sie ran, und reden Sie mit ihm«, bekam er die Anweisung. »Ich bin gleich bei Ihnen.«

Gehorsam tat Ranjit, was ihm der Kommissar befohlen hatte. Poolitzer richtete seine Cam unbarmherzig auf ihn und schaltete den kleinen Scheinwerfer ein, um sein Gesicht auszuleuchten und das Gegenlicht vom Fenster auszugleichen. Sein eifriger Schüler Ultra tat es ihm nach.

»Hier Ficker.«

Sie hörten ein erleichtertes Aufatmen. »Gott sei Dank, Sie sind nicht umgezogen«, sagte die ihnen bekannte Männerstimme. »Damit wäre meine Hoffnung dahin gewesen.«

»Wo sind Sie, und wie heißen Sie? Bitte, geben Sie uns rasch einen Hinweis, bevor Sie …«

»Ich weiß nicht, wo ich bin. Ich sitze in einem Abteil, es scheint ein Zug zu sein. Moment.« Das Kom wurde einen Moment weggehalten, sie hörten die typischen Rattergeräusche. »Ja, ich bin in einem ICE, er endet in Leipzig. Ich … habe keine Ahnung, wie ich hierher komme, dabei liegt vor mit ein abgestempeltes Ticket für die erste Klasse.«

»Fragen Sie, was drauf steht«, kam Spenglers Stimme leise aus dem Armband-Kom Ranjits. »Wo will er hin?«

»Es steht Leipzig drauf, aber ich kann Ihnen nicht sagen, wo ich mich gerade befinde.« Kurzes Rascheln, Stoff rieb auf Stoff. »Ich sehe einen Schaffner, den werde ich fragen.«

»Seinen Namen!«, brüllte der Kommissar laut. »Wir brauchen seinen Namen!«

»Hallo? Ich bin in der Nähe von Nürnberg, der nächste Halt ist in Würzburg. Was soll ich machen? Helfen Sie mir, Ficker!«

»Sagen Sie mir Ihren Namen«, drängte Ranjit und wirkte nicht weniger aufgeregt als sein Gesprächspartner. »Versuchen Sie, sich zu konzentrieren. Wenn Sie Schwindelgefühle spüren …«

»Was habe ich dieses Mal getan, Ficker? Ich habe Spritzen in meinem Gepäck gefunden … Was ist Pavulon?« Seine Stimme schraubte sich wieder in die Höhen, welche die aufsteigende Panik verrieten. »Wie viele Menschen habe ich dieses Mal umgebracht?«

»Nur einen«, rutschte es Ranjit heraus.

»Nur?«, wiederholte der Mann entsetzt. »Wie können sie *nur* sagen? Ich laufe dank Ihnen wie ein ferngesteuerter Killer durch die Gegend, Ficker. Die Toten gehen alle auf Ihr Konto, haben Sie mich verstanden?«

»Ich war es doch nicht«, beteuerte der Hypnotiseur verzweifelt seine Unschuld. Er fiel auf den Stuhl. »Es war ein Mann aus dem Zuschauerraum, er hat Sie …«

»Ich werde Sie vor Gericht bringen, Sie Wahnsinniger! Sie haben mich zu einem Mordwerkzeug gemacht. Wie können Sie …« Mitten in der lautstarken Beschimpfung riss das Gespräch abrupt ab.

Es pochte laut gegen die Tür. »Ich bin's, Spengler«, hörten sie die Stimme durch das Holzimitat und gleichzeitig aus dem Kom. »Machen Sie auf.« Ultra betätigte sich als Türöffner, der Kommissar stürmte grußlos ins Zimmer und klappte einen Minimonitor an der angekoppelten Box auf. »Wir haben eine Kom-Nummer«, murmelte er. »Immerhin.«

»Und wir wissen, dass er im Zug nach Leipzig sitzt«, fügte Poolitzer hinzu. Gleichzeitig machte er sich Gedanken, wie er auf dem schnellsten Weg nach Würzburg kam. »Sie werden doch sicher einen Hubschrauber nehmen, alter Mann?«, erkundigte er sich bei ihm. »Darf ich mich an Sie dranhängen?«

»Klar. Ich serviere Ihnen unterwegs Häppchen und Kaviar.« Er deutete auf Ranjit. »Kommen Sie, der Helikopter steht auf dem Dach. Dieses Mal bekommen wir ihn.«

Etwas unglücklich und alleine gelassen stand Ultra im Raum. »Da pass ich nicht rein, oder?«

»Du bleibst hier, Kleiner, und hältst die Stellung«, munterte ihn Poolitzer auf. »Du bist der beste Assistent, den ich jemals hatte. Wenn dir langweilig ist, kümmere dich um den Catwalk-Killer! Das ist deine Story, vergiss es nicht.« Er wartete, bis der Hypnotiseur gegangen war, dann langte er unter seine Jacke und zog die Box mit den Wanzen heraus. Eine steckte er sich in die Tasche und warf dem Troll den Behälter zu. »Verwanz alles, was er anziehen kann«, flüsterte er. »Ich zähle auf dich.« Hastig ging er hinaus, um den Anschluss an Ficker und Spengler nicht zu verlieren.

»So 'n Scheiß.« Zuerst ärgerte sich Ultra, wieder einmal abgehängt zu sein. Seine Größe war im Reporterdasein nicht unbedingt von Vorteil, und irgendwie machte ihm die Sache keinen rechten Spaß mehr. Er mochte

Ranjit und fühlte sich wie ein dreckiger Verräter, weil er ihm die Wanzen anhängen musste, aber er wollte Poolitzer keinesfalls enttäuschen.

Mit jedem Handgriff wuchs die Gewissheit, dass er die Geschichte vom Catwalk-Killer noch zum Abschluss brachte, aber danach würde er das Handtuch werfen. Er lernte daraus, dass eine ausgezeichnete Kamera noch keinen Reporter aus einem Troll machte.

Nee, ich bin kein guter Snoop. Liebevoll dekorierte er einen von Ranjits Anzügen mit der Wanze. *Das soll Pooli machen. Cauldron hat Recht, er ist ein Naturarsch.*

ADL, Württemberg, Stuttgart-Mühlhausen, 02.05.2059, 11:21 Uhr

Xavier sah Lichter durch die geschlossenen Lider blitzen, er hörte das Krachen von Donner, es regnete, er hörte die Tropfen über sich auf Blech prasseln.

Das Wasser sammelte sich an manchen Stellen und rann zu Boden oder ins Innere des zerstörten Wagens, es ergoss sich auch auf ihn.

Die kühle Flüssigkeit, die ihm in den Kragen lief, weckte seine dösenden Sinne, er schreckte auf und knallte mit dem Kopf gegen das eingedrückte, eingerissene Dach des Wagens.

Jetzt, als er die Augen öffnete, sah er erst, wo er sich befand. Er lag im Fußraum der Beifahrerbank. Eine glückliche Fügung hatte ihn dorthin geschoben, als der mehrere hundert Kilo schwere Container auf den Mercedes fiel und ihn zusammenpresste.

Cauldron! Er versuchte, sich zu bewegen, und schaffte es gerade einmal, seinen gesunden Arm an den Sitzen entlang nach vorne zu schieben. Direkt über ihm hing das Dach. Für ihn wirkte es, als sei er in einem eingestürzten Schacht gefangen.

»Cauldron, hörst du mich?«, rief er, seine Stimme klang dumpf und wurde von seinem Gefängnis absorbiert. »Cauldron?«

Niemand antwortete ihm. *Wo, zum Teufel, steckt der Fahrer des Lkw?* Er müsste sehr genau mitbekommen haben, was sich hinter seinem Laster ereignet hatte. *Vielleicht wurde er durch unseren Aufprall verletzt und liegt ohnmächtig im Führerhaus?*

Was auch immer der Grund war, er konnte nicht auf Hilfe warten.

Aus den Türen würde er nicht entkommen, also nahm er einen anderen Weg. Unter Aufbietung all seiner Kräfte verbog er sich, kroch nach oben, zwischen Rückbank und durchhängendem Dach entlang, stieß sich mit den Füßen ab und presste sich wie eine Ratte durch einen engen Kanalschacht.

Er zog seine Waffe und feuerte ins Polster der Rückenlehne. Das entstandene Loch bearbeitete er mit seinem Messer, bis es groß genug war, dass er sich nach hinten in den kaum eingequetschten Kofferraum schieben konnte.

Wieder setzte er die Caveat ein. Dieses Mal zerstörte er das Schloss des Kofferraums. Licht und Regen kamen durch das Loch, eine Verheißung auf die greifbare Freiheit.

So gut es trotz seiner Behinderung ging, stemmte er sich gegen die klemmende Kofferraumklappe, und im dritten Versuch schaffte er es, sie so weit aufzudrücken, dass er sich durch den Spalt ins Freie zwängte.

Er stürzte einen halben Meter tief und schlug auf dem regennassen Asphalt auf, seine Hand traf eine Pfütze, die sich von seinem Blut rot färbte. Er hatte nicht bemerkt, dass sein linker Unterarm eine zwanzig Zentimeter klaffende Wunde aufwies. Erst jetzt, da er die Verletzung sah, sprangen ihn die Schmerzen an und ließen ihn aufstöhnen.

Voller Sorge um seine Gefährtin kämpfte er sich auf die Beine und umrundete den Mercedes, der den Container wie eine Krone trug. In Anbetracht der Ausmaße der Zerstörung war es ein Wunder, dass er nicht mehr Blessuren oder zahlreiche Knochenbrüche davongetragen hatte.

Dann sah er das Loch.

Jemand hatte die Seitentür mit einem Wagenheber brutal aufgehebelt, Blut troff vom schwarzen Leder und dem zackigen Metall. Cauldron musste sich bei der Bergung aus dem Wrack verletzt haben.

Wo ist sie? Hektisch sah er sich um und entdeckte das Paar Schuhe, deren Sohlen senkrecht gen Himmel zeigten. Er machte zwei Schritte nach vorne und erblickte einen Mann in einem orangefarbenen Allwetteroverall, der mit dem Rücken nach unten neben dem Lkw lag. Seine Brust war von drei Kugeln getroffen worden. Sein Arbeitskollege hing kopfüber aus der Fahrerkanzel, die rechte Gesichtshälfte fehlte, klebte zum Teil am oberen Rahmen und im Dach. Wer auch immer Cauldron befreit hatte, legte keinen Wert auf Zeugen.

Mit zitternden Fingern wechselte Xavier das Magazin der Caveat. Außer diesem trug er noch ein volles mit sich. *18 Kugeln gegen mindestens vier Gegner.*

Der dunkelgrüne VW TT50 stand natürlich nicht mehr am anderen Ende der Gasse, und für ihn war es ziemlich klar, dass seine Insassen Cauldron nur aus einem einzigen Grund aus dem Taxi befreit hatten: Sie wollten ihn zur Zusammenarbeit mit dem unbekannten Kon zwingen. Ihr Leben gegen seine Kooperation.

Bastarde. Er stützte sich an der Wand des Lagerhauses ab, an dessen Rückseite er sich befand, und entdeckte das Blut, das langsam vom Regen in den Rinnstein gespült wurde.

Xavier war durch seine dauerhafte Lähmung des Beins zu einem miserablen Läufer geworden. Er gewann nur noch gegen Schnecken Wettrennen, aber dennoch gab er nicht auf. Die Angst um Cauldron ließ ihn irrational denken. Er folgte den roten Spuren und machte sich keine Gedanken darüber, dass sie spätestens dann endeten, wenn sie die Magierin ins Auto eingeladen hatten.

Schritt für Schritt taumelte er vorwärts.

Cauldron erwachte.

Wenn sie ihr Gefühl nicht trog, lag sie auf kaltem, klammem Boden, die Hände und Beine mit Kabelbinder gefesselt, es roch nach Staub, altem Eisen, Chemikalien und muffiger Feuchtigkeit.

Ihre rechte Seite brannte unangenehm, und die Kleidung fühlte sich an dieser Stelle feucht an. Sie nahm an, dass es sich um eine Schnittwunde handelte. Dummerweise sah sie nichts. Jemand hatte ihr eine Augenbinde angelegt, und sie spürte einen Knebel im Mund. Als sie versuchte, mit ihren Sinnen auf die Astralebene zu wechseln, konnte sie ebenso wenig etwas erkennen. Sie blickte gegen eine grüne Wand und wusste sofort, um was es sich handelte.

Es war eine Algenschicht, mit der man sich erfolgreich gegen astrale Spionage schützte. Lebendige Materie konnte von Magiern nicht durchdrungen werden. Also unternahm sie vorerst keine magischen Erkundungsversuche, sondern lauschte intensiver und verließ sich auf ihre Ohren.

Nicht weit von ihr entfernt bewegten sich mehrere Menschen, sie hörte deren leise Unterredungen, die lange nachhallten. Demnach befand sie sich in einem hohen, weitläufigen Gebäude. *Eine Lagerhalle vielleicht?*

Weshalb man sie mitgenommen hatte, konnte sie sich denken. Xavier behielt mit seinen Befürchtungen Recht, offenbar hatte die Frau … *Wie hieß sie noch gleich? Garotte!* … schneller gehandelt, als sie beide vermuteten.

Der Kon oder für wen auch immer sie arbeitete, verlor nach einer fehlgeschlagenen Verhandlung keine Zeit mit Nettigkeiten, das Ziel einer Kooperation wurde gnadenlos verfolgt. Sie stellte das Druckmittel für ihren Geliebten dar.

Ihre Entführer waren Profis, das schloss sie aus der Art, wie man sie kaltgestellt hatte. Sie konnte ohne Stimme, Sicht und Hände nicht magisch aktiv werden. Dennoch begingen sie einen Fehler, der ihnen bald schon Leid tun würde.

Zwar konnte sie nichts durch die Kapuze sehen, aber sie war sehr wohl in der Lage, sich in Trance zu versetzen, als astrale Projektion in Gänze auf die Astralebene zu wechseln und von dort aus die Umgebung zu sondieren. Anschließend wollte sie entscheiden, was zu tun war.

Cauldron konzentrierte sich, setzte ihren Herzschlag und ihren Atem herab, um den Status zu erreichen, in dem sie ihre Seele vom Leib trennte und sich frei bewegte. Es dauerte nicht lange. Sie löste sich von den irdischen Beschränkungen und schwebte nach oben, zur Hallendecke.

Unmenge alter Gerätschaften standen herum und rosteten vor sich hin, korrodierte Behälter verloren Flüssigkeiten und bildeten Lachen am Boden, und aufgrund der Hintergrundstrahlung stufte sie das Areal als hochgradig kontaminiert ein.

Sie sah zehn Meter von ihr entfernt die schwarzen Auren von drei vercyberten Menschen. Sie erschrak. Unmittelbar neben ihrem Leib stand ein Magier, der die Hände beschwörend bewegte und eben einen Zauber wirkte – eine letzte Silbe, und eine kugelförmige Barriere flammte auf. Nicht um den Magier, sondern um ihre fleischliche Hülle! Sie war ausgesperrt.

»Sehr schön«, sagte der Mann freundlich und zufrieden, der mit seinen Sinnen auf der Astralebene weilte. »Ich habe gehofft, dass Sie den Fehler begehen würden.« Drei Worte genügten, und drei mächtige Wasserelementare schossen herbei. »Bewacht sie«, lautete die Anweisung, »und greift sie an, wenn sie mich oder die Barriere attackiert, aber tötet sie nicht.« Sie positionierten sich versetzt um Cauldron herum und ließen sie nicht aus den Augen.

»Was soll das?«, herrschte sie ihn an. »Wer sind Sie? Und für wen arbeiten Sie?«

»Beides geht Sie nichts an«, antwortete er barsch.

»Das sehe ich anders.« Sie glitt näher an ihn heran, die Elementare folgten ihr. »Seit Sie und Ihre Schläger mich entführt haben, ist es sehr wohl meine Angelegenheit.«

Sie startete einen diplomatischen Versuch, was sie nicht wenig Überwindung kostete, denn eigentlich war ihr mehr danach, den Mann mit Angriffszaubern einzudecken, bis er sich als Häuflein Asche in der Halle verteilte. Die Gegenwart seiner drei Geister machten sie etwas besonnener.

»Lassen Sie Xavier endlich in Ruhe. Er ist wertlos für Sie. Er hat seine Fertigkeiten verloren«, beharrte sie. »Rufen Sie Ihre Auftraggeber an und richten Sie Ihnen aus …«

Seine Stirn legte sich in Falten. »Xavier? Meinen Sie damit Ihren Begleiter?«

»Wen denn sonst? Um ihn geht es doch schließlich.« Plötzlich stieg das unangenehme Gefühl in ihr auf, dass sie sich mit ihrer Annahme sehr täuschte. Sie blickte sich um. »Wo ist Ihre Chefin? Garotte, so war doch ihr Name.«

»Garotte?« Dem Gesichtsausdruck nach zu urteilen, wirkte der Magier amüsiert. »Ich denke, Sie sind auf einer völlig falschen Fährte, Frau Peron.« Er richtete seinen Zeigefinger auf sie. »*Sie* haben wir gesucht, nicht Ihren Gefährten. Er müsste immer noch im Taxi liegen. Wir haben ihn nicht angerührt, wenn es Sie beruhigt.«

Cauldrons kleine graue Zellen arbeiteten auf Hochtouren. Mit ein wenig Fantasie konnte sie die Elektrizität surren hören, mit denen die Synapsen untereinander hektisch ihre Impulse austauschten, um das Geschehen zu durchschauen. In den ADL kam nur ein Kon in Frage, der nicht gut auf sie zu sprechen war.

Ich hätte nicht gedacht, dass Cyberdynamix ein so gutes Gedächtnis hat. Sie hatte Freunden damals geholfen, den Rigger Sparkplug aus einem Cyberdynamix-Labor zu befreien. Dabei gingen das Labor und die komplette Neuentwicklung in Rauch auf, und der Schaden müsste in die Millionen gegangen sein. Dass der Kon nun zuschlug, traf sie völlig unvorbereitet und dazu noch zu einem ungünstigen Zeitpunkt. »Wie spät ist es?«

Der Magier schaute auf sein Kom. »11:42 Uhr.«

Ihre Gedanken wanderten zu Marleen. *Alle Mächte! Sie hat noch eine Viertelstunde.* Sie schwankte hin und her. Einerseits wollte sie ihren Körper nicht alleine lassen, andererseits hatte sie der jungen Frau versprochen, bei ihr zu sein, wenn es mit ihr zu Ende ging. »Was möchten Sie von mir?«

»Ich? Nichts.« Er hatte seine Augen nicht eine Sekunde von ihr abgewandt. Offenbar rechnete er trotz des Schutzes durch seine Elementare mit einer Attacke. Weil er sie mit astraler Sicht betrachtete, stellte er auf diese Weise Kontakt zum Astralraum her und machte sich für magische Angriffe aus dieser Ebene angreifbar. »Wir warten auf meinen Auftraggeber. Solange ich Ihren Körper als Druckmittel habe, werden Sie schön hier bleiben und zusammen mit mir warten.«

Cauldrons feuriges Temperament flammte auf. Sie bereitete sich vor, ihren Gefängniswärter doch anzugreifen. Ihre Chancen standen nicht schlecht. Da sich niemand in der Nähe ihres Leibes befand, konnte sie einiges riskieren. Schlimmer wäre es gewesen, wenn einer der Vercyberten mit einer Pistole mit in der Barriere eingeschlossen stünde.

Gerade als sie loslegen wollte, flog eine neue Mitspielerin heran.

Die Umrisse der Aura waren kaum sichtbar. Sie sah durchscheinend wie Nebel im Sonnenlicht aus, und dennoch erkannte sie die verblassenden Züge sofort.

»Marleen? Was machst du hier?« Cauldron schaute besorgt zu den Wachelementaren. Ein einziger Hieb von ihnen genügte, um ihre geschwächte astrale Projektion und damit den letzten Rest von ihr für immer zu zerstören. »Geh zu deinen Professoren!«

Sie schüttelte betrübt den Kopf. »Sie konnten mir nicht helfen«, antwortete sie traurig. »Ihre Versuche haben nichts gebracht.« Marleen sah sie niedergedrückt an. »Ich will noch nicht sterben, Cauldron, verstehst du das? Ich bin noch zu jung.« Sie barg ihr Antlitz zwischen ihren Fingern, ihr Gesicht schimmerte zwischen ihnen hindurch.

Die Seattlerin schwebte zu ihr und nahm sie in den Arm. »Ich bin ja bei dir, auch wenn ich es mir anders vorgestellt habe. Man hält mich hier fest, sonst wäre ich schon längst zu dir gekommen.«

»Ich habe gelogen«, gestand sie. »Ich ... kenne den Namen des Mörders nicht. Ich habe ihn nicht einmal gesehen, aber ich wollte ...«

»Ich weiß«, unterbrach Cauldron sie. »Ich begreife, warum du es getan hast.« Die Elementare rührten sich nicht. Noch war nichts passiert, das sie dazu brachte, Cauldron anzugreifen, und auch der Magier beobachtete die Szene, ohne etwas zu sagen. Er musste verstanden haben, dass Marleen keine Gefahr bedeutete, sondern kurz vor dem endgültigen Tod stand. »Aber wie hast du mich gefunden?«, wollte sie von Marleen wissen.

Die junge Frau öffnete langsam ihre Hände. »Ich ...« Sie wich vor ihr zurück. »Du wolltest mir helfen, und das werde ich dir nie vergessen. Es tut ... mir so Leid«, stammelte sie und senkte sich dabei langsam zur Barriere herab. »Ich bin zu jung, das hat es auch gesagt«, wisperte sie entschuldigend. »Es hat gesagt, dass ich großes Potential hätte. Es würde mich fördern und zu einer mächtigen Magierin ausbilden …«

»Komm zurück! Wenn du dich der Barriere näherst, werden sie dich …« Cauldron wurde unvermittelt der Sinn der Worte bewusst. *Es?* »Wovon redest du, Marleen?« Sie wollte ihr folgen, doch sofort schob sich ihr ein Elementar in den Weg, die anderen beiden begaben sich in ihren Rücken. Eiskalt rann es Cauldrons Rücken hinab. *Abongi! Es sind Abongis Leute!* »Marleen, das kannst du nicht tun!«, schrie sie entsetzt. »Verstehst du nicht, es gibt keinen Zauber, der deine Seele in meinen Körper zieht! Der Elementar hat dich hereingelegt! Er ist die pure Bosheit …«

»Nein! Er hat gesagt, dass du genau das sagen wirst und ich nicht auf dich hören soll.« Sie trat hinter die Barriere. »Du hast den perfekten Körper für mich, hat er zu mir gesagt, und er würde mir helfen. Du bist meine einzige Hoffnung, du musst es verstehen. Es ist nicht mehr viel Zeit, Cauldron, ich kann nicht länger suchen. Vergib mir.« Marleen weinte stumm. Tränen rannen über ihre durchsichtigen Wangen, sie öffnete den Mund und wollte etwas sagen, brachte jedoch keinen Ton heraus. Stattdessen nickte sie dem Magier zu.

»So, Frau Peron, es ist so weit. Leben Sie wohl«, verabschiedete er sich von ihr. »Vernichtet sie«, befahl er den Elementaren und bereitete einen Zauber vor.

Voller Wut, doch ohne Hass auf die verführte Seele, richtete Cauldron ihren Blick auf Marleen und zog ihre magische Verteidigung hoch, während der erste Elementar nach ihr schlug.

VIII.

ADL, Württemberg, Stuttgart-Mühlhausen, 02.05.2059, 11:45 Uhr

Xavier stürzte zwischen den heruntergekommenen Gebäuden vorwärts, strauchelte und fiel auf die Knie, das dreckige Wasser der Pfütze spritzte ihm ins Gesicht, während sich seine Hose augenblicklich voll sog.

Vor sich erkannte er die letzten roten Schlieren ihres Bluts und die kaum mehr sichtbaren Reifenabdrücke des TT, den Rest hatte der Regen davongespült. Seine Spur, die er wie im Traum verfolgte, verlor sich endgültig. Sie lag wahrscheinlich im Kofferraum des Audi und wurde durch die Straßen Stuttgarts gefahren.

Cauldron, wo bist du? Er legte den Kopf in den Nacken und stieß einen heiseren Schrei aus, in dem seine ganze Verzweiflung lag, dann warf er sich nach vorne, packte das Rot mit den Fingern, als könnte er es vor dem Versickern bewahren, und bekam nur noch Schlamm zu fassen. Wütend schleuderte er ihn zurück.

Dabei entdeckte er den Schuhabdruck.

Das Muster ähnelte dem von Militärschuhen, die Eindrücke lagen tief, der Mann, zu dem sie gehörten, musste wenigstens zwei Zentner wiegen. *Vielleicht haben sie sie zu einem Versteck in der Nähe getragen.* Der Hoffnungsschimmer, dass es die Abdrücke einer der Entführer sein könnten, gab ihm neue Kraft.

Ich werde sie nicht im Stich lassen. Er stemmte sich gegen die wellblechverkleidete Wand einer Halle und schob sich in aufrechte Position. Schritt für Schritt folgte er den Spuren, die sich im tiefer werdenden Schlamm immer deutlicher abhoben, als wollte das Schicksal, dass er ihr zu Hilfe eilte. Nun sah er die Reifenspuren wieder.

Er hinkte bis zu einer in einem großen Tor eingelassenen Stahltür, zu der ihn die Abdrücke führten. Seine Pistole hielt er schussbereit in der vor Kälte und wegen des Unfallschocks zitternden Hand.

So klar wie noch nie hatte er vor Augen, dass er in dieser Verfassung allenfalls als Zielscheibe taugte und weit davon entfernt war, die rettende Kavallerie zu sein. *Wenn ich ihr damit die Sekunde verschaffe, die sie braucht, ist es in Ordnung.*

Er legte den Ellbogen auf die Klinke, hob die Waffe und bereitete sich darauf vor, in die Halle zu stürmen. Und stockte.

Seine Ohren vernahmen das trommelnde Geräusch, das Regen produzierte, wenn er auf gespannte Plastikfolie traf.

Er wandte sich nach links und sah die Silhouette einer Frau, die einen durchsichtigen Schirm über ihren Kopf hielt. »Hallo, Herr Moyen«, sagte sie. »Haben Sie sich die Sache auch gut überlegt?«

»Was …?« Er brauchte nicht lange und erkannte die Stimme von Simone Du Garotte wieder. »Sie?«

»Da drin warten ein Magier und drei vercyberte Schläger auf Sie. Ich habe keine Ahnung, für wen sie arbeiten, aber sie haben Ihre Freundin.« Sie kam näher, und er erkannte ihre Züge deutlicher. »Ich sage Ihnen, was passieren wird. Wenn es gut läuft, gehen Sie rein und können einen einzigen Schuss abgeben, danach werden Sie von deren Kugeln durchsiebt. Ich mache Ihnen den Vorschlag, dass wir Ihre Freundin rausholen und Sie dafür mit uns kooperieren.« Sie lächelte. »Natürlich mit einer deutlich geringeren Bezahlung als vorher, Sie verstehen das sicherlich.«

Xavier deutete auf die Tür. »Angenommen, ich gehe ohne Sie rein und sterbe, haben Sie gar nichts davon.«

»Das mag sein, mal von Ihren unfreiwilligen Gewebe-, Blut- und Stuhlproben abgesehen, aber Ihre Freundin wird ebenfalls umkommen. Das ist der nicht zu vernachlässigende Unterschied.« Sie stellte sich neben ihn und nahm ihn mit unter ihren Schirm. »Wenn ich Sie richtig einschätze, liegt Ihnen das Wohl von Frau Peron mehr am Herzen als Ihr eigenes.« Ihre Augen glänzten kalt. »Es ist Ihre Entscheidung, was mit Frau Peron geschieht.«

Er schloss für eine Sekunde die Augen. *Ich habe keine Wahl.* Es blitzte mehrmals auf, gleichzeitig krachte der Donner so laut, dass er das Rumpeln als Vibration in seinen Eingeweiden spürte. Das Gewitter befand sich unmittelbar über ihnen. *Alles, was Cauldron hilft, ist akzeptabel. Sogar mein Tod.* »Woher weiß ich, dass Sie sich richtig anstrengen, um sie zu retten?«

»Sie werden sich auf mein Wort verlassen müssen, Herr Moyen. Meine Leute warten lediglich auf das Kommando. Sie müssen meinem Angebot nur zustimmen.«

Xavier atmete tief ein und trat unter ihrem Schirm ins Freie. Sofort stürzte sich der Regen auf ihn, prasselte auf seinen Kopf, das Wasser lief ihm die Nase entlang und troff zu Boden. »Das ist mir nicht genug«, meinte er leise. »Ich gebe Ihnen einen kleinen Anreiz, damit Sie sich richtig Mühe geben.«

Ohne Vorwarnung warf er sich gegen die Tür und sprang in die dahinter liegende Halle.

Cauldron aktivierte die Barriere rechtzeitig.

Aus dem Zauberspruch formte sich eine schimmernde Wand aus astraler Energie, an der die Faust des Elementars abprallte, und schon einen Bruchteil darauf sandte sie einen vernichtenden Strahl gegen den ersten Angreifer.

Der Magier warf einen Manablitz gegen sie, der gerade noch von ihrer Deckung abgehalten wurde, aber der synchrone Angriff der zwei verbliebenen Elementare ließ die Barriere zerbersten.

Einen offenen Kampf überstehe ich nicht. Sie wich zurück, stieß senkrecht nach oben durch die Hallendecke und suchte ihr Heil in der Flucht. Jedenfalls wollte sie, dass die Elementare es glaubten.

Sie schraubte sich immer höher, stieß in die schwarzen Wolken über Stuttgart und erlebte die Faszination eines tobenden Gewittersturms aus astraler Sicht, ein faszinierendes und erschreckendes Schauspiel zugleich.

Cauldron hoffte, dass die Geister ihre Spur rasch verloren. Sie nahm nicht an, dass es einer von ihnen mit ihrer Geschwindigkeit aufnehmen konnte.

Die Zeit spielte ihr in die Hände. Im Gegensatz zu Marleen blieben ihr etwas weniger als sechs Stunden, die sie sich von ihrem Leib entfernen konnte. In weniger als zehn Minuten verging die junge Magierin endgültig, somit hatten ihre Gegner keinen Grund, sie weiterhin zu attackieren. Es sei denn, Abongi hätte entsprechende Befehle erteilt.

Sie blickte zurück und sah die schwarze Wolkendecke, unter der sich die Stadt verbarg, da durchbrach der erste Verfolger den Dunst. Ein Watcher zog an ihm vorüber und kam auf sie zu.

»Bleib, soll ich dir sagen«, brüllte er so laut er konnte, um gegen das Grollen des Donners anzukommen. »Komm zurück, oder dein Freund stirbt!« Er drehte sich um. »Wenn du nicht mit mir kommst, bringt ihn mein Herr um.« Ohne abzuwarten, was sie tat, bewegte er sich auf die Wolken zu.

Xavier! Sie dachte, ihr Herz stünde still. *Ich Idiotin! Ich habe sie auch noch auf ihn aufmerksam gemacht.* Sie hörte auf zu schweben. Sofort waren die Elementare an ihrer

Seite und packten ihre Arme. Sie fragte nicht, warum die Wesen sie nicht auf der Stelle vernichteten, sondern sank mit ihnen zusammen der Erde entgegen.

Xavier stürmte in die Halle, orientierte sich kurz und feuerte am geparkten Audi vorbei auf die drei Gestalten, die in knapp zwanzig Meter Entfernung standen und sich zu ihm umdrehten. Danach hechtete er so gut es ging hinter einen der großen Tanks, der genug Deckung bot.

Die ballistische Antwort erfolgte bereits, während er sich noch im Sprung befand. Die Kugeln sirrten an ihm vorbei, prallten mit hörbarem *Ping* an Metall ab und pfiffen als Querschläger umher.

Das stark angegriffene Metall des Tanks hatte den Geschossen kaum Widerstand entgegenzusetzen. Sie stanzten fingerdicke Löcher hinein und beförderten weißes Pulver in langen Fontänen mit hinaus. Dort, wo es in eine der zahlreichen Pfützen rieselte, zischte es sofort, das Wasser schlug Blasen.

Xavier robbte mehr schlecht als recht unter verrosteten Rohren und Zuleitungen entlang und nahm sich dabei vor austretenden Flüssigkeiten und seltsam schillernden Lachen in Acht, um sich den drei Leuten von der anderen Seite aus zu nähern.

Er hörte harte Schuhsohlen wenige Meter hinter sich, der erste der Angreifer erreichte seine ursprüngliche Position. »Hier ist er nicht mehr«, hörte er ihn rufen. »Er ist irgendwo unter den Rohren verschwunden.«

»Dann hol ihn da raus«, schrie einer von seinen Begleitern zurück. »Mir egal, wie.«

»Das ist garantiert der Stecher der Magischen«, schaltete sich der dritte Mann ein. »Lasst ihn leben, vielleicht brauchen wir ihn noch, falls sie Zicken macht.«

Xavier rührte sich nicht und versuchte anhand der Stimmen, die Standorte seiner Gegner auszumachen.

Ein Stück Metall fiel zu Boden, kurz darauf rappelte es drei Meter zu seiner Linken laut, beißender Rauch stieg auf und wehte auf ihn zu.

Tränengas. Seine Augen füllten sich mit Feuchtigkeit, er unterdrückte den Hustenreiz und damit das noch schnellere Inhalieren der giftgelben Wolke, die Lungen standen schier in Flammen und revoltierten gegen die Behandlung.

Er kroch von der Wolke weg, doch letztlich brachte alle Beherrschung nichts, und er hustete wie ein achtzigjähriger Kettenraucher, sein Magen stülpte sich um, und er musste sich laut übergeben.

»Er ist da drüben, Mark, er kommt genau auf dich zu«, schallte es durch die Halle. »Warte, ich treibe ihn rüber.« Das Rattern einer leichten Schnellfeuerwaffe dröhnte auf, die Kugeln schlugen knapp neben ihm ein und zerfetzten die ohnehin porösen Schläuche, aus denen dunkelviolette Flüssigkeit schoss.

Entsetzt beobachtete Xavier, wie die kleine Welle auf die rauchende Tränengasgranate zuschwappte und sie umspülte. Mit einem leisen Fauchen entzündete sich die Brühe, die schön anzuschauende irisierende Flamme raste auf den Schlauch zu und schlug durch ihn zurück. Ganz deutlich vernahm er das ankündigende Pfeifen aus dem Silo, das ihm am nächsten stand, ein manueller Druckanzeiger schnellte in die Höhe, und das Metall des Behälters begann zu ticken wie das Blech einer heißen Motorhaube.

Er scherte sich nicht um die Typen, kämpfte sich auf die Beine und humpelte so schnell es ging los, setzte über Rohre, fiel, raffte sich auf und flüchtete weiter, bis er aus dem Leitungsdschungel entkam.

Xavier sah den Schatten neben sich zu spät, die Finger vor seinem Gesicht wurden größer und größer. Vergebens signalisierte sein Hirn seinem Oberkörper, sich zu ducken, der behinderte Teil seines Leibs reagierte zu langsam. So bekam er die stahlharte Faust mitten auf die Nase und stürzte.

Im Fallen riss er die Pistole hoch und feuerte drei Mal nach dem Mann. Zu seinem eigenen Erstaunen traf er ihn sauber in die Brust, in den Hals und in den Kopf. Rücklings kippte er um und blieb zuckend liegen.

»Hey?«, erkundigte sich einer der Schläger besorgt. »Claude?«

»Claude ist tot, Baby«, murmelte Xavier grimmig und rollte sich zur Seite, dabei orientierte er sich neu. *Claude ist tot.*

Über Kessel, Leitungen und seltsame Maschinen hinweg erkannte er einen Mann, der keine Waffen trug, sondern mit abwesendem Blick nach oben starrte und sich scheinbar mit der Luft unterhielt. *Ein Magier.*

Er lugte nach links, an einem der Apparate vorbei, und entdeckte Cauldron, gefesselt und mit einem Sack über dem Kopf. Er erkannte sie an den Kleidern, ihre rechte Seite wurde durch einen langen Schnitt mit ausgefransten Wundrändern geziert, Blut haftete an ihrem Kleid und am Boden. Ihre makellose weiße Haut leuchtete unter dem Rot.

Er hob den Arm mit der Waffe und legte ihn auf ein Rohr auf, um einen gezielten Schuss abzugeben. *Nicht in den Kopf des Magiers, den triffst du nicht.* Kimme und Korn korrigierten sich und visierten die Brust an. *Es wird genügen, um ihn abzulenken.*

Der Abstand war für einen sauberen Schuss nicht gerade optimal. 25 Meter unter diesen Bedingungen – sein Zittern und seine Aufregung – wirkten wie hundert Meter. Für einen Schützen mit einem guten Gewehr ein Klacks, für einen nervösen Krüppel beinahe eine Unmöglichkeit.

Es knallte neben ihm laut, etwas schlug gegen seine Hand und riss ihm die Pistole weg. Xavier starrte auf das Loch etwa vier Zentimeter unterhalb des Mittelfingerknöchels, aus dem kein Tropfen Blut floss. Er konnte rosa Gewebefetzen, Drähte und weiße Knochensplitter deutlich erkennen. Erst nach zwei Sekunden begann das Sprudeln und der Schmerz.

Jemand packte ihn im Nacken und zerrte ihn hoch. »Du dummer Pisser!«, schrie ihn der Mann an. »Du hast Claude erledigt! Dafür mach ich dich fertig!«

»Nicht jetzt. Bringt ihn her«, befahl der Magier. »Ich möchte Peron zeigen, wie ernst es uns mit unserer Drohung ist.«

Xavier presste die verletzte Hand unter die Achsel und hoffte, dass die Blutung durch den Druck nachließ, die rechte hing unbrauchbar an ihm herab. »Was machen Sie mit ihr?«, fragte er zähneknirschend, als er vor dem Zauberer stand.

»Ich? Nichts. Mein Job ist es, sie von ihrem Körper fern zu halten.« Er tippte ihm gegen die Brust. »Und Sie, Herr Rodin, erleichtern mir die Aufgabe.« Seine Augen wurden glasig. »Frau Peron, schön, Sie wiederzusehen. Das ist der Deal: Sie werden sich nicht weiter wehren, und dafür lassen wir Ihren Mann leben.«

»Nein!«, schrie Xavier. »Tu es nicht. Ich ...«

Der zweite Schläger trat von hinten an ihn heran, zog mit einer fließenden Bewegung ein Messer und rammte es ihm in die Schulter. Xavier brüllte auf.

»Sie sind einverstanden, Frau Peron? Das dachte ich mir«, freute sich der Magier und hob den Arm mit dem Kom. »Frau Lintz, Sie haben noch geschätzte fünf Minuten, wenn wir mit ihr fertig sind. Ich denke, es reicht aus?«

Lintz? Der Verstand des ehemaligen Nega-Magiers setzte die Puzzlestücke, die ihm die wenigen Worte lieferten, zusammen. *Sie will in Cauldrons Körper! Diese Schlampe hat sie verraten!*

Er vermutete, dass die Unterredung mit Abongi sicherlich eine Rolle in diesem Drama spielte. Vielleicht standen die Menschen hier in deren Lohn, doch es war derzeit nicht von Bedeutung für ihn. Alles, was er wollte, war, Cauldrons Leben zu retten. Das Leben *seiner* Cauldron und nicht das einer ihm unbekannten Toten und Verräterin.

Erst jetzt fiel ihm auf, dass die versprochene Hilfe von Garotte nicht erfolgt war. »Auf was warten Sie?«, schrie er, so laut es ihm seine schmerzenden Lungen erlaubten.

Der Magier schaute ihn verwundert an. »Ich? Auf nichts«, verstand er den Ruf falsch.

»Auf Ihre Zustimmung, Herr Moyen«, hallte Garottes Stimme durch das Gebäude. »Sie haben mir vorhin nicht gesagt, wie Sie sich entschieden haben. Und lassen Sie mich hinzufügen, dass es derzeit nicht gut für Ihre Freundin aussieht. Sie ist umringt von drei Elementaren und wird den Kampf verlieren.«

Der Magier schaute seine beiden Schläger an. »Was bedeutet das?« Sie schleuderten Xavier auf den Boden und sprangen sofort in Deckung, um kein einfaches Ziel zu bieten. »Hey! *Hey!* Was ist hier los?«, rief er nochmals, ohne dass er eine Antwort bekam. Plötzlich schrie er auf, hielt sich die Schläfen und brach in die Knie, Flammen loderten rings um ihn empor und setzten seine Kleidung in Brand. »Scheiße, was … Erledigt sie!«, befahl er kreischend. »Erledigt sie alle!«

Einer der Schläger verstand es als Aufforderung. Er wandte sich Xavier zu und richtete die Mündung seiner Uzi auf seinen Kopf.

»Ja!«, brüllte Xavier panisch seine Zustimmung.

Cauldron hatte genug.

Als sie verstand, dass sie Unterstützung bekommen hatten und der Magier einen winzigen Augenblick ihr gegenüber Unaufmerksamkeit zeigte, hetzte sie ihm einen Manablitz nach dem anderen auf den Hals. Weil er askennte und damit Verbindung mit der Astralebene aufgenommen hatte, wurde er von dort auch für Zaubersprüche angreifbar. Sie hoffte, ihn so rasch erledigen zu können, dass die Geister ohne ihren Herrn waren und sich zurückzogen.

Sie freute sich, als sie die ersten Erfolge ihrer Attacken sah. Der Magier war schwer angeschlagen und wälzte sich unter Schmerzen am Boden.

Seine beiden Schläger konnten nichts unternehmen, um ihn zu retten. Sie hatten stattdessen begonnen, aufs Geratewohl auf einen unsichtbaren Gegner zu feuern, und wollten sich absetzen. Einer von ihnen blutete bereits stark.

Die Seattlerin erreichte, was sie wollte: Vollkommen mit sich selbst beschäftigt, ließ der Magier den Barrierespruch um ihren Leib fallen und gab den Weg für ihre Rückkehr frei.

Marleen sah es und schrie voller Enttäuschung.

Jetzt ist es vorbei. Cauldron lachte erleichtert und raste auf ihren Körper zu, bereitete sich darauf vor, in ihn einzufahren. Kurz bevor sie mit der Vervollständigung begann, schoben sich die Elementare vor sie.

»Vernichtet sie«, kreischte Marleen. »Ich lasse mir mein neues Leben nicht nehmen, Cauldron. Ich bin zu dicht dran.« Sie umkreiste den irdischen Leib wie ein Raubtier. »Vergehe endlich, damit ich leben und lernen kann.«

Ihr fast völlig durchsichtiges Gesicht war vom Wahn gezeichnet. Die Angst um sich und das Erlebte in den letzten Stunden zerbrachen ihren jugendlichen Verstand und hinterließen ein psychopathisches Wesen, das Abongi gefällig sein würde. Der Verfall ihrer astralen Projektion durchlief das allerletzte Stadium. Nur wenn man genau wusste, wo sie sich befand, entdeckte man sie als vagen, gläsernen Umriss.

»Marleen, bitte!« Cauldron sammelte ihre Energie, um einen Zauber gegen sie zu schleudern und sie zu vernichten. *Es geht nicht mehr anders. Sie ist endgültig verrückt geworden.*

Als sie den Spruch formulierte, der Marleens fragiler Gestalt ein Ende bereiten sollte, traf sie die Faust eines Elementars hart am Kopf.

Sie taumelte und wollte sich unter der zweiten Attacke wegducken und sich mit einer Barriere schützen, da bekam sie einen mörderischen Schlag gegen den Rücken, der sie geradewegs in den Hieb des dritten Elementars katapultierte.

Dieses Mal wurde seinem Gegner die Waffe aus der Hand geschlagen.

Xavier hörte den Knall des Schusses nicht, sah aber die Blutfontäne, die aus der verletzten Extremität herausspritzte. Der Schläger grunzte und zog seine Ersatzwaffe mit der intakten Hand.

Xavier rutschte in diesen Sekunden in Deckung und hoffte, dass sich die beiden nicht mehr um ihn kümmerten. Der Magier lag als kokelndes schwarzes Ding in einer breiten Abwasserrinne und rührte sich nicht mehr.

Cauldron. Er schaute zu seiner regungslosen Geliebten, die noch immer mitten auf der freien Stelle lag und somit leicht von einem fehlgeleiteten oder abgefälschten Projektil getroffen werden konnte. *Ich muss sie da wegbringen.*

Sein Körper schüttete genügend Adrenalin aus, um ihn seine Schmerzen vergessen zu lassen. Sein Herz raste, das Blut schoss durch die vom Hormon verengten Gefäße, hemmte gleichzeitig die Blutungen seiner Wunden und machte ihn zu einem Giganten. Wo der Schmerz noch vorhanden war, legte sich die übergroße Sorge und Furcht um Cauldron wie ein Pflaster darum.

Er schaffte es, ungesehen zu ihr zu gelangen, kroch halb unter sie und schob sie sich über die Schulter. Unfähig, mit zusätzlichem Gewicht aufzustehen, schleppte er sich mit aller Kraft über den rissigen Betonboden, eine dünne rote Spur hinter sich lassend. Erst als er sie hinter einer Maschine in Sicherheit gebracht hatte, riss er ihr den Sack vom Kopf und durchschnitt ihre Fesseln.

»Cauldron, hörst du mich?« Er betrachtete die geschlossenen Lider, hinter denen die Augen hin und her rollten. *Schwache Atmung, fast kein Herzschlag.* Xavier kannte die Anzeichen, sie befand sich im Astralraum. Er streichelte ihr bleiches Gesicht und beschmierte es versehentlich mit seinem Blut. Unvermittelt rann ein roter Faden aus ihrer Nase. *Sie kämpft.* Er ahnte, was sie durchlitt.

Ein Blick auf die Uhr genügte ihm. *11:53 Uhr.* Marleen blieben noch wenige Minuten, um Cauldrons Seele zu töten und zu versuchen, ihren Leib zu übernehmen. *Und ich sitze hier, untätig und zum Warten verdammt.* Er schluchzte laut, weinte heiße Tränen der Verzweiflung und barg ihren Kopf an seiner Brust, während ihr Blut stärker aus der Nase strömte. Aus dem Rinnsal wurde ein Sturzbach. *Nein! Sie unterliegt!*

In seiner Sorge bemerkte er nicht, dass die Schießerei vorüber war, und so zuckte er zusammen, als Garotte plötzlich neben ihm auftauchte und ihn betrachtete. »Wir haben unseren Part erledigt, Herr Moyen«, sagte sie freundlich. »Sie müssen nichts mehr befürchten.«

Er hob erklärend und anklagend zugleich seine roten Finger. »Ihre astrale Seele stirbt!«, schrie er. »Machen Sie was!«

»Unsere Magier sind bereits bei ihr, aber die Elementare, gegen die wir antreten, sind sehr mächtig«, berichtete sie knapp. »Es kann noch eine Weile dauern, sie zu bannen.« Sie ging neben ihm in die Hocke, er roch ihr Parfüm und eine winzige Note ihres Schweißes. »Alles, was Frau Peron machen muss, ist durchhalten.« Sie winkte nach hinten, eilige Schritte näherten sich ihnen. »Wir haben ein erstklassiges Notfallteam dabei.

Es wird sich sofort um sie kümmern und ihren Körper stabilisieren.«

Sein Verstand hauchte ihm eine grauenvolle Lösung zu. »Nein«, raunte er. »Nicht stabilisieren. Das ist das Letzte, was sie benötigt.« Er schaute auf seine Uhr. *11:54 Uhr. Cauldron hat keine Zeit mehr.* Er beugte sich nach vorn und gab ihr einen langen Kuss auf die schwarzen Lippen, während er sein Messer aus dem Gürtel zog.

»Ich liebe dich«, sagte Xavier zärtlich zu ihr und bettete seinen Kopf auf ihrer Brust. Die Klinge wanderte an ihren weißen Hals und zog einen breiten, tiefen Schnitt von links nach rechts.

Ihr kostbares Blut spritzte rhythmisch aus der Wunde und benetzte sein Gesicht, Garottes Kleid und die ankommenden Männer. Er lauschte den ohnehin langsamen Herzschlägen. Sie verringerten ihre Frequenz und verstummten dann ganz.

Im hinteren Teil der Halle ertönte das schrille Pfeifen eines hoffnungslos überlasteten Druckventils. Das erste der alten, vergessenen Silos detonierte zwei Sekunden darauf und überschüttete die Umgebung mit lilafarbenem Feuer.

Marleen sah, was Xavier tat, und schlug nach ihm, doch ihre gespenstischen Finger prallten von ihm ab, ohne Schaden anzurichten. Sie konnte nichts dagegen tun, dass er seine Frau eigenhändig tötete und ihr, Marleen, damit die Bleibe nahm.

»Nein!«, schrie sie gellend. »Ich hasse dich! Ich verfluche dich, du Wichser! Dein Leben soll im Feuer zugrunde gehen! Deine Asche …« Ihre Stimme schraubte sich höher, wurde dünner und feiner, zu einem Piepsen und unhörbar, gleichzeitig verschwanden die letzten kaum sichtbaren Konturen von ihr. Marleens Seele hatte sich aufgelöst.

Cauldron spürte, wie das Band zwischen ihr und ihrem Körper riss, die Abnabelung vom wirklichen Leben geschah und ihre Aura verblasste.

Es störte sie nicht einmal. Sie hatte bereits mit ihrem Leben abgeschlossen, stand einen Spaltbreit vom Tod entfernt. Die Elementare würden sie gleich vernichtet haben. Cauldron schloss die Augen und wartete. Es gab nichts mehr, was sie am Leben hielt.

Die Attacke kam nicht.

Was ist geschehen? Sie schaute sich um und entdeckte zwei fremde Magier, die sich um die letzten beiden Elementare kümmerten. Einer griff seinen Gegner mit einem magischen Schwert an und hieb ihn in Stücke, der andere jagte Angriffsformeln gegen seinen Widersacher, bis der Geist sich zur Flucht wandte und noch in der Drehung verging.

Doch die Hilfe kam zu spät.

Jetzt habe ich sechs Stunden, um mir etwas auszudenken, dachte Cauldron schwach, ein böses Lächeln auf den Lippen. *Ich wollte mir das Weltall schon immer mal ansehen.* Es gab eine Grenze – wer als Magier über achtzig Kilometer aufstieg, so hieß es, und sich zu weit von Mutter Erde entfernte, wurde wahnsinnig. *Bei mir kommt es nicht mehr darauf an.*

Oder noch besser: Sie würde Abongi zuvor noch einen Besuch abstatten!

Sie drehte sich zu Xavier, der neben ihrer toten Hülle saß, auf die Uhr schaute und »Los!« sagte. Sie beobachtete, wie sich zwei Männer an ihr zu schaffen machten. Einer wühlte mit blutigen Fingern in ihrer offenen Kehle, der andere zerriss ihr das Kleid in Höhe der Brust und platzierte die Elektroden eines Defibrillators.

»Weg!«, schrie der Mann.

Es summte, ein gleißender Blitz blendete sie, und sie spürte, dass die Enden ihres zerrissenen Bandes aufeinander zuschnellten.

»Noch mal!«

Wieder summte es, wieder blitzte es, und ihr Herz schlug!

Der zweite Arzt legte seine Hände auf ihre nackte Haut. Sie verfolgte, wie er einen Heilzauber sprach und ihren Zustand stabilisierte. Der eben noch klaffende Schnitt an ihrem Hals schloss sich und begann zu verheilen, während man ihr eine dicke Nadel in den Arm jagte und eine Bluttransfusion legte. Gleichzeitig wurde sie auf eine Trage gehievt, um sie aus dem Gebäude zu schaffen, das fast überall brannte.

Es wird Zeit, dass ich zurückkehre.

Die Druckwelle riss große Teile des Daches weg, die Chemikalien verflüssigten sich durch die Hitze des Feuers und flossen wie brennendes Wasser durch die Halle, dichte, ätzende Wolken verbreitend.

Garottes Männer blieben ruhig. Sie arbeiteten fieberhaft, um die Hermetische dem Tod zu entreißen.

»Wir gehen«, entschied die Frau, »ehe uns die Dämpfe die Lungen verätzen.« Auf ihren Wink hin wurde Xavier untergehakt, zwei Männer hoben die Trage mit Cauldron an und bewegten sich im leichten Trab auf den Ausgang zu, ein dritter lief mit der Infusion neben ihnen her und hielt den Beutel hoch.

Cauldron schlug die Augen auf. Sie sah matt und sehr geschwächt aus. »Ich …« Sie blickte zu Xavier und versuchte, seine Hand zu fassen. »Keine Marleen«, lächelte sie und glitt gleich wieder zurück in eine Ohnmacht, ihr Brustkorb hob und senkte sich regelmäßig.

Sie lebt! Sie ist wieder da! Ihr Lächeln und die wenigen Worte hatten ihm ausgereicht. Er fühlte alle Sorgen von sich abfallen, und mit der weichenden Anspannung kam die Müdigkeit, der Kreislauf sackte in den Keller, und er hing schwer in den Armen seiner Begleiter.

Vielleicht hatte er es sich eingebildet, doch vorhin

glaubte er, Marleens Stimme gehört zu haben, die etwas von einem Fluch und Feuer schrie. *Pech, Kleines. Ich bin nicht totzukriegen.*

Seine gereizten Lungen zwangen ihn dazu, heftig zu husten und mehr von den Gasen einzuatmen, als gesund war. Er bekam keine Luft mehr, hustete und sog noch mehr in sich ein.

Garotte öffnete die schmale Tür für sie, ihr alarmierter Blick galt den Verstrebungen über ihnen. »Rasch«, trieb sie ihre Leute zur Eile an, ehe sie hinausging. »Sonst erstickt er mir.«

»Es geht«, würgte er heraus und hörte über sich metallisches Knirschen und Ächzen. Als Xavier nach oben schaute, sah er, wie sich Teile der Blechverkleidungen von der instabil gewordenen Hallenwand lösten und herabstürzten. *Scheiße!*

Seine Begleiter warfen sich mit ihm zusammen rückwärts, um den Trümmern zu entgehen. Scheppernd schlugen sie auf dem Boden auf und versperrten ihnen den Ausgang. Garotte schrie etwas, das in dem Getöse unterging. Dann konnte er sie nicht mehr sehen, weil sich ein Blech vor sie schob und sie verdeckte. Sie und die Tür in die Freiheit.

Die wenigen Platten bildeten nur den Auftakt eines ganzen Hagels, vor dem es kein Entkommen gab.

Einer seiner Helfer wurde von einem scharfkantigen Metallstück getroffen und der Länge nach geteilt, der andere Mann ließ ihn los und stürmte davon, um seine eigene Haut zu retten.

»Hey! Komm zurück! Du kannst mich nicht …« Xavier verlor sein Gleichgewicht und plumpste wie ein nasser Sack mit der halbierten Leiche zu Boden, während um ihn herum die brennende Halle in sich zusammensank.

Da habe ich mich zu früh gefreut. Er bildete sich ein, aus dem heißen Rauch ein leises Lachen zu hören. *Was?*

Der Qualm vor ihm verwirbelte und nahm in seiner Fantasie die Form eines Frauengesichts an, das Cauldrons Beschreibung nach Marleen gehören konnte, dann schoss eine blaue Feuerlohe brüllend und fauchend auf ihn zu. Instinktiv hob er den Arm zur Abwehr, sein Schrei wurde von der nächsten Explosion verschlungen.

Bunte Flammenpilze wuchsen empor, streckten sich und stiegen meterhoch in den schwarzen Stuttgarter Gewitterhimmel.

Gewaltige Detonationen erschütterten Mühlhausen, glimmende Funken und glühende Metallschrapnelle trudelten umher und entzündeten kleinere Brände, während die brennende Chemiefabrik die Unterseite der düsteren Wolken erhellte. Sie antwortete den Blitzen trotzig mit ihrem eigenen Inferno und ließ sich selbst von dem erneut einsetzenden Regen nicht löschen.

ADL, Franken, Bad Kissingen, 02.05.2059, 22:39 Uhr

»Er mischt.« Spengler schnalzte mit der Zunge. »Er beginnt, seine Mörderpersönlichkeiten zu vermischen, oder wie lässt sich die Sauerei hier erklären?«

Was der Kriminalhauptkommissar mit dem recht harmlosen Wort »Sauerei« deklarierte, hatte zwei Hotelangestellte und einen Polizisten dazu gebracht, das gesamte Abendessen wieder auszukotzen, einem Typen von der Spurensicherung die Farbe aus dem Gesicht gewischt und Spengler gehörig die Laune verdorben.

Sie waren zu spät gekommen. Angesichts des Tatorts gab es keinen Zweifel. Auffällig war die Zweiteilung der Mordarten.

Brigitte von Odenau lag im Bad, als sei sie beim Ausstieg aus der Dusche durch eine Wasserlache zu Fall gebracht worden und unglücklich zu Tode gestürzt. Die

Obduktion würde beweisen, dass der offensichtliche Ablauf kaum der Wahrheit entsprach, und Spengler zweifelte nicht daran, dass selbst er im Normalfall von einem Unfall ausgegangen wäre – ohne die zweite Leiche im Zimmer.

Er nickte zum Bett, wo die verstümmelten Überreste der Hotelbediensteten lagen. Die Kollegen der Spurensicherung fertigten die letzten Aufnahmen von der Toten an.

Ihre Kehle war aufgeschnitten, eine Blutlache breitete sich neben der linken Schulter aus und wurde vom Teppich aufgesogen. Der Mörder hatte versucht, sie vollständig zu enthaupten, was aber misslang. Der Bauch war aufgeschnitten, und die Därme lagen über ihrer Schulter.

»Was Sie auf den ersten Blick nicht erkennen, Schnüffler, ist, dass ihr die Geschlechtsteile aufgeschlitzt wurden und die Gebärmutter entfernt worden ist«, erklärte Spengler. »Da wir sie am Tatort nicht gefunden haben, muss er sie mitgenommen haben.« Er deutete auf ein kleines Sammelsurium von Gegenständen: ein Kamm, Schminkzeug, Ebbie, ein kleines elektronisches Notizbuch, ein Parfümzerstäuber, der Masterkey für die Hotelzimmer und ein geschliffener Edelstein. »Er hat ihre Taschen durchsucht und den Inhalt säuberlich zu ihren Füßen ausgebreitet.«

»Wie beim zweiten Ripper-Opfer«, wusste Poolitzer das Bild sofort einzuordnen.

»Richtig. Aber nur bei der armen Frau Servantes.« Er wies auf einen Laptop. »Ich habe die persönlichen Daten Odenaus überprüfen lassen. Dabei kam heraus, dass ungefähr zum Zeitpunkt des Todes der beiden Frauen eine Summe von drei Millionen Ecu transferiert wurde.«

Der Reporter pfiff leise durch die Zähne. »Drei Millionen?«

»Und zwar vom Konto ihres Gatten auf eines, das *nicht* ihr gehört. Wir versuchen gerade, den Eigentümer ausfindig zu machen, was aber nicht ganz einfach zu sein scheint.« Spengler fühlte sich, obwohl sie wieder einmal hinterherhinkten, einen Schritt weiter als am Anfang der Ermittlungen. »Das erste Verhalten passt zu Luis Ormondi, den Casanova-Killer. Sie wissen schon, der Typ, der sich bei reichen Frauen einschmeichelte und sie dann um ihren Besitz und ihr Leben brachte.«

»Mh.« Poolitzer betrachtete den Servierwagen. Die Eiswürfel im Kühler schmolzen rasend schnell, die beiden Gläser standen unbenutzt auf der obersten Plattform. Daraus zog er seine eigenen Schlussfolgerungen. »Angenommen, die Angestellte hat Ormondi warum auch immer überrascht. Ormondi ist vermutlich in Panik geraten, weil der herkömmliche Ablauf außer Kontrolle geriet. Da schaltete sich seine Ripper-Persönlichkeit ein, um die Drecksarbeit zu machen?«

»Sehe ich genauso.« Spengler schaute zu Ranjit, der immer noch am Eingang des Zimmers stand und sich nicht hereinwagte.

Die Blutflecken an den Gardinen und auf dem Bett sowie der sichtbare Teil der riesigen roten Pfütze reichten ihm aus, er musste keine verstümmelten Leiber sehen. *Was habe ich angerichtet? Ich habe einem Wahnsinnigen die Möglichkeit gegeben, ein Monster zu erschaffen.* Der Umstand, dass von Boesche den multiplen Mörder zum Leben erweckte, tröstete ihn immer noch nicht. Er spürte eine Mitverantwortung, eine tiefe Schuld und eine Verletzung seiner Sorgfaltspflicht, die er gegenüber denen trug, die er hypnotisierte. *Nie mehr. Ich werde solche Shows nie mehr machen. Lieber kehre ich zu Benz zurück und rigge Gabelstapler oder fege die Halle.*

»Was sagt der Experte?«

Er zuckte zusammen, als er die Stimme des Kommissars hörte. »Was?« Er versuchte sich an das zu erinnern, was Spengler und Poolitzer als Theorie erstellten. »Sie meinen, dass seine Mörder nach Bedarf auftauchen? Das hätte ich … nun, das hat nichts mit Hypnose zu tun, das wäre so etwas wie Schizophrenie, nehme ich an. Unterschiedliche Persönlichkeiten, die durch verschiedene Einflüsse zutage treten und agieren. Aber bei einer multiplen Hypnose?« Er wirkte nicht nur ratlos, er war es wirklich. »Ich habe noch nie von Erfahrungen einer multiplen Hypnose gelesen, daher wird es schwierig sein, genaue Auskünfte zu geben oder Schlussfolgerungen zu ziehen.«

Spenglers Kom machte sich bemerkbar, ein Polizist meldete, dass eine Hotelkamera eine gestochen scharfe Aufnahme ihres Verdächtigen gemacht habe. »Sauber! Senden Sie sie umgehend an den Erkennungsdienst«, befahl er. »Sie sollen das Ergebnis auf meinen Account schicken.« Er stürmte nach draußen, Poolitzer und Ranjit folgten ihm. »Wir gehen zum Hotelmanager«, erklärte er. »Ich möchte mir von dort die Daten abrufen.«

Ein Angestellter brachte sie in das sehr teuer eingerichtete Büro des Chefs. Mahagoni hier, Goldbeschläge dort, Kristalllüster an der Decke und barocker Stuck überall. Poolitzer fand den retro-herrschaftlichen Stil in diesem Haus völlig daneben.

Ein kleiner, untersetzter Mensch in einem teuren Anzug und mit schütterem dreckiggelbem Haar, der bei ihrem Eintreten vor seinem gewaltigen Schreibtisch auf und ab lief, eine Hand hielt eine Zigarette, begrüßte sie. »Nob Brenner, Chief Manager«, stand auf dem goldenen Schild an seinem Revers.

»Ah, Herr Kommissar.« Er eilte auf ihn zu, wechselte die Kippe in die Linke und streckte ihm die stinkenden, nikotinverfärbten Finger entgegen. »Darf ich Sie bitten, Ihren Leuten zu sagen, sie möchten etwas diskreter sein? Wir haben sehr viele VIPs als Gäste, die der Anblick von Menschen in weißen Schutzanzügen beunruhigt. Kann man das nicht irgendwie tarnen?«

»Sicher, Herr Brenner«, sagte der Kommissar und imitierte den Tonfall eines beflissenen Dieners. »Ich werde es ihnen ausrichten und den Bestattern ans Herz legen, nicht in Schwarz, sondern in Pink zu erscheinen. Wir basteln die Leichen wieder zusammen, ziehen ihnen ein Tutu an und tun so, als würden sie zum Christopher Street Day gehen.« Mit einem Schlag wurde er wieder ernst. »Hören Sie, Herr Brenner, wir erledigen unsere Arbeit, nicht mehr und nicht weniger. Dabei ist es mir und meinen Leuten herzlich egal, ob wir in einem Schloss, einem dreckigen Hinterhof oder in einem Nobelhotel sind.«

»Ihnen schon, aber mir nicht«, erwiderte Brenner. »Und Ihren Vorgesetzten wird es das auch nicht sein, wenn ich sie anrufe.«

»Möchten Sie wetten?«

»Wollen Sie eine Dienstaufsichtsbeschwerde riskieren?«

»Wollen Sie, dass ich jeden einzelnen Gast Ihres Etablissements aus dem Bett, der Sauna oder sonst wo herauszerre, um ihn zu verhören? Sollen die Letzten erfahren, dass Sie in diesem Hotel unter Umständen einem gesuchten Mörder begegnet sind, und zu der Ansicht gelangen, dass es mit der Sicherheit nicht weit her ist?« Er deutete auf Poolitzer und Ranjit. »Die beiden Individuen sind übrigens von den Medien«, setzte er locker hinzu. »Sie können niemanden zwingen, Dinge zu verschweigen«, Brenner wurde blass, »aber ich kenne sie recht gut und könnte, Herr Brenner, *könnte* sie überreden, den Namen des Hotels in dem Bericht nicht zu erwähnen.« Er ging an ihm vorbei und aktivierte den Computer. »Haben wir uns verstanden? Kein Wort mehr über meine Ermittlungsarbeit. Wir arbeiten mit aller uns zur Verfügung stehenden Diskretion.«

Er loggte sich ins BKA-Netz ein und überprüfte die eingegangenen Daten. Zwar sagte er nichts, aber seine Kiefer mahlten schneller auf dem Kaugummi herum, der Schnauzer unter seiner Nase zitterte. »Herr Brenner, gehen Sie bitte einen Moment hinaus.«

Der Hotelchef verschwand grummelnd aus einem eigenen Büro, während Spengler über den Rand des Trid-Schirms zu seinen beiden Begleitern blickte. »Die Kollegen vom Erkennungsdienst konnten die Aufnahme verwerten, und unser Archiv hat ihn wieder entdeckt.«

»Man könnte den Manager Nobbse Burner nennen. Er geht ab wie ein Streichhölzchen.« Poolitzer schlich um den Schreibtisch herum, um sich das Dossier anzuschauen, die Kamera unerbittlich auf Spengler gerichtet und alles auf optischen Chip bannend. Das war der definitive Vorteil der neuen Fuchi: keine Mini-CDs mehr, sondern Platz sparende Module. »Hey, das heißt, unser hypnotisierter Mörder hat tatsächlich eine kriminelle Vergangenheit?«

»Was nicht weiter verwunderlich ist«, kommentierte Ranjit, ließ sich in die lederne Sitzgruppe fallen und goss sich einen Whiskey ein, den Nobbse ihm ohne Wissen spendierte. »Wie ich schon mal erwähnte, muss er für abartige Befehle empfänglich sein, um derartige Morde zu begehen.«

Er wollte gar nicht wissen, wen sie suchten, sondern wünschte sich einfach nur, dass es vorbei war oder er feststellte, dass er nichts weiter war als eine Figur in einem BTL-SimSinn-Spiel.

»Ach du Kacke«, entfuhr es Poolitzer unwillkürlich, gefolgt von einem ungläubigen Lachen. »*Das* erklärt natürlich einiges.« Seine Augen huschten über die Zeilen, die Fuchi filmte das, was der BKA-Computer ihnen auf den Schirm projizierte.

»Herr Ficker, kommen Sie bitte zu mir«, verlangte

Spengler. »Sie müssen den Mann eindeutig identifizieren, ehe ich ihn zur Fahndung ausschreibe.«

Widerwillig stand er auf und schlurfte zum Monitor.

Ein Blick genügte. Er sah ihn wieder vor sich, vor vier Tagen, in der *Wolke Sieben*, auf der Bühne. 47 Jahre, breite Statur, halblange graue Haare mit schwarzen Strähnen. Die graubraunen Augen, über denen sich die Augenbrauen schwangen, schienen direkt aus dem Bildschirm heraus auf ihn zu schauen und ihn anzuklagen. Damals, als das Foto entstanden war, trug er noch keinen schwarzen Kinnbart und keine schwarze Hornbrille, doch ein Zweifel bestand nicht mehr.

Armin Vogler, las er. »Das ist der Mann«, bestätigte er ihnen. »Das ist der Mann, den ich hypnotisiert habe.«

Seine Aufmerksamkeit richtete sich auf die eng geschriebenen Zeilen darunter, sein Blut schien zu gefrieren.

Vogler hatte alles Mögliche in seinem Leben gemacht. Am Anfang stand er als Kon-Gardist im Lohn von Knights Errant, danach verdingte er sich als Söldner und bekannte sich offen zur Mitgliedschaft im menschen- und metamenschenverachtenden Club Waidwerk.

Auf Nachfrage erklärte ihm Spengler, dass es sich bei Waidwerk um selbst ernannte Jäger handelte, die ihre Herausforderung darin suchten, andere Menschen und Metamenschen zu erlegen. Seine Straßen- und Söldnerspitznamen sagten alles über ihn aus. *Slaughter, Bill the Butcher, Silent Knife, Splatter.*

Der Akte zufolge war er früher in aller Welt herumgereist und erledigte Aufträge für Kons, für Drogenkartelle, für mächtige Kriminelle, bis ihn seine Arbeit seelisch und geistig so beeinflusste, dass er nur noch töten wollte und ihn keiner mehr engagierte. Die wenigsten benötigten einen Wahnsinnigen. Nach einer Schießerei in München wurde er von einem SEK-Team geschnappt, ein Gutachter erklärte ihn für unzurechnungsfähig.

Spengler tippte gegen den Schirm. »Da haben wir die Lösung für das seltsame Verhalten, Herr Ficker. Nicht wahr?«

Ranjits Augen weiteten sich. Vogler nahm auf eigenen Wunsch an einem ungewöhnlichen Therapieprojekt teil. *Eine Hypnosetherapie! Sie haben versucht, ihn damit von seinen Mordneigungen zu therapieren.*

Es ging darum, aus Gefangenen lammfromme Mitglieder der Gesellschaft zu machen und die Gefängnisse zu leeren. Um den Erfolg an einem harten Burschen zu testen, suchten sich die Ärzte Vogler aus.

Angeblich mit Wirkung.

Nach zwei Jahren, einem Dutzend Tests und drei unabhängigen Gutachten öffneten sich die Tore für einen völlig gewandelten Armin Vogler, der eine Umschulung zu einem Reisekaufmann machte und seitdem bei einem Münchner Unternehmen arbeitete. Bis zu jenem verhängnisvollen Tag, als er wohl während seines Urlaubs beschloss, die *Wolke Sieben* zu besuchen.

Ich habe die posthypnotische Barriere gebrochen. Ranjit ging rückwärts, bis er gegen die Scheibe prallte. »Es ergibt einen schrecklichen Sinn«, sprach er abwesend. »Meine Hypnose ... sie hat die Wirkung der therapeutischen Hypnose überlagert oder zerstört und seine alte Veranlagung zum Vorschein gebracht.« Er fuhr sich mit der Hand übers Gesicht. »Das wusste ich nicht!«

Spengler freute sich trotz der beiden Leichen über den Erfolg. »Na, also. Wir wissen, wer der Typ ist, und wir wissen, warum er empfänglich für die Befehle war. Jetzt müssen wir ihn nur noch fangen.« Die Kom-Nummer, die sie bei dem Anruf aus dem Zug ermittelten, erwies sich als falsche Fährte. Sie gehörte zu einem als gestohlen gemeldeten Gerät.

»Dürfte nicht mehr so schwierig sein«, meinte Poolitzer. »Er sieht für einen fast Fünfzigjährigen ziemlich beeindruckend fit aus, und er hat eine Tüte mit Geschnetzeltem aus Fraueninnereien dabei. So viele Menschen gibt es nicht, die so etwas mit sich herumtragen.«

»Sie sind ein Arschloch«, meinte Spengler, ohne sich umzudrehen, und beendete die Verbindung ins BKA-Net. »Ich weiß, Schnüffler, das bekommen Sie jeden Tag zu hören, und Sie machen sich nichts draus. Aber *mir* verschafft es ungemeine Erleichterung.«

Er hob sein Kom und erteilte Anweisung, den behandelnden Therapeuten von damals aufzutreiben, um ihn über sämtliche Gewohnheiten Voglers auszuquetschen und in den Besitz sämtlicher Aufzeichnungen zu kommen. Danach gab er grünes Licht für eine Ringfahndung.

Zusätzlich schickte er ein Team los, das Voglers Wohnung in München ausfindig machen sollte. Ein Magierteam würde ihn anhand der persönlichen Gegenstände auf magische Weise aufspüren, falls der Mörder durch die Maschen des Polizeinetzes schlüpfte. Angesichts der bisherigen Morde, der Gewaltbereitschaft und der Gefährlichkeit Voglers erteilte ihm jeder Untersuchungsrichter der ADL ohne Zaudern eine entsprechende Genehmigung.

Bald ist es zu Ende. Maximal noch ein paar Stunden, dann habe ich ihn. Für die große Feier war es noch zu früh, aber der Erfolg seines ersten Einsatzes als BKA-Mann stand fest.

»Alles im Griff, was, Spengler?«, sagte Poolitzer jovial.

Der Kriminaler lehnte sich in den Sessel des Hotelchefs. »Jepp. Alles, was ich gebraucht habe, waren die Personalien unseres Mannes. Sie sehen ja, dass es danach recht einfach ist.« Spätestens, wenn sich das Magierteam auf die astrale Suche begab, hatte Vogler keine Chance mehr zu entkommen. »Herr Ficker, ich möchte Sie von nun an immer in meiner Nähe haben. Falls wir Vogler stellen und er als irgendeine seltsame Person unterwegs ist, möchte ich, dass Sie ihn enthypnotisieren oder wie auch immer Sie es nennen.«

Er nickte, tastete an sich herum und erstarrte. »Meine Uhr! Ich brauche meine Uhr«, sagte Ranjit leise und schenkte sich ein weiteres Glas ein. »Ich muss sie im Hotelzimmer nach dem Putzen in all der Hektik vergessen haben. Ohne sie kann ich nicht arbeiten.«

Spengler überlegte. »Okay, ich lasse Sie mit dem Hubschrauber nach Stuttgart fliegen, damit Sie Ihre Angelegenheiten regeln und Ihre Sachen packen, danach bringt sie der Heli wieder zu mir.« Er stand auf.

Poolitzer rief Ultra an, um ihn in Kenntnis zu setzen.

»Ey, endlich meldeste dich! In Mühlhausen ist die Hölle los«, fiel ihm der aufgeregte Troll sofort ins Wort. »Hier ist so 'ne alte Chemiebude inne Luft geflogen …«

»Tote?«, hakte er scharf ein.

»Nööö, bis jetzt …«

»Aha. Sachschaden«, stellte Poolitzer gleich darauf desinteressiert fest. »Scheiß drauf, Ultra, wir sind an einer besseren Story dran. Sie wird die ADL fesseln, glaub mir. Wir wissen jetzt alles über den Mörder!«

»Cool, Snoop. Ich hab auch was rausgefunden.« Er machte eine theatralische Pause. »Über den Catwalk-Killer.«

»So?« Der Reporter ging zusammen mit Ranjit und Spengler hinaus. »Gut, bleib weiter dran. Ich kann hier nicht weg. Der alte Mann denkt, dass wir den Typen bald fangen.«

»Aber willste denn gar nicht wissen, was ich …?« Ultra klang wie ein enttäuschter Zehnjähriger.

»Na schön. Die Kurzvariante, Kleiner.«

»Ich hab echt tolle Sachen rausgekriegt. Ganz allein! Also«, sagte er gedehnt, jedes Wort seines Triumphes auskostend, »sie haben sich alle gekannt.«

»Wenn ich Kurzvariante gesagt habe, meinte ich damit immer noch, dass ich sie auch verstehen muss«, erbat sich Poolitzer mehr Zusammenhänge.

»Na, die Opfer. Die Erschossenen. Und der Gegrillte.«

Poolitzer hatte sichtlich Schwierigkeiten, dem vor Stolz platzenden Troll geistig zu folgen. »Was denn für ein Gegrillter?«

»Ach so, das weißte noch gar nich'.« Ultra gluckste. »Wir haben noch einen Toten, einen Sicherheitsdecker bei Di'Oá. Und der hängt da in 'ner Sache mit drin, bei der auch der abgemurkste Sternschutzmann und die abgeknallte Designerin mitgemischt haben.«

Poolitzer gab auf. »Ultra, beruhige dich. Ich habe nicht viel Zeit, wir sind dicht am Mörder dran. Schick mir die Daten, damit ich mich einlesen kann, bitte. Bis dann! Ich melde mich wieder.«

»Aber Poolitzer ...«, versuchte er in der Leitung zu bleiben, aber der Reporter unterbrach das Gespräch.

»Und? Was Neues von Lois?«, wollte Spengler wissen. Ranjit, der trotz seiner Blässe um die Nase plötzlich sehr wach wirkte, hörte aufmerksam zu.

»Kameramann in Ausbildung Ultra will einen Zusammenhang zwischen den Morden in Stuttgart herausgefunden haben.« Er sah die verblüfften Gesichter der beiden Männer. »Ja, ich wundere mich auch«, gestand er grinsend. »Der Kleine hat mehr Talent, als ich vermutet habe. Offenbar denkt er, dass er auf eine Gemeinsamkeit gestoßen ist.«

»Ach?«, entfuhr es Ranjit belustigt. »Welcher Kon hat denn ein Interesse, außer der Designerin und dem Decker noch einen Sternschutzmann erledigen zu lassen?«

Poolitzer wechselte den Akku seiner Fuchi und wunderte sich über den raschen Gemütsumschwung des Mannes, sagte aber nichts. Der Hypnotiseur hatte es alles andere als leicht.

»Er wird es mir schon noch mailen. Die praktische Übung hat er jedenfalls gut gemeistert. Jetzt bin ich nur gespannt, wie abenteuerlich seine Theorie ausfällt.« Eigentlich glaubte er nicht daran, dass Ultra in dieser kurzen Zeit so rasch an vertrauenswürdige Infos kam. Wahrscheinlicher fand er es, dass der Troll sich in seinem Runnerhirn aus Gerüchten abstruse Verkettungen ersonn. »Genau«, nickte er Ranjit zu. »Welcher Kon hätte schon Interesse am Tod eines Sternschutzmannes?«

»Kommt drauf an, was er für ihn getan hat und ob er so dämlich ist, eine Erpressung zu versuchen«, half Spengler mit einem Ansatz aus, während er die Taste für die Dachterrasse drückte. Der Fahrstuhl schnellte nach oben und trug sie zur Landeplattform. »Die Kon-Kriege«, sagte er nachdenklich und überlegte, ob er sich im Laufe seiner weiteren Karriere beim BKA ebenfalls mit Unternehmen würde anlegen müssen, wie er das schon des Öfteren beim LKA Badisch-Pfalz getan hatte. »Bei denen verdienen alle mit. Außer den Polizisten.«

»Ha, sicher, alter Mann. Bestechlichkeit ist bei euch nicht vorhanden. Ihr nennt das Gefälligkeiten. Mal ein Auge des Gesetzes zudrücken und so. Mit Ebbies.«

»Das habe ich überhört«, knurrte er Poolitzer an.

»Oh, das tut mir Leid. Soll ich es noch mal wiederholen?«, griente der furchtlos zurück.

Die Kabine hielt, die Türen öffneten sich, und der Wind der wirbelnden Rotorblätter sowie der Lärm des Motors empfingen sie.

Der Kriminaler brachte Ranjit zum Heli. »Beeilen Sie sich«, schrie er, um das pfeifende Geräusch der Hubschrauberturbinen zu übertönen. »Einpacken und gleich wieder weg.«

Der Halbinder hob die Hand und schwang sich in den hinteren Teil, Spengler warf die Schiebetür ins Schloss und trat zurück.

Der Sikorsky-Bell Luxura erhob sich in den dunklen Abendhimmel. Die Gewitterfront, die vor nicht allzu langer Zeit über Stuttgart gewütet hatte, erreichte Bad Kissingen.

ADL, Württemberg, Stuttgart-Mitte, 02.05.2059, 23:21 Uhr

Ranjit suchte seine Kleider zusammen und warf sie in den Koffer.

In seinem Inneren tobte ein Sturm. Sein Gewissen schrie ihn unentwegt an, machte ihm Vorwürfe und ließ sich selbst von der offensichtlichen Tatsache nicht beruhigen, dass von Boesche die verschiedenen Persönlichkeiten in Voglers Verstand pflanzte.

Er hielt inne und schaute aus dem Fenster, von dem aus er die Flammen der brennenden Chemiefabrik in Mühlhausen sehen konnte. Sie hatten deshalb einen Umweg fliegen müssen. Von oben sah das Feuer noch imposanter, bedrohlicher, verwüstender aus. Die Behörden lösten Umweltalarm für Stuttgart aus und forderten die Anwohner des Stadtteils auf, Türen und Fenster geschlossen zu halten.

Ich habe nichts von der Hypnosebehandlung wissen können, verteidigte er sich zum dutzendsten Mal gegenüber seinem schwach sichtbaren Spiegelbild auf der regennassen Scheibe. *Ohne von Boesche wäre nichts geschehen, ich hätte die posthypnotischen Befehle rückgängig gemacht, und Vogler wäre wieder ganz der Alte gewesen.*

Sein Gewissen akzeptierte die Ausrede nicht und bombardierte ihn mit den Bildern der Mordopfer, den Tatortaufnahmen und dem kurzen Eindruck, den er im Hotelzimmer in Bad Kissingen aufgeschnappt hatte. Er schloss die Augen, seine rechte Hand umfasste die geliebte Taschenuhr, mit der das Übel begann. Sie war nach dem Putzen unter ein Hemd gerutscht, und deshalb hatte er sie bei seinem Aufbruch in den Kurort in all der Eile vergessen.

Ich will nicht mehr.

In das dumpfe, letzte Grollen des Gewitters schrillte das Kom. *Nein. Bitte nicht.* »Ich bin nicht da«, schrie er fahrig.

Sieben, acht, neun Mal ließ er es schellen, ehe er langsam zum Tisch ging und die Hand ausstreckte, um den Knopf zu drücken, der das elektronische Signal gab, den Gesprächspartner durchzustellen. *Nicht Vogler. Bitte, nicht Vogler.* Er schluckte, nahm seine Courage zusammen, öffnete die Leitung, schwieg.

Jemand atmete schwer. »Sagen Sie was, Ficker«, hörte er die bekannte Stimme des ehemaligen Söldners, sie klang resigniert. »Sie haben abgenommen, jetzt sagen Sie um Himmels willen was! Holen Sie mich aus dem Albtraum, bitte.«

Ranjits Kehle war wie zugeschnürt.

»Ich habe dieses Mal«, etwas raschelte, »eine Tüte gefunden. Sie ist voller Innereien, *menschlicher* Innereien.« Er sprach in gleichbleibend monotonem Tonfall, als stünde er unter schweren Beruhigungsmitteln. »Ich nehme nicht an, dass ich sie einem Freiwilligen entfernt habe, oder? Und in dem Transporter, in dem ich sitze, riecht es wie in einer Tankstelle, in die ein Schwarm Vögel geschissen hat.«

»Bitte, wo sind Sie?«, schaffte er es, seine ausgetrockneten Stimmbänder dazu zu bringen, etwas zu sagen.

»Ich habe mich mit Shit und Schlaftabletten zugedröhnt«, erwiderte Vogler stattdessen gedehnt. »Ich lasse es nicht zu, dass ich wie ein ferngesteuerter Zombie durch die Gegend laufe und Menschen erledige.« Die Tüte klatschte zu Boden, es klang, als ließe man ein nasses Knäuel fallen. »Ich …«

»Wo sind Sie?«, rief Ranjit aufgeregt. »Ich komme sofort zu Ihnen. Lassen Sie mich Ihnen helfen, ehe Sie wieder …« Er hörte, dass das Kom des Söldners zu Boden fiel und nach einer Weile aufgehoben wurde. »Hallo?

Bitte, ich kann Ihnen helfen! Ich nehme die Hypnose zurück und lasse die Persönlichkeiten aus Ihrem Kopf verschwinden!«

»Sie können das?«, erkundigte er sich schläfrig. »Wie wollen Sie das anstellen?«

»Meine Uhr, erinnern Sie sich? Mit ihr habe ich Sie hypnotisiert, und mit ihr kann ich Sie wieder von den posthypnotischen Befehlen von Boesches befreien.« Er wanderte mit dem Sprechteil des Koms aufgeregt durch das Zimmer. Es schien sich zum Guten zu wenden.

»Und sie wären dann für immer aus meinem Kopf verschwunden?«

»Sicher«, log er, weil er es nicht genau wusste. Ohne eine eingehende Untersuchung durch Ärzte konnte er keine klare Aussage treffen, aber aus Angst, Vogler zu verjagen, hätte er alles behauptet, um ihn zu sehen. Zusammen mit der Polizei, nicht alleine. »Ich verjage Ihre künstlichen Dämonen, Herr Vogler. Sie werden wieder in Ihren Beruf zurückkehren. Ich habe mit dem leitenden BKA-Beamten gesprochen und erklärt, dass Sie für Ihre Taten nicht verantwortlich sind.«

Am anderen Ende herrschte Stille. »Wo finde ich Sie?«

»Kommen Sie ins Hotel Desidera«, sagte er. »Ich bin in Zimmer 711 und warte auf Sie. Es wird Sie niemand aufhalten …«

»Nein, das wird sicherlich niemand«, meinte Vogler lachend und klang völlig verändert. »Hier ist George M. Bush, und ich weiß, wer *Sie* sind. Sie wollen mich fertig machen, mich erledigen. Sie arbeiten für die Regierung, das ist mir klar. Ich war für die in diesem Scheißkrieg, und was habe ich davon gehabt? Nichts, gar nichts! Ich bin enttäuscht von diesem Land, von dieser beschissenen liberalen Regierung, die ihre treuesten Diener vergisst. Und das werde ich allen zeigen.«

Weg. Er ist wieder gesprungen. Ranjits Beine wurden weich. *Ich hatte ihn fast so weit.*

»Aber bevor die Staaten meine Meinung erfahren, komme ich bei dir vorbei und erledige dich«, versprach er eisig. »Du wirst mich nicht an meiner Mission hindern. Ich war ein guter Schütze, ich habe 27 Irakern die Lichter ausgeschossen – da werde ich einen Regierungsdummy wie dich im Dunkeln treffen.« Ein Motor startete. »Ich trinke einen großen Pott Kaffee, und dann komme ich, Ficker. Und ich finde dich. Nein, ich *treffe* dich!«

Abrupt endete das Gespräch.

Ranjits Knie gaben nach, er setzte sich auf den Fußboden. Wer auch immer eben mit Voglers Mund gesprochen hatte, er wollte sich nicht aus dem Kopf vertreiben lassen. Sich überschneidende Hypnosen und massive Persönlichkeitsstörungen ergaben eine gefährliche, unvorhersehbare Kombination.

Er nannte sich Bush. Er musste das Gespräch eine Zeit lang irrtümlich mit diesem Bush geführt haben, der begriff, dass man ihn ausschalten konnte. *Ich habe ihm beschrieben, wo ich bin! Scheiße, er wird mich umbringen!* Sein ganzer Körper begann zu zittern.

Sein Armband-Kom klingelte, Spengler meldete sich. »Bleiben Sie ruhig, Herr Ficker, wir haben das Gespräch gehört. Meine Leute sind schon auf dem Weg zu Ihnen, er wird Ihnen …«

»Nein, ich glaube Ihnen nicht«, rief er hysterisch ins Mikro. »Da ist eine Killermaschine auf dem Weg zu mir, vielleicht steht er schon vor meiner Tür.« Er sprang auf und schnappte sich den Koffer. »Ich tauche ab, das ist mir alles zu viel, Herr Kriminalhauptkommissar.«

»Verlieren Sie jetzt nicht die Nerven«, versuchte es Spengler beschwichtigend. »Wir können Sie schützen …«

»Sie können ihn nicht einmal fangen, obwohl Sie alles von ihm wissen!« Er schaute ängstlich durch den Türspion. Nichts. »Ich bleibe keine Sekunde länger. Sie haben meine Nummer. Rufen Sie mich an, wenn Sie ihn festgenommen haben.« Er öffnete die Tür und lief den Gang entlang zum Lift. »Ich ziehe es vor, in Deckung zu gehen. Nehmen Sie es mir nicht übel, aber ich setze kein besonderes Vertrauen ins BKA. Bis denn und viel Erfolg.«

Er schaltete ab und stieg in die Kabine. *Tauchstation. Irgendwohin. Ich werde in Stuttgart schon einen Platz finden.*

IX.

ADL, Württemberg, Stuttgart-Wangen, 02.05.2059, 23:45 Uhr

Graue Klaue hetzte durch den strömenden Regen über die menschenleere Straße.

Hätte die Orkschamanin dieses Manöver am frühen Morgen versucht, wäre sie von den Kühlerhauben der Lkws abgeprallt und über die Fahrbahn geschubst worden wie ein fetter Pingpongball mit kurzen Beinen.

Da sich in Wangen viele mittelständische Unternehmen angesiedelt hatten und dort zwei, drei kleinere Firmenzentralen saßen, herrschte morgens reger Pendler- und Lieferantenverkehr. Doch sobald die Märkte bedient und die Ladungen gelöscht waren, konnte eine alte Oma wieder in aller Ruhe über die Straße gehen, ohne Angst zu haben, platt gefahren zu werden.

In dem Teil Wangens, in dem sich Graue Klaue herumtrieb, würden nette alte Omas seltener zu finden sein. Böse alte Omas dagegen schon.

Sie bog in einen Hinterhof ab, nahm den Hintereingang eines verlassenen Hauses, suchte nach der Treppe in den Keller und ging von dort in die Tiefgarage, die ebenso wenig von jemand genutzt wurde wie das Haus.

Wangen mauserte sich zu einem kleinen Industriegebiet, in dem man nichts bekam, was man im täglichen Leben benötigte. Daher zogen die Menschen weg. Zurück blieben die leeren Gebäude, in denen zwar auch

Geschäfte betrieben wurden, die aber höchst illegaler Art waren.

Graue Klaue kannte sich nicht aus. Ein GPS-System half ihr deswegen bei der Orientierung und steuerte sie bis auf wenige Zentimeter genau durch die Irrgärten des einsamen Gebiets zu ihrem Ziel.

Sie hatte schon an Adornos Stimme gehört, dass die Elfin stinksauer auf sie war. »Hör auf, Sachen in dich reinzustopfen, und geh endlich los, um deinen Part zu erfüllen«, hatte sie geschrien. »Danach kommst du auf der Stelle ins Hotel. Wir müssen reden.«

Es war ihr selbst peinlich, dass sie ihr Ziel noch nicht erledigt hatte. Immer kam ihr etwas dazwischen. Mal sprang ihr Auto nicht an, dann schlief sie auf der Couch ein, weil sie ihr Verdauungsschläfchen zu sehr ausdehnte, aber nach einem opulenten Mahl musste es einfach sein. Die dürre Elfin, deren Mahlzeiten aus ekligen Vitaminriegeln und gepresstem Kunstessen bestanden, kapierte das nicht.

Er ist nicht aus der Stadt verschwunden, also wird er keine Ahnung haben, was gleich mit ihm geschieht, beruhigte sie sich selbst immer wieder mit den gleichen Worten, die sie auch zu Adorno gesagt hatte.

Sie fand durch ein paar kurze Telefonate heraus, dass ihr Ziel sich für diesen Abend mit Italienern verabredete, um die Pit-Fights zu reorganisieren, so munkelte man zumindest in den Schatten.

Und genau zu diesem Treffen war Graue Klaue unterwegs.

Sie freute sich, dass sie nach den Treppenstufen nicht wie sonst außer Atem geraten war und sich durch ihr Schnaufen auf 50 Meter gegenüber einem möglichen Gegner verriet. Sie durchquerte die Tiefgarage, erklomm Stufe um Stufe wieder nach oben und begab sich auf diese Weise unbemerkt auf das Dach eines leer stehenden Parkhauses. Genau auf der anderen Seite würden ihr Ziel und die Italiener zusammensitzen und überlegen, welche Kämpfer man einkaufte.

Jetzt japste sie schon ordentlich. Nach dem ganzen Stress gönnte sie sich erst einmal einen kleinen Schokoriegel, den sie aus den Tiefen ihrer Utensilientasche kramte. Noch kauend, pirschte sie sich auf allen vieren bis an die Betonreling des Parkhauses heran, kauerte sich dahinter und holte ihr Fernglas heraus.

Sie suchte die Front des auf der anderen Seite des kleinen Platzes gelegenen Gebäudes nach einem Lichtschein ab und entdeckte wirklich etwas.

Dort herrschte noch Leben. Es war ein billiger Mietbunker, in dem vermutlich Saisonarbeiter der Handwerksbetriebe untergebracht waren. In der unteren Etage hatte ein italienisches Ristorante geöffnet und warb mit seinem verlockenden Duft um Kunden.

Graue Klaue wischte die Feuchtigkeit vom Glas und fummelte an den Okularen herum, bis sich absolute Schärfe einstellte, um sicherzugehen, dass sie sich nicht täuschte.

Nein, es gab keinen Zweifel.

Genau in diesem Ristorante, im hinteren Teil nahe dem Notausgang, saß ihr Ziel, ein Typ in billigen Straßenklamotten mit dem Rücken zu ihr. Die Jacke wischte jeglichen Zweifel davon. Sie war mit schlechten Stickereien und blinkenden Dioden versehen, die ihn aussehen ließen wie eine wandelnde Beleidigung des Auges und des guten Geschmacks. *Das würde sonst niemand tragen.* Eine köstlich aussehende, bereits zu einem Drittel gegessene Pizza stand vor ihm, und ihm gegenüber befand sich eine junge Frau in einem Businessanzug, der einwandfrei nicht in diese Gegend gehörte.

Die Orkfrau schätzte sie auf Anfang zwanzig, und die drei Typen in den schwarzen Anzügen um sie herum stellten ihre Aufpasser dar, die den Eingang, die Toilettentür und den Notausgang nicht aus den Augen ließen.

Der Ristorante-Inhaber, scheinbar ein Angehöriger der Mario-Brothers-Familie mit stark inzestuösem Einschlag, überschlug sich vor Höflichkeit und Aufmerksamkeit. Wo die Kunden normalerweise Spaghetti lieblos und lauwarm auf fleckigen Tischen präsentiert bekamen, glänzte an diesem Abend alles vor Sauberkeit, die reichhaltig belegte Pizza dampfte ungewohnt heiß, und der Signore strahlte wie eine Höhensonne.

Die Kleine muss eine Mafiadame sein, lautete der einzig sinnvolle Schluss aus den Beobachtungen.

Graue Klaue hatte für sich selbst beschlossen, auf Kriminelle keine Rücksicht zu nehmen. Schon gar nicht auf Kriminelle, die Metamenschen für ihre eigenen Machenschaften ausnutzten und als billige Kampfmaschinen verheizten, damit sie den Reibach machen konnten.

Sie konzentrierte sich, summte leise vor sich hin und schüttelte vorsichtig eine Rassel, um den Zauber zu aktivieren. Wo hermetische Magier Formeln murmelten und nüchtern, fast rational Magiefäden woben, stand ihre Zunft für das expressionistische, intuitive Wirken.

Der Kontakt zur astralen Ebene wurde hergestellt, und sie nutzte die Energien, um sie zu ihren Gunsten zu formen und gegen das Lokal zu schleudern, das passenderweise *Vesuvio* hieß. Es würde gleich einen Ausbruch der besonderen Art erleben.

Es geschah nichts.

Scheiße, die haben eine Barriere errichtet, war ihr erster Gedanke, und sie schaute sich sofort auf dem Dach des Parkhauses um, ob sie durch den misslungenen Angriff aufgefallen war, aber anscheinend schenkte man ihr keine große Beachtung.

Dann eben noch einmal, sagte sich die Schamanin, wischte sich das Regenwasser aus dem groben Gesicht und erhob ihre Stimme zu einem weiteren Singsang, der in einem Zauber gipfeln sollte.

Wieder tat sich nichts, das *Vesuvio* verwandelte sich nicht in das verlangte Feuermeer.

Was bei allen verfickten Geistern geht hier vor? Sie askennte die Umgebung und erkannte nichts Außergewöhnliches, nicht einmal eine Barriere, mit der sich das Versagen des Zaubers erklären ließ.

Sie schaute schlecht gelaunt in den dunklen Himmel. In weiter Entfernung sah sie die angestrahlten Leiber der Zeppeline in Ludwigsburg. Ihr Totem verlangte von ihr, sich beim Wirken von Zaubern unter freiem Himmel aufzuhalten. Diese Vorgabe hatte sie erfüllt, daran konnte es nicht gelegen haben.

Rabe, was habe ich falsch gemacht? Sprich zu mir! Graue Klaue hörte Adorno in ihrer Vorstellungskraft schon zetern und ihr heftige Vorwürfe machen, dass sie ihren Part in den Sand setzte.

Nein. Die anderen haben es auch geschafft. Diese Blöße gab sie sich nicht. In ihrer Not fasste sie den Entschluss, näher an das Ziel heranzugehen. *Ich werde so tun, als wollte ich eine Pizza bestellen. Er sitzt mit dem Rücken zum Eingang. Er wird mich nicht sehen und erkennen.*

Sie plante fest, tatsächlich eine Pizza mitzunehmen. Sie spürte großen Hunger in ihren Eingeweiden wüten, und Rabe sagte gerne ja zu einem Häppchen. Vielleicht würde sie dann wieder zaubern können.

Ach, was soll's. Ich improvisiere jetzt, entschied sie sich und lief die Stufen des Parkhauses hinab, überquerte die Straße und hielt auf die Tür des Ristorante zu. Da der Feuerball versagte, würde sie einen der Anzugträger magisch unter ihre Kontrolle bringen und ihn auf das Ziel schießen lassen.

Glücklicherweise kamen zwei Männer aus dem Haus daneben, um sich ebenfalls etwas zu essen zu holen. So fiel es gar nicht weiter auf, dass sie sich dicht hinter ihnen ins Innere drückte und in deren Schatten verborgen im vorderen Bereich am Imbiss-Tresen wartete.

Das Wasser hatte sich im Profil ihrer Schuhe gesammelt und haftete am Gummi. Im Zusammenspiel mit den polierten Kunststofffliesen fabrizierten sie bei jeder Bewegung ein Geräusch, wie es gefolterte Meerschweinchen nicht besser konnten: *quiiiek-quiiiek-quiiiek*.

Die Männer in den Anzügen musterten die Neuankömmlinge kurz und stuften sie als harmlos ein. Die Frau hob nicht einmal den Kopf, und auch ihr Ziel konzentrierte sich einzig und allein auf die Verhandlungen mit der Italienerin. Sie sprachen leise und schnell. Graue Klaue verstand nichts von dem, was geredet wurde.

»Gutte Abende.« Mario versah auslieferfertige Pasta-al-forno-Förmchen gerade mit Pappdeckeln, um zu verhindern, dass die Soße aus den Aluschalen lief. »Wasse kannich bringe?«

Die Antwort gestaltete sich ungewöhnlich.

Statt »Eine Calzone« oder »Pizza al funghi« zu sagen, zogen die beiden Kunden automatische Schrotflinten unter ihren langen Mänteln hervor. Sie fackelten nicht lange und erschossen den ersten Anzugträger, bevor er nur zucken konnte. Die rauchenden Läufe richteten sich anschließend auf den Kopf der Frau.

»Keine Bewegung, Signora Canoretti«, erhielt sie die Anweisung. »Sagen Sie Ihren anderen beiden Muskeln, dass sie sich nicht bewegen sollen.«

Die Frau machte ein paar schnelle Bemerkungen auf Italienisch.

»Grazie.« Der Größere der beiden Räuber lachte. »Sie sprechen ein ganz hervorragendes Italienisch. Im Gegensatz zu den meisten Itakern beherrschen Sie es fehlerfrei. Ihr Papa hat Ihnen eine ganz besondere Ausbildung zukommen lassen, was?«

Sein Kompagnon bedeutete Graue Klaue, sich an eine Stelle zu begeben, wo sie die Orkfrau sehen konnten. Sie tat es, *quiiiek-quiiiek-quiiiek* sagten die Schuhe.

Sie nutzte die Gelegenheit und nahm sich die vollere Form vom Tresen, eine Gabel fischte sie im Vorbeigehen vom Tisch. Die Spaghetti rochen einfach zu gut.

Der Räuber grinste sie nur an, was ihr zeigte, dass sie nicht weiter von Interesse war.

»Was wollen Sie?«, verlangte die Mafiosa zu erfahren und schaute im nächsten Moment überrascht zu ihrem Verhandlungspartner, der sich vollkommen gelassen erhob und zwischen die beiden Bewaffneten stellte.

»Sie sind in meinem Auftrag hier, Signora Canoretti«, erklärte er fies grinsend. »Ich dachte mir, wir sollten uns in einer Atmosphäre unterhalten, in der *ich* das Gefühl habe, der Überlegene zu sein, und Sie mir keine Zugeständnisse abschlagen können. Es geht nicht mehr um das Besorgen von Kämpfern für Ihre Veranstaltungen, ich will mehr. Ich will ein Stück von dem einträglichen Kuchen.«

»Sie sind ein …«

»Sicher bin ich das«, lachte er schmierig. »Aber damit hätten Sie rechnen müssen. Sie wollten mit mir über die Pit-Fights in Wangen sprechen. Gut, sprechen wir. Sie können Ihre Kämpfe abhalten, dagegen habe ich nichts, richten Sie das Ihrem Vater aus. Ich bringe Ihnen weiterhin Kämpfer und bekomme meinen üblichen Lohn. Plus einen Anteil von Ihrem Umsatz, der«, er langte nach der verbliebenen Form und begann ebenfalls, die Spaghetti zu kosten, »sich auf zwanzig Prozent belaufen wird.«

Sie schnaubte. »Vergessen Sie es, Schneiderlöchner.«

»Einundzwanzig Prozent«, sagte er kauend und sog eine lange Nudel in den Mund. Sie glitt zwischen seine rissigen Lippen, rote Soße lief an seinem stoppeligen Kinn herab. »Für jedes Nein, das ich aus Ihrem hübschen Mund höre, Signora Canoretti, sattle ich ein weiteres Prozentchen drauf und sage Ihrem Papa, warum er so viel an mich abtreten darf.«

»Warum sollten wir auf Ihre Forderung eingehen?«

Einer ihrer Begleiter wagte es todesmutig, sich zu bewegen und mit der Hand in Richtung Jacke zu zucken.

Doch die Jungs mit den Schrotflinten waren auf Zack. Es krachte laut, der getroffene Leibwächter machte drei Schritte nach hinten, fasste sich an das klaffende Loch in seiner Brust und brach mit einem italienischen Fluch auf den Lippen zusammen. Die Wand hinter ihm sah aus, als hätte der Mario-Brother-Verschnitt einen Eimer Tomatensoße mit Bröckchen dagegengeschüttet.

»Zweiundzwanzig Prozent«, schmatzte Schneiderlöchner. »Und ich erkläre hiermit, dass ich keine Fragen akzeptieren werde.«

Canoretti zeigte sich nach wie vor nicht von dem Erpresser beeindruckt, was Graue Klaue Anerkennung abnötigte. »Ich brauche Sie nicht. Ich kann mir die Kämpfer auch von anderen besorgen lassen.«

Er wickelte sich eine neue Portion Nudeln auf. »Haben Sie sich nicht gefragt, warum die Bullen aufgetaucht sind?« Grinsend schob er sich die Spaghetti in den Mund und deutete mit dem Griff der Gabel auf sich. »Ich war das. Ich habe dem Sternschutz einen Tipp gegeben. Verstehen Sie es als Beweis, dass ich über all ihre Standorte in Wangen Bescheid weiß.« Er aß weiter. »Ihre Familie schafft es niemals, sich in kurzer Zeit einen Ausweichstandort zu suchen, und den, das können Sie mir glauben, finde ich spätestens am zweiten Tag.« Er unterdrückte ein Rülpsen. »Kommen Sie, Signora, geben Sie sich einen Ruck und beginnen Sie eine wunderbare Geschäftsbeziehung.«

Sie schüttelte den Kopf. »Das geht nicht so einfach. Dazu muss ich die Erlaubnis des Familienrats einholen, und mein Vater ist derzeit in Italien …«

»Einen Scheißdreck ist Ihr Vater«, fiel ihr Schneiderlöchner laut ins Wort. »Sie rufen ihn jetzt an und geben mir Ihr Kom. Ich regele das.« Er winkte knapp, und einer seiner Runner erschoss den dritten ihrer Begleiter. »So, brauchen Sie noch mehr Beweise, dass ich es ernst meine?«

Widerwillig tippte sie die Nummer ein und warf es ihm zu.

Graue Klaue hatte die vorzüglich schmeckenden Spaghetti inzwischen beinahe aufgegessen und achtete nach wie vor darauf, dass ihr Ziel sie nicht richtig zu Gesicht bekam und einer der Schrotflintenträger zwischen ihnen beiden stand.

Sie überlegte, was sie unternehmen sollte. Die Runner hatten keinen Grund mehr, besondere Aufmerksamkeit walten zu lassen, die drei Leibwächter lagen entweder tot oder blutend und stöhnend am Boden. Die Orkfrau wurde zu ihrer großen Freude gnadenlos unterschätzt.

Zaubern kann ich vergessen. Sobald ich anfange zu singen und zu zucken, werden sie mich aus den Schuhen schießen. Wäre schade um die guten Spaghetti. Also blieb ihr nur die Halbautomatik, die sie unter ihrer Jacke trug, was ein nicht eben geringes Risiko darstellte. Sie traf einen Wagen normalerweise auf 40 Meter Entfernung. Wohlgemerkt nur den Wagen, nicht irgendwelche Dinge wie Nummernschilder, Außenspiegel oder Reifen. *Verrückt. Da bin ich Schamanin und muss trotzdem die Knarre auspacken.*

Graue Klaue brauchte für ihren Überfall eine gute Tarnung, ein Vorspiel, das unauffällig genug blieb und ihr alle Möglichkeiten eröffnete. *Verschlucken! Verschlucken ist gut.*

Sie sandte ein geflüstertes Gebet an ihr Totem Rabe, schob sich die letzten Spaghetti in den Mund und simulierte, sich an den Nudeln verschluckt zu haben.

Sie hustete, was die gekauten Stückchen hergaben, zog ein Taschentuch, röchelte, beugte sich nach vorn und würgte derart ekelhaft, dass sie angewiderte Blicke von den Runnern erntete. Selbst Schneiderlöchner schaute kurz pikiert zu ihr, ohne sie jedoch zu erkennen.

Die Orkfrau langte während ihrer schauspielreifen Leistung unter ihre Jacke. Der Griff der Beretta rutschte wie von selbst in ihre dicken Finger, mit dem Taschentuch verdeckte sie die Waffe und tat so, als würde sie wirklich ersticken. Laut rang sie nach Atem.

»Schau nach«, sagte der Runner zu seinem Begleiter, und hilfsbereit machte der sich auf den Weg zu ihr. Damit lief ihr komplett improvisierter Plan noch besser als vermutet.

Als er sich zu ihr beugte, richtete sie sich abrupt auf, ihr breiter Hinterkopf kollidierte mit der empfindlichen Nase. Sie setzte nach, drosch ihm den Knauf der Halbautomatik gegen die Schläfe, und er geriet ins Wanken.

Graue Klaue schaffte es, sich *(quiiiek-quiiiek-quiiiek)* hinter ihn zu stellen und ihn als Schutzschild vor sich zu halten, auf den sein Kumpel mit Sicherheit nicht feuerte. Den Moment der Unsicherheit nutzte sie, um einen Geist zu rufen, der ihr ein wenig zur Hand gehen sollte. Jetzt konnte sie auch zaubern, ihre Neutralität galt nicht mehr.

Nichts geschah.

Die Schamanin blinzelte irritiert. *Ist das Ristorante eine verfickte Nullzone, oder was?* Rasch hielt sie ihrem Kugelfang die Mündung an die blutende Schläfe. »Lass die Flinte fallen, Süßer«, gab sie grollend Anweisung, »oder ich blas deinen Freund hier weg. Von dir will ich nix.«

Der Runner überlegte noch, da riss Schneiderlöchner seine Waffe aus dem Gürtelholster und legte auf sie an.

Graue Klaue schoss in Panik zwei Mal nach ihm, verfehlte ihn jedoch. Kaum verklang das Krachen ihrer Beretta, ertönten drei schnelle Schüsse aus der anderen Ecke, und Schneiderlöchners Blut verteilte sich auf dem Tresen neben ihm.

Er geriet aus dem Gleichgewicht, seine Hand mit der Pistole ruckte herum auf Canoretti, die ihre Mauser Ladyline gezogen und ihm die Treffer seitlich in den Oberkörper und den Arm verpasst hatte.

Diese Gelegenheit wiederum ließ sich die Schamanin nicht entgehen und leerte ihr komplettes Magazin in den vor ihr stehenden Mann. »Verrecke, du Verräterschwein!«

Die Projektile schlugen beinahe in jedes Körperteil ein, drei jedoch perforierten seine Brust und verwundeten ihn tödlich. Er prallte gegen den Tresen, fiel auf die Knie und schaute mit brechenden Augen zu ihr. Die Erkenntnis kam zu spät.

»Du?«, ächzte er. »Du bist …« Er kippte vornüber und schlug ungebremst mit dem Gesicht voran auf den Boden des Ristorante auf, es knirschte leise, als die Nase dabei brach.

»Okay, ich bin dafür, dass wir uns alle entspannen«, sagte der Runner vorsichtig, den Lauf seines Schrotgewehrs zwischen Graue Klaue und Canoretti hin und her schwenkend. »Schneiderlöchner ist hinüber, und für mich gibt es keinen Grund mehr, einen von Ihnen erschießen zu müssen. Sehen Sie das genauso?«

Graue Klaue lachte und ließ ihren menschlichen Schild los, der Mann sank auf einen Stuhl und hielt sich den Kopf. »Sicher. Was die toten Anzüge angeht, verhandeln Sie das mit der Dame.« Sie ging *(quiiiek-quiiiek-quiiiek)* an ihm vorbei und beugte sich zu Schneiderlöchner. Vorsichtshalber schlitzte sie ihm die Kehle auf, damit er restlos ausblutete. *Keine Gnade. Du wirst keine Chance bekommen, das zu überleben.*

»Luigi, ruf meinen Vater an, er soll ein Aufräumteam herschicken«, gab Canoretti Anweisung, ohne ihre Waffe zu senken, die Mündung zielte stets auf den Kopf des Runners. Sie traute dem Frieden nicht. »Hey, Sie!«, sagte sie zur Schamanin. »Ich nehme an, es war etwas

Persönliches?« Graue Klaue nickte zustimmend. »Sie haben mir geholfen. Meine Familie wird Ihnen gerne einen Gefallen tun.«

»Ehrlich? Na, Sie wissen jedenfalls, was sich gehört.« Die Orkfrau richtete sich wieder auf. »Hey, Luigi! Kann ich ein Pizza-Abo auf Lebenszeit haben?«

Der Pizzabäcker, das tomatensoßenrote Kom ans Ohr geklemmt, schaute fragend zu der Mafiosa, die nur nickte. »Si, certo«, antwortete er und redete schnell in den Hörer, weil am anderen Ende der Leitung wohl jemand abgenommen hatte.

»Danke.« Graue Klaue nahm sich zwei von den Pizzen, die zur Auslieferung vorbereitet waren, warf noch einen Blick auf den Runner und die junge Canoretti, die sich gegenseitig bedrohten, dann ging sie *(quiiiek-quiiiek-quiiiek)* hinaus.

Auf der Straße breitete sie die Arme aus, legte den Kopf in den Nacken und drehte sich schnell um die eigene Achse, dabei lachte sie übermütig. *Wir haben dich gerächt, Datadieb! Du wärst stolz auf uns!*

Beinahe hätte sie die Pizzaschachteln fallen lassen.

Kurz darauf betrat Graue Klaue das Hotelzimmer, den bewährten Treffpunkt der Verschwörer und Rächer. Der Teppich verhinderte, dass ihre Schuhe weiterhin die Töne eines gefolterten und sterbenden Meerschweinchens von sich gaben.

»Hier, Pizza für alle«, rief sie gut gelaunt. »Wisst ihr was? Schneiderlöchners Tod hat mir ein Pizza-Abo auf Lebenszeit gebracht.« Rasch erzählte sie Adorno, Tab und Zashi, was sie in Wangen erlebt hatte.

Die Elfin atmete sichtlich auf und nahm sich ein Stück. »Wir haben es geschafft, Leute. Unsere Rache ist vollkommen.«

»Gab es einen Grund, daran zu zweifeln?«, erkundigte sich Zashi besorgt, der nicht entgangen war, dass sich ihre Anführerin nicht so ausgelassen freute wie sie, der Decker und die Schamanin.

»Sie sind uns auf der Spur«, sagte sie. »Ein Troll schnüffelt uns hinterher, ein Reporter. Er hat sich umgehört und schneller Infos über unsere Aktionen gesammelt, als ich voraussehen konnte. Ich hatte befürchtet, dass er die Bullen einschaltet und uns Schneiderlöchner aufscheucht.« Sie nahm die Flasche Sekt aus dem Kühler und ließ den Korken ploppend aus dem Flaschenhals schnellen. »Aber uns kann es jetzt egal sein!« Sie füllte die Gläser und verteilte sie. »Auf Datadieb, den besten Deckhead und Freund, den man sich wünschen konnte. Mögen die Seelen der vier Verräter in der Hölle schmoren!«

Klirrend trafen die Gläser zusammen. Sie leerten den Sekt auf ex, Graue Klaue rülpste hingebungsvoll und nahm sich schon das dritte Stück Pizza, während die anderen noch auf dem ersten kauten.

»Was machen wir jetzt?«, wollte Zashi wissen und lehnte sich zurück in den Sessel. »Gehen wir wieder auf Tour?«

»Nein. Es sind noch zwei auf unserer Liste, die wir im Namen von Datadieb erledigen müssen.« Adorno goss sich Sekt nach und hörte das Gluckern und das Prickeln der Bläschen in der Stille umso lauter. Sie sagte nichts, sondern legte ein Bild auf den Tisch. »Das sind sie.«

Tab betrachtete sie überrascht. »Hm, die kenne ich nicht. Was hatten die mit dem Run zu tun?«

»Nichts«, sagte die Elfin leichthin und nippte.

»Äh, wieso sollen wir sie dann erledigen?« Zashi betrachtete Adorno verständnislos. »Waren sie irgendwie im Hintergrund aktiv? Haben sie Infos über uns rausgerückt?«

Graue Klaue angelte sich das letzte Stück der ersten Pizza und schaute sich die Gesichter auf der Fotografie an. »Die kenne ich.« Sie tippte auf das linke Bild, der Finger hinterließ einen Fettabdruck. »Datadieb wollte was von ihr, richtig? Hat aber nicht geklappt.«

»Stimmt.« Adorno hob den Daumen. »Gutes Gedächtnis.«

»Raben vergessen nichts«, bemerkte sie und biss genüsslich in die Pizza.

»Und lassen nichts liegen«, fügte Tab hinzu. »Aber um mal auf die beiden zurückzukommen: Du willst sie erledigen, habe ich das richtig verstanden? Warum?«

Adornos Gesicht verdüsterte sich. »Sie haben ihn fertig gemacht und verarscht. Sie haben sein Herz gebrochen, die Stücke durch den Dreck gezogen und sie ihm vor die Füße geworfen«, sagte sie finster. »Ihr habt das nicht mitbekommen, aber Datadieb hat schwer unter ihrer Behandlung gelitten. Ihre Schwester war schuld, sie hat die Kleine aufgestachelt und ihn vor ihr schlecht gemacht.«

Zashi gab einen Brummlaut von sich. »Ich finde es nicht gut, sie deshalb gleich umzulegen. Ist ein wenig … überzogen.«

Adorno starrte sie feindselig an. »Er hat wegen ihr versucht, sich umzubringen, wusstest du das?« Sie schaute sie alle der Reihe nach an. »Nein, das hat keiner von euch gewusst, nicht wahr? Ich habe ihn damals gefunden, mit durchschnittenen Pulsadern und einer Ladung Blutverdünner in den Venen.« Ihre Hände ballten sich zu Fäusten. »Er hat mir damals verboten, euch etwas zu sagen und den Schlampen was anzutun.«

»Scheiße«, entfuhr es Graue Klaue undeutlich, die Pizzastücke im Mund blockierten die Zunge. Tab goss sich auf den Schreck Sekt nach.

»Und das willst du nun nachholen?« Zashi schüttelte die kurzen Haare. »Wenn du mich fragst, hat sein Verbot immer noch Bestand.« Die anderen beiden nickten. »Ich respektiere, was er dir aufgetragen hat.«

»Ich sehe das anders.« Die Elfin zog ihre Pistole, nahm sich eine zweite aus der Schublade und überprüfte den Zustand der Magazine. »Datadieb soll Frieden finden, und das kann er nur, wenn alle diejenigen, die ihm was zuleide getan haben, ihre Strafe bekommen haben.« Sie erhob sich. »Kommt ihr mit?«

Zashi zog die Nase hoch. »Nein, Adorno. Du bist mehr als unsere Teamchefin, aber bei der Sache mache ich nicht mit.« Graue Klaue hob abwehrend die freie Hand, die andere hielt das letzte Stück Pizza. Tab zog es vor, auf den Beistelltisch zu starren und zu schweigen, was ebenso als Antwort verstanden werden konnte.

Adorno seufzte. »Okay, ich mache euch daraus keinen Vorwurf. Es ist meine Angelegenheit.« Sie nickte ihnen zu und öffnete die Tür, um auf den gleißend hellen Gang hinauszutreten. »Wir treffen uns übermorgen wieder hier und bereden alles Weitere.«

Sie ging hinaus in das Weiß.

ADL, Franken, Bad Kissingen, 02.05.2059, 23:22 Uhr

Spengler rannte hinter Poolitzer her. Sie befanden sich auf dem Weg durch die Lobby hinüber zu den Aufzügen.

»Das hat mir noch gefehlt, dass Ficker den Kopf verliert«, keuchte er und drückte die Wahlwiederholung, bekam aber lediglich den Hinweis, dass die Nummer zurzeit nicht erreichbar sei. »Scheiße!«, schrie er wütend, rannte in die Kabine und drückte den Schalter für die Dachterrasse so fest, dass er sich mit einem seltsamen klickenden Laut in der Fassung der Tafel verhakte und nicht mehr heraussprang.

»Gut gemacht«, kommentierte Poolitzer, der seinerseits vergebens versuchte, Xavier oder Cauldron zu erreichen. *Ich hoffe, das Trespasser liegt nicht in der Nähe der brennenden Chemiebude.* Er stellte seine Bemühungen ein und hörte stattdessen zu, wie Spengler die Hubschrauberpiloten, die in ihrem Cockpit auf die Rückkehr Ranjits warteten, aufscheuchte, um den Hypnotiseur unter allen Umständen festzuhalten. Vergeblich.

»Er ist weg«, knurrte Spengler und trat gegen die Wand. »Wenigstens wissen wir, wohin Vogler will.«

»Nein, nicht Vogler.« Poolitzer tippte den Namen ein. »Bush.« Sein Organizer wählte sich via Modem ins Netz, die Informationen über den Mann, von dem sie bislang nichts Genaues wussten, scrollten augenblicklich auf das Mini-Display. »Oh, oh. Gar nicht gut.« Er hielt es dem Kriminaler hin. »George M. Bush sprengte am 22. Mai 2008 um 11.45 Uhr das State Building in Atlanta. 320 Menschen starben, fast 1100 wurden verletzt.« Die Daten berichteten, dass der US-Amerikaner im zweiten und heute lange vergessenen Irak-Krieg als guter Scharfschütze ausgezeichnet worden war. »Wir haben es dieses Mal mit einem rechtsextremen Eiferer zu tun, der auch noch gut im Schießen ist.«

Er fand einen Hinweis, was Vogler mit dem Gestank im Transporter meinte, in dem er eine seiner hellen Sekunden erlebte. *Eine Bombe aus Dünger und Diesel. Fuck, er hat das ganze Zeug für eine Bombe schon zusammen!* »Spengler, es wird eng«, meinte er nur und bekam Zustimmung.

Die Kabine hielt, die Türen öffneten sich, und sie standen in dem offenen Vorbau der Dachterrasse. Der Hubschrauber stand logischerweise nicht dort.

»Scheiße«, schrie Spengler wieder. »Das ist zum Kotzen!« Er rief die Zentrale an, damit ihnen ein Ersatzhubschrauber geschickt wurde. »Dieser Ficker wird über alle Berge sein«, ärgerte er sich immer noch, stapfte hinaus und erlaubte dem Regen, sein heißes Gesicht zu kühlen.

»Aber alter Mann, Sie haben doch mich.« Poolitzer grinste.

»Sie sind derzeit so hilfreich wie eine leere Rolle Klopapier bei Durchfall.«

»Nein, ich bin vielmehr die geheime Reserverolle, die eine vorausschauende Toilettendame auf den Wasserkasten gestellt hat«, korrigierte er. »Ich habe unseren Guru verwanzt. Der Hauptsignalempfänger ist in meinem Wagen. Ultra kann ihn für uns aufstöbern.« Er stellte sich neben Spengler. »Um genau zu sein, rette ich Ihren Arsch, alter Mann. Ich bin das vierlagige Papier. Reißfest und saugstark.«

Spengler strich sich über den Schnauzer. »Okay, Sie haben gewonnen. Sagen Sie Lois, sie soll sich an ihn ranhängen und den Aufpasser spielen, bis wir da sind und ihn uns vorknöpfen.« Er lächelte den Reporter erleichtert an. »Sie sind schon ein ganz gewitzter Sack.«

»Jepp.«

»Und warum haben Sie ihn verwanzt?«

»Ach«, winkte Poolitzer ab, weil ihm der Trugschluss ein wenig peinlich war. »Ich war mal kurzfristig der Meinung, dass er unser Mörder sein könnte. Und um ihn zu überführen, hat Ultra seine Klamotten mit meinen netten Sendern voll gestopft. Seine Bewegungen der letzten Stunden wurden aufgezeichnet.«

»Nein, er ist sicherlich nicht unser Mörder. Aber es hatte was Gutes, dass Sie mal danebenlagen, Schnüffler.« Er schaute in die Ferne und hoffte, dass ihnen der Himmel einen Wunderhelikopter schickte.

Alles, was sie bekamen, war noch mehr Regen und immer schneller herabstoßende Blitze, vor denen sie sich unter das Vordach flüchteten.

Poolitzer rief Ultra an und gab ihm seinen neuen Auftrag. »Er ist Runner, das bekommt er hin«, fühlte er sich verpflichtet hinzuzufügen, weil er das skeptische Gesicht des Ermittlers bemerkte. »Er ist nicht der Hellste, aber in seinem Metier gut. Der Empfänger ist leichter zu bedienen als ein Videospiel. Er muss einfach nur der Markierung auf der GPS-Karte folgen.«

Spengler zog die Schultern hoch. In Gedanken befand er sich bei den alarmierten Polizisten, die ihre Augen nach Vogler offen hielten. *Vogler und Ficker. Was für ein Duo.*

Er informierte seine Vorgesetzten, damit sie die Überwachung aller Regierungsgebäude in Stuttgart durch BGS-Einheiten und Magier veranlassten. Bis die zusätzliche Verstärkung angerückt war, musste der Sternschutz alleine für Sicherheit sorgen. *Es wird sich zeigen, ob sie ihr Geld wert sind.*

Schweigend standen sie hoch oben über Bad Kissingen, sahen die eindrucksvolle Silhouette der Friedrich-Charité und warteten.

Mehr konnten sie im Moment nicht tun.

ADL, Württemberg, Stuttgart-Mitte, 03.05.2059, 00:41 Uhr

Ultra schwitzte wie nach einem Zehntausend-Meter-Lauf in voller Montur. Dabei machte er nichts anderes, als im Motor des Messenger herumzuwühlen, an Drähten zu wackeln und zu hoffen, dass die Maschine ansprang. Seit einer halben Stunde drückte er auf den Startknopf, ohne dass sich etwas unter der Haube tat.

Er ist kaputt. Wütend schlug er die Abdeckung zu und warf die verschwitzten gelben Haare aus dem Gesicht. *Scheiße. Was mach ich denn jetzt?*

Auf keinen Fall würde er Poolitzer anrufen und ihm von seinem Debakel erzählen. Anfangs funktionierte alles einwandfrei. Er hatte Ranjit dank der unzähligen Wanzen sofort erfasst und war ihm mit Hilfe des Empfängers und des GPS-Systems des Wagens quer durch die Stadt gefolgt.

Dummerweise befand sich das einzige Empfangsgerät fest eingebaut in Poolitzers Auto, sodass er sich in den zu kleinen Wagen quetschen musste, nicht ohne vorher den Fahrersitz in aller Eile herauszureißen und auf der Rückbank Platz zu nehmen. Auf lange Sicht würde ihm die Körperhaltung einen steifen Hals und eine Rückgratverkrümmung einbringen, doch es ging nicht anders.

Aber an der letzten Kreuzung gab der Messenger plötzlich seltsame Geräusche von sich und soff ab. Seitdem versuchte er sich in strömendem Regen als Mechaniker.

Wo ist Twing, wenn man sie mal braucht?, dachte er verzweifelt. Twing war die Mechanikerin und Frau von seinem Chummer Sparkplug, ein Rigger, der in Seattle hockte und sich wahrscheinlich auf Partytour befand.

Er stieg ins Auto und sah, wie sich Ranjits Signal immer weiter von ihm entfernte. Der Vorsprung von einer halben Stunde machte sich erschreckend bemerkbar. Wenigstens blieb der Hypnotiseur in Stuttgart, wie es aussah. Er flüchtete sich laut Tracker in den Stadtteil Möhringen, wo sich das Musik-Erlebnis-Zenter befand.

Ultra fasste einen Entschluss.

Er packte die Plastikverkleidung des Armaturenbretts und riss sie heraus, um an die Verschraubung des Empfängers zu kommen, dann drückte er die Schrauben mit brutaler Gewalt aus der Verankerung und rüttelte vorsichtig an dem Rahmen herum, bis er das elektronische Gerät in der Hand hielt, einen Wust von Drähten hinter sich herziehend.

Na also. Geht doch. Er stieg aus, baute die Batterie aus dem VW und verklemmte den Empfänger damit, der ihm nach dem Neustart des Systems wieder Ranjits Position als leuchtenden Punkt auf der Karte Stuttgarts anzeigte.

Er ahnte nicht, wie groß sein Glück war. Unter normalen Umständen wäre er schon längst von einer Sternschutzstreife aufgegriffen und verhaftet worden, doch die Gesetzeshüter kümmerten sich derzeit um die Überwachung der Einfallstraßen Stuttgarts, um einen gewissen Vogler abzufangen.

Mit der Batterie und dem kleinen Kasten unterm Arm hielt er das nächstbeste Taxi an, in das er reinpasste. »Hier«, er drückte dem Mann eine grüne 50-Ecu-Plastikmünze in die Hand. »Fahren Sie los. 's is' wichtig.«

»Aha. Und wohin, Herr Troll?«

Ultra schaltete die Wiedergabe ein, um den Weg abzurufen, den sein Schützling genommen hatte, und befahl dem Chauffeur, exakt die gleiche Route zu benutzen. Er wollte wissen, wo sich Ranjit herumgetrieben hatte.

»Ich seh schon. Geht klar, Herr Troll.« Der Ares Seraphim mit Spezialfederung, der beim Einsteigen des Trolls nicht einmal in die Knie gegangen war, fuhr los und klapperte die Strecke des Hypnotiseurs ab.

Es ging quer durch Stuttgarts Zentrum, dann in Richtung Möhringen, bis sie an das Fast-Food-Restaurant *Happy Burgers* kamen.

Die Tracker-Memory lotste sie auf den Parkplatz, vor dessen Zufahrt aber ein grünweißes Band mit der Aufschrift »Polizei« flatterte. Ein Sternschutz-Wagen stand quer dahinter, ein Uniformierter bedeutete ihnen weiterzufahren.

Ultra kurbelte die Scheibe runter. »Hallo. Ich bin Reporter.« Er hielt seinen von Poolitzer selbst gemachten Presseausweis raus und stieg aus dem Wagen. »Was 'n passiert?« Seine Sorge galt Ranjit. *Wenn er bei 'nem Überfall verletzt worden ist, wird mich Poolitzer nich mehr leiden können,* zuckte es ihm durch den Kopf. *Alles nur wegen des saudummen Motors.*

»Bleiben Sie hinter der Absperrung«, sagte der Sternschutzmann nur. »Sie können filmen, aber Sie dürfen nicht näher ran, bis die Spurensicherung ihre Arbeit abgeschlossen hat.«

Er hob seine Fuchi und drückte den Aufnahmeknopf. Mit der Zoomfunktion holte er sich das näher heran, was er mit bloßem Auge nicht erkennen konnte. Er filmte, wie die Menschen in den weißen Anzügen vor dem Drive-in-Schalter knieten und Patronenhülsen einsammelten. Die Verglasung, hinter der die Angestellten normalerweise saßen, hatte ein großes und ein kleines Einschussloch, an der Wand dahinter haftete literweise Blut.

Da war wohl jemand mit seiner Bestellung nicht zufrieden. Ultra atmete auf. Wenn der Amokschütze nur im Drive-in herumgeballert hatte, bestand keine Gefahr, dass Ranjit etwas passiert war.

Er lief an der Absperrung entlang, um einen besseren Blickwinkel zu bekommen, und gelangte an einer Gruppe von Happy-Burgers-Mitarbeitern vorbei, die beisammen standen, Kaffee tranken und von Polizeibeamten vernommen wurden.

Er lauschte und hörte, dass es nur eine Tote gab, Veronika Talitzek, 28 Jahre, ledig, die Dienst im »Käfig« versehen hatte, wie es einer der Angestellten zu Protokoll gab.

Weil der Scheinwerfer der Spurensicherung auf der anderen Seite zu viel Gegenlicht produzierte und ihm die Aufnahme versaute, beugte er sich nach rechts und bückte sich dabei.

»Hey, Sie.« Die Beamtin sprach ihn an.

Ultra drehte sich seufzend um. »Ich bin Reporter, ich darf das«, erklärte er und wollte in seine Jacke greifen, um den Ausweis zu zücken.

»Ich weiß, mein Kollege hat es per Funk durchgegeben.« Sie kam herüber, ging in die Hocke und hob ein

Blatt auf. »Ich wollte Ihnen nur sagen, dass Sie was verloren haben.« Sie reichte es ihm.

Es war die Autogrammkarte, die ihm Ranjit geschenkt hatte, sie musste aus der Tasche gefallen sein. »Oh, danke«, freute er sich über ihre Aufmerksamkeit. »Vielen Dank.« Er hielt sie ihr kurz hin. »Das is' ein ganz toller Hypnotiseur, wissen Sie?«

»Guru Mahatma Citta«, las sie und musste lachen. »Sieht mehr nach schlechtem Zirkus aus.«

Einer der Happy-Burgers-Leute stellte sich auf die Zehenspitzen und schaute neugierig zu ihnen herüber, sein Gesicht wurde weiß. »Ich werd verrückt: *Das* ist er!«, rief er, kam sofort angelaufen und schnappte sich die Karte. »Das ist der Typ, der Veronika erschossen hat.« Er deutete mit dem Zeigefinger auf Ranjits Gesicht.

Ultra eroberte sich empört die Karte zurück. »Hey, Chummer. Das is' meine, verstanden? Hol dir selber eine.«

»Moment mal. Bitte geben Sie mir die Karte.« Die Polizistin hielt die Hand auf, der Troll kniff die Mundwinkel zusammen und überreichte sie ihr. Die Frau ging zur Gruppe der Happy-Burgers-Leute und zeigte die Karte herum, Ultra hörte das aufgeregte Gemurmel und sah das Nicken ihrer Köpfe. Sie alle identifizierten den Hypnotiseur als den Schützen. Und er hörte einen Namen, der zur Polizistin gesagt wurde.

»Das ist Weimer, da bin ich ganz sicher«, wiederholte der Restaurant-Manager laut genug. »Er hat vor Jahren was von ihrer Schwester gewollt, war ein ganz schönes Drama. Sie hat auch bei uns gearbeitet.«

»Und wo lebt sie jetzt?«

Der Mann dachte nach. »Keine Ahnung. Sie hat geheiratet, soviel ich weiß. Irgendeinen reichen Musiklabel-Besitzer. Fragen Sie mich nicht, wie sie jetzt heißt.«

Weimer? Den Namen hab ich doch vor kurzem erst gelesen. Auf Anhieb fiel ihm der Zusammenhang nicht mehr ein, also verdrängte er ihn und konzentrierte sich auf Ranjit. *Warum hat er denn das gemacht? Aus Rache?*

Er musste ihn so schnell wie möglich finden und ihn zur Rede stellen, ehe er die Schwester von Talitzek auch noch umlegte. Vor allem anderen wollte er Poolitzer anrufen und ihm berichten. Das Kom wanderte gerade an seine Lippen, als die Polizistin zu ihm zurückkehrte.

»Können Sie mir Angaben zu der Person machen?«

»Uh ... ich hab ihn gesehen ... bei 'ner Show ... vor 'n paar Tagen in der *Wolke Sieben*«, suchte er sich eine Ausflucht, die sogar fast stimmte. »Fragen Sie dort nach, das ist einer von den Zeppelinen, die über Ludwigsburg schweben.« Er hob die Achseln. »Mehr weiß ich nicht, ehrlich. Die Show war aber echt gut.« Auf ihre Forderung hin gab er seine Personalien an und wurde entlassen.

Er zwang sich, in aller Ruhe zum Taxi zurückzukehren, um von dort aus den Seattler anzurufen, während sich das Auto in Bewegung setzte und ihn nach Möhringen trug. »Poolitzer? Hör zu, du wirst nicht glauben, was passiert ist ...« In aller Eile fasste er zusammen, was er gehört und gesehen hatte.

»Okay, du fährst ihm hinterher«, sagte der Reporter zu ihm, die Verbindung wurde durch das Gewitter gestört. »Bleib auf Abstand, und sag uns einfach nur, wo er ist. Wir schicken dir ein Spezialistenteam. Du greifst vorher nur ein, wenn er noch mal Scheiße bauen und die Talitzek umlegen will.« Der Empfang wurde schlechter und riss nach einem Rauschen ganz ab.

»Geben Sie Gas«, befahl Ultra und grübelte vor sich hin, um den Namen Weimer einordnen zu können. *Los, benimm dich wie 'n Reporter*, spornte er sich an. *Zeig Poolitzer, dass du's kannst.*

Der Fahrer schaltete das Radio ein und verfolgte die Nachrichten, in denen sie noch nichts vom Mord im *Happy Burgers* brachten, aber eine andere Schießerei in der Wangener Pizzeria *Vesuvio* erwähnten, bei der vier Menschen zu Tode gekommen waren, darunter auch der polizeilich bekannte Schieber Schneiderlöchner.

»Weimer!«, stieß Ultra freudig aus. Der Name des Erschossenen half ihm auf die Sprünge, plötzlich fiel es ihm wieder ein: der Catwalk-Killer-Fall!

Er klappte seinen trolltauglichen Laptop auf und überflog seine bisherigen Ergebnisse.

Die Modechefin von Di'Oá, der gegrillte Sicherheitsdecker der Firma, der im Puff von einem Unbekannten erschossene Sternschutzmann Geibel und der Schieber Schneiderlöchner – sie alle hingen in einer abgekarteten Sache mit drin, bei der vor Jahren das Runner-Team Faststrike komplett aufgemischt wurde.

Das Schattenland wusste zu berichten, dass die Orkschamanin Sabine »Graue Klaue« Greser, der Decker Rudi »Tab« Jonas, die Samurai Mareike »Zashi« Hilke, Marc-Stefan »Datadieb« Weimer und die Elfin Fanny »Adorno« Situasìl von ihrem Auftragsvermittler Schneiderlöchner an Di'Oá persönlich verpfiffen worden seien.

Die fünf sollten die neuesten Kollektionszeichnungen samt Schnittmuster für Tshi Vènchí besorgen, aber Schneiderlöchner verhandelte hinterrücks mit Di'Oá, wie man sich erzählte, und lieferte die Gruppe ans Messer.

Um ein Exempel zu statuieren und weitere Runner-Teams abzuschrecken, ließ die Firmenchefin sie von Sternschutzmann Geibel erledigen. In der offiziellen Ermittlungsakte stand etwas von »Feuergefecht«, aber der Mode-Kon streute alsbald die eigene Variante in die Schatten. Dabei hatte Christiane Di'Oá das Team selbst oft genug in Anspruch genommen. Schonung gab es für keinen, das war das Signal.

Ranjit kann nicht Weimer sein. Oder …? Ultra erinnerte sich daran, dass Poolitzer von einem Geheimnis des Hypnotiseurs gesprochen hatte. Er bemerkte, dass er von vier Angehörigen des Teams Bilder gefunden hatte, nicht aber von Weimer.

Weimer war der zweite Decker im Team und musste ein ziemlicher Crack gewesen sein, bis zu dem Tag, an dem Verrat ihn für immer aus der Matrix warf. Angeblich verbrannte Weimer in seiner Wohnung zusammen mit dem Deck.

Unmöglich. Die Burgers-Griller täuschen sich. Und Poolitzer auch. Ranjit ist viel zu nett, um ein Killer zu sein.

Es blieb immer noch die Möglichkeit, dass er den Verrat überlebt, sich eine neue Identität verschafft und neu angefangen hatte. *Nee, doch nicht als Hypnotiseur*, verwarf er seine Theorie. *Er würd' wieder als Decker anfangen.*

Sicherheitshalber schaute er nach dem Punkt, der Ranjits Aufenthaltsort markierte. Er war etwas gewandert, dieses Mal in den Süden von Möhringen. Ultra gab den neuen Zielort an den Fahrer weiter.

Als er die Memory-Taste drückte, um die Funktion abzuschalten, aktivierte er aus Versehen den Gesamtabruf der Bewegungen Ranjits.

Teilweise überschritten seine Fahrten die Reichweite der Wanzensignale, zum Beispiel der Ausflug nach Bad Kissingen, doch die Route, die er unmittelbar nach seiner Flucht aus dem Hotel genommen hatte, blinkte als gestrichelte dunkelgrüne Linie auf dem Stadtplan.

Nee, hopp. Oder? Ultra pochte gegen den Trackermonitor. Die Linie führte vom Hotel aus zuerst nach Wangen und von dort nach Möhringen.

Er vergrößerte den Stadtplanausschnitt, bis er die exakte Straßenangabe erhielt. Sein Misstrauen verlangte von ihm, die Adresse der Pizzeria zu überprüfen, in der Schneiderlöchner erschossen worden war.

Boah, sie stimmt mit Ranjits Beep-Dings-Spur genau überein. Der Hypnotiseur hielt sich minutenlang im *Vesuvio* auf, ehe er seine Fahrt fortsetzte. *Dann hat er auch Schneiderlöchner erledigt!*

Jetzt gab es keinen Zweifel mehr: Felix Ranjit Ficker existierte in Wirklichkeit nicht. Es war eine Scheinidentität, um die Verräter von damals in dem Glauben zu lassen, es hätte ihn ebenso erwischt wie seine Freunde. Jahre später kehrte er nun zurück und nahm seine Rache, bei der sich die Wege mit dem Psychopathen Vogler kreuzten.

Was für 'ne coole Story! Ultra lachte laut auf. »Ich bin besser als der Snoop!«, freute er sich ausgelassen und wurde doch wieder ernst. *Aber … wenn Ranjit der Decker Weimer ist und den Kon-Decker gegrillt hat, wer hat dann Di'Oá und die anderen drei erledigt?*

Darauf wusste er noch keine Antwort. Er hoffte, dass Ranjit sie ihm geben konnte. »Schneller, Kumpel«, bat er. »Wir müssen 'nen Mord verhindern.«

ADL, Württemberg, Stuttgart-Möhringen, 03.05.2059, 00:59 Uhr

Adorno parkte den Wagen unmittelbar vor dem Haus. Sie hatte keinen Grund, sich zu verstecken. Die Frau kannte sie nicht und würde ihr vollkommen arglos die Tür öffnen.

Das moderne Anwesen, das sich hinter der Mauer in den Himmel hob, zeugte vom Reichtum seines Besitzers. »Brett Finkler«, stand auf dem Klingelschild, darunter prangte das Schild »Home of the Number one Hits and unbelievable Records«.

Hier lebte Franka Finkler, ehemals Talitzek. Sie hatte Datadieb vergessen und verraten, für Geld, für Reichtum, für ein warmes Bett und ein sicheres Leben. Sie hatte ihn beinahe zerstört. Dafür bezahlte sie ebenso wie ihre Schwester.

Sie hob die linke Hand, ihr Zeigefinger zielte auf den Klingelknopf.

»Ich habe keine Ahnung, was für eine Show du vorhin abgezogen hast«, sagte eine Männerstimme hinter ihr, »aber sie war reichlich abgefahren.«

Sie drehte sich langsam herum, die Linke lag um den Griff ihrer Beretta, die sie in der Tasche trug. Vor ihr stand ein blonder, gut gebauter junger Mann, der zu viel Geld in seine Kleidung und sein Parfüm investierte. *Es gab mal eine Zeit, da hätte ich ihn vorher gehört oder gerochen.* Sie hatte ihn noch niemals im Leben gesehen. »Und Sie sind wer?«

Der Mann lachte. »Klar, spiel nur.« Er kam auf sie zu, von der anderen Straßenseite näherten sich drei weitere Typen und eine Frau. Sie trugen unauffällige Klamotten, die jedoch nicht weniger exklusive Designerlabels eingestickt hatten. »Wir haben dich verfolgt, weil wir dir noch mal ans Herz legen wollten, dass du nicht gegen uns aussagst.« Einer seiner Begleiter hob eine MiniCam. »Tja, nach der Vorstellung im Drive-in wird es dir leicht fallen, die Schuld für die ganze Scheiße auf dich zu nehmen. Ich widerrufe mein Geständnis und zeige den Idioten Spengler wegen Bedrohung und Einschüchterung an.« Er grinste. »Wir haben dich dabei gefilmt, in Großaufnahme.« Er formte aus Daumen und Zeigefinger eine Pistole, richtete sie auf ihren Kopf. »Bäng, Bäng, Bäng.« Seine Leute lachten leise.

Sie schaute zur Kamera und musterte die Bande, von denen zwei ihre Waffen ganz offen zur Schau stellten. »Okay, gib mir den Chip, und du bleibst am Leben.«

Der Blonde hob die Arme. »Ho! Hier steht ein gefährlicher Mensch! Ich zittere!« Er lachte hyänenhaft.

Adorno bemerkte, dass die Lichter im Anwesen Finkler erwachten. Es wurde Zeit, dass sie handelte, ehe die unbekannten Idioten alles versauten.

Ihre Reflexbooster beschleunigten ihre Bewegungen. Drei Schüsse gab sie durch ihre Jacke auf den Blonden ab, der Schalldämpfer schluckte die Detonationen der Treibladungen und machte aus ihnen leise knallende

Geräusche. Dann zog sie die zweite Beretta aus dem Schulterholster, während sie die vier übrigen Angreifer mit ihrer anderen Pistole unter Beschuss nahm.

Einer duckte sich rechtzeitig und entging dem Tod, doch als sie ihre zweite Waffe zum Einsatz brachte, gab es für keinen der Bande ein Entkommen. Sie hatten nicht einmal die Zeit gehabt, zurückzuschießen.

Ich weiß nicht, wer ihr wart. Die Elfin lief zu dem Mann mit der Mini-Cam und nahm den Chip heraus, legte ihn auf die Brust des Sterbenden und verpasste dem Bauteil einen aufgesetzten Schuss. Die Kugel zerfetzte das dünne Plastik und drang durch den Körper darunter. *Aber jetzt seid ihr tot.*

Sie drückte heftig auf die Klingel und schwenkte ihre ID so rasch vor der Linse der Sicherheitskamera, dass man nichts erkennen konnte. »Machen Sie auf. Mein Name ist Spengler, ich bin vom BKA«, rief sie. »Frau Finkler, Sie sind in großer Gefahr. Meine Leute sind gleich hier. Lassen Sie mich rein, damit ich Sie beschützen kann.«

»Um was geht es?«, hörte sie eine erschrockene Frauenstimme.

»Erinnern Sie sich an Herrn Weimer?« Adorno schaute nach rechts und links, ob die ersten Bullen auftauchten. *Es dauert zu lange!* »Marc-Stefan Weimer? Er wollte …«

»Ich weiß, wer das ist«, fiel sie ihr frostig ins Wort. »Er ist tot.«

»Nein, Frau Finkler.« Die Elfin deutete auf die Leichen. »Er ist nicht tot. Er hat Leute engagiert, um Sie töten zu lassen. Er ist nach Jahren zurückgekommen, um sich zu rächen. Ihre Schwester hat er bereits erschossen.«

Stille, nur unterdrücktes Schluchzen.

»Bitte, Frau Finkler, machen Sie auf!«

Das Schloss summte, sie warf sich gegen das Tor, drückte es auf und eilte die Auffahrt hinauf. Unterwegs wechselte sie die Magazine, weil sie damit rechnete, dass der Mann der Schlampe irgendwo noch Security herumstehen hatte, die etwas gegen ihren Plan einwenden wollten. Dafür gab es die guten alten Kugeln.

Die Tür wurde bereits geöffnet, zwei Leibwächter traten auf die kleine Terrasse, zu der die Stufen hinaufführten. Adorno hielt nicht an. »Polizei! Lassen Sie mich durch«, schnaufte sie von weitem.

»Erst Ihren Ausweis«, verlangte man von ihr.

Sie hob die Pistolen und feuerte im Rennen auf die Sicherheitsmänner, stürmte an den Stürzenden vorbei ins Haus und stand in der großen, hypermodern gestalteten Empfangshalle, in der eine vierköpfige Trollfamilie hätte leben können.

Und genau auf der letzten Stufe der Metalltreppe, die ins Obergeschoss führte, verharrte die Frau, die Datadieb durch ihre beschissenen Gefühlsspiele beinahe vernichtet hätte. Sie trug einen Morgenmantel, darunter kam ein dunkelblaues Negligé zum Vorschein.

»Du? Ich dachte, es wäre ein Kommissar …« Sie starrte die Elfin an, ihre Augen wurden groß, ihr rechter Fuß machte unwillkürlich einen Schritt zurück und verfehlte die Stufe. Sie fiel nach hinten, plumpste unelegant auf die Stufen.

Adorno hob die Pistolen.

»Nein, bitte …«, flehte sie.

»Du hast seine Gefühle verraten, deine Schwester hat ihn verarscht und schlecht gemacht, und du hast ihr geglaubt, obwohl du es besser wusstest«, schrie die Elfin sie an. »Du wirst bezahlen, Franka, für all die Schmerzen und Qualen, die er wegen dir durchlitten hat. Veronika ist schon …«

Da fiel ein breiter Schatten über sie. Ein schwerer Gegenstand traf sie am Hinterkopf, sie wankte, brach nach dem zweiten Schlag in die Knie. Die Welt drehte sich um sie herum und wurde schwarz. Ohnmächtig sank sie um.

»Hallo? Sind Sie wieder wach?«

Ranjit schlug die Augen auf, in seinen Schläfen pochte es schmerzhaft. Undeutlich erkannte er ein Männergesicht vor sich, und je mehr sich der Schleier vor seinen Augen lichtete, umso mehr konnte er die Züge einordnen. Der Bart, die Hornbrille, die Creolen, die im Schein der Lampen glitzerten, das alles ergab …

»Vogler?«, ächzte er, halb erleichtert, halb entsetzt. »Was haben Sie mit mir gemacht?« Er schaute sich um und fand sich in einer völlig unbekannten Umgebung wieder. Seine Hände und Füße waren gefesselt, er saß auf einem sehr bequemen Sofa, neben ihm hockte eine ebenfalls verschnürte Frau, deren Augen rot vom Weinen waren. »Wohin haben Sie mich gebracht?«

»*Der* war gut. Ich bin *Ihnen* gefolgt, Ficker.« Der Söldner stand vor ihm. »Sie haben mich hierher geführt. Sie waren gerade dabei, Ihre eigene kleine Racheshow abzuziehen, wie ich annehme.« Er lachte und streichelte die Haare der Brünetten. »Schauen Sie sich mal an, wie Sie die arme Frau Finkler verängstigt haben. Ja, verschmähte Liebe kann schmerzen.«

Ranjit verstand kein Wort und hielt es für eine einzige Lüge. »Vogler, sind Sie das? Oder rede ich mit Bush?«

Er lachte laut, plötzlich verzerrte sich sein Gesicht. »Nein, Sie werden mich niemals erledigen, Ficker. Ich bin George M. Bush und jage den beschissenen liberalen Landtag in die Luft.« Wieder zog er eine Grimasse. »Oh, hallo, darf ich mich vorstellen, ich heiße Gray und spritze den armen, armen Seelen Pavulon, um sie von ihren Qualen zu erlösen …« Sein Körper verkrampfte sich. »Die verdammten Nutten! Ich schlitze sie auf.« Seine kalten Augen richteten sich auf die Finkler. »Da ist noch eine.« Er machte einen Schritt auf sie zu und riss ihr Bademantel und Negligé entzwei, ein Messer schimmerte wie ein erstarrter Blitz in seiner Hand auf, er ritzte eine rote Linie zwischen ihren nackten Brüsten bis zum Nabel. »Ich werde sie ausweiden wie alle anderen!« Er wankte, fiel zu Boden. »Halt! Nein, das ist nicht mein Stil, ich bevorzuge es, die Damen erst um ihr Vermögen zu bringen, ehe ich sie töte«, jammerte er mit veränderter Stimme, dann schüttelte er den Kopf, anklagend reckte er die blutige Klinge Ranjit entgegen. »Sehen Sie? Sehen Sie, was Sie aus mir gemacht haben?«

»Ich ... nein, ich war es nicht«, wehrte er sich schwach gegen den Vorwurf. »Befreien Sie mich, und ich nehme Ihnen die posthypnotischen Befehle wieder.«

Vogler erhob sich und wischte sich die Kleider ab, kein Zeichen von Ärger, Verzweiflung oder Wut in seinem Gesicht. »Sie sind tatsächlich drauf reingefallen, was?«, fragte er grinsend. »Meine Güte, war ich so gut?«

Ranjit stockte. »Sind Sie jetzt wieder ...«

Der Söldner schüttete sich aus vor Lachen. »Scheiße, Ficker. Sie haben mich nicht hypnotisiert. *Niemals*. Weder Sie noch die dämlichen Ärzte, die mich angeblich therapierten.«

»Was?« Ranjit hörte die Worte, aber die Bedeutung, die Ungeheuerlichkeit sickerte nur langsam in seinen Verstand.

»Ich wollte noch danke sagen.« Er setzte sich. »Als ich Sie in der *Wolke Sieben* sah, stand mein Plan fest. Ich würde so tun, als hätten Sie meine medizinische Hypnose zerstört, und könnte in meinem alten Job arbeiten. Daraus konnte mir kein Gericht der Welt einen Strick drehen, ich wurde ja zum Opfer eines Showgurus.« Er nahm sich einen Schluck Wein aus der Flasche, die er sich aus der Bar genommen hatte. »Dann sprang dieser Idiot von Boesche auf die Bühne und las mir die ganzen Namen vor. Besser hätte es gar nicht mehr kommen können.«

»Ich verstehe nicht. Sie ...«

»Er hat mir die Persönlichkeiten nicht verpasst. Ich habe mir die Namen gemerkt und mich über die Psychopathen informiert, um ihre Vorgehensweise zu imitieren. Es macht echt Spaß, sich in jemand anderes hineinzuversetzen. Ist wie Theater spielen.« Vogler klopfte ihm mit der Flasche gegen den Kopf. »Sie und dieser von Boesche sind meine Verteidigung, Ficker. Ich kann tun, was ich will, ich bin nicht schuld.« Er prostete ihm zu. »Mal schauen, wie lange ich das Spielchen noch mache, dann gehe ich ins Ausland. Kohle genug habe ich ja, um mich zur Ruhe zu setzen.«

»Lassen Sie mich gehen«, wimmerte die Frau.

»Nein, liebe Frau Finkler.« Vogler gab ihr einen Kuss auf den Haaransatz. »Sie holt der Ripper. Er wird Sie wegen Ihrer Aufmachung irrtümlich für eine Hure halten und Sie aufschlitzen.« Seine irren Augen wanderten zum Hypnotiseur. »Und Sie werden von Bush erschossen. Ich habe Ihren Tod ja sehr dramatisch am Kom angekündigt. Tja, so fügt sich alles.«

Ranjit zerrte an den Fesseln, aber die Kabelbinder saßen zu fest, als dass er etwas gegen das Plastik ausrichten konnte.

»Ich werde mit Finkler anfangen. Sie sollen sehen, welche Mühe ich mir gebe, um den echten Ripper zu imitieren«, erklärte der Söldner, packte sie bei den Haaren und zerrte sie auf die Beine.

»Nein!« Ranjit schnellte nach vorne, den Kopf gesenkt und auf Voglers Bauch zielend.

Die Attacke erfolgte so überraschend, dass der Söldner nicht mehr ausweichen konnte. Sie kollidierten miteinander und stürzten zu Boden. Vogler verlor das Messer, und die Frau nutzte die Gelegenheit, mit linkischen Sprüngen davonzuhüpfen.

»Ein Held, was?« Vogler sprang auf die Füße und trat ihm wuchtig in den Unterleib. »Warten Sie gefälligst, bis Sie an der Reihe sind!« Er verfolgte Finkler.

Ranjit krümmte sich vor Schmerzen, etwas in seinem Inneren fühlte sich geplatzt an, Wärme breitete sich in ihm aus, wie sie nicht normal war. Sein Blick fiel auf das Messer, das der Söldner in seinem Jagdtrieb vergessen hatte. Er robbte hinüber, packte es und klemmte es mit der Klinge nach vorne zwischen die Knie, damit er das Plastikband so lange über die Schneide ziehen konnte, bis es riss.

»Hey, Ficker! Was wird das denn?« Vogler kehrte in dem Moment zurück, als der Kabelbinder durchschnitten war. Brutal schleuderte er die Frau auf den Boden. »Wollen Sie mich zum Lachen bringen? Ich bin kein Anfänger wie die da draußen.«

Ranjit kämpfte sich auf die Beine und reckte das Messer in Richtung des breit gebauten Mannes, der ihn locker überragte und wahrscheinlich das Doppelte wog. Er wollte dem Söldner antworten und kassierte einen Fausthieb in den Magen, der ihn auf die Fußspitzen stellte. Das Messer glitt aus seinen Fingern, er sog röchelnd Luft ein.

»Was denn, Ficker?« Er hörte ein Pfeifen, als die breite Faust Voglers auf seinen Kopf zuflog. »Schon fertig?«

Der Punch schleuderte ihn rückwärts gegen das Sofa, das seinen Sturz sanft auffing, und er spuckte Blut aus seinem heißen, tauben Mund. *Versuch es wenigstens, bevor du ganz draufgehst.* Er stemmte sich auf und machte einen Schritt nach vorne, als ihn gleißendes Licht blendete.

»Da!« Ultra schrie dem Taxifahrer ins Ohr. »Da is' es. Halten Sie an!«

»Glauben Sie, ich fahre über die drüber?«, sagte der Mann ungläubig und schaute auf die Fahrbahn, wo vier Gestalten lagen, eine fünfte befand sich auf dem Gehsteig. »Ich ruf den Sternschutz.« Er betätigte sein Kom, um die Alarmmeldung abzusetzen.

Ultra stieg aus und schaute auf das Tracker-Display. *Er ist da drin.* Er ging auf die fünf Gestalten zu und erkannte von Boesche. Die Treffer in der Brust ließen jegliche Hoffnung, dass der Neureiche die Verletzungen überstand, nicht zu. »Poolitzer«, telefonierte er den Reporter an, »kommt nach Möhringen.« Er gab die Adresse durch.

Nach wenigen Minuten hörte er den Messerschmitt-Kawasaki Kolibri über sich, der zur Landung auf der breiten Straße ansetzte. Gleichzeitig sah der Troll das Gesicht seines Reporter-Mentors hinter dem Cockpitglas und winkte ihm.

Die Schiebetür des schwarzen Hubschraubers wurde geöffnet, ein gerüsteter SEK-Trupp sprang heraus und stürmte auf die Einfahrt zu, dicht hinter ihnen folgten Spengler und Poolitzer.

»Hallo, Kleiner«, grüßte er ihn. »Ich würde dir ja auf die Schulter klopfen, aber ich komme nicht rauf.«

»Gute Arbeit.« Spengler nickte ihm zu. »Nicht dass wir die Adresse auch anders herausgefunden hätten, aber so ging es schneller.« Er hängte sich an die Fersen der schwer gerüsteten Polizisten, Ultra und Poolitzer folgten ihm zum Anwesen.

Der riesige Typ mit dem Kinnbärtchen grinste widerlich, hob das Bein und trat nach seinem Gegner. Die Spitze des Stiefels zielte auf das Kinn und würde es zertrümmern.

Doch der Schuh traf ins Leere.

»Ich habe keine Ahnung, wer du Arschloch bist«, sagte Adorno kalt, »aber ich mach dich fertig.« In letzter Sekunde hatte sie die drohende Gefahr bemerkt und war ausgewichen. Das musste der Typ sein, der sie vorhin in der Halle niedergeschlagen hatte.

Sie täuschte einen hohen Schwinger mit der Linken an, den der Mann abblocken wollte, stattdessen rammte sie ihm den Ellbogen auf den Solarplexus.

Der Treffer auf das empfindliche Nervengeflecht zeigte sofort Wirkung. Keuchend wich er vor ihr zurück, schwankte und hielt sich nur mit großer Mühe auf den Füßen. »Scheiße«, presste er heraus und knickte ein, kurz vor einer Ohmacht stehend.

Das war leicht. Sie schaute sich um und entdeckte ihre beiden Pistolen auf der Kommode. Zwei schnelle Schritte, und sie stand neben dem Möbelstück.

Sie hörte den Hubschrauber über das Anwesen donnern. Rasch packte sie die Waffen und machte sich zum Abrücken bereit. Gegen ein Rudel hochtrainierter SEK-Leute würde sie nicht bestehen, schon gar nicht bei ihrem derzeitigen Formtief.

Eine Sache bleibt noch. Adorno ging langsam zu Finkler, die benommen am Boden kauerte, eine Platzwunde auf der Stirn förderte Blutrinnsale an die Hautoberfläche und zeichnete rote Linien über ihr geschwollenes Gesicht. Die Mündung ihrer Beretta schwenkte zum Kopf der Frau.

»Nein!«, hörte sie die vertraute Stimme von Graue Klaue aus der linken Ecke des Raums. »Lass sie in Ruhe.«

»Was willst du hier?«, sagte die Elfin müde. »Ich habe doch gesagt, ich mache es alleine.«

»Wir sind hier, um dich daran zu hindern«, sagte Zashi hinter ihr. »Wir haben darüber gesprochen und sind der Meinung, dass du das Falsche tust.«

Adorno schaute nach rechts. »Und du, Tab? Denkst du das auch?«

Der Decker trat aus dem Schatten und nickte, den Mund zu einer dünnen Linie gepresst. »Du begehst einen Fehler. Datadieb hat sie am Leben gelassen – warum solltest du dich über seinen Entschluss hinwegsetzen?«

Die Elfin schwieg, unentwegt auf die schluchzende Finkler zielend.

Zashi stellte sich neben sie. »Ich weiß es«, sagte sie leise. »Sie möchte denjenigen rächen, den sie heimlich liebte.« Sie legte ihre Hand beruhigend auf die Schulter der Anführerin. »Deine Augen haben dich verraten. Immer, wenn du ihn angesehen hast, wenn er in Schwierigkeiten war, wenn er einer anderen Frau hinterhergeschaut hat, konnte ich an deinen Augen lesen, was du empfunden hast, Adorno. Die Taschenuhr mit der Gravur, dein Geschenk an ihn, ich habe sie gesehen, als er sie einen Moment offen liegen ließ. Es war mehr für dich, stimmt's? Ich kann kein Sperethiel ...«

»Es ist mein Schwur an ihn«, sagte sie traurig und übersetzte: »Ewige Liebe und Treue, im Leben und im Tod.«

Die Samurai stellte sich ihr gegenüber, Tab und Graue Klaue gesellten sich zu ihr. »Es ist falsch. Datadieb hätte es nicht gewollt«, sagten sie gleichzeitig und wurden zu einem beschwörenden Chor.

»Was weißt du schon von ihm? Verpisst euch!«, schrie sie wütend. Sie hörte ein Geräusch hinter sich und sah gerade noch, wie der Gigant, den sie ausgeschaltet glaubte, unter seine Jacke griff und seine Hand auf den Kolben einer Ares Predator II legte. »Und du verpisst dich auch«, brüllte sie ihn an. Sie richtete ihre zweite Waffe auf ihn und schoss ihm zweimal in den Kopf, dann drehte sie sich wieder zu der Frau. »Verpiss dich ebenfalls, Schlampe«, wisperte sie, ihr Zeigefinger krümmte sich.

Ein Lichtkegel erfasste sie. Es knallte, ein harter Schlag traf ihren Unterarm und machte ihre Hand auf der Stelle taub, Sehnen rissen knirschend, ihr Speichenknochen brach krachend. »Polizei! Legen Sie sich auf den Boden, Gesicht nach unten, Hände auf den Rücken!«

»SEK«, sagte Zashi erleichtert. »Adorno, gib auf. Es ist einer, nur der Anfang einer ganzen Truppe. Sie sind gleich im Zimmer, zusammen mit Magiern. Du hast keine Chance gegen sie.«

Die Elfin stand so, dass der Polizist ihre zweite Waffe in der anderen, unverletzten Hand nicht sehen konnte. »Und dann? Soll ich ins Gefängnis und mir mein Leben lang Vorwürfe machen, die Chance nicht genutzt zu haben?«

»Hinlegen!«, rief der Polizist. »Hören Sie sofort auf zu sprechen.«

»Wir kommen dich jeden Tag besuchen«, sagte Graue Klaue. »Versprochen. Ich bringe dir was Feines zu essen mit, damit du nicht noch dürrer wirst. Du weißt ja, ich habe ein Pizza-Abo.«

Tab schüttelte den Kopf, sein Irokesenschnitt wackelte. »Nein, sie hat sich entschlossen. Kommt, wir gehen. Ich will mir das nicht ansehen.«

Der Lichtkegel schwenkte auf ihren Kopf. »Das ist meine letzte Warnung! Seien Sie still, und legen Sie sich auf den Boden, oder ich schieße!«

»Geht nur, ihr Feiglinge«, knurrte sie in das helle Licht der Taschenlampe und hob die verletzte Hand, um sich etwas Schatten zu spenden. Jetzt, da sie den offenen Trümmerbruch erkannte, halfen der Schock und das Adrenalin auch nicht mehr. Sie spürte die Schmerzen und schrie laut auf, aus dem Laut wurde ein lang gezogenes Weinen. Adorno sah und hörte ihre Freunde nicht mehr. Sie war allein.

Ich tue es für dich, Marc. Sie schaute zu Finkler, das Fadenkreuz ihrer Smartverbindung wanderte auf das Zentrum des Gesichts. *Sie hat den Tod verdient.* Tränen rannen aus ihren Augenwinkeln. *Sie hat ihn ganz sicher verdient.*

Sie schaffte es, ihr zwei Kugeln in den Schädel zu jagen, dann schoss der SEK-Beamte fluchend auf sie und brachte sie mit einem einzigen Treffer in den Nacken zu Fall.

Es war ein seltsames Gefühl. Ihr Körper war wie ausgeblendet, sie konnte nur noch denken, spürte ansonsten kein einziges Glied mehr an sich. Sie bestand nur noch aus Gedanken und Augenblinzeln.

Die Welt bewegte sich abwärts, sie fiel weich auf die Tote, dann drehte sich die Welt wieder, jemand rollte sie auf den Rücken, und sie schaute in gleißendes Licht.

»Ficker, Scheiße, hören Sie mich?« Spengler drehte den schwer verletzten Hypnotiseur um. »Scheiße, Nackenschuss. Okay, keiner rührt ihn mehr an, bis die Jungs mit der aufblasbaren Halskrause da sind.« Er winkte einen Gepanzerten zu sich, der das Magiersymbol am Arm trug. »Sie, herkommen und heilen!«

Ultra stand daneben und filmte schweigend, Poolitzer machte eben noch eine Nahaufnahme vom sauber erledigten Vogler und erfuhr von dem Polizisten, der als Erster im Zimmer gewesen war, dass der Mörder bereits so dagelegen hatte. »Ranjit, was ist denn passiert? Hast du Vogler gekillt?« Er kniete sich neben ihn.

»Er hat seltsames Zeug geredet, als ich reingekommen bin«, erstattete der SEK-Mann leise Bericht an Spengler. »Er nannte mehrere Namen, Graue Klaue, Zashi und Tab … und Datadieb. Ich konnte niemanden sehen, also nahm ich an, es handelte sich um astrale Wesen.«

Ranjit bewegte die Pupillen und schaute Poolitzer an. »Ich weiß es nicht … ich bin wach geworden und spüre nichts mehr.« Voller Furcht blickte er zwischen ihm und dem Kommissar hin und her. »Ich war im Hotel und bekam den Anruf von Vogler …«

»Und dann?«, drängte der Reporter.

»Dann …« Er brach ab. »Ich kann mich nicht mehr erinnern. Das ist mir in letzter Zeit öfter passiert, es muss wohl an meinen ganzen Cyberimplantaten liegen.«

Spengler sah, wie der Heiler die Handschuhe abstreifte und die Kleidung des Halbinders aufriss. Er legte seine Hand auf die Haut und konzentrierte sich. »Sagt Ihnen der Name Marc-Stefan Weimer etwas?«

»Nein ... Was ist mit ihm? Wurde er von Vogler erwischt?«

»Vogler ist tot, Ranjit«, beruhigte ihn Poolitzer.

»Tot? Haben Sie die Bombe gefunden? Er hat gesagt, er will was sprengen ... den Landtag?« Er fixierte die Augen des Seattlers. »Vogler war nicht hypnotisiert«, sagte er mit großer Mühe und klang sehr erleichtert. »Er hat uns eine Komödie vorgespielt und wollte mir die Schuld geben. Fragen Sie die Frau, sie hat es auch gehört.« Poolitzer und Spengler wechselten einen raschen Blick, den er sofort verstand. »Nein! Sagen Sie nicht, dass sie auch tot ist! Sie lag doch ...«

Mit aller Gewalt versuchte er, den Kopf zu bewegen, um nach ihr zu sehen, und schaffte es.

Es knackte.

Ranjits Körper entspannte sich, die erschlaffende Muskulatur drückte den Rest Luft aus den Lungen, und mit einem lauten Seufzen wich der letzte Lebensfunke aus dem Hypnotiseur. Das bisschen Genick, das ihm der Schuss aus der H&K MP5 nicht genommen hatte, brach er sich aus eigener Kraft.

Scheiße. Poolitzer erhob sich und ließ die Fuchi sinken. Das Close-up ersparte er sich, die Szene war auch so dramatisch genug.

»Ich muss an die frische Luft.« Spengler drückte dem Hypnotiseur die Augen zu und suchte einen frischen Kaugummi, den er sich im Hinausgehen in den Mund schob. *Kein guter Start für eine glänzende Karriere beim BKA,* dachte er, als er am toten Vogler vorbeikam. *Zu viele Leichen, Vigo.*

Er informierte das Bombenräumkommando, dass vor dem Landtag höchstwahrscheinlich ein zur Sprengladung umfunktionierter Transporter parkte, und setzte sich im Garten des Anwesens an einen kleinen Teich auf die Marmorbank. Er benötigte einen Moment der Ruhe, um die Fakten zu ordnen und das Geschehen zu verarbeiten.

Poolitzer setzte sich neben ihn, Ultra zog einen Platz auf dem gepflegten Rasen vor.

Sie schwiegen und schauten zu den Wolken hinauf, die sich allmählich auflösten und den funkelnden Sternen wichen. Spengler verteilte seine Kaugummivorräte an die beiden. Sie kauten, formten abwechselnd Blasen und sogen sie wieder ein. Umgeben von SEK-Beamten war es unklug, laute Knallgeräusche zu produzieren.

Um sie herum lief der übliche Ermittlungsapparat an, die Spurensicherung rückte mit einem Großaufgebot an, das auf der Straße und im Haus seine Arbeit aufnahm.

Poolitzer verschränkte die Arme hinterm Kopf, er wünschte sich ein Malzbier, eisgekühlt. »Ein Schizo«, stellte er nach einer Weile fest. »Oder, Ultra?«

»Wörtlich bedeutet der aus dem Griechischen abgeleitete Begriff gespaltene Seele. Entgegen der verbreiteten Annahme besagt Schizophrenie jedoch nicht, dass der Patient als gespaltene Persönlichkeit wie zwei verschiedene Personen handelt«, zitierte der Troll, ohne zu zögern. »Es sind aber Fälle bekannt, bei denen zwei oder mehr Personen bei einem Patienten auftraten. Als Auslöser kommen mehrere Faktoren in Frage, von Krankheit über Vererbung bis hin zu traumatischen Ereignissen.«

»Tja«, machte Spengler grüblerisch. »Mich hat die Lösung … überrascht.«

»Mich nich'«, sagte Ultra und fasste seine Erkenntnisse über das Team Faststrike zusammen.

Poolitzer spuckte den Kaugummiklumpen in den Teich, blubbernd schlug er ins Wasser ein und löste einen Kreis auf der Oberfläche aus. »Ich schätze, dass der arme Ranjit eine von vielen Persönlichkeiten war, die in Weimer steckten. Weimer hat die Attacke im Gegensatz zu seinen Freunden damals überstanden, behielt ein Trauma zurück und formte sich dank seiner Hackerkenntnisse mit Ranjit eine neue Welt, in der seine verstorbenen Runnerfreunde im Hintergrund fortlebten.« Er würde das mit einem Experten besprechen, der ihm das besser erläutern könnte. Für ihn klang seine Rohfassung plausibel. Und sehr quotenträchtig.

»Wir werden sehen, was an Ihrer Theorie dran ist. Die Erkenntnisse der Spurensicherung werden uns weiterhelfen.« Spengler würde Fickers Aufenthaltsorte der letzten Tage rekonstruieren lassen, und wenn Gospinis Theorie stimmte, steckte der Halbinder auch hinter den Morden im Modemilieu. Er stand auf, steckte die Hände in die Taschen seines Mantels und schlurfte zurück zum Tatort. »Ich rufe Sie morgen an, Schnüffler.«

»Okay, alter Mann.« Poolitzer und Ultra blieben sitzen, hingen ihren Gedanken nach.

Jetzt, da der Fall gelöst war, befiel sie Müdigkeit und Leere. Sie lauschten auf die zirpenden Geräusche irgendwelcher Insekten, die den Pestiziden des Gärtners und der allgemeinen Umweltverschmutzung getrotzt hatten. Poolitzers Lider wurden schwer und schwerer …

»Du, Snoop.«

»Jepp?« Mit einem Ruck hob er seinen Kopf an. Beinahe wäre er eingenickt.

»Ich hab's mir überlegt.« Der Troll bohrte mit seinem Finger im gepflegten Gras herum. »Ich will doch kein Reporter sein wie du.« Er schnippte einen Erdkrümel davon, blubbernd tauchte er in den schwarzwässrigen Teich ein. »Biste mir sehr böse? Du hast dir doch so viel Mühe gegeben, um mir was beizubringen, und hast mich überall mit hingenommen, und ich hab dir doch dein Auto kaputtgemacht.«

»Nein, Ultra, ich bin dir nicht böse.« Er schlug die Beine übereinander. »Du bist nicht Arschloch genug, um dich gegen die anderen Kakerlaken zu behaupten.« Zwei Hubschrauber mit der Aufschrift von verschiedenen Trid-Nachrichtensendern zogen über das Anwesen. *Die Konkurrenz schläft nicht.* Er schaute ihm in die Augen. »Am besten wäre es, wenn du dir einen legalen Job suchst. Du wärst ein prima Moderator. Ich kann dich mal ein paar Bekannten vorschlagen, vielleicht bekommst du deine eigene Quizsendung.«

»Mal schaun«, stimmte Ultra ihm halbherzig zu. »Aber Runner zu sein is' einfach zu cool.«

Sie schwiegen wieder, beobachteten, wie die Spurensicherung ging, die Bestatter mit den Plastiksärgen ins Haus gingen und die Leichen zur Obduktion wegbrachten; wie die Polizei gegen vier Uhr abrückte und das Haus versiegelte; wie sich der nachtschwarze Himmel langsam, aber sicher dunkelblau färbte. Die aufgehende Sonne kündigte ihr Kommen an, die zirpende Insektenart beendete ihr Konzert und machte der summenden Platz.

»Komm, wir gehen und warten bei einem guten Frühstück, bis sich Cauldron und Xavier bei uns melden. Ach«, Poolitzer wandte sich zu Ultra, »wie hast du das vorhin gemeint?« Er stand auf und ging los. Einer der Sternschutzwächter brachte sie zur Straße und schloss das Tor hinter ihnen. Auf dem Asphalt sahen sie trocknende Blutlachen sowie die weißen Kreideumrisse, mit denen die Körper der Boesche-Gang markiert worden waren.

Sie schlenderten den Gehweg entlang, der Reporter hielt Ausschau nach seinem Wagen, denn ohne ihn konnte der Troll Ranjit nicht bis zum Haus verfolgt haben.

»Was denn?«

»Das mit meinem Auto.« Er drehte sich suchend um die eigene Achse. »Wo hast du es abgestellt, und was hast du kaputtgemacht?«

»Ähm.« Der Troll schaute verlegen zu Boden und spielte mit seinen Ohrringen. »Also, das war so …«

ADL, Württemberg, Stuttgart-Mitte, 08.05.2059, 04.31 Uhr

Poolitzer starrte auf den kleinen Bildschirm des Koms. »Was soll das heißen, du kommst nicht zurück, Cauldron? Wir machen uns Sorgen ohne Ende. Wo steckst du?« Endlich hatte sie sich gemeldet und ihn im Hotelzimmer erreicht, woraufhin er Ultra Bescheid gab, der umgehend bei ihm auftauchte.

Die Kamera zeigte ihm nur einen Teil ihres Antlitzes. Sie sah aus, als sei sie in den letzten Tagen um Jahre gealtert. Das ohnehin schlanke Gesicht wirkte abgemagert, sie hatte auf ihre weiße Schminke verzichtet und wurde dennoch von einer natürlichen Blässe derart gezeichnet, dass sie dank Lidschatten und Kajal wie eine Tote aussah. »Ich bin in der Schweiz«, antwortete sie tonlos.

»In der … in der *Schweiz*? Was, zum Teufel, macht ihr denn bei den Schokoladelutschern?« Poolitzer hielt das Kom so, dass Ultra auch etwas sehen konnte. »Wann kommt ihr zurück?«

»Xavier ist tot.« Cauldron stellte es nüchtern fest, ohne Trauer, ohne Zorn. Die Einstellung änderte sich, die Kamera fuhr zurück. Ihre feuerroten Haare mit den kupferfarbenen Strähnen lagen eng am Kopf an und waren zu einem Dutt zusammengefasst worden. Sie trug ein schwarzes Spitzenkleid, hochgeschlossen und mit Stehkragen, wie es Poolitzer aus den historischen Trid-Produktionen, die im viktorianischen England handelten, kannte. »Er ist bei dem Brand in der Chemiefabrik in Mühlhausen ums Leben gekommen, als er mich vor Abongis Leuten rettete.«

»Ach du Scheiße: Abongi?« Er bedeutete dem Troll, ihm auf den Schock ein Malzbier zu geben. Ultra reagierte nicht. Er starrte nur auf das Display und versuchte zu begreifen, was ihnen die Magierin mitteilte. »Was wollte sie? Und wie bist du in die Schweiz gekommen?« Tausend Fragen fielen ihm ein, die alle nur bezweckten, den Tod seines guten Bekannten zu verdrängen.

»Meinen Tod, nehme ich an. Ich werde sie das später selbst fragen, wenn ich in Sankt Petersburg bin.« Sie versuchte zu lächeln und scheiterte damit. »Ultra, mach dir keine Sorgen. Flieg zurück nach Seattle, und sag es den anderen. Ich melde mich, sobald ich ein paar Angelegenheiten geregelt habe.«

»Die Schweiz?«, erinnerte sie Poolitzer nochmals an das Mysterium ihres Verschwindens.

Die Magierin nickte knapp. »Ich bin bei Verbündeten, mehr musst du nicht wissen. Passt auf euch auf, ihr zwei.« Der Bildschirm wurde schwarz.

»Xavier is' tot«, raunte Ultra fassungslos und setzte sich, nur um mit einem Urschrei aufzuspringen. »Das is 'n ganz beschissener Urlaub!«, brüllte er, seine Bassstimme dröhnte und vibrierte in Poolitzers Bauch.

Er holte aus und schlug gegen die Wand des Hotels, die Faust durchschlug die Gipskartonplatten wie leichte Pappe und kam auf der anderen Seite heraus. Doch das reichte dem Troll nicht, um sich abzureagieren. Er machte weiter und schlug so lange weiter zu, bis seine Knöchel blutig waren und die Wand zum Schlafzimmer nur aus traurigen Resten bestand. Leise weinend setzte er sich auf den Boden und hielt seine Trauer um den Verlust des Freundes nicht zurück.

Weißer Gipsstaub verteilte sich auf den Möbeln, legte sich auf Ultra und Poolitzer, der regungslos am Fenster stand und auf Stuttgart blickte.

Das Kom schrillte, die Rezeption erkundigte sich, ob alles in Ordnung sei. Gäste aus den Zimmern ringsum seien durch Geräusche beunruhigt worden. »Alles in

Ordnung«, erwiderte Poolitzer knapp und legte auf. *Einen Scheiß ist es.*

Die Nachricht von Xaviers Tod machte den Tag von Anfang an schlecht, und das, obwohl sein Knaller-Bericht über den vermeintlichen Hypnose-Killer von Info-Networks gesendet und für gigantische Einschaltquoten sorgen würde. Nur er lieferte einen vollständigen Bericht und die kompletten Zusammenhänge über die Morde Voglers und des Catwalk-Killers.

Inzwischen hatte er sich mit einem Spezialisten für schizophrene Patienten getroffen und viel Verwirrendes, aber auch Nützliches erfahren.

Bei Weimer war sich der Psychiater sicher, dass der Verlust seiner Freunde zusammen mit der Beschädigung des Gehirns durch die Attacken des Schwarzen Ice eine schizophrene Erkrankung ausgelöst hatte. Um den Verlust und das Trauma seines eigenen Versagens zu kompensieren, war es durchaus möglich, dass die Freunde in Weimers Verstand fortlebten. Er bewahrte sie dort vor dem endgültigen Tod auf, konservierte sie. Die Tatsache, dass Weimer selbst wohl von seinem eigenen Tod überzeugt gewesen war, zeigte sich in der neuen Figur von Ranjit, mit der er ein neues Leben begann.

»Es ist möglich, dass die verschiedenen Persönlichkeiten untereinander kommunizierten, ohne die Persönlichkeit Ficker anzusprechen, und sie ihn von den Geschehnissen sowie ihren Plänen ausschlossen«, erklärte ihm der Arzt. »Er war die heile Welt, das Gegenstück zu ihnen. Ich tippe darauf, dass Verlust und Schuld die schizophrene Erkrankung ermöglichten, die mit den Jahren immer schwerer wurde.«

Vielleicht wäre der Racheplan aufgegangen, doch Voglers Spiel begann.

»Vogler war ein Simulant«, unterstützte der Fachmann die Aussage, die Ranjit kurz vor seinem Tod gemacht hatte. Es war unmöglich, bei einer derartig oberflächlichen Hypnose komplexe Verhaltensmuster und Vorgehensweisen bei Morden zu implantieren. »Allerdings ein sehr guter, denn nur so gelang es ihm, die behandelnden Ärzte bei seiner Therapie vom Erfolg ihrer Arbeit zu überzeugen.«

Das Gespräch baute Poolitzer in den Beitrag mit ein, ebenso, dass der angebliche Lkw mit der Bombe niemals gefunden wurde. Vogler hatte geblufft, als er von einem Transporter, Diesel und Dünger sprach und androhte, den Landtag zu sprengen. Vermutlich war er mit seinen Vorbereitungen nicht so weit gekommen und wollte Angst und Schrecken verbreiten.

Ein Rätsel blieb, weshalb er beabsichtigt hatte, Ranjit umzubringen.

Poolitzer vermutete, dass Vogler auf diesem Weg an ein besseres Alibi für seine Schuldunfähigkeit gelangen wollte. Mit Gewissheit ließ es sich nicht mehr sagen.

Auch was von Boesche und seine Schläger vor Finklers Anwesen zu suchen hatten, blieb schleierhaft. Die Spurensicherung fand die Reste eines zerstörten Datenchips. Poolitzer mutmaßte, dass es sich um Beweise gegen Ranjit und eine versuchte Erpressung handelte.

Die Obduktion Ranjits oder besser gesagt Weimers ergab Erstaunliches. Neben einigen Implantaten, wie sie bei Deckern üblich waren, trug er Talentleitungen und eine Smartverbindung in sich, was ihn befähigte, ein recht guter Allrounder zu sein.

Spengler spielte mit offenen Karten und berichtete ihm, dass die Rekonstruktion von Ranjits Bewegungen im Nachhinein ergab, dass er der Mörder der Modezarin, des Kon-Deckers, des Sternschutzmannes und des Schiebers war. Zeugen in der Nachbarschaft der Tatorte erkannten ihn auf Bildern wieder, die überarbeiteten Aufnahmen von der Modenschau in Sindelfingen belegten seine Schuld. Man benötigte zwar viel Fantasie, in dem bis zur Unkenntlichkeit geschminkten Mann im Dirndl Weimer zu sehen, doch es ging. Die Gesichtspunktvermessung belegte es zweifelsfrei.

Das ist alles gar nicht gut gelaufen. Es hat zu viele Unschuldige erwischt. Poolitzer dachte an von Boesche. *Aber auch ein paar Richtige.* Er ging zu Ultra und klopfte ihm tröstend auf die Schulter. »Komm, Kleiner. Wir gehen einen trinken.«

Der Troll stand umständlich auf, fegte den Gips von seinem Hawaiihemd und packte seine Koffer. »Nee, lass mal, Snoop. Bring mich zum Flughafen. Ich will nach Hause.« Er wischte sich die Tränen weg, die dunkle Bahnen im weißen Staub auf seinem Gesicht gezogen hatten. Es erinnerte an Kriegsbemalung. »Die ADL sind Scheiße.«

»Alles klar. Kann ich verstehen.«

Sie bestellten ein Taxi, der Reporter begleitete den schweigenden Troll bis zum Terminal, wo sie einen Last-Second-Flug für ihn erstanden. Das Flugzeug wartete schon und würde in einer Stunde abheben.

»Mach's gut«, verabschiedete sich Poolitzer von Ultra und umarmte ihn. So viel Sentimentalität erlaubte er sich nach den Ereignissen und Nachrichten der letzten Tage.

Der Troll beugte sich nach vorne und drückte vorsichtig zurück, um dem fragilen Mensch keine Knochen zu brechen. »Du auch. Willste nicht auch lieber was anderes machen als schnüffeln?«

Poolitzer dachte wirklich darüber nach, den Job an den Nagel zu hängen. Aber nur eine winzige Sekunde. »Nein, Ultra. Ich habe nichts anderes gelernt.« Sie trennten sich. »Sag Sparkplug und Twing einen schönen Gruß.«

»Is' gut.« Ultra schlug sich gegen die breite Stirn. »Hätt' ich fast vergessen.« Die kräftigen Finger öffneten die Tasche, in der er sein Handgepäck aufbewahrte, und holten die Fuchi VX2200E hervor. »Da. Nimm meine auch. Ich will sie nich' mehr.«

Poolitzer bekam sie achtlos in die Hand gedrückt. »Danke, Großer.« Er schaute ihm hinterher, sah die gewaltige Silhouette durch die Sicherheitssperren gehen, die warnend piepsten, und wie der Troll einen fingierten Beleg über harmlose Cybereinbauten vorlegte, ehe er in die Maschine stieg.

Die Finger der rechten Hand spielten mit einem Souvenir an den Fall. Er holte es aus seiner Tasche und strich über die verbeulte Oberfläche und den Stein. Ranjits Taschenuhr würde ihn an zwei Sachen erinnern: seinen seltsamsten Fall und den Tod eines guten Bekannten.

Er drückte auf den Verschlussknopf, und der Deckel öffnete sich. *05.58 Uhr. Zeit für ein Frühstück mit Spengler.*

Russland, Sankt Petersburg, 07.05.2059, 05.52 Uhr

Cauldrons astrale Projektion schoss durch die breiten Prachtstraßen, die Prospekte, der erwachenden Stadt und hielt auf die Zentrale von Antique Enterprises zu, die kaum zu verfehlen war.

Vor der Barriere, die um das Gebäude lag, machte sie Halt und vernichtete die fünf Don-Kosaken-Watcher ohne zu zögern, die als Melder ihre Kreise zogen. Abongi würde das Klopfen richtig verstehen.

Es dauerte nur wenige Sekunden, und sie erschien als schwarze Löwin hinter einem gewaltigen Fenster. Sie öffnete es, um mit Cauldron zu sprechen. »Oh, du.« Sie klang amüsiert. »Dann hatte die kleine Marleen Pech, nehme ich an?« Sie schnurrte. »Ich dachte mir so etwas, nachdem sich mein Team nicht mehr meldete.«

»Was hast du ihr versprochen?«

»Du bist gekommen, um dich zu rächen? Das ist sehr mutig, aber sehr töricht. Deine Kraft ist zwar beachtlich – deshalb hatte ich dir damals in Andorra das Angebot gemacht, mein Körper zu sein. Dennoch wird sie nicht ausreichen, mich zu bezwingen.« Sie bleckte die Reißzähne. »Ich bin zu erfahren für dich.«

»Antworte!«

»Hat sie es dir nicht gesagt? Ich hätte damit gerechnet, dass sie zu weich ist und ihr Vorhaben aufgibt. Ich bot ihr an, sie und ihre Familie zu unterstützen, sie in der Kunst der Magie zu unterweisen, wenn sie deinen Körper auserwählt.« Sie lachte grollend. »Sie hat es demnach versucht, nicht wahr?«

»Ja.«

»Was geschah?«

»Du weißt es nicht?«

Abongi lachte kehlig. »Nein. Woher auch? Ich habe den Zauber niemals angewandt. Hatte ich eigentlich erwähnt, dass der auferstandene Mystiker damals versuchte, mich mitten in unserem Gespräch anzugreifen? Er bemerkte zu spät, dass wir auf verschiedenen Seiten stehen. Seine Aura sah sehr ... ungesund aus. Ich vernichtete ihn endgültig. Ihn und seine verrottete Seele.«

»Dann gab es niemals eine Möglichkeit, Marleen zu retten?«

»Nein.« Sie betrachtete Cauldron herablassend. »Es war ein einziger Trug, um sie auf dich zu hetzen und dich in einen Konflikt zu stürzen. *Meine* Art der Rache.« Sie schnurrte leise. »Schade, dass die Elementare, die ich ihr und dem Team überließ, keinen Erfolg hatten. Du lebst immer noch, obwohl du und dein Freund den Tod verdient für das, was ihr mir in Andorra angetan habt.«

»Xavier *ist* tot.«

»Ach? Ich sage nicht, dass es mir Leid tut.« Der Schweif zuckte. »Ganz im Gegenteil.«

Cauldrons Arme hoben sich, sie bereitete sich darauf vor, ihren ersten Zauber zu sprechen. »Er starb in der Chemiefabrik, als er versuchte, mich vor Marleen und deinen Leuten zu retten.«

»Ein Held?« Die Pranken der Löwin schlugen aufeinander und spendeten lautlosen Beifall. »Bravo! Die wahre Liebe zu einem Menschen ist tatsächlich stärker als die Selbsterhaltung.« Die gelben Raubtieraugen betrachteten sie zufrieden. »Was sehe ich? Du leidest grässlich, und das freut mich sehr.« Sie dachte einen Moment nach. »Im Grunde ist das noch besser als dein Ende. Deine verzweifelte Seele trauert bis zu deinem eigenen Tod um ihn. Tag für Tag, Woche für Woche, Jahr um Jahr. Dieses Wissen ist für mich befriedigender als dein schneller Tod. Wobei … ich möchte ihn nicht gänzlich ausschließen. Bleib mir besser vom Leib.« Sie wandte sich ab und wollte gehen.

»*Du* hast Xavier getötet. *Du* hast die wärmende Flamme in meinem Leben ausgelöscht.« Cauldrons Stimme klang emotionslos, sie konzentrierte sich auf das Kommende. »Aber dein Tod nimmt mir etwas von den Qualen.«

»Geh nach Hause, Cauldron, und jammere dort«, sagte Abongi gelangweilt über die Schulter. »Oder greife mich an und stirb.«

Die Magierin rief ihre Helfer herbei, und acht Feuerelementare erschienen um sie herum. »Wir werden sehen, was wir gehen dich ausrichten.«

Nun blieb die schwarze Löwin stehen und blickte aus dem Fenster, die Lefzen hoben sich. »Acht? Ich bin beeindruckt, aber nicht ehrlich besorgt.«

Cauldron schwebte dicht an die Barriere heran und suchte die Augen ihrer Todfeindin. »Weißt du eigentlich, wie viele Gegner du dir gemacht hast?«, flüsterte sie, und während sie sprach, erschienen weitere Elementare. Zwei, drei, fünf, sieben … »Und sie haben nur darauf gewartet, dass jemand aufsteht, um die tollwütige Löwin zu jagen, Abongi.« Noch immer eilten Geisterwesen aus den Tiefen des Astralraums herbei. Cauldron sah die Angst in den Pupillen der schwarzen Löwin, die grollend immer weiter ins Zimmer zurückwich, die Ohren angelegt. »Auf eine wie *mich*! Ich werde mit deinem Tod sehr zufrieden sein.«

Sie sprach eine Formel, und während sie das tat, strömte aus etlichen der Elementare schimmernde astrale Energie auf sie zu. Die Wesen übertrugen einen Teil ihrer Kraft auf die Magierin, um ihren Zauber zu stärken. Cauldron schuf daraus einen gleißenden Blitz, der in die Barriere einschlug und sie mit einem einzigen Treffer vernichtete. Die Zentrale von Antique Enterprises lag schutzlos vor ihr.

Du wirst mir dadurch nicht zurückgebracht, Xavier. Sie glitt voran. *Aber es macht das Leiden erträglicher. Ich will die Rache nicht unserem Kind überlassen.*

Auf ihr Zeichen hin stürzten die Elementare vorwärts und warfen sich auf alles, was ihr im Weg stand.

Von **SHADOWRUN** erschienen in der Reihe
HEYNE SCIENCE FICTION:

1. Jordan K. Weisman (Hrsg.): *Der Weg in die Schatten* · 06/4844

TRILOGIE GEHEIMNISSE DER MACHT

2. Robert N. Charrette: *Laß ab von Drachen* · 06/4845
3. Robert N. Charrette: *Wähl deine Feinde mit Bedacht* · 06/4846
4. Robert N. Charrette: *Such deine eigene Wahrheit* · 06/4847

5. Nigel Findley: *2 X S* · 06/4983
6. Chris Kubasik: *Der Wechselbalg* · 06/4984
7. Robert N. Charrette: *Trau keinem Elf* · 06/4985
8. Nigel Findley: *Schattenspiele* · 06/5068
9. Carl Sargent: *Blutige Straßen* · 06/5087

TRILOGIE DEUTSCHLAND IN DEN SCHATTEN

10. Hans Joachim Alpers: *Das zerrissene Land* · 06/5104
11. Hans Joachim Alpers: *Die Augen des Riggers* · 06/5105
12. Hans Joachim Alpers: *Die graue Eminenz* · 06/5106

13. Tom Dowd: *Spielball der Nacht* · 06/5186
14. Nyx Smith: *Die Attentäterin* · 06/5294
15. Nigel Findley: *Der Einzelgänger* · 06/5305
16. Nyx Smith: *In die Dunkelheit* · 06/5324

17. Carl Sargent/Marc Gascoigne: *Nosferatu 2055* · 06/5343
18. Tom Dowd: *Nuke City* · 06/5354
19. Nyx Smith: *Jäger und Gejagte* · 06/5384
20. Nigel Findley: *Haus der Sonne* · 06/5411
21. Caroline Spector: *Die endlosen Welten* · 06/5482
22. Robert N. Charrette: *Gerade noch ein Patt* · 06/5483
23. Carl Sargent/Marc Gascoigne: *Schwarze Madonna* · 06/5539
24. Mel Odom: *Auf Beutezug* · 06/5659
25. Jak Koke: *Funkstille* · 06/5667
26. Lisa Smedman: *Das Luzifer Deck* · 06/5889
27. Nyx Smith: *Stahlregen* · 06/6127
28. Nick Polotta: *Schattenboxer* · 06/6128
29. Jak Koke: *Fremde Seelen* · 06/6129
30. Mel Odom: *Kopfjäger* · 06/6130
31. Jak Koke: *Der Cyberzombie* · 06/6131
32. Lisa Smedman: *Blutige Jagd* · 06/6132
33. Jak Koke: *Bis zum bitteren Ende* · 06/6133
34. Stephen Kenson: *Technobabel* · 06/6134
35. Lisa Smedman: *Psychotrop* · 06/6135
36. Stephen Kenson: *Am Kreuzweg* · 06/6136
37. Michael Stackpole: *Wolf und Rabe* · 06/6137
38. Jonathan Bond/Jak Koke: *Das Terminus-Experiment* · 06/6138
39. Lisa Smedman: *Das neunte Leben* · 06/6139
40. Mel Odom: *Runner sterben schnell* · 06/6140
41. Leo Lukas: *Wiener Blei* · 06/6141

Shadowrun

42. Stephen Kenson: *Ragnarock* · 06/6142
43. Lisa Smedman: *Kopf oder Zahl* · 06/6143
44. Stephen Kenson: *Zeit in Flammen* · 06/6144
45. Markus Heitz: *TAKC 3000* · 06/6145
46. Björn Lippold: *Nachtstreife* · 06/6146
47. Markus Heitz: *Gottes Engel* · 06/6147
48. Markus Heitz: *Aeternitas* · 06/6148
49. Harri Assmann: *Auf dem Sprung* · 06/6149
50. Harri Assmann: *Töne der Unendlichkeit* · 06/6150
51. Markus Heitz: *Sturmvogel* · 06/6151
52. Harri Assmann: *Elementares Wissen* · 06/6152
53. Markus Heitz: *05:58* · 06/6153